U0654813

马鸿宾 著

团结出版社

图书在版编目（CIP）数据

白石风月 / 马鸿宾著. -- 北京 : 团结出版社, 2022.12

ISBN 978-7-5126-9965-6

Ⅰ. ①白… Ⅱ. ①马… Ⅲ. ①长篇小说－中国－当代 Ⅳ. ①I247.5

中国版本图书馆CIP数据核字(2022)第242694号

出　　版	团结出版社
	（北京市东城区东皇城根南街84号　邮编：100006）
电　　话	（010）65228880　65244790
网　　址	http://www.tjpress.com
E-mail	65244790@163.com
经　　销	全国新华书店
印　　装	成都市兴雅致印务有限责任公司
开　　本	145mm×210mm　1/32
印　　张	15.5
字　　数	351千字
版　　次	2023年4月第1版
印　　次	2023年4月第1次印刷
书　　号	978-7-5126-9965-6
定　　价	80.00元

马鸿宾　（张建功摄于癸卯春）

著名书法家、书友朱连得题

《白石风月》题记

白石荦埆，皓皓粼粼。

汾东一隅，横无际涯的晋阳湖之间，镶嵌一尊白石。

白石村位于太原盆地中汾河、文峪河、磁窑河三河漫流的冲积平原上，古代常受三河侵袭。村西有陇雨河，传说明朝天启年间有一次发大水，将一块大白石冲入城东十余里，历经风雨磨成一方水土。他乡难民为躲避战乱迁徙而来，搭起茅屋，繁衍生息。《民国汾阳乡土志》记载：村北临汾平汽路，改通火车。

然而，在一些方面白石今非昔比，不仅人非，物亦不是。

三年前的一天，侯荃先生与我相约，回到算不上久别的他的故乡白石村。一路向东行走，巧遇落雪，雪的每一片变得鹅毛般大小，东方的曙光被一层层白色的绸纱弥漫着，似乎要遮住我们投向远方的视线。

原先村里土坑众多，水塘遍布，水鸟成群，鱼塘虾坑，芦苇繁茂，草木萋萋。村西北三官庙、村东河东公庙是规模比较大的两座，而且庙前都建有戏台。村中有尼姑庵、观音庙等七八座庙。村东呼家庙外东南角建有三层气势雄伟的魁星楼。

茶房一所蟠居汾上，背倚卜山，面对绵介，西连黄河，东踞太行，北拱晋阳，南雄中霍，洵西河一胜境。汾平古道穿村而过，驿马嘶鸣，尘土飞扬，官轿吱悠，驼铃声声，昼夜不停。

一路行来，现存的仅剩三官庙，其他花、草、小溪、亭台、楼阁皆不见当日繁茂，多少楼台付之烟雨中。

新雪初霁，太阳像是大红盆在天空上挂得老高，白色的“白石”二字硬是被那一抹红光映成了金红色。刚进村时，已有任国祥、任宏宝父子相迎，相约而同来的还有村里的“老秀才”、梁继国等平遥、介休热心于老汾州文化研究的文士。

三官庙自古以来是白石村人进行庙里祭祀、戏台唱戏的神人共乐的重要活动场所。然岁月沧桑，经年日久，三官庙丹青零落。同治八年（1869）重修之后，时随世迁，又年久失修，殿宇倾圮，神像剥落，旧址残迹，道士还俗，非其所用。院儿当中，有两棵年迈的柏树。那枝叶上，清晨披着几丝朝晖，黄昏裹着几缕晚霞；那枝条间，夏日挂着几片绿叶，冬天飘着几朵雪花。虽然承载着几分生机，但树干已被压得弯曲，是经历了太久的岁月沧桑。只有两根粗壮的铁质旗杆虽历经岁月风雨寒霜侵袭，依然黝黑高昂，屹立在庙中。

任宏宝的爷爷任绶勤与胡秉全等“七壮士”为了挽救全村人的性命，牺牲自己，舍生取义。这于任宏宝和侯荃先生，还有村里不少知情的老者一直是个斩不断的情结，他们常怀“人之有德于我，不可忘也”的感恩之心。浅歌践行，穿过烟雨朦胧，走过岁月升腾，这一路风霜，都已化作心伤，也许是云忘了风的脉络，也许是雨忘了云的寄托，而他们心中的碧水依旧潺潺，飘起尘封已久的夙愿。

这次侯荃先生邀我同来，是我们事先商定访谈的。

抗日“七壮战士”英勇就义的悼念仪式就在庙场举行，有柏树、旗杆，为三官庙的红色文化增加了一道靓景。

明末清初，傅山等一批反清复明义士常在此藏身、聚会，看戏题词。

民国时二区区公所曾驻扎三官庙，在西厢窑办公。

一望风月，一蓑烟雨。

云遮月，氤氲都是美梦把人生点缀；云伴月，泛起多少匿藏心底的情愫。

缅怀烈士载体的不复存在，让风月烟雨茫茫，繁花凋零，千草枯黄，木叶稀落的杨柳与斑迹痕痕的庙宇在躁动的风里摇摇欲坠；那破败的琉璃悬在屋顶与翻涌的云嵌入三官庙庙壁半残留的壁画里。身临其境感触最深的是从事与民族复兴大业的当政人任宏宝，浅灰色的乱砖在他脚底蔓延，锈色残破的庙宇在无言地向他倾诉千年的守候，在风中静立，在月下独守。

大风袭来，吹不散我眉眼的尘埃，转身的时候，窥见那墙缝里墨绿的青苔。

一阵清风，一阵梦。

任宏宝看看眼前的一片狼藉，又看看任国祥，父亲那容颜憔悴的消失，宛如时光背后的一场往事，印证着此生泯灭不息的宿命。任宏宝不禁扪心自问，当一切你所祭奠的都已离去，你还剩下什么，还剩下什么能够缅怀？如果照此下去，大抵只会永藏于心不再涉足。

庙宇要重新修葺，烈士要著书立传，任宏宝想借以某种思念留住那些时光和人物。

白石是一个红色文化非常浓厚的村庄。1936 年，红军东征在此播种下革命种子，好多人走上了抗日救国、投身解放全国的革命道路。他们用生命和鲜血，书写了一曲曲悲壮豪迈的战歌。这里是延安通往太岳革命根据地在平遥火车站与白石火车站中间的必经之路，是一条红色交通线，“七壮士”就是白石火车站地下党优秀的党员。村西北隅红军经过的村西北角有铁路桥洞八字形水泥侧壁遗址，村东北角有火车站台址遗存。

微风暗香，远山半寐，站台、侧壁那骨子里散发出的静谧，就如一位白发老人静坐在夕阳下，无关风月。

站在这熟悉的田野，任国祥老人望着同一片的天空，他涌起了往日的抗战情怀；在这寒风飘落的季节里他好似听见梦碎的声音。几位老人无声的泪触碰着，恍如走进雪地深渊，他们心语绵绵不断，声声滴人心颤。

晌午，阳光从云雾中飘来，纷纷扬扬的雪变得小而明亮，一蓝一紫，一闪一烁，天地间恍惚成了七彩相映的晶体世界，好像在吸引着他们去寻找那“太虚幻境”。随着日光西下，湛蓝的天空慢慢地被淡淡的阳光吞噬，一缕缕黄晕从路旁的门缝、窗缝流泻进来，洒在路旁饭店窗台吊兰上，嫩绿的花叶转瞬成了黄绿，饭桌上的人们鼻下飘过一丝微弱的香气，是面食的粮香夹着炒菜的鲜香，几樽酒杯共同奏响一个音符，且和着外面的鸟鸣谱成一曲动人的乐音——撰写一部关于白石的大书。我心中早已酝酿着写这个东西，为这个群体不畏死亡、一往无前寻觅火种的血性之可爱，可爱的人往往是平凡的默默无闻的人。舍生取义者也，这是怎样的崇高与豁达？这又是怎样的气魄与壮志？不负众望，我要为英雄而歌，为烈士而泣。

翌年春，风里渐渐有些暖意，夜风吹过的情绪不明所以，窗前的月印着厚厚的窗帘伴着风起伏不定，宛如那时任宏宝的心境。

任宏宝率村民群议，乡众悯其倾圮，发愿修葺，重修工程启动，鸠工庀材，动土兴工。

与此同时，一份情感，一份苦楚，在我心底慢慢研磨，慢慢勾勒。

动笔是在同年秋日中秋节即将来临的时候。我喜欢秋天，更喜欢月亮在秋天的那种清幽、宁静和唯美大气的神韵。一天傍晚，夕阳陨落的山边，渐渐地浮现出红而黄的沉霞，夜幕蒙住了晚霞，繁星却懒懒地闪出了它们那无力的眼睛。我孑身一人行走在丰泰园广场皓月当空的夜色里，静静地感受月下那份悄然绽放的缥缈与安然。从容的夜色里，风和着广场周围淡淡的枯草、枯叶的味道拂面盈鼻，这气息让秋意更浓，使秋月更旖旎。树枝如笔，画的路影清晰地印在场上，通过对一座火车站经历无数次风霜雨雪、寒暑变化的描写，画出了一幅历史老人图；简单几笔便概括出白石男儿舍生取义报国的壮志雄心，勾勒出中华儿女赤胆忠心，树枝恰似挥毫泼墨把风柔月朗绘成一幅幅美景匍匐在月色里，颇堪玩味，无暇顾及今夕是何夕。之后，我为写英雄们可歌可泣每一个情节的文字，枕着入眠；成书的一砖一瓦，每一个角落都来自没日没夜的构想和一次次的更新重组。此时，宛如又见那白石墙缝里墨绿的青苔，风催着青苔生长，我便随了青苔变书墨终不负这一纸烟雨风月。

三官庙重修蒇事于壬寅秋，《白石风月》也与此几乎同期落笔。任宏宝邀我和侯荃先生故地重游，已见凡维修殿、院、台修葺一新。

白石田园万物生辉，披着青葱轻俏的秋衣，有的穿起了万紫千红的艳装；树上已满冠青色，沿街铺垫门前一串串杜鹃花嫣红姹紫；在任宏宝所在的永恒总公司的窗子外面，我听得见唧唧的鸟鸣，知了长鸣，蜜蜂忙着采蜜，蟋蟀在草丛高歌，蜻蜓满天飞；村东磁窑河以及河畔小溪显得更加清澈，微波荡漾，泛着金色的光；孩子们在荷花池里尽情地享受欢乐，他们嬉笑着游泳、摸鱼、捉虾、采藕……乡村的秋天是成熟的季节，是收获的季节，也是播种的季节。

漫步街头，平野巉然一石映入眼帘。洁白之石，清刚稳健，水冲不垮，火不易烧，任何外在侵扰都不惧，恒久守成。迎面走来一位姑娘，温暖和煦的清风将她蓬松的头上吹得轻轻晃动，姑娘手捧着玫瑰花盆和一条红毛巾与我擦肩而过，幽香扑鼻，让人心生恍惚。回首时，只有那如血的玫瑰划过街角，那鲜红的毛巾在阳光下发出耀眼的光芒，穿过街角直达眼底，让我不禁闭上眼。再睁开时却什么也看不到。自觉向来缘浅，奈何情深；又想既然琴瑟起，何以笙箫默，似乎那平野巉然一石与芬儿姑娘都是自己在书中的幻想。

倏地想来，开国大典的时候，毛主席在天安门城楼上庄严宣告："中华人民共和国中央人民政府今天成立了！"这个声音震动了全世界，标志着中国人民从此站起来了！人们像潮水般涌向天安门，纵情地欢呼。赫然如梦初醒，支撑着共和国大厦的一墩墩台柱和一条条钢筋里，不就有不惜抛头颅、洒热血、赴汤蹈火、矢志不渝的任绶勤与胡秉全等"七壮士"们吗？

二〇二二年十二月一日

目 录

引子

三月仲春，河风轻拂。鸟语花香，祥云轻飘。万紫千红里，有一个白头巾白衣裤的美少女，带领几名随从，在磁窑河上的一块白石上，结草为屋，开荒耕种，繁衍生息。白石村传说中一幅人间仙境画图，曾被日寇的硝烟笼罩着……

家住汾阳在城南
我的名刘玉山
自从日本鬼子进晋阳
我在铁道上把工揽
铁道上把苦受
伙计们选我当工头
那一日我路过白石沟
遇见一位好奴奴
她瞅我来我看她
俺二人的心事都一样
那一日她把我带到她的家
她叫我把门门认下
那一日俺二人约定下
约定下今日里去看她

“呜呜呜……咔嚓……哐当、哐当……”

随着一声长鸣，火车上广播里正在播放的当地祁太秧歌《游铁道》的声音被淹没，远远的火车鸣着汽笛呼啸而来，旋即打破了微妙的空气。火车穿梭于繁茂的枝叶缝隙之间，只有一抹红或蓝或黄闪过，飞快地划拉过去。不一会儿火车进站了，车站前的人们一下子静了下来，都眼睁睁地冲着火车张望。火车缓缓停下了，十几个日本宪兵分列两边，站在了火车车厢的出口处。

在柳田的带动下，车站里所有的人都举着小小彩旗，大声喊起了口号：

“欢迎！欢迎！热烈欢迎！”锣鼓、鞭炮也随即响了起来，硝烟弥漫，红红的碎纸屑飞扬在空中，人潮涌动。

日军指挥官柳田在汾阳五区为试点搞了三次强化治安，他用电话向省城的日指挥官做了汇报，说汾阳已经完全明朗化了，共产党八路军已经销声匿迹，游击队也被全部消灭了，二、五区是汾阳的模范治安区、爱护区，各村个个都是中日亲善的爱护区。驻太原的日军指挥官听了柳田的汇报，觉得很满意，于是安排驻临汾的师团长乘专列到白石火车站下车，在汾阳视察。

这一天，伪二五区政府发出通知：各村男女老少，一律穿新衣服到白石车站，列队迎接师团长。柳田、伍长川也带着日伪军一大早列队，带人经过唐兴庄去了白石车站，车站里人山人海很是热闹，到处张贴欢迎标语。因为都是邻村上下的，人们都一个个打着招呼，偶尔也站在一起小声说几句，但在各自伪村长的招呼下，不得不规规矩矩地站在路边静候。

这次行动，事先蒋三与白石火车站警务段警长胡秉全已有密约。

随着欢迎的人群，蒋三一步一步向火车靠近，但人太多了，白石火车站日军在内围和日本兵在外围防卫森严。这时，车厢门开了，先下来的是一个高个子的翻译官，接着出来的是一个胖胖的留着人丹胡子的日本人，挎着一把大洋刀，一副趾高气扬、不可一世的样子。柳田见了赶紧立正敬礼，白石火车站站长“狗熊”、警长胡秉全相继敬礼，两旁的日本兵也跟着敬礼。

蒋三抬手一枪先打在车站喇叭上，喇叭鸦雀无声，而站台上顿时一片混乱。

火车刚停下，毛太君愣住了，呆呆地望着面前的人群，咬了咬嘴唇，脸上闪过一丝犹豫和难过。还是胡秉全反应快，佯说：“太君，八路的就要趴上火车了，迟了咱们就出不去了，快下吧。”

“哟西”，毛太君刚走到车门，蒋三趁乱向车门方向靠近，抬手又是一枪，只听“叭”一声响，子弹呼啸飞向那正要下车的毛太君，穿过毛太君的帽子，打在了他身后厚厚的火车门上……

“哒哒哒，哒哒哒”，这时，游击队员的枪也都响了，枪声顿时密集起来，枪声、鞭炮声混在一起，远处的人们还不知到底发生了什么事，正伸着脖子往这边看哩，看到日本兵慌乱集合，一时间吓得慌了神，全都乱了，不少人哭爹喊妈地叫着，四下里逃散。

“哇唔唔，哇唔唔……”警报响了，刺耳的声音响彻云霄，给人以紧张的感觉。柳田赶紧吩咐手下，占据有利地势，开始进行防卫反击。

毛太君醒悟了似的，看了看周围的情形，阴冷的目光缓缓地扫过这群人的脸庞，叽里咕噜不知道说了些啥，扼腕叹息一声后，慌忙向车门爬去，胡秉全安排的警务段的两个警手口里嚷嚷着："让开，让开……"实际上有意造成紧张的气氛，以企延缓毛太君的退缩，毛太君好不容易将胖胖的身子挤进车门，车门缓缓关了。

火车启动了，向汾阳方向驶去……

车厢里乱作一团，原本播放着的祁太秧歌《游铁道》没人顾上停下来，还在继续。虽然播放的是祁太秧歌录音，可人们不难想象出实地表演的情形：欢快的秧歌乐曲中，一个穿着绿衣裤，右手拿着金边大扇子的男子，一个穿着红衣裤左手捏着红色八角巾的女人，他们脚踩着鼓点，左扭一下，右扭一下，双手不断变着花样，八角巾一会儿甩在肩上，一会儿摇下来，扇子一开一合，灵活无比。因祁太谷秧歌是流行于包括汾阳在内晋中一带的民间喜剧，距今已有百余年的历史，内容大多是反映农村劳动人民生活，一戏一调，节奏明快，易于上口，人们喜闻乐见。歌声突然止了，接着，就是一阵哄堂的大笑声，笑声在空气中互相撞击，有的碎了，碎成了一丝一丝的，再也聚不拢来，就让新的起来，追着未碎的那一个，有的马上把它也撞碎了。

《游铁道》的歌声夹杂着火车齿轮摩擦的声音还在响着，毛太君耷拉着脑袋，此时哪有心情听这些，似懂非懂，悻悻从车厢喇叭下避开，脸颊痛苦地抽搐了一下，喝令：

"烦死人了，关掉！"

万里山河焦土地，千年魂魄晋英雄。

汾州日寇敌占区，桀骜不驯的火车头“呼哧、呼哧”喘着粗气，像一头疲惫不堪的老牛拖着十几节车厢，穿行在白石至汾阳城之间被战火烧焦的土地上。

一

一霎时，雨点连成了线。

深夜，冷清的上空飘洒着萧瑟的细雨，火车站静悄悄的，只有星星点点的灯光在风的吹动下摇晃着，在黑夜中吃力地散发着微黄的灯光，“白石站”三个字也随风悠摆，将站门两旁整齐的行树拉出一块块巨大的倒影。

接到站长的指令，火车司机揉着惺忪的睡眼急切地行走在寂寥黑夜中的站院里。走上清冷的轨道边小路，除了他自己，就再也看不见一个行人了。

小站就是这样的，一到深夜就变得如坟场一般的冷清和孤寂。

“连个鬼也没有。”一个警察模样的人打着雨伞走过来，他低声地咒骂着。连阴雨下下停停，现在小雨“哗哗”地又下起来，路两旁的小树也沙沙作响，好像全世界都是一片雨的世界，远处的山坡上看不到云雾般的小雨，近处的小树苗上能看到一颗颗小小的露珠，空气中还带着泥土的清香。

他走上副驾驶座上。窗外的雨，悲伤地下着，下得虽很小很小，雨点连在一起却像一张大网，挂在他的眼前。他苦笑了一下，与他一起悲伤着。他拉了拉车座的靠垫，点燃了两支烟，浓浓地吐了一口烟，递给司机一支，舒舒服服地靠上去。

然后，尽量伸展一下自己那没有休息好早已蜷得发麻的一双长腿，吐出了一个烟圈。他借着从车外挤进来的微弱的灯光，呆呆地看着那一缕被映成幽幽发蓝的轻烟，心里不禁泛起一阵阵清冷，又是一阵阵幽思。

“我这一走，不知她还能不能再睡着。”他捻住一片刚从树梢上飘落进车窗的黄叶，意犹未尽道。

这个警察是从家里出来的。

临走的时候，他的未婚妻姜淑芬，小名芬儿，一丝微笑浮上了嘴边：“路上小心”。一想到这里，他的心里不自觉地就涌起了一丝莫名的温暖和柔情。闭上眼，他的思绪飘回到那个属于自己的那间叫家的小屋。那里有他的妻子，有他的母亲，还有那盏每晚都会等着他归去的灯光。每一个夜里，固执的芬儿都会在睡后留下一盏灯光，等待着那个整晚熬夜值勤的丈夫归来。每一次他披星戴月地顶着一身疲倦走到自己的家门前，看着透过窗帘映出的那模糊的微光时，所有的辛苦和疲劳也都被一种浓浓的温情溢满和代替，消失在厚厚的夜幕中去了……

自打他到了白石火车站后，芬儿像变了个人似的，整天沉默寡言。一双水汪汪的大眼睛也失去了往日的光彩。除了下地干活，就是呆呆地坐到家里。芬儿的娘家人心疼芬儿，怕这样下去会出事，但无论大家怎么劝，都无济于事。每天面对悲伤的芬儿，芬儿妈也只能抹着眼泪躲到一旁默默地看着她。

他走了的当天晚上，芬儿就把他送她的红毛巾小心翼翼地收起来，仍旧用麻纸包了，压到箱底，再没有拿出来过。

偶尔，她把里里外外收拾一遍，在她心里，也许这个人在某一天会突然归来，她不能让心爱的人感觉到冷窑凉灶的凄凉。

白天，她总是会有意无意地走到大槐树旁，朝着他走时的方向瞭望半天。遇到路过的外乡人，她总是缠着人家唠唠叨叨问个不停，问什么地方打仗啦。直到人家烦得走开了，她嘴里仍在嘀咕着……

夜深的时候，村里人早已进入梦乡，芬儿独自一人还在油灯下给他做布鞋，她猜想着他当警察肯定特别费鞋。

日子就这样一天天过去了，进入腊月，天气也渐渐寒冷起来。家家户户都在做着过年准备，芬儿更加思念心上的人。每天不论天气有多冷，她都要到大槐树下张望一番，就是刮风下雪也从不间断……

一天晚上，芬儿熄灭油灯，刚昏昏沉沉地睡着，就梦见胡秉全满脸是血从她身边跑过，后面几个日本兵紧紧追赶着，她大声地喊："停一停，我是芬儿！"他一扭头，冲她一笑。这时一颗子弹击中他的胸部，鲜血直流，他晃了晃身子倒了下去……

芬儿"哇"的一声惨叫，从噩梦中惊醒。几乎是同时，芬儿的妈也被惊醒了，芬儿妈立即点亮了油灯，只见惊恐万分的芬儿脸色苍白，额头上冷汗直冒。

芬儿把刚才的梦告诉了妈，母亲急切地问："你看到他流血了吗？"

"看到了，我看到鲜红的血。"

"那就没事，只要梦见红血，就是反梦，说明他没事。"母亲肯定地说着。

这时正好传来一声鸡叫声，芬儿爹也安慰道："鸡叫时做的梦不灵，赶紧睡觉吧！"

村头的大槐树黄了又青，青了又黄，只有脚下的磁窑河水还在不停地流淌着。

晨曦里、黄昏中，一个从未间断的剪影像雕塑一般经常出现在大槐树下。

漫长的两年过去了，她的爹妈整天唉声叹气、着急万分。这期间，也有媒婆上门提亲，但看到芬儿铁一般主意坚定的神情，纷纷退门而去。

“师傅”，喊声伴随着车门“吱”的一声响被打开的话音飘进来，司机吓了一跳，慌忙坐起身来。一个全身穿着警察服的警察已经坐在他身旁的副车位上：

“去汾阳城。”

“哦，什么？……汾阳城。”司机以为自己是听错了，又问了一声。

“嗯。”

“啊，深更半夜又走三眼门？”司机诧异地几乎喊出来。

警察没有理他。

这趟火车走的是汾平铁路白石至汾阳城的一段，路经义安村西南的三眼门。

汾平铁路，是二十世纪三十年代后期，由山西省国民政府修建的窄轨铁路，也就是人们说的“米轨”，修建当年就通了车。由南同蒲铁路平遥火车站接轨，横穿平遥县西部，过磁窑河入汾阳县境，在白石村设立火车站。日军侵略华北中原后，实行“以铁路为柱、公路为链、碉堡为锁、外线包围、内线分割”的“囚笼政策”，以正太铁路运输为主动脉，军力和物资源源不断向南向西推进。

三眼门是汾平铁路上的高架桥，因四柱十几米高的钢筋水泥桥墩浇筑成的三孔桥门而得名，当地人也称“万人坑”。

据说那个地方邪得很。铁道伴随着一条砂石路，经常有车在夜里经过那里时翻进公路旁的河道里。一些侥幸生还的驾驶员事后都说自己原本开得好好的，突然眼前就出现两条公路。明明是沿着一条公路跑着，却不知道怎么就一头冲进了河里。事实上，那里根本就只有一条公路。还有一些说得更悬，夜里经过那里的时候还亲眼看到一个穿白色或是红色衣服的女人在路边拦车……众说纷纭，说得如同真的一样。尤其是外来人，把当地久已消灭无余的各种画符捉鬼、荒唐不经的传说，在茶余饭后向陌生人龇牙咧嘴一谈，更神乎其神。

司机原本也不大相信这些以讹传讹的鬼故事，但这种雨夜要他去那种地方多多少少的心里都有点发毛，一时间不由得一阵阵的踌躇：

“这……这……”

“呵，你怕?”警察转过头来，讪笑的声音中带有一种嘲讽。

司机紧张的心情一下子就被警察这问话打懵了。换在白天，不在话下。抬起头，司机望了望漆黑的天穹，想了想连下十多天的雨，也想了想妻子，想说：

“有点……”却硬着头皮咬咬牙：

“有你，不怕。”

借着那微弱的灯光，那警察的脸模模糊糊地印在了司机的眼里，一身全副武装，幽暗的脸庞也似乎透露出近乎如衣服的颜色，充满着一种诡异的庄严：“汾阳的太君柳田等急了这些军火物资，就是火焰山也得闯过去。”

“滴滴滴——”，刺耳的汽笛声响起来了。不知什么时候，警察的妻子赶来送他，他不知道，妻子在火车旁孤独地站着，她佝偻着身躯，就那样静静地站着。微凉的风吹来，带起她额前的几缕发丝在风中轻轻颤抖。她捋了捋头发，又皱了皱眉，眼角的皱纹显得更加明显。那被风吹了许久的嘴唇，看上去苍白无比。其实她本不是那样的，只是因为思虑而变得苍老。她转过头向西方望了望，又转过来望着火车，依旧站着。

“滴、滴、滴”这无情的汽笛声，再次响起，刺痛着她的心，她再次向西方望去，又微微张了张嘴，却没有说出话，只发出了一声重重的叹息，显得那么的孤独与惆怅；她还是静静地站着，在微凉的风中，带着希望的眼神，望着西方。

这声“滴”是最后的时间，火车马上就要开走了，她不禁颤了颤身子。不得不转过身来，伸出左脚就要向前踏去。可下一秒，她又收回脚步，转过头深深地向西方凝视了一眼，而后无奈又孤寂地站在那里。

火车开走了，向西方开走了，可车窗旁，一直有一位女人，久久地深情地凝视着，那是她丈夫前行的地方。

黑暗的帷幕，拉出一阵耀眼的光线。此时，火车内的人没有说话，只有一种让人窒息的冰冷。

“轰！——”

火车刚过三眼门不远，炸药包炸毁了后面几节车厢。早已在这里潜伏的汾阳游击队，冲上来击毙几个随车的日寇，砸开车厢，拿出物资——粮草、衣服、枪支等，下面的人有的用手搬，有的用车推，来来往往，呈现出一派繁忙的景象。这时，一名侦察员跑到队长跟前，敬礼说道：

“报告队长，公路上鬼子的大卡车要来了！”

队长急忙问：“还有多少货物？”

“大半厢弹药，还有……”

不一会儿，大卡车来了。

“轰！轰！——”随着山崩地裂般的几声巨响，车厢爆炸了，连同上来的大卡车一起开了花。

原来，被炸毁的后面几节车厢，是事先在火车站由那个坐在司机身旁的副驾位上的警察安排人把一个炸药包固定在车底的。

东方的天空渐渐泛起了鱼肚白，一金线般的晨曦在田原里穿梭，很快就要天亮了。

这位警察就是胡秉全，是我方在平遥铁路警务署的老卧底，他的公开身份是白石火车站日伪警务段警长；为我地下党、时任八路军第十八集团军 115 师洪赵支队白石火车站游击队队长。他一身警服包裹着健美的身躯，头发剪得很短，刺猬似的一根根直向上竖起来，两道漆黑的剑眉下一双眼睛炯炯有神。

二

汾水一方，居河之阳。

白石所在汾阳乃何地？

汾阳东濒汾河，右阻金锁，前临离石，背倚汤泉；控带山河，腋挟秦晋，春秋瓜衍，战国兹氏，李唐西河，大明汾州，迨至汾阳专区，已逾两千六百余年矣。

“黄河水绕汉宫墙，河上秋风雁几行。客子过壕追野马，将军弢箭射天狼。黄尘古渡迷飞挽，白月横空冷战常，闻道朔方多勇略，只今谁是郭汾阳。”其中，说的汾阳王郭子仪的所在地就是汾阳。

这里，不乏军事大家，英雄辈出，郭子仪以外，还有狄青、蒋三等，汾阳一直是兵家必争之地。

白石，顾名思义洁白的石头，有清刚稳健，大水冲不垮，大火不易烧，任何外在侵扰不惧，恒久守成的吉祥含义。又相传两百年前村西有陇雨河，村东有磁窑河，有一次发大水，将一块儿大白石冲入该村压入坑内。后来，有人将这块儿白石垫了起来，并盖了一座东官庙，故名白石村。村子位于太原盆地中汾河、文峪河、磁窑河三河漫流的冲积平原上，古代常受三河侵袭。这里土坑众多，水塘遍布，土质松软，盐碱成片，水鸟成群，鱼塘虾坑，芦苇繁茂，草木萋萋。白石村的先民们，有的为躲避战乱迁徙而居，有的为逃债落难而住。他们兄弟结对，携家带口，在这块儿水草丰美的土地上，捕鱼打猎，熬制土盐，开荒垦地，日出而作，日落而息，春种秋收，造房建村，一代代繁衍生息了下来，艰难地创造着属于自己安宁的乡野生活。

清中晚期，村西北三官庙、村东河东公庙是规模比较大的两座，而且庙前都建有戏台。村中有尼姑庵、观音庙等七八座庙。村东南呼家庙外东南角建有三层气势雄伟的魁星楼。

这些庙宇，同样是随明修长城清修庙的大势应运而生的。明朝为防御草原游牧民族的侵扰，而举国力修筑边塞长城。清兵入关，一统北方游牧部落，外患消除。为了实现满汉同席、和谐共处的太平局面，一方面实行汉化政策，一方面举民力修筑寺庙道观。翻开厚重史料，我们可以看到，对民众实行东方儒道教化与西方宗教信仰成为清朝统治天下的政治手段而延续两百多年。遍布全国的庙宇道观气派雄伟，成为大清王朝除各种衙门之外最壮观的建筑群落。村小庙多，住宅简陋，寺庙豪华，一定远远超过杜牧笔下“南朝四百八十寺，多少楼台烟雨中”的南北朝，成为中华历史上最为奇特的文化景象。大清王朝的兴盛，富裕起来而被愚弄的民众，在清朝的政策号召支持下，倾其财力建筑了无数大大小小的寺庙道观，最后，大清朝在国力耗尽、经济全面崩溃、内忧外患中走向了灭亡。

白石村，旧有温家庄在村东，今合为一村。恒丰里，正街，即汾平往来大路。城正东二十七里，东西一正街，堡堰均无，通大车。汾河水有时为患，井水甜，深二丈许。田地五十顷，有完平遥官粮者，因东与平遥接界。村北临汾平汽路，改通火车。同蒲铁路，民国二十四年（1935）已经通过平遥，每仪西筑之路，以通陕北。民国二十五年（1936）春开始修筑，同年五月二十四日，汾平通车。汾阳平遥铁路，由南同蒲铁路平遥县火车站接轨，横穿平遥县西部，过磁窑河入汾阳县境，在汾阳县白石村和城东通介门外，分别设立火车站。白石火车站位于村东北。一九三八年忻口战役后，国民党军节节败退，日军由北向南而下，汾平铁道、白石火车站被日寇侵占，是日寇重要的物资运输站点和盘踞要站。

火车站历来是兵家必争的一个重要的运输站点和枢纽，在军事上具有一定战略意义。管辖白石火车站的是平介县平遥警务段，然而，平介县在地图中是找不到的，其作为一个县的建制，是在抗日战争时期，根据地理条件和敌我斗争形势需要组建而成的。全县包括平遥、介休、汾阳、孝义四县的各一部分，是晋中平原的汾、平、介、孝边区县，素有汾河“河套”之称。境内从北到南紧靠同蒲铁路，汾平铁路贯穿东西，汾河从东北到西南斜穿全境。在日寇的残暴统治下，人民的生命财产受到严重损失。太原失守以后，阎锡山逃到晋西南，与日寇签订反共协定，经常派特务和反共突击队到平介破坏，奸淫抢掠、杀人放火、无恶不作。这里的人民在日寇和阎匪军的双层压迫下，过着牛马不如的生活。当时群众中流传着这么三句话：“白天怕日头（指日本太阳旗），夜晚怕勾勾（指阎匪十九军），白天黑夜盼八路”。

白石村是二区所在地，在汾阳居于人性特殊的二五区中心。而对此也是个谜团，多少年来，人们始终没能理清楚是这片土地上的人们造就了二五区，还是二五区改变了他们，无论哪朝哪代，这里英雄辈出。当然也出“狗雄”，但又有不少“狗雄”最终还是变成了英雄。就说胡秉全，为了养家糊口，他也是早先在阎锡山办的太原兵工厂军人实习部当武教官，自身练就双枪“二把盒子”好枪法和一身好武功，既教新兵器的使用，也教带兵、打仗。

一次，胡秉全喝酒后，带警务段、工务段的弟兄们去看太原兵工厂，众人诧异地看到喝了那么多的酒的胡秉全竟然还有这么精神，快深更半夜还要去那么偏僻的地方，不过身为警察，他们迅速地叫来了车队和警卫，在众人层层的保护之下，一支车队直接开向了太原兵工厂。

太原兵工厂和沈阳兵工厂及汉阳兵工厂，是民国史上的三大兵工厂，是阎锡山称霸山西的最基本保障，这个兵工厂虽然在中原大战后被蒋介石数次分解，但在阎锡山明里暗里地拉拢下又几乎恢复了他原先鼎盛的产量，兵工厂的月产量为：轻重炮三十五门，迫击炮一百门，步枪三千支，机枪十五挺，冲锋枪九百支，炮弹一点五万发，迫击炮弹九千发，子弹四百二十万发。阎锡山依靠这些武器装备，使晋军发展到三十万人的兵力，并有余力高价出售武器给李宗仁、马鸿逵、马步芳等外省军阀。

秋日的天空里，团团白云像弹好的羊毛，慢慢地飘浮着，田野里飘来庄稼成熟的淡淡的味道，放眼看去，一片青黄色。好在这年天遂人愿，庄稼长得实在是好，满怀喜悦的人们期待着一个满满的收获季节的到来。有赶集过来的乡亲们在互相各说着，他们从演武镇子上听说有几个村子被日本人扫荡了，粮食牲口被抢走，就连房子也被烧得一片狼藉。于是大家都希望秋天早点到来，把庄稼快点收割完。村长把村里的年轻人召集开了会，轮流在堡墙上站岗放哨。

夏秋之交，庄户人家有一个短暂的休闲期。这段时间，胡秉全也没闲着，因为举办婚事需要钱，胡秉全早早地就扛着锄头到田里挖红薯去了，这天正好胡秉全不站岗，临走的时候还给爹妈把午饭也做好了，说自己天黑的时候才会回来，让他们中午自己热着吃。

芬儿也和父母、哥哥到地里起胡萝卜去了，一直到接近中午的时候才收拾完。一家人正背着捆扎好的胡萝卜准备回家，忽然村里三官庙的钟声响了，紧接着看见一群惊慌失措的乡亲扶老携幼从远处跑过来，边走还边喊："鬼子来了，赶快跑啊"。

芬儿朝堡墙烽火台望去，果然烽火台上冒出滚滚的浓烟，甚至还听到远处传来打枪的声音——

一家人赶忙撂下背子，相互吆喝着加入逃命的人流中，朝离村五里多地的一个地方跑去。芬儿左视右看，始终没有看到胡秉全和他父母亲的身影，问了问身边的几个老乡，都说没见到。芬儿焦急万分，几次停下来，朝村子的方向张望，她哥生拽硬扯，才把她拉进逃命的人群。

人们相互搀扶着逃命，有的人还驱赶着羊群、拉着牛，惊叫声、吆喝声混杂到一起，土道上扬起一片黄尘。

黄昏时分，村顶的大钟声再次响起，日本鬼子走了，人们急匆匆地往自家赶，查看自家的财物，有几家的房子被烧了，化为灰烬的门窗还散发着呛人的焦味。

芬儿喝了口水，飞一般地朝胡秉全家跑去。门板已掉到地上，屋里没有一个人。家里的东西还算是齐整，就是不见胡秉全和他爹的影子。

芬儿叫了几声，无人答应。芬儿想着，可能是两人躲到什么地方了，还没有回家。

她习惯性地走到牛棚，准备给牛添些草。哪里还有牛的影子，再探头往里一看，胡秉全爹倒在了血泊之中。芬儿吓得脸色苍白，下意识地发出一身凄厉的尖叫：

“快来人啊！杀人了”。

听到叫声，邻居们有几个胆大的赶了过来。定睛一看，只见倒在地上的胡秉全爹两眼怒睁，手里还紧攥着一柄锄头。原来是胡秉全爹眼看着日本鬼子要抢走他家的牛，和日本鬼子搏斗时被打死了。

乡亲们都难过，几个妇女更是哭成一团，芬儿六神无主地瘫坐在地上抽泣。有的人赶紧去找胡秉全去了。

“咣铛”一声，大门板被踢落在地，一个黑塔似的身影出现在人们面前，只见胡秉全冲到父亲的遗体前，母亲随后而来，他们久久地呆立着，盯着自己的丈夫和父亲，胡秉全钢钳似的双手紧握着，猩红的眼睛射出愤怒的电光，额头上的青筋仿佛要崩裂一般，忽然喉咙里发出雄狮般的吼叫声：

“狗日本，老子杀了你！啊——”。

一声怒吼后，他忽而又肃静下来，满眼涨红，随即缓慢地走近父亲的遗体，松开他手中的锄头，伸出硕大的双手将父亲怒睁的眼睛轻轻抚上，“爹——，儿子会为你报仇的！”。

胡秉全脸涨得通红，拾起地上的斧头就要往外冲，芬儿赶忙拽着他的裤脚往回拉，以致被拖出了几米远，众人这才回过神来，合力将胡秉全抱住——

掌灯的时候，三官庙的姜庙侠儿也闻讯赶了过来。“人死不能复生，还是先入土为安吧”。姜庙侠儿没有了往日的傲慢与神秘，和声说道。

在众人的劝慰下，胡秉全慢慢冷静下来——

三日后，在姜庙侠儿的主持下，众人将胡秉全爹安葬了，整个村子渐渐恢复了平静。

“头七”上坟归来，芬儿帮胡秉全收拾家。胡秉全依然坐在灶火旁不停地抽着烟，什么也不说。芬儿知道他心里痛苦，只默默地照料着他，很少插话。

“芬儿，不用收拾了，我有话说。”胡秉全终于说出了今天的第一句话。

芬儿赶忙停下来，挨着他坐下来，红红的眼睛紧盯着胡秉全的脸。

“这个家就交给妈和你了，爹不能白白死了，我要出去报仇！”

一脸惊讶的芬儿，半张着嘴，想说出什么，但什么也没有说出来。她有一种预感，几天来沉默寡言的胡秉全，心里一定在思考、抉择着什么。

天色已晚，寒风刺骨，风里夹着一片片雪花纷纷扬扬地飘着。就在这一天夜里，胡秉全家来了一伙日伪军。

“快开门。”门外嚷嚷道。

“谁呀？”

“这是胡秉全家吧？”

“是的，可深更半夜……”

“我们是白石站的，胡秉全，太君有请。”

几个伪军闯进来，不由分说，拉着胡秉全就走。

“好，我走。”胡秉全朝着敌人也当着芬儿的面坚定地说。

“你走了，我怎么办？”芬儿说着，两行眼泪早已挂满了脸颊。她知道胡秉全的性格，一旦决定的事情就是九头牛也甭想拉回来。

“等着我，我一定回来娶你！”胡秉全说得同样是那样坚定，同时把一个红毛巾郑重其事地递给芬儿。

芬儿抽泣着，近乎以一种哭腔央求着：“你一定要活着回来啊”，说罢就一头扎到胡秉全的怀里，两只胳膊紧紧地搂着他的腰，生怕马上就会失去他似的。胡秉全尽量控制着自己的情绪，但还是有几滴泪珠落到了芬儿的额头上、发际里……

知道胡秉全要去火车站了，几乎是全村男女老少都来送行，看着胡秉全既不忍又不抗拒的样子，怀着对他不解的心理，一直目送他走出了村子。胡秉全回头挥了挥手，示意乡亲们回去。自己径直往大槐树下走来。

早已在大槐树下等着的芬儿，两眼通红，从口袋里拿出一个像香囊似的东西，挂到胡秉全的脖子上。胡秉全明白，那一定是芬儿妈昨晚从姜庙侠儿那里请来的一道护身符。

芬儿把几双鞋和几件替洗衣服包成一个包袱斜挂到胡秉全肩上，胡秉全不敢对视芬儿的眼睛，生怕自己的眼泪再次掉下来……

他们沉默着，离别的痛苦使他们说不出一句话。中秋的天气已经有点凉，几片枯黄的树叶簌簌落下来，有几片落到胡秉全的头发上。芬儿赶忙把树叶拿下来，并顺手给他整理了一下服装。

看着时分，胡秉全催促母亲、芬儿赶紧回去。胡秉全头一扭，转身就快步走开了。他甚至不敢回头，生怕看到她们那伤心欲绝的脸。

一只乌鸦“哇——”的一声，从大榆树枝头飞向远方，芬儿心里一怔。她心想，许是它受到惊吓才飞走的吧。

直到胡秉全的身影消失成一个点，母亲和芬儿才拖着沉重的脚步返回家中。

到火车站，一去就让他当了白石火车站警务段的警长。一步登天，要说理由也有，就是因为他曾在阎锡山办的太原兵工厂军人实习部当武教官。胡秉全知道，不接受就得掉脑袋，以至株连九族。无奈之下，他勉强上任，内心里已决定从此潜伏在敌人内部，一旦有机会就为父亲报仇。

时间不长，为牵制敌人，白石站急需有我方人员，即由平介县确定敌工科王兴深入火车站日伪人员中间进行策反。

“哈哈，听说警务段的李全耀是你妹夫？”王兴颔首笑了笑问道。

“是呀。”我方情报员于常娥答说。

“你和妹子谈一下，让她做妹夫的工作。据我们掌握的情况，胡秉全虽然没有经过策反，但是受其父亲和亲属们的影响，早就对日军深恶痛绝，已为我方默默地做了很多工作。不过，由李全耀给胡秉全打个招呼，通过由胡秉全配合完成警务段、工务段的策反，我看，这样总成。”王兴说后啪地打了个响指。

事情的发展正如王兴预计的那样顺利，策反很快，到一九四三年上半年，已发展我地下党十六人，警务段的全部和工务段大部分都与我方上级接上联系。经平介县敌工科将他们正式编为八路军第十八集团军 115 师洪赵支队白石火车站游击队，胡秉全任队长。

胡秉全首先把选择情报员的事当作一件重要事来考虑。他深入到白石村，他问有关人说：

“我们准备选情报员。”

“咱村每天有八路军驻，如果挑不好人是会出事的。”

“怎么选？”

“要挑选能给我方了解敌人情况的，又不能向敌人暴露我方消息的人去当情报员。”

经过酝酿，先挑选了两个，一个是任光普，原来曾给驻平遥的平介县敌工科送情报，他机智、勇敢、办法多，还把敌人的便衣变成了八路军的情报员；第二个是李全耀，他的同学，很了解李全耀的为人，善处事，也是一个好的人选。准备让他假扮汉奸，以接触当地汉奸为主，在火车站当副警长为辅，以应付敌人，了解敌人的情况。

火车站的地下组织在白石村医院设立地下交通站，医生任光普任交通员，与香乐村交通员霍丕先单线联系。同时，以温梓晋、朱永轩为骨干形成白石村的地方武装，与警务段地下组织相互策应。

吴远征，离开工务段回白石村经营大烟。这个人原来是个穷小子，父母车祸死去，孤零零地在孤儿院长大，以屠宰为生。自驻下日军后，混进工务段，改行贩卖大烟料面，又爱赌钱，发了财。胡秉全了解吴远征，知道他平时就很亲日，策反中有意避开了他。他觉得日渐与车站里的人们说不在一起、干不在一起，于是就溜回了村里。他常以喝酒、抽大烟、赌博，广交各界，三教九流，既和我方人员有联系，又和日伪有勾结，两面讨好。

三

天地英雄气，千秋尚凛然。

霍丕先一身勇武之气，人称霍四牛，东至平遥杜家村，西至汾阳白石村，四十八村的敌情报网全部由他管辖。有一次，接香乐村交通员霍丕先的指令，任光普从汾阳城丸红株式会社正山一郎那里购进了些药品和其他小物品，出来之后，走了不远就碰到吴远征，头戴礼帽，身穿大褂，手戴金戒指，俨然一个大商人模样。他在街上看见任光普拿的一个绿翡翠旱烟袋，便叫住问：

“你拿的什么？”

“旱烟袋。”

“哪儿来的？”

“买的，老哥，如你喜欢就送给你吧！”

吴远征笑着说：“这还差不多。”

他拿起了玉嘴子，任光普从包里拿出“厚生”烟给他，他不吃，说是“驴粪蛋”，自己动手在包里翻腾，非要吃“金葫芦”“麦秋”烟不可。任光普和村里人们知道吴远征经营大烟，与日伪军混得烂熟，尽量不惹他，平时人们出门不敢骑车，不然碰上皇协军也得被抓走；就是鞋也不敢穿新的，不然遇上吴远征也要脱去。趁吴远征点着“金葫芦”烟的时候，任光普提包就走。

“吱，站住，这个大包里是什么？”吴远征一声叫喊，指包发问。

“没啥，购进了些药品，顺便给人们捎带的东西。”任光普搪塞道。

“带这么多药品干什么？”吴远征夺过包来说。

“我准备送警务段的。”任光普故意这么说，是因为吴远征知道，胡秉全与任光普从小就是在一起要好的同学。

“放屁，火车站要那么多药品干什么？”吴远征一脸狐疑。

“不是，给站里一少部分，大部分是回村里批发周边卫生室的。”任光普见话茬不对，急忙改口说。

“这个大包我得留下，城门把得这么严，你是出不去的。再说，一下子拿这么多药品，如果皇军以为你是给八路搞的，那就咱们村里的人都要跟上你遭殃。”吴远征边说边把包拿上就走。

这些药品，他们确实是从丸红株式会社购买的。

这一天，县城的天穹无限静好，五月里不冷不热的光洒遍了这座慵懒的城市。

丸红株式会社在二府街一个高墙大院内，以前是有钱人家的院子。后花园的树木，如丁香、西府海棠、藤萝架、葡萄架、垂柳、洋槐、刺槐、枣树、榆树、山桃、珍珠梅、榆叶梅，也都成人家普通的栽植物，这时，都次第地开过花了。尤其槐树，在二府街不分大街小巷，不分何种人家，到处都栽着有。五月里，你如果登汾阳医院的煤山之巅，对汾阳作个鸟瞰，你就看到县城的房子全参差在绿海里。这绿海大部分就是槐树造成的。五月里，下过一回雨，槐叶已在院子里着上一片绿荫。白色的洋槐花在绿枝上堆着雪球，太阳照着，非常的好看。枣子花是看不见的，淡绿色，和小叶的颜色同样，而且它又极小，只比芝麻大些，所以随便看不见。可是它那种兰蕙之香，在风停日午的时候，在月明如昼的时候，把满院子都浸润在幽静淡雅的境界。

丸红株式会社董事长兼总经理正山一郎是日籍朝鲜人，笃信基督，专营药材。因他经营的药材大多要从山东、河北运来，白石火车站是其药材调度、站检的必经之地。他虽然是日籍但毕竟是朝鲜人，看问题习惯站在中间立场，在生意之余与人谈一些中日战争的看法，胡秉全给他谈到前方战场上日寇灭绝人性的新鲜事例，他听得愤怒时，用《圣经》来诅咒日伪军的侵略罪行。胡秉全将他渐渐发展为我方人员。这次任光普带的情报及物品，都源于丸红株式会社。

任光普心里闹着。要想追回来，他想到了新民学校校长夏蝶，夏蝶与任光普是邻居，邻里关系处得也好。夏蝶有几年不在村里，人们说是在外面上学去了，她本不应回来的，好像是在外面受了什么不能告人的窝囊气病回来的，一回来就没有再走，经媒人介绍，与白石村一普通农家人结婚成家。他发现这一段时间，吴远征常到夏蝶的家，与她不分白昼，过从甚密。

夏蝶真是笑靥如花，清水出芙蓉，天然去雕饰；秀色空绝世，不知馨香为谁传。

夏蝶丈夫也是白石火车站的司机，经常深夜出车。上次火车遭到我方伏击，尽管那天的值班司机不是她的丈夫，可夏蝶总觉得司机这活儿不是个久差事。打那以后，为了调整丈夫的工种，她就在学校、车站和城里三头住宿，有时就不去学校在城里活动。为达到目的，皇协军也好，伪警察也罢，能用的，想方设法拉关系。“世路难通钱作马”。她和他们“混”在一起吃喝玩乐，真可谓是些“狐朋狗友”。而这些汉奸，知道她会日语，遇事还想用她，各怀心思，各有打算。有一次，她走城门卫室前，出来一个日军，看军衔知是伍长，打量了她一下说：“喂！你的这边的来！”把她叫到门卫室里面，还有四五个日本兵。

伍长厉声问：“你是谁？”

她用日语回答：“各位午安！我叫夏蝶，初次见面，请多照顾”（这是日本人初见面的寒暄敬语不含他意）。

“你的什么的干活？”伍长凄厉地叫喊着。

“我是现在白石村新民中学任日语教师。”她几句话就把他们愣住了，都惊奇地看着她。

这个伍长说：“啊！你是不远村里的日语教师，怪不得常见你从这儿走过。”她想，皇军真狡猾，可能早注意上她了。

接着说：“好的，你为大日本皇军建设大东亚共荣圈教学生日语太好了！”

她附和说：“中日提携，共存共荣嘛！”

“好的，那我们是朋友了，我叫池田太郎，是门卫班长。”

她说：“池田君，谢谢你的友情。”她看了看表说：“上课时间到了，我该走了。”并和其他日军握手告别。

“今后有时间请多来。”池田边走边说，送她出了城门，并对别的日军介绍了她，她只一声谢谢，再见话别。皇协军、伪警察目瞪口呆，弄不清她是什么人了，她骑车上路了，心想这一盘查收获不小，机遇多巧，心里十分高兴。

她却故意掏出良民证说：“你看！是个中国人呀！”

他哈哈大笑说：“以后不要带，不看了”。

夏蝶倒吸一口气。

前些日子，任光普从外面回来，正碰到夏蝶从家里的院门把吴远征送出来，两人见了任光普有些尴尬。

夏蝶逢场作戏对吴远征说：我光普哥人缘好，我们可处，近来唯家庭困难经营药品兼系小商，今后万一有事你得鼎力相助。当天下午，任光普在大街见到了夏蝶。

他神色慌张地说："他弄到些药材和火柴盐碱，被吴远征拿走了，他说怕给咱们村里惹祸。这该怎么办？"

"吴远征那人就是太贪婪，最近他不理我，我也不知道怎得罪他了，可能是没有达到他的什么要求吧。这样吧，待我想法，找一个人与他说。"夏蝶为避开嫌疑，故意皱着眉头说。

夏蝶一时灵机想到鼓楼西街日伪合作社的总经理铃木。铃木是日本人，经营大烟生意，是她三个月前买表时认识的，当时正遇外来客商进货，经他翻译，生意成交相识，认识以来不断来往也结下点交情。知吴远征经常送大烟去他那儿，他与吴远征非同一般，当即去找他说。

"俺村任光普是我的邻居，家有老母、病妻、孩子，生活特别困难，此人老实善良，绝对可靠。今因贩了点火柴盐碱买卖维生，被吴远征将东西拿走，还说怕皇军怀疑是八路分子，株连到他，这真是冤枉好人！咱们有朋友情义，烦你去说情，把东西拿回！"

铃木沉默了一会儿说："这人的情况你怎么知道？"

她闻声爽朗一笑，说："哈哈，邻居嘛，无话不谈。"

铃木霎时严肃起来，说："对你我完全相信，你是效忠帝国的日语教师。"

她只寒暄了一句躬身示谢，马上插嘴说："你既然相信我，就可以完全相信他。”

任光普马上把衣兜里仅剩的一盒“麦秋”烟掏出来。铃木好像很为难，夏蝶手里接过两支烟来，给铃木一支烟，自己点着一支烟吸起来。

“这件事，你和吴远征就能谈嘛，用你们汾阳家的话说，何必夹山买驴牛，进城绕孝义？”

“人家财大气粗，不理人了，哪能看得起我们这些无名小卒。”她眨了眨眼说。

“哈哈哈，男人和女人，女人一时做不到有求必应，男人就不高兴，难免，难免。”铃木对他们的暧昧早有所耳闻，学着眨了一下眼，挠了挠脑袋说道。

三人又抽了一阵烟后，夏蝶说：“先生，这样吧，你和我们去见一下吴远征，该说的话我说，有你压阵我们就理也直了，气也壮了。”

铃木寻思片刻，说：“那咱们一块儿去吧！”

于是，相随到吴远征在城里开的大烟铺里。

见了他们来，吴远征迎上来握着铃木的手说：“铃木先生，大驾光临，有失远迎”。

铃木觉得本来是他们三个人一起来，好像是只欢迎自己一个人来，他看着任光普、夏蝶冷在那里半天，忙说：“还有……”吴远征接过话来：“知道，他们和我都是同一个村的，就不客气啦。”

“是的，不客气了。”任光普捋着吴远征话的后音，让他的这调子顺版下来。

吴远征见夏蝶站在那里一动不动，就说：“是哪股风把你吹来的呀？”

“还有哪股风？是我们邻居任光普这股风。前些天，我对你说过的话还没有冷呢，你倒把它当作耳边风了。我说过，我哥有事你得鼎力相助。咱们汾阳俗话说，借不来米，还能丢了勺子？我哥这次就成了，图米没有借来，你还把人家的勺子扣了。”

“我也是为他好。”

“你的好心，我代光普哥领了。他充其量就是一个郎中，栖栖惶惶的，你快把人家的东西还给吧。”

吴远征低声闷语地从喉咙气里“嗯”了一声，看了铃木一眼，这时倒拘谨起来，稍停，又看了铃木时，铃木没有说话，只是点了一下头。

“看你们的面子，那我就给他。”吴远征边说边把东西递给任光普。

由于铃木的周旋，问题就这样了结，使任光普得以脱身。

傍晚，夏蝶把任光普送出城门后，正在卫室与池田太郎谈笑时，胡秉全骑自行车带着一大包火柴准备进入城门被门卫拦着搜查，夏蝶看到后，说：

“池先生，怎么你的人总是和我的人过不去呀？”她讪笑道。

“这也是你的人？”

“是呀，他是胡秉全，也是我们白石村的。他可不是一般的良民，是白石火车站的警长，您更要网开一面啊。”

“警长，这位是门卫班长。”

“伍长好。”胡秉全寒暄中出示警长证。

“警官大人，您好，抽一支？”伍长看着夏蝶，神情缓和了许多，拿上一支烟，关切地问。又以寒暄的口吻道：

“请原谅小卒有眼无珠，多多海涵！”

“伍长，不敢，不敢。”胡秉全摆手道。

“伍长，日后警长出入此地就不必我来说情了吧？”她调侃道。

“哈哈，不必，大可不必。”扑哧一笑。

“伍长，如真有此番诚意，还烦您为他出个汾阳境内的通行证。”她紧追不放。

“应许，应许。”门卫班长说着从兜里掏出一张通行证。

“太感谢您了。”胡秉全颔首把证件接过来。

从这以后，在夏蝶的引见下，任光普以各种方式继续“联络感情”，终于突破了敌人的心理防线，来往畅通无阻，但总是警觉行事。当时，火柴、盐和药品都是我军紧缺东西，怎么带？他们想方设法制了一条四十厘米，宽八厘米，厚二厘米的布袋，把盐装在袋里，紧靠内衣在腰间扎紧，隔二间三，每次仅能带这么一点；火柴、药品也是如此，虽微不足道，但对抗日根据地军民来说却是珍品。

胡秉全这次出行，是按于常娥的要求，到汾阳支队实地了解和感受战地部队给养的需求。临行前，于常娥吩咐：

“正山一郎现在不在城里，日本人查得很严，很多个城市的站点都被破坏了，所以我们站大部分已经转移到了附近的山上，只留下少部分联络人员在城里收集情报。你要了解情况，就必须上山找他，但现在找他也难，干脆直接找部队吧。”

“是，于姐请放心！”胡秉全答道。

四

一座座碉堡站在开平的乡间，站在匪盗蜂起的年代。

从老远看，白石火车站最耀眼的是以站为中轴雄踞对峙的两座碉堡。

站西铁轨西北处建有一座碉堡，站东铁轨东南处也建有一座碉堡，俯视下面的平原，宛如两只眼睛、耳朵和鼻孔，遥相呼应。车站东西全长约五百米，站北修建站台时正中挖成东西长四百米，南北宽一百米，水深三米的护站河，人称站坑；车站属地四面围有铁丝网，碉堡顶端安有探照灯，封锁沟墙纵横交错，探照灯巨大的光柱像一把明亮的银色长剑，刺破夜空；碉堡内有日本鬼子和伪军把守，戒备森严。

碉堡也是一个据点，尤其是在1943—1944年间日伪军加紧了看守，碉堡巡防队的队长就像走马灯一样的频繁，前后有四个日军队长驻防，他们是山田队长、眼镜队长、毛队长、拐队长。山田是真名字，其余三人都是老百姓根据他们的长相特征给起的外号。如眼镜队长是戴一副眼镜；拐队长是走路一瘸一拐，可能是负过伤；毛队长是个连鬓胡。那个眼镜队长，他在这儿时间不长，三四个月就调走；后来又来了个毛队长，他的名字叫丰岛。

这时据点里有日军三十来人，伪军三十来人，他们一家守一个碉堡。当我方支队在白石把日伪军捣毁了一家伙，日军因此把拐队长调走，毛队长二次又调来，前后两次共驻一年多时间。毛队长来时，站长是“狗熊”，和胡秉全接触最多，他不用翻译，会说中国话。他知道火车站在白石村，不敢轻举妄动。他一来就告诉胡秉全说：

“你告老百姓，叫他们不要害怕，我们也是为了交代上司，不得不来驻防，不准日伪军随便下据点到村里捣乱。”

有一次日伪军清山，来了两百多名城里的伪军，在村公所里要这要那，又打人又骂人闹得乱七八糟。他到据点里告了“狗熊”站长，派了胡秉全带两个警手去村里把伪军叫到据点里，叫他们站起队来，挨个儿地打耳光。

胡秉全利用工作之便，让白石村农会秘书任绶勤经常实地深入了解部队需求，掌握第一手情报。

一次，天空一片阴霾，任绶勤穿着便衣，衣衫褴褛，棱角分明的脸上挂着雨滴，骑自行车朝县城西北奔去。

这时，天已漆黑，气温下降，天上飘起雪花来，田野里升起了氤氲的水雾。他几次滑倒，裤子磨烂了，光着屁股坐在雪地里，稍稍休息一会儿。到达敖坡，忽然吼起西北大风，天气突然变得很冷，他疲惫不堪，实在支持不住，晕倒在地。

蒙眬中，他听到不远处像是部队里有人喊：

“同志们，加油呀，敖坡村的民兵很快就来搭救我们啦！”

果然，没吸一袋烟的工夫，人们手里把着油松火把，飞也似的跑来了。民兵队长发现雪地里有个黑影，走过去看，任绶勤已经冻成一根棍，不省人事。人们以为他是随军的什么人，二话没说，背起就回了村，营长来看他，因为事先有人给他说过任绶勤的模样，一见面就认出他是八路军第十八集团军115

师洪赵支队白石火车站游击队的胡队长派来的。他的手足都冻起了泡，疼得厉害，卫生员给打了一针吗啡，熬到了天明。

第二天，队长骑着马来慰问部队，才知道昨晚他星夜赶来。队长的下身结了一寸厚的冰，冷得直发抖。从支队长口里得知，一夜间，冻死战士四十多人，冻伤六百余个，送进了军分区医院。他了解到，部队医院，条件十分差，缺医少药，设备简陋，伤口消毒是用食盐洗，药布子用了再用，伤员的冻伤，有的光烂不好。为此，有三个伤员，商量准备上吊自杀，他们每人把裤带解下来，不够用，就把被子扯成条子接上，把绳子先搭在大梁上，后被护士发现全部没收了。院长来给他们道歉，并询问他们为什么自杀，才知道他们是为了减少痛苦，给部队节省药品。

临走时，任绥勤把一个褐色的皮包郑重地交到队长手里，队长接过来重重地和他握手，以示感觉到包中的分量。原来，真正掂得出重的并不是包里面的药瓶，而是这瓶里藏着的情报，密密麻麻的文字旁边，还有白石火车站日军、皇协军的编制布防、武警装备、站长、据点、小队长连同伪警务段的段系设置、警长、警手、特务系长、机要人员、便衣特务牌，工务段的段系设置、段长、工务员，要害的是碉堡设防，绘出方位图纸，标出进出路线，这些都是点点滴滴，装在药瓶里的。

之后，于常娥把胡秉全通过任绥勤收集到的情报当天夜里就给洪赵支队做了汇报。根据洪赵支队的指示，胡秉全的当务之急是动员组织群众为汾阳支队捐衣物。同时，洪赵支队的后勤保障也发生危机。根据晋绥边区指示，洪赵支队的吃穿等费用，改由汾阳县地方供给。当时，平遥平川的大部分村庄，均由日军占领。由于封锁严密，给驻在边区部队的供应带来严重困难。眼看数九寒天，一些官兵的寒衣还无着落。

“咚咚”“喀喀”，一个党员、游击队员、民兵、年轻妇女家属带头，家家户户缝补、捐献衣物的活动热火朝天。

夜里，在那间破旧的小屋中，仍存在着一点亮光，是胡秉全的母亲！她在为他缝衣服，借着微弱的灯光，她一遍又一遍地抿着线头，试图穿过那小小的针眼，可不知为什么，曾经那么轻而易举的事情，如今却那么困难，终于线穿过了针孔，母亲欣慰地笑了，看到母亲的房间，胡秉全却被眼前的一幕惊住了：各色针线，各种工具，摊在缝纫机旁，母亲正弓着腰忙碌着，她手里摆弄着一块浅蓝色的布料。透过厚厚的老花眼镜，她正在细心地测量着尺寸，接着小心翼翼地裁剪。母亲枯瘦的手紧握着那几乎和她年龄相仿的笨重的剪刀，竭力控制着手的颤抖，碎布头如小蝴蝶般翩然落下。老旧的缝纫机历经岁月的磨蚀，缺少润滑的齿轮痛苦呻吟着运行。母亲时不时要停下来活动活动僵硬的手指，揉揉酸涩的眼睛，不停索地在衣服上修修补补，却不留一点痕迹，顷刻之间，衣服宛如新的一样。

“砰砰砰”，教室门被敲响，老师走了出去，一会儿，又走进来说：“同学们，你们的母亲为你们送衣服来了。”并示意他们出去。孩子们的心悬起来了，是新棉衣还是那件旧棉衣呢？一个个憋着一股倔劲儿出了教室门。一个中年妇女朝着她的女儿喊：“孩子，现在没有‘蜈蚣’了，穿吧！这是我专门到缝纫店里缝的，你把身上的这件好衣服换下来，妈要捐给前线的战士。”母亲一边说着，一边走过来将衣服直往她身上穿，女儿扭动着身子抗拒着，“我不穿！别管我”！

“别倔，穿！”母亲十分艰难地往她身上套棉衣，她边扯衣服边说：“坚决不穿”！母亲显然气急了，脸涨得发红，胸脯不停地起伏着，“你！我打——”她气恼地高高扬起手臂，向教室里望了一眼，手臂又缓缓地落了下来。正好夏蝶校长走进来，“看在校长、老师和那么多同学面上，给你留点面子，不打你，回家再说！最后问你一遍，到底穿不穿？”“不穿！”抗拒的声音甚至惊动了教室里的师生。母亲这次显然是真的生气了，头也不回地决然而去。

“穿上。”夏蝶一声厉叫，这孩子才乖乖地换了。

班里的、全校的学生都换了衣服。因为是中学生，换下来的好衣服送到部队年轻一点的战士都能穿。

新民学校还组织学生在村里开展了一次募捐活动，做好了募捐箱，同学们与同伴走在去新街口的路上。一路上，人们来去匆匆，可当走近募捐箱时步伐好像沉重了；孩子们迎了上去，用天使般的微笑劝说人们献出一份爱心。不断有钱送进募捐箱，无论是壹角、壹分，还是百元大钞，都凝聚了人们的爱心，融进了人们的一片真诚。这时，有个老伯骑着一辆破旧不堪的自行车，迎面而来，孩子们望向老伯，老伯棱角分明的脸上已爬上了皱纹，饱经风霜，一件发白的薄棉衣松松地套在他的身上。他们见他穿得那样单薄，便不忍心开口，可老伯骑的车却慢了下来，到他们面前时竟停了下来。他们疑惑的脸上写满了惊讶，老伯笑了笑，从上身一直摸索到下身，好不容易找出了一张五毛的钱币，看了看，便小心翼翼地折起来，轻轻地投进了募捐箱，没说一句话，便跨上车走了。他们这才回过神来，对着老伯的背影叫道：

“谢谢您！您的爱心一定会温暖那些孩子们的。”望着他消失的背影，学生的心中充满感激。

在胡秉全母亲的缝纫机旁边放着一双家做的青布鞋，白底黑帮。底上布满了密密麻麻的麻线绳锯子，一看就特别的结实，新民学校的学生们这个摸一摸，那个拿起来看一看，怎么也想不出这是谁的鞋？心里的疑问，像一团乱线，理不出头绪。

打开缠绕着它的红丝线，惊讶地发现，一只鞋腰上竟然被子弹打穿了一个大洞，另一只虽没被穿透，也有半个洞。孩子们的疑问又多了一层。奶奶为什么保存一双不能穿的鞋子？这上面的洞又是怎么回事呢？

胡秉全母亲走过来，看见一个孩子拿着那双鞋发呆，就说："孩子们，想知道，这双鞋的故事吗？"

孩子们点了点头，眼里的渴望闪着火焰般的光芒，不眨眼地看着奶奶。

"好。我讲给你们听，这双鞋有一个不平凡的故事。"胡秉全母亲喝了一口茶，激动地说。

去年春天，我们汾阳游击大队的一个连在咱们村休整队伍。进村后，分散住在乡亲们家里。战士们纷纷抢着为百姓家挑水、种地。那是个晴朗的下午，一位小战士见奶奶端着玉米粒管箩走进碾坊，就跟了进去，对奶奶说，大娘，压玉米面吧？我帮你推。说着，抢着抱起碾棍子就走，玉米粒子在他的奔走下，咯咯吱吱地叫着变成了粉末。

奶奶笑呵呵地拿着笤帚，跟着碾子边走边往里扫压碎的颗粒，说，嗯，中午，给你们做玉米饼子吃。又问，孩子，你娘还好吧？

听了奶奶的话，小战士的眼神黯淡了，低下头说，大娘，我已经一年多没回家了。

奶奶的眼睛湿润了，说，那你不知道你娘的情况了？

小战士低下头，嗯了一声。俩人不再说话。碾坊里，只有两个人扑腾扑腾的脚步声和玉米粒子咔蹦咔蹦碎裂的声音。小战士若有所思，突然问起："你们白石村有个叫任绶勤的吗？"奶奶说："有啊，你看。"奶奶指着在场的任绶勤，任绶勤说："你是？"小战士说："我是娃蛋的哥哥大娃。"任绶勤激动地握着小战士的手说："是啊，我去你家时常听你母亲说起你来。"说着，小战士踉跄了一下，差点绊倒，奶奶一看，才知道，他的鞋子坏了，鞋帮已经掉了，他停下来，放下碾棍子，瞅着奶奶不好意思地笑了一下，就蹲在地上，用草绳子把鞋捆在脚上，又继续推碾子。奶奶在碾轴吱吱呀呀的声音里，看着小战士穿着一双用草绳子捆绑的鞋子，艰难地行走，眼泪都要落下来了，想到，战士们每天打仗，连跑带颠地，不能没有鞋啊。当天晚上，她量了小战士脚的尺寸，连夜为他做鞋。油灯下，奶奶剪了鞋帮，粘上了青布，然后，密密实实地衲上针脚。又去纳鞋底，那刺刺抽线的声音响了一夜。

天快亮的时候，就差上鞋帮了，奶奶心里很高兴，这时，军号响了，队伍紧急集合。

奶奶颠着小脚跑出门去，想告诉那位小战士，你等等，大娘给你做的鞋，就快完事了。可只看见队伍在晨曦中朝山里走去的背影。回屋长叹一声，战士们为百姓打仗不易啊，连双好鞋都穿不上啊。你看那小战士，脚上的鞋都不能穿了，他怎么走路啊。有人说，你有空就做几双鞋子吧，看哪个战士的鞋坏了，就送给他穿吧。奶奶答应着，很快为小战士做好了鞋。可是到哪里去找小战士呢？奶奶犯了难？部队整天行军打仗，小战士的部队开到哪里去了，根本就不知道。这难倒了奶奶，就把鞋子托人交给了任绶勤，他经常在外面支前，他是最有希望见到小战士的人了。任绶勤不负使命，怀里揣着那双军布鞋，每当遇到部队就打听小战士的下落。

功夫不负有心人。前不久敖坡战役时，任绶勤作为后勤队的成员，终于在战火中看见了小战士。当时，任绶勤正在一个山包下给部队送担架，一抬眼，就看见那位小战士呐喊着抱着冲锋枪朝敌人扫射，他摸了一把腰里的鞋，鞋在，就不顾一切喊着：小战士，我给你送鞋来了，离弦的箭一样朝山上跑去，在浓烟滚滚、炮火连天的战场上，他的身影，很快变小，同行的担架员都在喊他：

“快回来，你不要命了？”

就在任绶勤快跑到小战士的身边时，一颗子弹飞过来，打中了他的脚部，同时，一颗炸弹爆炸了，他被掀起老高，然后，倒下了。担架员们在山下一阵惊呼，都以为他完了。

小战士他们刚好打退了敌人的又一次进攻，一回头，正好看到这一幕，赶紧跑过来，急切地喊着，老乡，你怎么样？任绶勤抖掉身上的土，摇摇头，朝他笑了，说：“孩子，我终于找到你了。”

小战士问：“你是？”

他爬起来，说：“你在白石村休整时住胡秉全家，帮他妈推碾子，你的鞋子坏了，她连夜给你做鞋，可第二天，你们悄悄开拔了。她一直给你留着这双鞋子，我们一直在找你。”说着，从腰上解下布军鞋。打开一看，鞋腰上被子弹穿了个洞，不能再穿了。

就是这双鞋救了任绶勤的命。他的扑倒是被炸弹的气浪掀翻的。

小战士感动地说：“那也给我吧，做个纪念。让我记着百

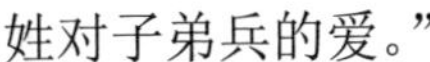

姓对子弟兵的爱。”

任绥勤说：“不！小战士，这双鞋救了我的命，还是我留着吧。”

一双布军鞋竟然送了一年多，听着奶奶讲这样催人泪下的故事，孩子们的眼泪唰唰地流下来。

遥远的天空上寂寥地散落着几颗暗淡的星辰，若隐若现地闪烁着光芒。孩子们托腮仰望着镶嵌在其中的明媚的皓月，想象着八路军、游击队在硝烟弥漫的战场上和日寇殊死搏斗的场景以及人民群众对子弟兵的热爱和支持。那是怎样感人的军民鱼水情的场面呢？

那一个个的夜晚，月光下，烛灯里，孩子们的奶奶、妈妈、姑姑和婶婶们，坐在土炕上，纳鞋底，上鞋帮，搓麻绳，打袼褙，直到深夜的情景，像一幅幅历史的画卷，写满了激情燃烧的岁月的每一天；那一双双的军鞋，凝聚着百姓对子弟兵的浓血一般的情。她们的手，被绳子勒得出血，被锥子磨破了皮，没有人停下来。有时，全村一夜就做出上百双军鞋。然后，年轻一些的女人就挑着鞋担子，翻山越岭追赶队伍。送军鞋，已经成为妇女们最重要的劳作了。

一双双军鞋陪伴着她们守过了暮霭、守过了晨曦，定格在炮火燃烧的战场上，定格在那一双双冲锋陷阵的飞奔的脚上。

母亲把对胡秉全的思念寄托在娃蛋和他的哥哥大娃身上，而芬儿总是经常对着红毛巾睹物思人。

他们经常一起放牛放羊、割草，形影不离。胡秉全父亲去世早，芬儿经常把家里好吃的东西往胡秉全家里拿。村里人也更加坚信三官庙姜庙侠的预言，纷纷说这简直就是天生的一对。特别是芬儿的母亲，对姜庙侠的话更是深信不疑，逢年过节都要送些好吃的给姜庙侠。村里人也但凡家里有不顺利的事情，都要请姜庙侠来家里施法布阵。

一天傍晚时分，胡秉全和芬儿放羊回来，刚分开，村里几个二小子凑过来，开他们的玩笑。李全耀趁周围没有别人，忽闪着眼睛，那狡黠的眼神半带着调侃：“胡秉全，天天和芬儿在一起，你可福气大啊？”胡秉全没有理会，继续拉着他家的小黄狗往家里走。

几个二小子一阵哄笑，尾随着不依不饶，“嘿嘿，恐怕是连嘴也亲了吧？”胡秉全仍然一声不吭，只是满脸涨得通红。忽然，胡秉全扬起一个响雷似的炸鞭，瞬间，几张还想继续逗趣的嘴凝固住了，几个二小子互相对视了一眼，作鸟兽散。

打这以后，胡秉全好几天没邀芬儿一起干活，远远看见芬儿也一溜烟走开了。芬儿不知道胡秉全为什么不理她，女人的矜持，使得她也故意躲着胡秉全走。

一天中午，家里吃红面剔尖儿，芬儿的母亲盛好了一碗，放到躺柜上。如果是往日，芬儿早已心领神会，立马端起碗朝胡秉全家飞快跑去。但今天芬儿似乎有什么心事，一动没动。芬儿妈见没动静，催促芬儿赶紧趁热端过去。

芬儿依然没动，转过身直掉眼泪。芬儿妈猜想可能是两个人闹别扭了，这小男女家家也是常有的事，便不再说什么，继续张罗家人吃饭去了。

几天后的一个清晨，一阵急促的锣声从观音庙传来，不一会儿，全村男女老少都急匆匆地到三官庙旁的大槐树下聚集。村里人都知道，锣声一响，肯定是发生了什么大事。胡秉全从睡梦中惊醒，飞快穿上衣服朝大榆树跑去。远远地看见好像有什么人被吊到了大榆树上，下面几个壮汉手里举着木棒，边打边厉声叱骂：“让你偷，再让你偷东西！”

原来是村里的蠢六儿，趁着人们熟睡，偷吃庙上的供品，被早起上茅厕的本家叔伯兄弟发现了，报告了村公所。于是村长召集几个打手，就地处置，这才发生了刚才的一幕。

蠢六儿是一个光棍，平时游手好闲，很少下地劳动，一年四季连一顿饱饭也吃不上。有时见了村里的年轻媳妇还眨眼活哨，说几句荤话。因此村里的人都不太理会他。眼看着蠢六儿的脑袋耷拉下来，打累了、骂够了的人们才将他从树上放下来，就地一扔，回家吃早饭去了。

在胡秉全的眼里，蠢六儿并不蠢，似乎也不是很坏。记得那年，他和芬儿路过他家的桃树下，蠢六儿还摘了一把熟透的桃子给他们吃。见众人走开了，胡秉全把他扶起来靠着槐树半坐了起来。

“水——水——”蠢六儿有气无力地央求着。

胡秉全正要转身回家取些水，一转身，发现一个熟悉的身影飘过，原来芬儿也一直没走开。只见芬儿轻盈地走到庙里，拿了一个盛供品的粗瓷碟子，到旁边的泉水里舀了些水，送到蠢六儿嘴边，两个人齐伙给他饮了下去。这时，村里吃完早饭的人们开始陆续下地，见有人靠近了，两个人慌忙走开了。

几天后，蠢六儿就死了。好长一段时间，没人敢到三官庙附近走动，大人们也嘱咐小孩子不要到那里玩。

一天傍晚，芬儿正在院子里张罗着喂鸡，忽然家里的大黑狗朝着院墙狂吠，顺着声音看去，墙头上露出胡秉全的半个脑袋。胡秉全不好意思地朝芬儿笑笑，芬儿故意扭转身子，佯装看都不看。胡秉全迅速转到了西边的墙头，又冲芬儿笑笑，芬儿娇嗔一笑，瞪了他一眼。胡秉全趁机伸出一个指头，朝三官庙方向指了一下……

这时正好芬儿哥从牛棚里喂草出来，胡秉全慌忙缩回脑袋，一溜烟似的跑了。

大槐树下，两个人终于又走到了一起。胡秉全结结巴巴给芬儿解释着，芬儿伸出一只手轻轻地将他的嘴捂上，其实，聪明的芬儿早已猜到了胡秉全这段时间不理她的原因。两人依偎着，静静地看着远处天边飞过的一抹晚霞，听着脚下磁窑河的水涛声……

胡秉全从怀里掏出一个用麻纸包着的东西，小心打了开来。昨天和父亲赶集，偷偷买了红毛巾，作为送给芬儿的礼物。此时的芬儿早已面颊绯红，顺从地转过头，让胡秉全把红毛巾围系在她的脖子上。

不知不觉，月亮已从树梢升了上来，四周一片寂静，只有归巢的鸟儿发出窸窸窣窣的响声，两人第一次陶醉在爱情的世界里。

四周静谧，月光穿过窗户，照射着床上女人的全身，长长的睫毛微微颤动，红唇嘟着，发出一声声轻轻的话音，全红的睡衣贴着那魔鬼般的身材，伴随着月光抹上的那层阴影，显得诡异又魅惑。

自从城里回来，吴远征还没找过夏蝶。刚刚走进她家，先看了看客厅的摆设，还是挺简洁，有一张桌子、一张椅子，台灯虽旧也好看，一台收音机正播放着叽里呱啦的英语。

空寂的微微灯光下，只听到风扇的飞旋声，他的烟头坠落在略潮的地板上，一支接着一支，叼住因吸入了污液而扭曲变形的烟嘴，凑着缄默的蓝色火焰，努力点燃。欲进卧室，隐隐

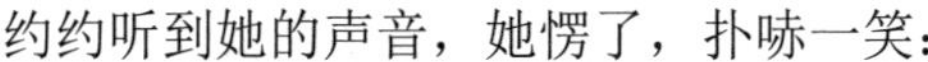

约约听到她的声音，她愣了，扑哧一笑：

“谁呀？呵，是你呀”。

借着月光吴远征看见她走出客厅来。

“哎，你怎么来了？”她霎时严肃起来。

“哈哈，我为什么不能来？”吴远征扑哧一笑说。

“上次你不是说不见我了吗？”她撇了撇嘴。

“在城里你不是找我了吗？”

“哎，是的，你还帮我为任光普办了事，感谢你啊。来，就在外边坐坐吧。”她无奈地叹了一口气，为他倒了一杯咖啡。

“客气啥呀？”

“看来，我和你说话得讲究点。”她打趣地说。

“不开玩笑了，刚才，你口里是嘟嘟囔囔些啥呀？”

“你在客厅偷听了？”她边悠闲地搅拌着杯子里的咖啡边问道。

“不像是自言自语说话，反正有声音。还用偷听吗，你的门是开着的。”

“学校今天组织学生捐衣服，累得我呻吟。”她说这话的时候好像浑身的骨头都快散架了。

“我来就是想问你，这么既折腾学生又折腾自己，何必呢？”

“全村都动起来了，我这一大块不动能行吗？”

“应付应付就行了。”他抿了一口咖啡，淡淡地说。

“我心里也是这样想的，可学生是不会应付的，一旦组织一下就认真了。”

“也是，不谈这些了。”

吴远征抬了头，只见身前夏蝶楚腰纤细、着一袭枣红罗裙，正亭亭而立，对自己嫣然一笑。她脂粉薄淡，黑发如瀑，云鬓花黄，银簪篦梳，窗风微拂即有步摇微晃。

“想谈什么？”她饶有兴趣地问吴远征。

“只求志同道合。”的确，吴远征并不为其容颜之美而惊，他早已发现这白石一带尽是美人；不论浓妆艳抹的婆姨、不施脂粉的淑女少女、眉清目秀的少年，甚至神色匆匆的行人……

“你是名副其实的汉奸，我是追求新民素质的灵魂升华的教书匠，你和我能合吗？”素来不苟言笑的她不禁莞尔。

“快不要在我面前耍花红纸了，你的花言巧语可以迷惑别人，还能瞒得过我的眼皮？”他咂着嘴巴说。

“咱们俩好归好，可不能给我制造不好的影响。为了办好学校，有时候我也不得不和日本人近乎近乎。”

“哈，你和我将来会殊途同归的，咱们都会在太阳旗下相聚的。”他宛然一笑道。

“你看你，又给我摸黑呢。”

“咱们的悄悄话。”

“悄悄话也不能这样说。”

“好，不说这个了，佩服你，哈。”他讪笑道。

“不是真心话吧？”

“真心。”他拉她的手。

“汾阳最不缺的即是美人”，她眉目含笑，“我只是一介已是及笄之年的黄婆女罢了”。

“你们文化人有句话是怎么说着来呢？”吴远征仰起脖子、皱了一下眉头：“对啦，谦虚过度就是虚伪。”

“远征兄栉风沐雨，想必……桃花运故事多得很。如不嫌弃，请随妹子来罢。进来按按背也好……”夏蝶领着吴远征进了她的卧室……

五

一个平凡而普通的战士，时时都会感到被战争的狂涛巨浪所淹没。

敌人的经济封锁，衣物缺乏的同时，我方部队最缺乏是弹药，组织上指示胡秉全部署联络站设法收集。

任绥勤、任光普利用可靠的苦力青少年、伪警官、皇协军士兵代买，每颗作价伪联军币五分到一角；有的给些纸烟，也有以朋友关系赠送而来。为偷取敌人白石火车站大仓库的子弹和日式手榴弹，火车站我方地下人员配合，任光普教给苦力工认清锁子牌号，把锁子下面涂上墨汁，印出口型，按牌号口型制好钥匙，苦力工配开门锁，偷出弹药，放在洋铁饭桶里，顶层盖着吃剩的熟大米，提出来埋到白石村指定地点。

有一次，车站地下党、副警长李全耀背着装满子弹的哨马袋，刚走出火车站后面的疙藏爬上楞地，突然看见从据点来的满地日军在操练，一个身挂洋刀的鬼子军官站在旁边喊："你的站住！"李全耀一惊，如果跑就会立刻被打死，于是镇静下来，军官走到面前问："你的马机的有（火柴）？"李全耀一笑："太君，我的有！"连忙掏出火柴，给他把烟点上，军官一摆手走开，化险为夷了。

星斗满天，万籁俱寂。

一九四三年腊月，上级指示要在运欢送衣服等物质时加送去一台留声机，李全耀在城内买好后，装到一个皮箱里，吊在车把上，揽了一个上车站的日本人，出了小南关门，寄放了东洋车，提着箱子朝白石直奔。到了南开社、西堡障附近的三岔口已近晚上十一点时分，隐约看见一队皇协军迎面走来，李全耀熟悉地形，转身拐进另一条沟，钻到塌墓里堆上杂草，伪军打了几枪乱搜一阵跑了。

李全耀连夜赶回，见了胡秉全报告：

“我在丸红株式会社正山一郎那里得到消息，后天天亮之前，鬼子要来白石村抢走我们筹备好的衣物、弹药，还要在周边村征粮。我的意见，等到鬼子征粮回来时，我们提前让游击队在路上设下埋伏，这样就能干掉鬼子，夺回粮食，你看如何？”

胡秉全听后握紧拳头说：“好，今夜就把大队拉到康宁堡铁桥一带。”

康宁堡铁桥横跨汾平铁道，在晚霞的映照下恰似一条银龙腾越大河上，桥墩好像银龙的爪子，深深地插在护道河里。夜幕降临，桥上的灯亮了，有红的，黄的，银白色的？远远望去，这座桥就像一条五色的彩带连接着东西铁路。两面的灯也亮了，明亮的灯光照得垂柳像一棵棵火树，那么灿烂，那么夺目。桥上的灯、岸上的灯倒映在河水里，流动的河扭曲了五彩的灯光，河面上波光粼粼的，像是撒了一河的珍珠、一河的宝石。夜晚的桥，显得雍容华贵、妩媚动人，充满了诗情画意。

我军指战员们远远地望着，注视那因他们的默默存在而平静祥和的天空，不禁叹息：这么美丽的桥梁竟无助地横躺在了日寇罪恶的铁蹄之下，向全中国散播着罪恶。

胡秉全想起，闲暇之时他曾携着他的妻子在康宁堡铁桥东的河里游玩。他最爱听那水底翻的音乐，在静定的河上描写梦意与春光。久经沙场的人不在意季候的变迁。而这些妻子是能感受到的，她看见叶子掉知道是秋，看见叶子绿知道是春；天冷了装炉子，天热了拆炉子；脱下棉袍，换上夹袍，脱下夹袍，穿上单袍，也不过如此罢了。对胡秉全来说，好像天上星斗的消息，地下泥土里的消息，空中风吹的消息，都不关他的事。忙着呢，这样那样的战事多着，谁耐烦管星星的移转、花草的消长、风云的变幻？同时，这年头，人们都在抱怨他们的生活苦痛、烦闷、拘束、枯燥，谁肯承认做人是快乐的？这使他越来越意识到站在人民一边的重要，离开了泥土的花草，离开了水的鱼，能快活吗？能生存吗？人们从大自然取得生命；也应从大自然取得继续的滋养。哪一株婆娑的大木没有盘错的根底能深入在无尽藏的地里？他们是永远不能独立的。

从河里上来，顺着这大道走去，走到尽头，再转入林子里的小径，往烟雾浓密处走去，头顶是交枝的榆荫，透露着漠愣愣的曙色；再往前走去，走尽这林子，当前是平坦的原野，望见了村舍，初青的麦田，更远处三两个馒形的小山河岸掩住了一条通道。天边是雾茫茫的，尖尖的黑影是近村的教寺，听那晓钟和缓的清音。这一带是此邦中部的平原，地形像是海里的轻波，默沉沉地起伏；山岭是望不见的，有的是常青的草原与沃腴的田壤。登那土阜上望去，康宁堡桥只是一带茂林，拥戴着几处娉婷的尖阁。妩媚的河流也望不见踪迹，你只能循着那锦带似的林木想象那一流清浅。村舍与树林是这地盘上的棋子，有村舍处有佳荫，有佳荫处有村舍。这早起是看炊烟的时辰：朝雾渐渐地升起，揭开了这灰苍苍的天幕，远近的炊烟，成丝的、成缕的、成卷的、轻快的、迟重的、浓灰的、淡青的、惨白的，在静定的朝气里渐渐地上腾，渐渐地不见，仿佛是人们的祈祷，参差地翳入了天听。朝阳是难得见的，这初春的天气。顷刻间这田野添深了颜色，层层轻纱似的金粉糁上了这草、这树、这甬道、这庄舍。顷刻间这周边弥漫了清晨富丽的温柔。顷刻间你的心怀也分享了白天诞生的光荣。望着河流僻静处远去，朝阳正驱赶着新月的寒光。

第二天傍晚，支队长带领二百多人的游击队，绕村庄、走田间，匍匐前进，悄悄地到了。当时天还未亮，支队长先来到白石村，到了交通员任光普的家。他们几个人坐下商议了夺粮的安排，叫来思想进步的同志，分头到各村进行了串联，要求村民们，鬼子进村征粮一定要热情招待，并要备烟酒饭菜。

东方还未亮，他们就对肖家庄至白石的河形地势进行了观察和分析，在两村相距的一条弯道旁设下埋伏。

清晨，公路上出现了五十多人的鬼子和警备队，端着明晃晃的枪，一窝蜂似的向白石村进犯。当鬼子进入游击队的埋伏区后，队员们端枪在手，正想一下撂倒几个，支队长说："别开枪，等鬼子征粮回来再干掉，这样对我们有利。先夺回粮食；这里一旦出动大批鬼子，我们可以占好的山形地势作掩护，顺利地转移，附近的百姓不会受到株连。"这样鬼子就顺利地通过了游击队的埋伏区。鬼子进入了村庄，各村的伪村长热情招待了他们，群众端来了鸡蛋，有的杀了母鸡，日军小队长见群众热情地招待，欣喜若狂。

这次行动一切都在任绶勤的操控之下，看似紊乱却是有条理地进行着。

白石村伪村长韦廷祯拉着小队长说：

“粮食，百姓一会儿就拿来了，还是先吃饭后收粮，饭后好上路。”

鬼子小队长乐呵呵地说：“有村长操劳，我就更放心了。”

小队长一看有酒有肉，早就垂涎三尺了，说：“太好了，不客气了。”

村长说：“今天酒菜不少，我要把这些队伍也招待好，让他们也痛快痛快！”

日本小队长说：“村长良心大大的！”说着他走出门外对那些鬼子说：“听着，村长特地为我们的到来准备了丰盛的饭菜，今天大家也喝几盅，可不能太过量了，记住还要赶路。”

村长与鬼子小队长喝得脸白眼红，鬼子小队长说：

“如果我还待在柳田司令部，且有个出头的机会定会给你捞个公事干干。”

村长倒起一盅酒说：“多谢队长对兄弟今后的照顾，祝队长官上加官、禄上加禄，喝了这杯酒吧！”鬼子小队长一听奉承之言，接过一饮而尽。连着几次倒酒，把鬼子小队长灌得醉醺醺的。鬼子警备队四十多人，喝酒划拳：五魁手呀，六六六呀，真是鬼脸都下来了还是喝得没完没了。

日头早已偏西了，鬼子小队长才从酒摊上爬了下来说：

“村长粮食到齐了没有？”

村长说：“到齐了就等过斗。”

鬼子小队长为了玩弄自己的权，来到鬼子们酒摊前骂道：“你们都不要命了，一旦遇到游击队想活都万难。”

鬼子警备队离了酒摊，几个村的粮食都备齐，各村又配了强壮的汉子送粮。当进入埋伏区，人们紧打牛群过去了，鬼子小队长摇晃着身子说：“中国人啊都算被驯服了，看那伙年轻人，为皇军干活多来劲啊。”

鬼子走时，村长韦廷祯抱来好西瓜让翻译官吃，有意让他最后走，等日本人队伍走了，他才骑自行车走，走到桥前，他看见桥下有人出来拦路，弃车拔腿就跑，被八路军便衣抓住。

不一会儿，远处有炮声轰炸，预示着敌人“扫荡”开始了。忽报游击队拿获了一名“舌头”，在押送“舌头”的途中，“舌头”颤颤巍巍怕杀头，哀求说：“放了我吧！我告诉你们，我没饭吃才给敌人当探子，只要能放我回去，留我一条活路，再也不干这个了！”

游击队紧绑了他，他才说出真话来。他告诉了鬼子的动向：

“这次敌人是从各个据点出发，分进合击，企图打进山来抢粮食和牲口。”正行进间，鬼子的运粮队已来到眼前，不知道是谁，眼疾手快，枪法真准，枪声响处，眼看队尾骑在马背上的“太君”应声落马，正坠落在地沟边上，被抢的牲口挤成一团，几十个鬼子就地卧倒射击，“噗”的一声，一闪而过的火光中，手榴弹旋即飞向敌人。

刹那间一排手榴弹，投入敌阵，炸成了一片火海，鬼子和牲口饮弹而亡，街头巷尾，血肉横飞、狼藉不堪，骁勇善战的民兵也伏击成功，大显身手，歼灭敌人，夺回粮食，战斗异常迅猛，把夺回的粮食牲畜当即运走，脱离了战斗。我方的大队赶来，向密集的日本鬼子投弹，狂轰滥炸、命中了许多鬼子，其余活着的鬼子四处逃命，鬼子以为八路军集结大批队伍，反扫荡开始了。事实是游击队诱敌深入，以夷制夷，打了个漂亮战，歼灭敌人部队精锐的一部分，我军取得了辉煌战果。

夕阳照着山巅，晚霞映着河山大川，战士们在“滴滴答答”的急促集合号声下，又整装快速前进了。

前哨部队已登上山头，转弯就进入敌占区平川。

那翻译逃进高粱地，一名游击队员还是紧跟着他，上去假装握手，低声但有力地说：“不许动，你要跑咱们就同归于尽。”

原来游击队员的手榴弹套在袖筒里，指头上套着导火线。翻译一看，傻眼了，只好乖乖地跟着走。两人肩并肩手拉手地出了高粱地，碰上游击队来接应的人，游击队员这才把翻译交给了组织上处理。经过审理，原来翻译是乔装打扮出来的，顶多会说几句日本人的日常用语，是本村日伪副村长武春棣。

几天以后，在全村召开了公审大会，武春棣作为陪审犯，鉴于他戴罪立功的表现，宽大释放。

鬼子小队长没命地逃回汾阳城柳田司令部，爬到柳田司令办公室，进门哭喊着说：

“柳田司令，大事不好。”

柳田司令正准备出门，见狼狈的小队长进来了，柳田司令笨拙地用中国话说：

“粮食呢？”

鬼子小队长爬起来说：“被截走了。”

气得柳田司令一把抓住鬼子小队长，瞪着吃了狗肉的红眼说：“哪一家截走了？”

鬼子小队长魂都失了，哆嗦着说“不知道”。

“饭桶！”说着对鬼子小队长就是几个耳光，然后推倒在地，问：

“你的人马哪儿去了？”

鬼子小队长结结巴巴地说：“死伤不计，余者逃跑了。”

“什么？来人。”门开了，进来几个日本鬼子，柳田司令喊道：“拉出去砍掉。”

正在这时翻译来到办公室，刚才的一切他们清楚地听到了，忙走到柳田司令身边哈腰施礼道：

“司令，慢。”柳田司令一听忙说：“不砍掉还有啥用？”

翻译瞅了一眼两个士兵，柳田司令就知有秘事要谈，忙喊道：

“退下。”

“司令，刚才的一切我都听到了，我想不管是哪一家，他们定会在白石庆功，今夜让他带路攻白石，既夺回粮食，又歼灭了那些八路，不是一举两得吗？让他将功赎罪，你看如何？”翻译说。

“好，妙计。”柳田司令点点头，立即传令出发。柳田司令一声令下，两百多人的宪兵队与百十多个鬼子集合在院内，柳田司令怒喊道：“今晚围攻白石，要听令，违令者杀。”

柳田司令拿望远镜望了许久，从烟雾中分辨出我方动向。就这样，鬼子宪兵队鬼头鬼脑地伸向白石。这边的地势鬼子是很了解的，柳田司令把三百多人分布在四周，派一个班回村引蛇出洞。伪班长带领人马，心怀鬼胎地进了村，在这漆黑的夜里，鬼子猫着腰这边喊一声，那儿敲一下，结果没发现一个人影，鬼子这才放大了胆，踢门开窗，搜了一遍，还是没有一个可疑的人，只得出村来报柳田司令。柳田司令气得把大刀一挥，说：“把那个吴远征给我抓来。”

伪班长再次回村，踢开了吴远征的门喊道：“柳田司令有令，让你出村来一趟。”

吴远征一听，穿好衣服跟着鬼子来到柳田司令面前，柳田司令说："你的大大的好，今天截粮的是游击队还是正规军？"

吴远征说："司令，晚间听到村外有枪声，不知是哪家。我还以为是贵军在驯那些鬼东西，如果早知我哪能不立即报告。我知道村里百姓的门都关得很紧，村中定不存一个八路。"

柳田司令深知吴远征一直在为他们办事，也就不多问了。这回饿虎扑了空，只得再灰溜溜地溜回柳田司令部。

第二天，这个老不死心的翻译又溜进办公室内说："柳田司令，我看羊毛出在羊身上，游击队抢去粮食，我们要立即追击。"

"翻译大大的好计，依你之计马上传令，各路回司令部。"柳田司令听后说道。

下午，柳田司令站在台阶上说："两天前不知哪些鬼东西截走了征来的粮食，还打死十几名队员，明天我们要来个'二返长安'。游击队正在将粮食物资朝敖坡方向转移，我们的任务是调转队伍打一场阻击战。各路都要听指挥，违令者杀。"

日军柳田司令捻碎最后一片烧尽的纸屑，地心扬起的风将灰烬旋起，化作无数言语向深不见底的莽莽林原散去。

铁血战意，狂野无羁。

冷风呼啸，仿若鬼怪叫嚣着要冲破地面。胡秉全等我党打入白石火车站的“七壮战士”地下工作者们在白色恐怖中依然坚持战斗，彰显着党培养和滋养出来的从容和恬淡。他们是汉奸的克星，更是小鬼子的终结者。

六

旱魃为虐。

翻过年适逢天旱，西北风吼天刮地，上年的粮食大部分支援了前线，保不住苗子、打不下粮食老百姓可不能喝西北风啊！

任绥勤想到了民间的一个习俗——祈雨。

每逢干旱，人们以各种方式祭拜龙王来求雨。白石村春季播种的时候通常不缺雨。一旦雨季来晚了，下种不了庄稼，大人就把小孩叫到一起，让他们当当咚、咚当当地敲起小锣小鼓，还走一段唱一段：“小小儿童哭哀哀，撒下种子不得出。巴望老天下大雨，乌风暴雨一起来。”

有的姑奶奶会把全村的孩子们召集在一起，像老鹰捉小鸡似的做着求雨的游戏。只见姑奶奶排在队伍的最前头，手持一把锄头，找一处农家院落的排水沟，用锄头奋力地掏着排水沟内的淤土。传说“龙王”就睡在农家的排水沟内，懒得动弹，才造成天旱无雨。孩子们跟在姑奶奶身后唱着求雨的歌谣：“掏一掏二掏龙湾，掏得大龙小龙不得安，掏得大雨哗哗下，掏得小雨下三天。”游戏结束了，天依旧流火，汗依旧生盐，孩子们依旧唱着意犹未尽的歌谣。

还有一种方式就是村里男人这一天要全体出动，从三官庙抬着轿子出发，大人脖子上挂铡刀，小孩子脖子上挂锄头，头顶柳条帽，袒胸露背，敲锣打鼓，浩浩荡荡进神堂沟，到康宁堡附近的黑龙王洞中请出黑龙王神像，然后再往回返。每次求雨都是轿子还没进村哩，天空中已经是乌云密布，等到碗碗腔皮影戏完人散，大雨便铺天盖地地下了起来……

黑龙王是人不是神，他是白石村一个叫姜庙侠的后生，小名黑厮儿，爱看皮影戏，爱唱碗碗腔，长得人高马大的十分结实，他的皮肤很黑，黑如铁炭，人也实在，请他帮工的不少，但只是请他打短工，因为他力气大，能干好几个人的活计，可是饭量也大，能吃好几个人的饭，一般的人家请他不起！

那一年，姜庙侠儿在村一家打工，东家要他摊麦子打场哩，可他一个劲地说："不行不行，晌午就要下雨哩！"

东家抬头看看天，红堂毒日的，还以为他怕热哩！只好吩咐他去菜园浇地。

"不用不用，晌午就要下雨哩！"姜庙侠儿还是一个劲地摆手。

东家恼了，气势汹汹地说："叫你浇地去，你就浇地去，你是来打工的，可不是给我当家的！"

姜庙侠儿也恼了，一甩手说："不就是浇菜园子么，去就去，不过可说好了，淹了你们家的菜园子可怨不得我？"

晌午时分，果然下了一场大雨，冲毁了菜园里的畦堰，菜苗也冲走不少，东家后悔不迭，从此以后对黑厮儿总是言听计从，有时家里有什么事还都要同他商量，并请姜庙侠儿在他们家打起了长工。

那天是正月十五元宵节，村里头家家挂红灯放鞭炮的很是热闹。晚上，姜庙侠儿与东家喝了不少酒，趁着酒劲儿他们来到了大街上。

那时候的白石村，已经是一个远近闻名的大村镇，大街上灯火辉煌的，礼花四射，旺火熊熊，节日的夜空显得异彩纷呈。

两个人来到秋千架下，姜庙侠儿先抓住秋千绳，双脚踏板像鸟儿一样来来回回荡了一百次，脸不红心不跳气不喘，东家在一旁只是一个劲地叫好，有人怂恿他来几下，但他死活不肯。

“正月十五元宵节，讲究个游百避的，东家，你也来荡上他一百回吧！”姜庙侠儿说。

“我可是从来没有荡过秋千哩！”东家说。

“有我在，你就放心好了！”

姜庙侠儿说着，扶东家坐在了秋千板上，来来回回荡了一百次，直荡得东家心花怒放。荡罢了秋千，两个人觉得有点儿饿，他们便又在塔塔旺火前烤起了花馍。因为村里人讲究元宵节烤花馍，所以临出门时也带了几个，于是边烤花馍边叹气地讲起了祈雨的故事：

很久以前，白石这个地方很干燥，花草树木都枯萎了。很久没下雨了。老百姓都在求雨婆婆和雷公公。雨婆婆和雷公公一点也不管他们，老百姓想出了个好办法，就是请孙悟空帮忙，孙悟空心地善良，能上天入地，一定能够完成这个任务。孙悟空一口答应。他一个筋斗就翻到了天上，他对雨婆婆和雷公公说：“地上的水快干了，庄稼也枯死了，请你们发发善心吧！”雨婆婆和雷公公说：“好吧，我们就帮帮你们吧。”他们就来到了人间干旱的地方。雷公公先打雷，雨婆婆来降雨。突然，狂风乍起、雷雨交加，不一会儿大雨就把河水灌满了，大地浇了一个透。天空中出现了一道五彩缤纷的彩虹桥。老百姓们欢呼起来，感谢孙悟空给他们求来了雨。

张家堡有个方台山嫩七娘峒。相传，古时汾阳遭到了百年不遇的大旱，数年无雨，河水断流，塘洼湖泊干涸，农田开裂，庄稼枯死，人畜饮水极为困难，甚至有的地方出现了人和牲畜渴死的惨状。方台山有七位心地善良、年轻美丽的麻衣仙姑，不忍心人们受苦，决心以自己的诚心祈求甘雨。于是，七位姑娘不畏艰辛攀上了方台山顶，对着苍天，烧香跪拜，祈求神灵降雨，赐福乡民。七位姑娘忍饥挨饿，风餐露宿，诚心叩拜，碰破了头皮，血流山顶，长跪地上，磨破了膝盖，祈求降雨解救众生。直至第三天，天空布满雨云，电闪雷鸣，降下了多年不见的甘霖。七位姑娘虽然疲惫至极、伤痕累累，却因祈求到了甘霖出了欣慰的笑容。乡民们知道甘霖是七位姑娘所求时，都跪拜于地，头仰苍天，以示敬意。

他们越谈越远，说起了元宵节的事。

“听说，那文湖边的元宵花灯最有名，这辈子要是能观一观文湖的花灯，就是立马死了也心甘情愿！”东家随口提起了文湖，一副心驰神往的神情。

“是呵！文湖的元宵花灯美丽壮观极了，盏盏花灯亮得就像天上的星星，要不，咱们也去文湖逛逛？”姜庙侠儿若有所思，心有所动。

“那我们什么时候走？”

“现在，我这就背你走，你可把眼睛闭好了，千万不要睁开！”

这时候，东家还以为姜庙侠儿是捣天话开玩笑哩，于是便顺着姜庙侠儿的话爬到了他的背上闭了眼睛，只听得耳旁风声呼呼地响……

他们来到了文湖。

文湖，原叫“龙珠湖”。相传，这里古代是一片荒芜之地，无湖无河，靠天下雨来换取粮食。有一年，天大旱，晒得地上冒烟，老百姓只好烧香拜佛，向天求雨。一位老神仙路过此地，目睹惨状，涌起怜惜之心，急急作法，召来十条神龙，神龙落地，齐齐吐水，瞬间形成了宽阔的龙湖。湖水源源不断向干裂的土地流去，奄奄一息的庄稼死而复生，获得了丰收。太符观天上玉皇大帝获悉此事，斥责老神仙及群龙目无尊长，私自下降凡间，降下圣旨严厉惩罚，老神仙就地免职，不得返回天宫。群龙纷纷落地，化成九座大石山，不得飞游别处。当时，小龙已经潜入湖中，并未被天神发觉，避免了一场杀身之祸。为了纪念群龙功绩，小龙浑身解数，吐出两颗龙珠，一颗代表自己，另一颗代表九条群龙，意味着龙湖是群龙喷水出力形成，珠成后，后人改名为“龙珠湖”。

过了一会儿，姜庙侠儿说：“睁开眼吧，文湖到了！”

东家睁开眼看时，果然像是来到了文湖边，只见月光下的文峰塔更加挺立，桥上游人如织，一盏盏花灯，多的就像天上的星星……

一直玩到天快亮了，姜庙侠儿说：“我们回去吧！”

东家闭了眼睛趴在姜庙侠儿的背上，不一会儿他们就回到了家里。

天明时分，东家做了一个梦，梦见姜庙侠儿对他说：“我本是天上的黑龙王，因为犯了天规才被贬到人间受苦，如今期限已满，我也应该回天上去了。日后如遇天旱无雨，你们可以到康宁堡附近的汾水行宫中来找我，那是我的行宫！”

东家醒来后，觉得十分奇怪，赶紧去找姜庙侠儿，房间里已经是踪迹全无。

几年后，适逢天旱，老东家想起姜庙侠儿的话，于是便带领村中男人抬着轿子到山里去，在康宁堡附近果然有一座汾水行宫，内有黑龙王塑像一座，白天请黑龙王回去，晚上“定灯璃”唱碗碗腔，等到戏完人散，大雨便如期而至……

“到老爷山祈雨？”任绶勤脑子里一闪“是迷信吗？”他又一想，天这么旱，不管什么，先稳定人心是主要的，把迷信变成信心也算的，天遂人愿吧。于是，他带村里人先到了南垣底村，听老年人说，再往山上走，就到了“老爷山”，老爷山顶很高很高，俗话说：“老爷山，离天只有三尺三，人过要弯腰，马过要卸鞍。”

爬了约一小时，他们将近山顶。偶尔驻足，俯视脚下，则山川无形，天地不分。白云一片，滚滚如大海波涛，风强林梢，又隐隐传来千军万马之声；接着前行，路过两山谷口，则浓雾滚滚，喷涌而出，若山下激战，硝烟冲天却又寒气逼人。云雾雄奇，激发出心灵深处跃动的生命力量，促使他们向山顶攀登。将凌绝顶时要过一个短峡，仅仅容一人单行，曰束身峡；要过一梯，横杠九节，梯担两峰间，下临深渊，曰九杠梯。这是全山最险之处，虽然两边加了护栏，但仍叫人目眩。过了九杠梯便是金顶了。这是一块巨大的孤石，下细上大，状如蘑菇，探伸在半空之中。石上有一座小庙，曰太子殿，是过去求雨人表示虔诚的所在。这时云蒸雾裹，缥缈空灵，使人不辨天上人间。殿宇的檐角时隐时现，云中探出几株古松，使他们确信自己还未离地而去。

山顶上还修起一处寺庙，庙中传说有一位蒲老仙人，会求雨，每当遇到天旱，人们就去山顶的寺庙去烧香纸，请老仙人求雨，他的牛角一吹响，大雨便倾盆而至。

与此同时，也有人不信。

每逢天旱求雨，白石村人总要抬着轿子到汾水行宫请黑龙王，人匹马夫浩浩荡荡的，一路上欢天喜地锣打鼓，唱着动人的碗碗腔，竟成一道独特的风景。途中几个村里的人也赶出来看红火，一个个仄着耳朵听，嘴里头还跟着哼哼，尤其是雨后，白石村人送黑龙王回府，各色各样的供品肩挑手提的，甚是热闹。

汾水行宫在城东十五里康宁堡附近。隋炀帝大业四年建，以避暑，盖据文湖之盛而为之。隋唐间湖盛比之江陂，故隋炀帝命建行宫。汾水行宫，红墙重围。巍峨的宫殿，碧瓦飞甍，参差错落。重宫深殿千重门，复道游廊四周通。规模之宏大瑰丽，气势之磅礴壮观，令人叹为观止。虽说行宫景象万千，奥妙无穷，但和隋代其他行宫一样，有其共同之处。

西汉时期曾建三十六宫，而隋炀帝开“通济渠”，自长安至江都沿渠造离宫四十余所，这还不满足。大业四年在娄烦郡宁武县建“汾阳宫”。在西河郡（汾阳）建“汾水行宫”，此外还有不少行宫。炀帝建行宫是讲究“风水”讲究“聚气”的。“汾阳宫”建在宁武西南四十里的管涔山高山湖泊——天池之滨。这里风光秀丽，有“天池锦鳞”的美称。汾水行宫建在文湖之侧。北望子夏山，面南介休绵山，文湖，四山通气，升则致云，降则致雨，菰蒲藏舟，莲菱映水，汪洋浩渺，气象郁葱……实一方之胜观也。自秦汉至隋、唐八百多年间，山西境内，山川形胜，森林茂密，河清水足。汉武帝北巡，乘坐高大的楼船，从黄河进入汾河，到河东万荣一带视察，写了著名的

《秋风辞》："风楼船兮济汾河，横中流兮扬素波"。隋炀帝也看中了这块风水宝地，在宁武建造"汾阳宫"时，同年在西河（汾阳）也建造了汾水行宫。这样，他就可以随时乘船直达汾水行宫游玩避暑。

隋炀帝建东都，开运河，造龙舟，一切都准备好后便率领一二十万人出游江都，这个暴君已经游览成癖。清"汾水行宫"一诗中说："凤舰龙舟事已空，桥寻廿四美人踪。宸游岂必扬州好，汾上还留避暑宫"，炀帝自洛阳西苑引谷、洛二水入黄河，在游扬州后便溯汾而上到汾水行宫游玩避暑。他乘坐的是龙舟，萧皇后乘坐的是翔虫离舟。妃嫔、诸王、公主、百官以及僧、尼、道士、蕃客按品位分别乘坐，还有载物船只，船头船尾相衔几十里。炀帝在高大的龙舟上饮酒作乐，两岸千骑护送，万夫挽舟，水陆照耀威武至极。炀帝来到汾水行宫，下舟登岸。銮声哕哕，戎车隆隆。虎贲班剑，朝服执戟，左右护驾。炀帝威风凛凛居方阵之中。前面是长长的仪仗方队，彩旗锦旗高高飘扬，羽葆华盖攀龙附凤。日旗月旗翔凤旗，龙戏珠旗飞虎旗。左边方队高举红漆叉、银钺斧，右边方队紧擎朝天金瓜锤。宫娥、彩女、太监侍从列队而行。西河郡守文武百官出郭远迎。百里之内百姓背着沉重的经济负担，尽献美食。炀帝住在汾水行宫不理朝政，不问民疾，出则行人回避，入则歌姬陪伴。整天饮酒作乐，有诗为证："君王花下频中酒，莫遣燕云送黑来"。他喜欢月夜带着上百名歌姬游玩，花天酒地恣意妄为，丝竹管弦，通宵达旦。

康宁堡有个老汉是个倔孬，种了几亩玉黄李子，风调雨顺的日子过得倒也滋润，他见白石村人又去请黑龙王去了，还说什么黑龙王是他们村的人，心中十分不满，有心上前奚落一番，可人家人多势众的不好招惹，只得咽了咽忍住了。

久旱逢甘霖，一场大雨过后，空气变得清新无比，庄稼绿油油的，夜里还听得见拔节的声音，几天后，白石村人照例去汾水行宫送黑龙王回府。在康宁堡，老汉拦住了他们的去路。

“你们说黑龙王是你们村的，有什么证据哩？”

“这是自古就有的风俗，还要甚的证据？”

“既然没有证据，那你们以后求雨就得经我们康宁堡人同意才行！”

“为甚哩？”

“就因为这汾水行宫在我们康宁堡地界，黑龙王是我们康宁堡的！”

“老人家，还是小心看好你家的玉黄李子吧！这请黑龙王求雨是我们白石村人的事，与您老可没有什么关系！”有人说。

“老人家，话可不能说得过头了，冲撞了黑龙王，这满园的玉黄李子，小心冷子给砸了！”也有人这么说。

“是呵！也只有这满园的玉黄李子都让冷子给砸了，我才会相信黑龙王是你们白石村的！”老汉的倔脾气上来了，不依不饶地说。

“那你就等着吧！”白石村人笑着走了。

说来也真怪，送黑龙王回汾水行宫的人刚走，天空中便响了几声炸雷，电光闪闪阴云密布的，芎幕下，不远的山上，在那随风摇曳的绿林里掠翅惊飞的斑鸠，半空中，凄声切切，意景动人，好像在哭诉无情的风雨，恐怨凄切的声音是乡人认为极为不祥的征兆；田边的野花开得正欢，它们竞相展姿的仿佛要告诉人们什么似的，又好像是幸灾乐祸。总之，原来一马平川的田园已经在漫漫的水里，瓜果垂袂；横流直漓的水，偶尔缓缓地流向穿村入河的大溪，临河的乡民的心情如同漫上来的水，溪面的浮草一样飘忽不定，这持久不停的大雨，他们的房屋有随时倒塌的危险！此时雨中，几位阿婆无遐顾及大雨的渲淋，口里念念有词，不停地祈求雨神息怒，他们实在不愿意离开这故有的家园。接着，一场冰雹从天而降，将老汉园子里树上的玉黄李子打得一个也不剩，等白石村人转回来时，老汉正在园子里垂头丧气号啕痛哭哩。

从此以后，白石村人到汾水行宫请黑龙王，再也没有人敢阻拦了，更没有人敢出言不逊，都怕冲撞了神灵没好果子吃！而黑龙王是白石村人的传闻，也更加扑朔迷离了。

七

带着畅想，他们一路点燃希望，一路寻找答案。

胡秉全摊开地图，眼睛倏地看着汾阳西北一个红圈“敖坡”，又把一个红纽扣放在标“平遥”的位置，中间是白石火车站，他反复用手比画着三地之间的距离，他没有说话，微微闭上了眼睛，沉思了片刻，突然睁开了眼睛，暗暗地握紧了拳头，体内的热血剧烈地沸腾。

白石是汾阳敖坡革命根据地通往平遥的交通要道之一，是跨越四县区平介县的一条秘密红色交通线。

晨曦像一把刀子，一点一点地划破天际，从汾阳敖坡丛林里升起了氤氲的水雾。这里曾经是抗日战争和解放战争时期汾阳县委、县政府所在地。村西北有一条土路与黄泸岭相连，直通秦晋古道，白石火车站游击队援助汾阳、晋绥抗日前线的物资、弹药等都是从敖坡输出的。

白石一战，骤打前来征粮的日本醉鬼之后，我方为晋绥部队护送粮物的三个小队正在路上车铃铃马啸啸地赶路。快到敖坡时，日本司令带着那支饿虎扑了空的鬼子，杀气腾腾地朝着护送粮物的部队扑来。

敖坡地势险要，易守难攻，汾阳县大队早已做好伏击的准备。

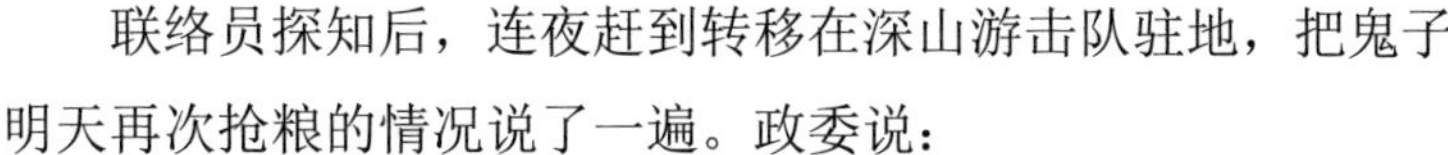

联络员探知后，连夜赶到转移在深山游击队驻地，把鬼子明天再次抢粮的情况说了一遍。政委说：

“既然当夜围攻敖坡，自古道‘善者不来，来者不善’，这次万万不可掉以轻心。”

大队长说：“哪怕鬼子有千军万马，我们也要设一道拦路绊马绳。”当天晚间游击队返回上池家庄，在梁上设下了埋伏。

大队长首先瞄准领头的放倒几个，沉闷的枪声划破山坳的宁静，惊起了一群晚归的飞鸟。顿时枪声大作，鬼子知道自己有力量，爬在沟边地堎上用轻重机枪向游击队阵地扫射。就在这时，司令大刀一挥，鬼子像疯狗一样凶恶地向游击队扑来。政委看到扑来的尾队鬼子，马上与大队长取得联系。

政委说：“大队长，后尾有大队鬼子，我们边打边退吧！”大队长一看鬼子尾队就要赶上来了，立即传令，边打边退。游击队迅速向后面的荒梁上退去，哪料鬼子人多势众，没命地追赶，整个山脚下都被鬼子封锁了。天色渐渐黑了，鬼子停止了攻打。司令冷冷一笑，脸上露出胸有成竹的表情，撇了撇嘴说：“就这一些鬼游击，我们就是再不攻，料他们也跑不掉一个。传我的命令：各防线严加防守，不准放走一个八路。”

压住正面来的敌人，两侧已经插上来两路敌军，将我方车队包围。只留下一条宽不到四尺，左为悬崖、右是黑沟的退路，也被敌人封锁。

大队长、政委转了转周围，知道鬼子封锁很严密，是攻不出去的，但是再守下去，子弹打光了，一天下来队员们水都未进，这样下去是会有重大伤亡。此时大队长若有所思地说：

“可以到敖坡求援去。”

政委说：“封锁得很严，能下去吗？”

大队长说："胡秉全有勇有谋，让他冒一次险吧！"

他俩回到原地，政委说："秉全，你是警长，懂侦察，这次命你连夜下山到白石通过交通员联系到洪赵支队搬兵，行吗？"

他一听兴奋地说："行，完全能行。"

"你准备想什么办法出鬼子的防线。"

"车到山前必有路，见机行事。"

政委一听说："好，那你就立刻行动。"

胡秉全接受任务后，让任绶勤穿了鬼子的服装，他告别了大家。等来到山腰间，也就是鬼子的防线了。天已深黑了，模糊地看到鬼子的巡逻兵在走动，其他鬼子横七竖八地睡在一边，任绶勤机智地左爬右滚混入鬼子的群里，然后从鬼子身边爬过去，过了哨位，蹿到沟里，沿熟悉的山路直奔。

突然，他右腿被打伤了，直立不起，跑不动；敌人就要打过来，怎么办？他一看左边的山沟不算很深，顾不得多想，双手抱腿头一缩，一下子就滚到了沟底。再向东爬去，待爬到大山峁树林中时，天已黄昏，枪声也已稀落，他看到，在硝烟弥漫、烈火滚滚中，上古池山顶峰被鬼子占领。

蛰伏一天了，任绶勤躺在地上再也无力行动了。

夜幕降临，万籁无声。躺在树林中的草地上，伤腿在疼，血在流。土沟里阴暗潮湿，弥漫着一股树叶腐烂的味道。他意兴阑珊，心里急啊："自己动不了。怎么能搬上援军来？部队突围出去了，会不会派人来找我？如果今晚找不到，一夜不疼死，也会让狼吞掉……"

正当他胡思乱想，叫天不应、喊地不灵时，忽听沙沙作响，任绶勤手提二把盒子，立即警觉地高喊：

"谁？什么人？"

“我是老百姓！”听到是老百姓，真像盼来了菩萨。

“老百姓？”任绶勤质疑地问。

“就叫我娃蛋吧。”诚意写在小伙子的脸上。

任绶勤立刻告诉他：“我是负伤的游击队。”娃蛋二话没说，一口气就背他回自己的家中。一进门，就让他娘先给任绶勤寻了些烂棉花烧成灰敷在伤口上止了血，又让他吃了萝卜汤饭，娃蛋才给介绍了他家的人。这是一个地名叫上古池的村子。自己叫韦林生，是租种地主土地的佃户，只有一位慈祥的老母亲。

“娃蛋，你父亲呢？”任绶勤问。

“去年给日本鬼子杀死了。”娃蛋看了看母亲说。

“哦……”任绶勤：“父亲就是死于鬼子之手。”

“嗯。”母亲含着眼泪点头道。

娃蛋擦了母亲的眼泪，然后，指着任绶勤的衣服说：

“你的衣服不仅满是血，而且已破烂，赶快换一换吧！”又说：“为了防止敌人我还得先把你藏起来！”可是，母亲找不出小伙子的多余衣服，只好将年轻时穿过的红袄绿裤给他换上，他临时变作一个大姑娘了。母子俩把任绶勤藏到了院中的萝卜地内，上面用谷草盖好，成了很好的掩蔽物。旁边下水坑里，锈湿的水管渗出不明液体，滴答答坠下。偶尔来几只有绿色瞳孔的老鼠旁若无人地散步，远远的村民居窟里飘散来鸡犬嘈杂的声流。

从娃蛋家走到村口，任绶勤觉得这个地方比自己的家乡白石村还好，空气新鲜，尤其是与汾阳城相比，在人口密集的城市里，有这样一个宁静的去处，像是上帝的苦心安排，久久仰望夜空，空气中淡香飘逸，景致温馨，却是个不是家的天堂。这一处带着泥土、露水、草叶、鲜花香味的大地，然而，此时雨后的山林寂静无声，除了一只正在脚边散步的蛇外，感觉不到半点生命的气息。仅凭一人之力是无法在这茫茫丛林中再次找到部队的行程的，脑子里乱哄哄一片，心情沮丧到了极点。

“没有吃没有穿，自有那敌人送上来；没有枪没有跑敌人给我们造……”他突然哼起了一种旋律，恍惚中，却在那微微启动的唇流出来的音律里渐渐找到了熟悉的出路。

太阳落山他也下山，任绥勤摸黑回到白石，交通员报告了队长，说是汾阳游击队被困，要求连夜火速前去接应。

队长听后，着急地说：“情况紧急，马上出发”。

集合号吹响了，顿时整队集合，支队长说：“汾阳游击队被困在北部山上，我们要火速前去解围，黎明前就要赶到”。

部队出发了，营长和战士们一起跟着任绥勤踏着山路不停地小跑，天还没亮就赶到了。

凌晨，天还没亮，阵地上一片寂静。战士们焦急地等待着援助的兄弟队伍和反攻的信号。随着三颗红色信号弹腾空而起，我方强大的炮火，几条火龙交叉喷射，无情的炮弹雨点般砸落在敌人的身上，如滚滚闷雷声响彻四野，大地也在为之颤抖，把上古池山上的敌人火力全给压住了。

经过一个多小时的激战，在硝烟弥漫、烈火滚滚中，胜利的红旗插上了山的顶峰。

大雪封山的时候，汾阳县大队五百多名指战员都穿上了里外三新的棉装。荒原已恢复了平静，仿佛一切都不曾发生过。

夜深了，月色正明，游击队又集合出发袭击困扰敌人。向三道川转移时，途经一二道川，登高远望，汾阳城一片雾气，在敌人蹂躏下的人民正遭日寇涂炭。营长气宇轩昂地说：

“看吧！一片乌烟瘴气，不久就会晴朗的！”意即日本鬼子啊，你这样猖獗嚣张，日子长不了啊！侵华日寇一定要驱逐出中国！

八路军、游击队战斗在敌占区，天天和日军周旋，我们的队伍天天在扩大，搞得日本鬼子胆战心惊，惶惶不可终日；日本鬼子处处被困扰，汾平铁道线上游击队拆桥、破路、割电线，弄得鬼子只好据守在店内，等待他们死亡命运的到来。

指战员们出了上古池又往前走，路渐荒芜，虽然满地不少黄色的野花、半红的枫叶，但那透骨的秋风，唱出飒飒瑟瑟的悲调，不禁使他们又悲又喜。像他们这样劳碌的生命，居然能够抽出空闲的时间来听秋蝉最后的哀调、看枫叶鲜艳的色彩、领略蒲公英清绝的残香，是灵魂绝对的解放，这真是万千之喜。但是再一深念，国家危难，人生如寄，此景此色只是增加人们的哀痛，又不禁悲从中来了……他们尽管思绪如麻，而那两条腿不断地向前行进，渐渐地已来到半山腰之中。这时已见层崖叠壁，山径崎岖，不敢胡思乱想了；个个捏着一把汗，好容易来到山顶，才吁了口长气。俯瞰汾阳大好河山，旭光笼罩着重山大川，绿树荫荫，百草蒙蒙，白桦冷冷，松林亭亭，蒲公英紧贴着田埂和马兰草为邻，麦浪儿嗖嗖滚滚，那茁壮的莜麦、悠闲的绿油油的庄稼，漫山遍野。一条条清净的黄土路通向了敌区平川，延伸到了铁路和机场大小城镇及广大农村。解放区根据地的乡亲们在忙着牧牛羊，紧张地收割麦子了。

一九四三年冬，国民党胡宗南部队包围了延安，陕北的形势骤然紧张。太岳区洪赵支队六个连，负责护送往返延安的干部，前面告捷的战役为太岳区洪赵支队打开了通道。任绥勤站在站台上，不禁莞尔，耳际间回荡着阵阵趋近的直升机引擎声，怅然向西北远眺……

八

公路上、壕沟里、平原上、冰原上、泥泞里、沼泽中……

大小是个战役，从最近一段的局势来看，这一仗打得真漂亮。

正规军、游击队没有合适场合祝捷，就由我们新民学校来按联欢晚会办吧，好在还能掩人耳目。夏蝶是这样想的，她也这样做了。

晚会前，夏蝶与胡秉全、火车站警务手李全耀、樊利笋和白石村大烟商吴远征相邀，准备一同沿公路往西到外边找个小餐馆吃饭。

这种交际，夏蝶本来不是十分情愿的，但她没办法不出来，因为她要做给别人看。既然是演戏，就不能演得太假。她从衣橱里，挑了一条裙子，颜色是青色的，也很朴素，穿在身上的她，突然显得格外清秀。

夏蝶收拾完后，从家里走出来。吴远征穿了一套黑色西服，倚在车边，静静地等着她。她慢慢地走过去，他优雅地打开了车门，让她进去，她笑了笑，坐了进去。进去后发现前面除了李全耀开车，樊利笋在后排占一席之位外，胡秉全已经坐在了副驾上。

夏蝶冲他打招呼，胡秉全说：“哈哈，夏蝶校长，不好意思啊，打扰你们两个约会了，我本来要去开一个重要会议的，但临时通知推迟到晚上九点钟以后了，才能有时间和你们吃这顿饭。”

夏蝶微笑着说：“胡警长哪里话，我和远征兄是有缘，能说得来，男女之间随便了些。”

“没有人们吵得那样沸沸扬扬。”李全耀为她续了后一句，为她下了台阶。

胡秉全说：“新民学校办得很活跃，不知你们什么时候有活动啊。你们活动时，一定邀我去参加啊。”

这时，吴远征也不避讳同排的樊利笋，因他知道，樊利笋与夏蝶打闹，岂止是自己这两下？于是，吴远征搂上了夏蝶的脖子，她挣开他的手说：“那是一定的，我们肯定邀请你的，警长不去参加，我们会遗憾终生的，你说是吧，远征兄？”说完她用力地捅了他的肋骨一下。

他使劲地用胳膊肘捣了她一下，她疼得瞪着他，捂着嘴笑着说：“那是自然，警长不去，我们肯定会遗憾的。”说完，夏蝶得意地看着胡秉全。

这个车上，胡秉全毕竟是压轿的领导，正襟危坐。李全耀却不是这样，无论他兼有多少身份，此时此刻他只是司机，他驾驶的同时是要眼观六路耳听八方的。车里的动态，他通过头顶上的倒后镜及车左右的侧镜是一目了然的。因为，他随时随地都要给吴远征面子，他一直保持沉默。

听了夏蝶说得这么看重自己，胡秉全笑了笑，也没说什么。

晚上，一路没饭店开门，哪怕是村子都是黑压压的。转眼到了义安村，可是村里黑黑的，很少亮灯。出了村往西一里多的地方有一个房子亮着灯，灯光映着“醉八仙”三个字，看样子是一家公路饭馆。胡秉全在这条路上行走过好多次了，对这家饭馆却一点印象也没有，也许是刚开的吧，他这么想着，李全耀把车慢慢停了下来。饭馆里的灯光很暗淡，一个老头在门口坐着，嘴里叼着烟。看见有人来了，向里面喊了声：

“有人来了。”老头站起来招呼客人。

下车之后，胡秉全把着手电筒说：

“我和李全耀、樊利笋在附近转一转，你们先去餐馆点菜。”

“警长成职业习惯了，每到一个地方都要在周围看一看。放心吧，这都是你们熟悉的地盘。”

“好，我们很快就进去了。”

胡秉全和李全耀、樊利笋沿着铁道护道河向前走了二三十步，就到了三眼门下。灰暗的云层悄然滑过一道不易被人察觉的黑影，稍纵即逝，终年不散的迷雾掩盖着三眼门周围丛林间种种魑魅魍魉等种种鬼神。胡秉全蓦地回过头去看那片丛林，那对淡漠的瞳孔倏忽变幻着复杂的色彩，记忆在脑海里以令人恐惧的速度倒退、旋转，直到耳畔仿佛传来了一个老年的唱声……

三眼门下河床很宽，碧水一片。岸边是长着青苔的大块石板，还有已被侵蚀了的枯木。晚上手电光下什么也看不清楚，有多少次白天胡秉全来过这里，偶尔是几个钓鱼的村人，坐在老马扎上，并不神情专注。他们是来消磨时间的，因为这里通常没有什么大鱼，而若是遇到小鱼咬钩，他们则会将小鱼扔回河中。偶尔尽兴了，村人们也会哼唱几句他们最得意的汾阳地秧歌段子《夸兰嫂》：

出了汾阳往东引
白石村出了个任淑兰
她本是党员志气高
做的工作实在好
群众缝衣她领导
带领妇女去放哨
送完公粮又送鞋
正遇老赵挂了彩
抬到她家恩养好
老赵对她的恩情忘不了
……

接下来，少不了的是祁太秧歌《游铁道》：

刘玉山我把话明
叫一声妹妹你要听
给妹妹扯了一身毛涤纶
梨儿葡萄落花生
奴的哥哥你是个愣后生
妹妹的身子概不知情
妹妹这两天不待动
不能吃那些生冷
梨儿葡萄不能用
吃得妹妹有了毛病

听说妹妹不敢用
倒叫哥哥把心放平
眼看天气有时分
游游铁道赶快动身
二人相跟出的门
扭回身来锁上门
今天不去别处游
一心要游平遥城
一边走一边想
忽然想起事儿一桩
咱二人相好一年整
一月一月往下谈论
……

在进餐馆的时候，吴远征拉着她走着。夏蝶停了下来，他见她停了下来，他也停了，问她："怎么了？"

她说："你这又是演哪一出戏，这里已经没人了，你怎么还拉着我的手啊，想吃醋啊。"

他懒懒地回答道："谁会去吃你的醋，你以为汾阳除了你再没美女了？"

她气得一把扯开他的手，低声道："你说什么？"

"什么也没说。"他大喊着，但明显地妥协了。说着他们走进了餐馆，坐在了拉着帘子的一个雅座餐桌上。

她狠狠地瞪了他一眼，小声地说："你小点声，你这么大声，就不怕胡秉全他们听见？"

他疑惑地看向她，说："什么？胡秉全？你的意思是他跟踪我们？可是他刚才在车上还很友好啊。没看出来他怀疑我们啊。”

她捂着头，说道：“真不知道你之前是怎么在白石存活下来的，胡秉全表面看似对我们没有戒心，其实他早就怀疑我们了，从他开始有意贴近我的丈夫，我就发觉他开始怀疑我们，所以他刚才在车上都是装的，这个餐馆说不定有他的人在监视我们，所以，我们必须时刻装得像、装得真。”

他恍然大悟，说：“没想到胡秉全这么有心机，还好我刚才没说别的，否则就完了。”

她说：“你知道就好，我们现在处境很危险，一不小心就有可能灰飞烟灭，所以，你要配合我，不管做什么都要配合我。即使你不愿意，也不能挂在嘴上，懂吗？”

他点了点头，说：“有的事情你也得配合我，不是吗？”夏蝶耍了个大大的鬼脸。

吴远征话音刚落，就一把手伸过来，搂住她的脖子，开始亲她，她都蒙了。但没办法就得配合他，她身体僵硬地搂住他，配合着他。

过了一会儿，他放开她，他嘴上微微奸笑，然后慢慢靠近她，说：

“感觉好吗？”她低着头点了点头。

他笑着，慢慢地搂住她，说：“放心，我虽然看起来马大哈，但我粗中有细，会对你负责的。”说完又轻轻地亲了亲她的额头。

老头引着胡秉全他们进了餐馆，夏蝶和吴远征演这一幕的时候，因为隔着帘子，看不见在干什么，只能隐隐约约听见谈话的声音。

“还没有点菜呀？”

“你们吃点什么？”

“随便搞三四个菜吧，来碗面，吃了要开会。”

“吃了就开会？”

“嗯。”

“我还说，吃了饭请你们和我们联欢呢。”

“今晚上就有联欢？”

“也不是晚会那种，学校师生平时的一些日语课、音乐课和美术课的作业，凑在一起活动活动。”

“今晚的活动，准备不够充分，就不邀请你们了。”

“好，改日吧。”

“好吧。”

老头笑笑进了里屋厨房，不一会儿从屋里听到呲吱的炒菜声。没过多久，见一个大姑娘端着两个盘子进来了，其中一个盘子里摆放着一只整鸡，另一个菜还冒着热气。胡秉全跺着冰冷的脚，菜上得还真快啊，姑娘似笑非笑地点了下头，面部表情麻木，然后又进去了。

这时老头拿来一瓶白酒：

“你们几位喝不喝点？今天就剩这一瓶了。”

“喝点，都喝点。”

“好，喝就喝点。”

李全耀摇摇头谢了，晚上不想喝。老头给其他三位杯里倒了酒就又进去了，里面依然是呲吱的烧菜声。

“快吃吧，要不菜就凉了。”夏蝶招呼着，随之他们就吃起来，也喝起来。

“警长，王林滋还需你多多关照啊。”夏蝶从家事谈起，王

林滋是她的丈夫，也是火车站的警手兼司机。

“当然了，我们自己人，都是互相关照的。”

“我不想让他再开车了。”

“他本来也是警手，慢慢和站长说说调整吧。”

“好，干杯。”夏蝶激动之余，说：“愿与你们警务段友好相处，更愿配合你们的工作。”

当时，夏蝶只感到知遇之情可贵，内心也深感欣慰。然而，谈话中更多的话题往往集中在对时局的看法上，既是知音她就倾吐衷情说：“日本人来了六年了，生灵涂炭。日本人像兔子尾巴长不了啦，共产党领导的抗日战争一定要胜利。经常听到人们这样说，可我是又信又不信，你也这样认为吗？”

胡秉全没有说话，吴远征看着夏蝶频频点头，他自己没有什么主见，却似乎对她表示极大的认可。

“现在这话确实不好说，不过，将来总有一方会胜利的。”胡秉全这话最保险，或者就等于没说。

“是啊，生死存亡的事情，不是你我之辈能说清楚的。”

“难得糊涂啊，来，我们都干杯。”吴远征提议。

“是的，难得糊涂，记得这句话是郑板桥老人家说过的。我们王兄有如此境界，了不得啊。”李全耀总是附和着他。

胡秉全端起酒杯，对夏蝶说：“你聪明、能干，又能说日语，说不定我们警务段也有用得着你的时候。”

“谢谢警长抬举。”夏蝶一饮而尽。

“警长，你不能门缝里瞧人啊。刚才这一杯酒是我提议的，而你只和她喝了，我呢？我还一直举杯在这儿等你呢。”

“好，我和你干杯。”

“好，这还差不多，我喝了。再不喝，我就成了狗脑袋不识盘子里端了。”

“你不要讽刺人，这狗脑袋可是你说的？”

“是，我说的，我说的。”

“夏蝶，你前面说的，我一直还在想，何去何从，即使我们现在一时半晌想不明白，我们还是要想，要想明白的。”

“你想吧，我是想不明白的。”

“费那心思干什么，活着干，死了算。”吴远征已酒醉醺醺。

“目前来看，延安至太岳这条沿铁道的通道非常活跃，八路军称红色交通线，也许就是生命线。”

“生命线？是丧命线。那天，在铃木那里得知，八路军抗大总教育长何长工率领抗大师生六百多人，途经平遥回延安，汾阳城的日本司令部已部署日军乘火车经过这里到平遥阻击……”

“嗬，好大的行动，六百多人啊？”樊利笋惊诧道。

“不错，是六百多人，但是，现在还不到阻击的时候，本周的周三从汾阳到平遥经过汾平铁路先运送一批军火过去，为阻击做准备。”

“远征兄喝多了吧，我听你说过，是下一个周的周三吧？”夏蝶在桌下把吴远征踢了一脚。

“哦，喝多了，是下一个周的周三。”吴远征被踢醒后忙改口道。

“是的，为了这一趟军火的安全送达，狗熊站长已对火车站做了防护安排，保证万无一失。”胡秉全将计就计。

“夏蝶，我觉得你还需好好想想，想好了面对现实，总不能活着干，死了算吧？”

“我的生活态度不过如此。”夏蝶说。

“你不能这样，你是一校之长。”

“一校之长怎么样，不是双眼单鼻子眼窝朝后？”吴远征已多次失态，随意插话，口出狂言。

“一个人的生活态度往往是其内心的真实反映。故如水般澄澈的林妹妹幽居在潇湘馆，在那一丛青翠的绿竹下迎风洒泪，对月抒怀，吟出一句句轻巧奇谲的诗；而浑身散发着酒肉臭的薛蟠却只懂得猜拳行令，信口开河胡诌些‘一个蚊子哼哼’的荤段子。”

夏蝶毕竟是受过专门教育的。胡秉全充满诗意的劝言，既是对吴远征薛蟠般的鄙视，也激发出夏蝶内心浑浊不堪的同样充满诗意的道白：

“警长所言在理，但是这个世界就是这样真实，没有钱，没有势，人在哪都很卑微；说直白点，没有钱，就没有了生活的资本，贫贱夫妻百事哀。富贵达人也好，草莽流痞也罢，都在完善人生，都在追逐名利，这是人之本性，好如风卷残云，秋风落叶。”

“校长有些太悲观了吧？”

“这整天兵荒马乱的，谁能有好心情。人这一辈子或许如名贵花木一样绚丽夺目，或许如幽草一般潦草一秋。填满胸的浮躁堪忧，酒醒后的自省是半醉半醒时道不出真言，舌头拉不直所讲的哪几个破段子后的悔悟。”

这时候李全耀觉得桌子下面有人在拉他的裤脚，他以为是谁了，随口说：

“干什么啊，别拉我裤子。”

胡秉全疑惑地看了看吴远征和夏蝶，他们在座的五个人，十个胳膊全在桌子上。胡秉全弯了下腰，没有人拉他的裤子啊！桌子下什么也没有啊！李全耀也低头看了看，确定什么也没有。

这时候胡秉全倒瞪大了眼睛，筷子在嘴边停顿了：

“你别吓我们啊。”

他们慌忙站起来，桌子下的确空空的。李全耀向里屋伸了伸头，那个屋里根本没一个人，而且里面相连着的门，还是反插的。就是说人应该在屋里才可以插那个门，而他们并没有看见有人走出来。那个门外面依然是烧菜的吱吱声。

“是你要拉夏蝶的裤脚，约莫着拉到我的腿上了吧？”李全耀对着吴远征发问。

“也是。”

“看把你尊贵的，谁让你逮便宜呢。”

“三眼门下，日本人杀了人都往这里拉，快成万人坑了。”

“说不定真是有鬼，怪不得王林滋说三眼门这一带硬得很。”

“全耀，刚才下车后，你是不是跟警长到三眼门下？”

“嗯，在那儿站了站。”

“跟上鬼了。”吴远征一语双关。

“要跟也是死鬼跟上我了，你才是跟上活鬼了的。”

李全耀觉得两腿发凉，夏蝶早就嘴发青，还在颤抖。夏蝶从衣兜里摸出了个五十元，放到桌子上。一出醉八仙的门，他们谁也没多说话，只是同时说我想吐，都忍不住大吐起来，把胆汁都要吐出来了。吐完之后，他们飞似的跑上了车，狂奔了一段路，李全耀送胡秉全开会，樊利笋回了火车站，吴远征和夏蝶在白石村口下车，参加学校联欢会去了。

九

每一次的联欢会都值得念想。

这一次联欢会是夏蝶为掩人耳目、趁狗熊站长外出临汾期间在学校操场临时搭建的一个帐篷举办的。回到学校，村长韦廷祯、村副武春棣忙碌着招呼参加联欢的人。

八路军平介游击队的领导徐正全，人称徐瞎子，王兴，人称拐王兴，早早就在前排就座，他们是夏蝶特邀的座上客。这一晚，帐篷里的气氛格外热闹，来的人好似都喝了酒，一个个满面通红。

夏蝶的校长虽然是日伪教育科聘的，可她因为或多或少为我方做过一些有益的事情，显得神情自若，蛾眉一点朱砂痣，在月光的照耀下，尽显妩媚风情。眼若繁星艳不妖，只是长长的睫毛微微颤动着，稍微显示着女子的不安，高挺而不失小巧的鼻子下一张可爱的小嘴，泛着淡淡的粉红色，湿润的丁香小舌舔着自己饱满性感的双唇。女子的雪白衣襟半开着，露出白皙的双肩和一双可爱美丽的小脚，无限诱人。

“各位，今天我们有幸请到了平介游击队的领导徐正全、王兴，让我们以热烈的掌声表示欢迎！”夏蝶带头，大家跟着鼓起掌来。

“哦，幸会，幸会。”吴远征一手拉着徐正全，一手拉着王兴，然后，放开王兴的手，两只手都握着徐正全的手，两眼盯着对方闭着的左眼，说："你是徐正全，就是人们说的徐瞎子吧？"

"哪有你这样叫的？"夏蝶掰开吴远征的手责备道。

"夏蝶不必多虑，徐队长不计较，现在他的外号比他的正名叫得响亮，日寇听见胆战心惊。"王兴解释后，徐正全哈哈大笑，表示默认。王兴说："人们还叫我拐子王兴呢，不抱怨人说，自己就是个拐腿子嘛。"

"哈哈哈……"

吴远征一边打着饱嗝，一边吐着酒气说："今晚上吃的鸡肉真香，几乎一个鸡都我吃了，比我一辈子吃的鸡肉还要多！"夏蝶朝他摆手，他略停了一下，又赶着补上一句："现在我连打嗝都是一股鸡屎味！"

"各位，演出就要开始了，希望做好准备。现在，我先把一首日本歌曲《樱花》献给大家。"日籍副校长尹慧凡像是主持，又像是剧务，高喊着。

座席上鼓掌的人寥寥无几，夏蝶朝尹慧凡摆了摆手，示意她不能唱这个歌曲。

中学生们在舞台后边热身准备，学校一个男教师自告奋勇走在台前唱起了汾阳地秧歌《夸兰嫂》，算是那天三眼门下老汉哼唱版的续集，也算是联欢会的序演：

村里有个三海海
时时刻刻尽出坏
假装拾粪去平遥
一把洋土就把人卖

汉奸引鬼子寻老赵
兰嫂在家说无人来

《夸兰嫂》没有唱完，夏蝶急急忙忙跑过来与主持人咬耳朵：“今天有吴远征在，赶快换成《游铁道》吧。”《游铁道》的录音盘就在手头，主持人随手一按便播放出来：

静默中，冯师傅顺手打开播放祁太秧歌《游铁道》录音：

梨儿葡萄落花生
扯了一疙瘩毛涤纶
手提篮篮往前行
行不觉来在妹妹的门
手儿里打门环环叫一声
叫声妹妹快开门
我把妹妹叫一声
叫声妹妹快开门
正在家中把哥哥等
耳听的门外有人声
走上前来开开门
原来是哥哥来俺家中
篮篮里不知道拿的是些甚
妹妹早就把你等
咱二人门儿外难讲话
来来来随妹妹到俺家
进门来与哥哥把坐打
哥哥坐在你椅子上

问哥哥喝茶不喝茶
倒歇两句知心话
……

接着，新民中学的学生们歌唱："起来不愿做奴隶的人们，把我们的血肉筑成新的长城……"

台上杀声震天，炮声隆隆，枪声如雨，什么时候祖国能强硬起来，不再让中华儿女流血又流泪？王兴心头一热，全身的血液呼呼地燃烧起来，人的一生，能交到这么多生死与共的好孩子，为国战死，死而无憾！

一时间徐正全也热血沸腾，但他深知，日本人的抵抗意志远远超过国军。想要在短时间之内夺回白石火车站，并不是一件易事。在接下来的战斗中，比拼的就是游击队、八路军的意志，谁更坚强，谁能坚持到最后，谁就是最后的胜利者！

白石村属于二区，是二区所在地，区长、村长都是国民党指派的。村公所实际上是维持会，村长是支应村长。借台上筹备之际，韦廷祯与夏蝶、吴远征凑坐在一起，窃窃私语，各自诉说难言之隐。

韦廷祯咬着夏蝶的耳朵说："前不久，火车站狗熊站长把我叫去教育了一下，要我以后八路军来白石要及时报他。这件事不知怎的王兴队长知道了，他叫我到了香乐。"

"叫你去干吗？"

"我进去时，他拿着一条劈柴斧头，问了我情况，我说了实话，我说人家叫我不能不去，他要我有情报报他，我觉得重要的不报，不重要的告他一声，总得应付应付，他笑了。"

"哦，他笑了？"

“嗯，笑了。”

吴远征说：“就得这样，见人说人话，见鬼说鬼话，总不能见了他们这些鬼也说人话。”

王兴队长说：“你这个村长不好当的，你好几个孩子，当下去没好结果，你把村长推了吧。”韦廷祯抽了一口烟，又说：

“有一天狗熊站长来我家，说我‘通匪’。实际那时我和外面就有联系，在这个地方如果死心塌地为日寇办事，你就站不住脚。我硬说没有，他动了火，和我吵了一架，怒冲冲地跑上据点。我怕吃亏，就跑到外面躲了两天。他就召集村里人开会，会上说我私通八路，要重选村长，结果谁也不想当，没有选下。”

吴远征说：“上次狗熊站长找不见我，我正在城里住着。对了，你不是跟着铃木先生找我为任光普说情？”

“就是那次？”

“对，就是那次。”

“狗熊站长知道我回来了，我装作旧日的样子，胡说是‘在山上走了两天亲戚。’他问：‘山上有八路的没有？’我说：‘白天没有，黑夜免不了来吃些喝些。’说了这些之后，他说：‘你还是要给我守住村里。’我说：‘我就是村里人，还能跑哪儿？’他说：‘回去吧。’”

韦廷祯说：“夏蝶，这个村长我实在是不想当了。”

她说：“你当吧，你就是和八路军开会我也不管，这里有我在，你没事，我要不在这里，你就赶快退位。”

吴远征告韦廷祯说：“一段时间，警务段李全耀跟我联系比较多，他很坏，和我闹了几次矛盾，那时我和外面有联系，怕被这家伙发觉，所以我在狗熊站长跟前说了几次他的不好，狗熊站长就把他教训了一顿。”

“那种人就得教训。”

“有一次城里日军清山，校长对我说：‘司令部今天有人要来，有人报你私通八路军，你今天跑了吧，不要远走，他来了有我和他说，等他走后我再告你。’赶下午走后，校长把我叫回来，说李全耀报告的，校长告来人说我‘通匪’是没有的事，是有人和吴远征闹过矛盾，陷害他。那人听了校长的话，当场把李全耀叫过来打了几个耳光。如果不是校长替我说话，带到城里还有好？”

“夏蝶对你够一百成了。”

“是的，我和校长的相处，我们俩可以说是朋友。村里出了什么事，只要我和她一说就没事了。”

“哎，放出任光普是你给说的吧，那是怎么回事呢？”

“那次任光普到炮楼底下的一块地内，看地上种下的药材苗出来没有，被日军哨兵看见，抓上据点扣在地下室。听到这个情况，我找到胡秉全警长说明任光普是好人，是为了看药材去的，不是八路军的探子，狗熊站长就把他放出来了。”

王兴在一旁默默地把弄着手枪，眼前的场景是那么的熟悉，要是汾阳支队和洪赵支队的弟兄们能来联欢多好啊！曾几何时，他也有过这样欢乐的时光。每次打了胜仗回来，上级首长就会举办这样的庆功会，游击队的兄弟们就围在一起胡吃海喝、又唱又跳，直折腾到筋疲力尽。然后，大家就会躺在草地上，一边仰望满天的繁星，一边梦想着自己的未来。

回忆就像一把刀子，在王兴的心中刻下无法磨灭的印迹。白石火车站与平介游击队、洪赵支队演绎的战斗故事，有的人，有的事就像影子一样地跟着他，让他一辈子也无法忘记。

“老王，你在想什么呢？”徐正全用手肘撞了撞王兴。王兴从回忆中抬起头来，苦笑着摇了摇头：“没什么！只是突然有些感怀！”

徐正全递给他一支烟：“我认为，人生就是一场戏，有的人扮演正面角色，有的人扮演反面角色。”

王兴接过烟来，先给徐正全点着，又自己点着，吸了一口：“这里面人很复杂，除了孩子们，有些正人君子，还不知道他们扮演的是什么角色呢。”

“慢慢看吧，总能看出来的。”徐正全吐出一长串烟圈。

校园帐篷中间挂着一片秋海棠叶四周正在被蚕食的图案。两边分别是一幅东亚地图，一只饿虎从东方岛国跨入我东北；祖国同胞被若干条绳索捆绑。这些画是学生画的，艺术性虽然不强，其意义却象征着祖国已处在生死存亡紧急关头，同学们无一不触目惊心。

演出以“天下兴亡，匹夫有责”为题的讲演开始，演唱了《打倒列强歌》《洗雪国耻歌》《抵制日货歌》《救亡进行曲》《游击队之歌》《保卫黄河》《八路军军歌》；舞蹈有《钉铃舞》《新海军舞》《袭击舞》《冲锋舞》《团结舞》《春耕舞》《秋收舞》等十余个节目；妇女教师演了好几个抗日救亡歌剧，其中人们印象最深的一幕剧《我的家》也称《九一八》，七八个女教师，都是逃难者打扮，衣衫褴褛，拄着棍子，愁眉苦脸，他们边走边唱。徐正全、王兴激动地融入演唱行列，夏蝶、吴远征、韦廷祯等跟着也上去，一起合唱：“工农兵学商，一齐来救亡，拿起我们的武器刀枪，走出工厂田间课堂……要把鬼子杀光”。他们终于可以完全释放心中的压力，将肚子里的苦闷、委屈、烦恼、怨气统统宣泄出来；他们哭啊跳啊唱啊，这一刻，他们终于不再是杀人机器，而是活生生的人、有血有肉有灵魂的人。

王兴提议，主持人走到舞台中央宣布："应首长和大家的要求，请夏蝶校长为我们表演一个节目，好，有请校长闪亮登场。"

掌声响起。

因酒还没有散去，夏蝶只觉得浑身疲软，像一具空壳子一般无力地飘上了舞台，一切在身外旋转不止，绚丽得足以令所有人为之倾倒、为之疯狂。她从未将自己当成一个一本正经的人，亦不在意自己是校长，简直是一个疯子，但是，她很骄傲，她到现在还有疯的兴趣。于是，她把久已抛掷的童年心情，从坟墓里重新复活，唱出："云霞灿烂如堆锦，桃李兼红杏……"《春之花》这样一首并不高明的歌，带来一整套辛亥革命以后启蒙学堂的生活。打动人们的是这首歌歌词的平静和朴素，以及在平静和朴素背后像天空一样广阔无垠的爱和幸福追求。

演出随着师生们自制的一块简陋的帷幕落下结束。

徐正全、王兴站起来，正要转身走，突然学校房子顶上响起一片枪声……

原来是白石火车站警务段胡秉全也是为了掩人耳目，将计就计带的几个警手进了村。紧急关头，见风使舵，徐正全、王兴迅速地爬上了房顶，胡秉全指挥警手用机枪朝徐正全、王兴跑的方向胡乱地扫射。

王兴对徐正全说："老徐，你的眼睛看不清楚，快拉着我的手跟我来！"

为避免伤亡，徐正全提醒："王兴，咱们需要马上突围呀！"

他们立即从房顶上跳下来，准备开展白刃巷战，竟然没有遇上对手。王兴背一支二八盒子，徐正全带一支马枪，迅速跑到护村堰上。王兴拖着徐正全喊："快进高粱地。"这时，胡秉全见他们已经突围，虚张声势，带人撵到村外，朝着离开目标一定距离不着边际的红了穗的高粱，又是一气扫射，他们二人早已跑得无影无踪了。

从此，汾河两岸的老百姓流传着"王兴、徐瞎子，闹得日本鬼子没法子"的顺口溜。王兴是于一九三七年九月参加八路军游击队的，期间，参加战斗十余次，破坏日寇的铁路，攻克日寇的碉堡，除奸反特，表现十分机智勇敢。白石村里传颂着他们的故事：

一天，王兴骑自行车一个人去平遥香乐村一带执行任务时，遭遇日军队伍的伏击，随即展开战斗，因寡不敌众，被日寇枪击负伤。在此危急关头，王兴将手枪藏到路边绿豆地，自己忍痛钻入青纱帐里，从敌人的眼皮底下逃走，后来，找回自己的手枪后，继续带伤参加对日寇的战斗。平遥日本鬼子对王兴恨之入骨，悬赏大洋捉拿王兴。"八路军的抗日孤胆英雄王兴"也由此名声大振。

平遥安固村有一处郭运兴、郭鸿儒的明末清初旧宅，康熙三十四年曾被汾水淹没，积淤很厚，院内地面高，室内低，院墙矮，后墙宅外一片开阔田野，所以是地下党人员活动最方便安全的院落。八路军第二纵队、中共平介县委主要领导干部和一区委负责人、县游击大队长徐正全及本村党支部书记、委员们经常在这个院子里秘密聚会，研究抗日形势，部署抗日斗争。

一天晚上，以公开身份在本村真武庙小学任教师的平介县铁北办事处主任侯达在郭鸿儒的东窑洞主持召开秘密会议。会议结束时已过头更，与会人员就在这间窑洞里就寝。黎明时分，日本鬼子包围了这所院子，并闯进他们两家的窑洞内。郭鸿儒的妻子裴氏早已给参会人员做好早饭，见日本鬼子急中生智，马上揭开笼盖，蒸汽顿时冒起，窑洞内雾气腾腾。她又把叠好的被褥翻倒，把不满一岁的次女打哭，屎盆子倒出来，雾气、屎臭占满了窑洞。日本鬼子在气雾中闻到屎臭，纷纷捂着鼻子，叽里呱啦地说：

“共党的没有，熏臭的恶心！”

于是，一群日本鬼子很丧气地夹着尾巴离开了村子。当时，已经醒来的郭玉田紧握三八式步枪躲在东窑洞门扇后，其他人藏在衣柜背后，准备与日本鬼子做殊死的搏斗。郭运兴上了窑顶，看到日本鬼子确实离开村子，才到东窑檐下通知地下党的同志走出窑洞。

校围墙外面还有枪弹的声音，夏蝶害怕，挪了挪地方，这时候过来一个警手问她：“你是校长吧，八路军为什么会出现在这里？你是不是为八路军潜伏做事的，你最好如实说来，兴许会放你一条生路！”问到这，夏蝶号啕大哭起来。

她的哭声实在是太大，这个校园里的人都往她这边看。胡秉全走过来，他抚了抚她的头发，慢慢地说：“你不要害怕，刚才那位是我们一个新来的年轻警手，因为刚刚游击队来袭火车站了，死了很多人，他很伤心，也很生气，所以对你有点提防，他不是坏人。那你现在能告诉我，你是为什么要把游击队的领导请到这里来的了吧？”

“这还要问吗？你们做事情就得和他们搞好关系，不这样，我在这里能站住脚吗？”

“好，相互理解吧，我不这样同样是站不住脚的。”

十

夜战，最是凶险不过的战役时段。

接到胡秉全传来的信息，汾阳部队连夜出动，走出十几里，一直向东南挺进。

深夜一点多到了义安村西，指挥部传达命令："部队原地待命。"

一听说原地待命，指战员们就又开始猜测可能在这里有仗打，立刻，整个队伍激奋起来。

绝大多数指战员都睡不着觉，不少战士聚集在一起，猜测部队这一仗会怎样打。有人说是破路，有人说是打车站，有人说没准儿还继续向前要到哪里打伏击，总之是猜测什么的都有。

带队的部队首长对这次行动是清楚的。因为，接下来要对三眼门铁路桥实施爆破，日军在受到打击后肯定要进行报复，部队早早地制定了反报复计划。

破路的队伍一进入桥墩之下，指挥部就安排他们在日军可能进行报复的路线附近隐蔽埋伏下来。战士们整理了枪支，子弹上膛，又拉栓退出子弹来。再把子弹压上后，用右手拇指把最后一粒子弹也同弹夹一齐压入槽内，举枪在战壕准备战斗。不知谁喊了一声：

“小心子弹上膛了，别扣扳机。”

战士们这才重新拉栓退出子弹，防止走火事故，差点失火暴露目标。

呜呜，随着一声长鸣，满载着枪机、弹药军火的火车，准点地像一条巨蟒缓缓地驶出汾阳东关火车站，车头冒着浓烟，吼叫着，带头朝前奔驰，轰隆轰隆穿过望春、曹家庄，在田野间绕行，铁路两旁的白杨树一棵棵地向后掠去，远处的山头上，笼罩着淡淡的白雾，渐渐地火车速度加快，风驰电掣般飞驰向前。

我方侦察兵侧着头在数鬼子的列车的车厢。可鬼子的列车很长，哪里数得清？他接连数了两遍，数到二十几就再也看不清鬼子后面的卡车了！

首长看他数得很认真，就笑着道：

“怎么样？鬼子来了多少列车？”

侦察兵摇了摇头，无奈地说道：

“车太多，咱们这位置又不好数！数到二十几就数不了了！”

首长呵呵笑道：

“那你还是多留点儿精神打鬼子吧！这回这鬼子，看来来的是真不少，你看那小膏药旗，那小膏药旗就不知有多少面！”

首长这时却又开始盘算子弹，在敖坡他们每人手里是有二十颗子弹。沿途几战，用了十几颗，这回来这里打伏击，倾全力又给大家每人补了五颗子弹，可不足十颗的子弹打伏击，让很多战士心里都没底儿，首长嘟囔道：

“这几颗子弹够吗？”

“子弹不够，我们就赤手空拳与敌人去拼死。”一班长道。

听到这话，首长立刻呵止道：“记住，你是班长，少说牢骚话、怪话，你的一言一行，影响着十几名战士。作为班长，你要带好战士！”

看首长面容严肃，没有了平时的笑容，班长一伸舌头，赶忙道：“首长，俺是开玩笑！”

首长威严道：“玩笑，平时可以开，这时候绝对不行，战斗即将开始，你如果带不好你这个班，战斗结束，对你就该考虑考虑了！”

班长急忙回了声是，首长命令道：“再检查检查战士们的准备情况，估计三眼门铁路桥炸后鬼子就快进攻了，带不好这个班，俺就让连长撤了你！”

首长一点儿情面也没留，班长赶紧又答了一声是，顺着交通壕就去检查战士们的备战情况，叮嘱战士们仗打起来后要注意隐蔽，别乱放空枪……

看他挺认真负责，首长就小心地探探头，向汾平公路鬼子那边望了望，鬼子正整队，估计很快就会发动进攻，趁着还有几分钟的时间，他又跑向别的阵地，嘱咐战士们，战斗打响后要狠狠打，好好打，绝不能让鬼子向汾平腹地进犯，祸害咱们的老乡。

“轰隆”！伴随着一声巨响，三眼门铁路桥炸到天上去了，铁道两旁的白杨大树被连根拔起。开始反射出蓝绿色的光芒，不一会儿湛蓝湛蓝的天空已染成了土黄。呼啸而来的列车上的司机，突然间被刺眼的光芒射入双眼，大惊失色，急刹车已来不及，车身剧烈的抖动。旋即，火车头带着的整节整节的火车都脱轨飞出，无一例外地栽倒在十几米的桥坑下。光秃秃的四柱桥墩冒着烟，周围弥漫着灰尘与烟雾，还有一股烧焦的味儿。

这次日军控制的汾平铁路遭到我军的沉重打击，日军驻汾阳城司令部的柳田司令顿时震怒了。日军自侵入汾以来，一直是长驱直入，打国民党部队，就像狼进羊群，铁路线遭到如此大的打击，这还是第一次。日军司令部迅速探明这次对汾平铁路的大破袭是八路军所为，当即日军司令部就做出了要对八路军进行报复的决定，并很快集结了大批日伪军，要对铁路沿线进行一次疯狂地扫荡，消灭或部分消灭汾阳的八路军。

三眼门铁路桥爆炸声，犹如一声战令，在汾阳城的日寇集中兵力，向汾平铁路沿线大举开来。

应战这批日寇，我方也有足够的力量，“草上飞”民团、晋绥军和游击队一起都上阵了。首当其冲的是“草上飞”民团，他们强占了一片林子作为与日寇作战的战场。过去他们在汾平铁路这条线上，在火车上抢劫货物、毁坏路基，无恶不作，现在醒悟了，那是祸国殃民，洗手不干了；他们看不惯自己的铁路、自己的火车眼巴巴地被日本鬼子强占，又把原有的那套本领用在日本人身上，由“没头鬼”摇身一变为无产阶级。

这些天生的乡野猎手，经过严格丛林作战训练变成的“草上飞”队员，已不是鲁莽的自杀性冲锋，而是孤注一掷的反突击：在黑暗的密林中快速移动不易被狙击手击中，与敌群融成一团既可避免炮弹肆虐，又能充分发挥分队成员单兵素质过硬的优势。已摸上来的敌军猝不及防，来不及将呈疏散队形展开的各突击小组收拢，很快就遭民团分队的穿插割裂打击，仓促应战。分队以惊人的速度突破了敌人的围困，插入纵深，在黑暗的丛林深处，小组间紧密地相互配合起来。双方已没有进攻与防御之分，只有生死搏杀。领头人阿飞紧紧跟着机枪手，快速穿插、交叉射击，一刻也不停止地奔跑。

机枪手倏然倒下，阿飞踩过他的尸身，没有停下。短兵相接状态中任何停下脚步的人都会孤身陷入包围或被敌狙击手所猎杀。他暗地里一边在厚实的树干之间规避机枪扫射，一边伺机与最近的小组会合。敌人毕竟在数量上占有绝对优势，这些鬼子在黑暗中自发地靠拢起来，稳扎稳打，发现落单或孤立的目标便专一地群起而攻之。终于扔完了身上的手雷，耳边的喊杀声越来越近，阿飞绝望地等待着最后的时刻。五名敌人正向他包抄过来。

“投降吧。”一声叱喝。

几发子弹一股脑儿朝他胖而不笨的身体射来，他的身体像纸一样飞速飘向其后的树，又在几棵树之间穿梭，失去目标的子弹将树干打得碎屑四溅。阿飞气急败坏地掰下弹匣，砸过去，又不知从哪扯下一枝树杈甩过去。

“来啊，有种来单挑。”说着就攥紧大刀猫腰冲上去。

“趴下！”

身后传来熟悉的声音，阿飞条件反射性地扑倒在地。他心一阵剧烈战栗，强大的冲击波将他往后掀翻，一直甩到一团湿热的什物上。他甩甩脑袋，探手一摸，是自己的枪，掸头一看，是个穿插过来的晋绥军，左臂已被子弹射成肉窟窿。阿飞顿觉自己傻了。

“啪！”一个耳光打醒呆滞的阿飞。那血臂上还流着血，从战服肩上的那颗被血浸红的星豆才能辨别他是晋绥军的副队长。

“我命令你，活下去，冲出去！”副队长从喉咙里吃力地压出话，摇晃着支起右手指着一个方向：“还有两个人在那边引开了敌人，他们想让我告诉你，因为我是指挥官。你走！快走！”

“我不是胆小鬼，我不走！”

“你是英雄，阿英雄！我求求你了，阿飞。”副队长低声下气地哀求道，他摘下手套，缓缓拾起枪指着阿飞。

“我求你，活着走出去，我们都没有忘记自己是爷们！”

“你快走，不要让我们白死！我数到三！一、二，副队长，你想让兄弟们死得不明不白吗？”

副队长用难估量的强大力量拎起阿飞，将他甩出好几米，甩出敌人的火力圈。

天空下没有一丝风，植被已成了冷寂的焦土。“草上飞”队员默不作声，除了被事先藏在隐蔽角落里已奄奄一息的又复活过来的阿飞，没能找到一具尚未断气的身体。

原本驻城郊的勾子军是事先埋伏在“草上飞”民团后面阻击的。勾子军官远远望见敌人的气势很盛，他低着头，嘴边只是一成不变的一抹弧度，睫毛盖住了他眼里的情绪，那抹弧度似是凝固在他嘴角，逐渐僵硬。砰！枪声打破了夜的寂静。顶在前面的勾子军从机枪架上掉下；几乎在同时，又“轰隆”一声巨响，勾子军的装甲车开了花，机枪手的尸体从机枪防盾后面飞出。勾子军惊恐万状，“哇哇”乱叫，乱作一团，就像无头的苍蝇一样胡冲乱撞，不是撞上了子弹，就是碰上了刀尖，不是跌进了铁道壕，就是被勾刀钩住了双腿……一个个面如土色，鬼哭狼嚎，狼狈极了。有的干脆跪地求饶，哭爹喊娘；有的见势已去，拔剑自刎；还有的竟尿湿了裤子……

因汉奸吴远征的告密，日寇已知道义安附近有我军埋伏。

一枚大炮打了过来，不偏不倚打在了我方阵地中间，干枯的野草、灌木霎时间燃起了熊熊大火，铁道壕上升起了一条通天水柱，坑水被染成了血红色，但我军丝毫没有慌乱。

鬼子指挥官站在卡车顶上，用望远镜又看了看前面八路军的阵地，立刻对着鬼子炮兵号叫了一声，鬼子的炮兵们，马上对着八路军的阵地开了火。日军炮多火力猛，顷刻间阵地成了火海。

部队首长一边竭力躲避着敌人的炮弹，一边沿着战壕安慰鼓励着战士们："同志们，鬼子的炮没什么可怕，只要咱们躲得好，它就伤不到咱们！"

战士们在首长的安抚下，没一个惊慌失措，大家紧握着手里的步枪，静等着鬼子发动攻击。

鬼子炮兵对着我方阵地打了有十分钟，步兵也运动到离阵地不到两百米的地方。鬼子指挥官的意图是，首先从八路军的阵地中间，也就是沿汾平公路前进方向进行突破，把八路军直接拦腰切成两半，之后大队再从两翼包抄，一举歼灭面前的八路军。可他的算盘打得如意，仗却没能按照他的设想打。

当鬼子的炮火渐渐停止后，鬼子步兵开始冲锋。

弥漫的硝烟中，八路军已撤到公路两侧，阵地中间是一片空白。鬼子指挥官傻了眼，以为是阵地中间的八路军已被他们的炮火全部歼灭。此时，公路两侧在庄稼地里埋伏的战士们按兵不动，纹丝不响。

"八路军不过如此，就这样不堪一击？"鬼子指挥官轻蔑地笑了笑说。

鬼子指挥官心里正在狐疑，稍有懈怠、准备"刀枪入库、马放南山”之时，部队首长看到鬼子步兵要撤退，就对着战士们喊道：“弟兄们，注意啦，鬼子步兵要撤了，大家瞄准了，听到我的枪响就狠狠地打！”

部队只有一挺轻机枪，子弹还不是很富裕，所以不到关键时刻还舍不得使，面对鬼子六十多人的集团冲锋，八路军的战士们只能靠排子枪杀伤敌人。

首长看着越冲越近的鬼子们，他把自己的驳壳枪瞄准了一名打着膏药旗的鬼子兵。子弹宝贵，一发也不能浪费。

一百米……

九十米……

八十米……

五十米……

四十米……

很多战士紧张的手心里都冒了冷汗，心道：“首长怎么还不下令打啊?!”

眼见鬼子就要过来，首长扣动了驳壳枪的扳机，随着他一声“打”喊出口，驳壳枪的枪膛里飞出了一发仇恨的子弹，那名打着膏药旗的鬼子先是晃了一晃，随之就在枪声中栽倒在了地上，身上也不知中了多少发子弹。

突然间，三十米外的堑壕里，密密麻麻的手榴弹呼啸而起，天空像飞过一群麻雀。霎时间，手榴弹在日军头顶上凌空爆炸，短促连续的爆炸声震耳欲聋，横飞的弹片带着死亡的气息呼啸而下，惊慌失措的日军士兵无法找到安全死角，很多鬼子同时被几颗手榴弹直接命中，被炸得身首异处。

“向日本鬼子冲去。”这时，一个士兵愤怒地端起那挺轻机枪，瞄准敌军大喊着：“该死的日本鬼子们，你们抢占了我们的领土，还要阻击我方人员通行，我们要把你们这群倭寇赶出汾阳的地盘。”这位士兵士气高昂，领着同伴们集体向前冲锋，一阵厮杀后走向低谷。

“啪啪啪，哒哒哒，轰隆隆”声在敌我阵地上的响声已稀稀落落。我方部队已经退到主战场之外的公路南部，仍愤怒地虎视着北面的日军，随时准备再次冲杀；北面的日军，也重新聚集成新的一阵，同样穷凶极恶地望着南面的八路军，准备随时冲杀反扑。就像两只猛虎的凝视对峙，谁也不能先行脱离战场。

“我们不要硬打了，这样下去伤亡太大。”部队首长命令轻机枪手撤退。

轻机枪手向后移了几步，紧闭着眼，静静地依偎在树旁，胸口鲜血淋漓。风吹拂着他的发丝，忽然他嘴角微微地抽动着，污黑的脸上透露着不甘。

这场战役，因日军前期炮火凶猛，我军伤亡惨重，寡不敌众，主动撤回。

人类与自然总是相生相克的两个范畴。人离不开自然界，自然界受到人们的质押。当近处的植被被战争蹂躏得体无完肤的同时，在远离战场的铁道北的护道河畔却是生机盎然。河畔左岸那一望无际的是金黄色的谷子，远远望去，就像铺上了金黄色的地毯，微风一吹像大海的波浪一样此起彼伏；还有那一朵朵张开笑脸的棉花，像天空中洁白的云朵，随风舞动。河边还开着五颜六色的野菊花，有白色、米黄、紫红等；岸边那棵高大的柳树，它的叶子已经慢慢变黄了，风一吹叶子从树上飘落下来，像仙女下凡，丝毫不理会铁道南面那渐渐散去的硝烟。

白石弹丸之地，英雄层出不穷，也不乏汉奸、间谍和皇协军等走狗。他们在鬼子面前谄媚奉承，摇尾乞怜，寡廉鲜耻，为虎作伥，成为“谤讥纷纷，举国欲杀”的大汉奸。

十一

呼，呼！一辆辆越野车驶入白石任绥勤家。

二区与五区就像是难兄难弟，他们唇齿相依，休戚与共。

五区副书记李士进、副区长李一平、助理员李齐逢经常在任绥勤家商量事情。几次冲击铁路遇到阻力，引起平介县敌工科和我五区的警觉。

有了消息，徐正全、王兴、任应枢、我五区区长王彩彰和胡秉全在白石任光普家专门开会研究除奸问题。他们都是德高望重且各有特点的，徐正全、王兴都是在战斗中负伤残疾，徐正全左目失明，眼角有块晕皮，脸上有麻子，王兴右腿残疾，人称“徐瞎子”“拐王兴”；任应枢因两鬓角长着浓密的胡子，人称“任胡子”；王彩彰因平时总是本着一副严肃的面孔，一旦有了笑意就要杀敌人，人称“笑面虎”。

“太远的不说，从上次临汾日军军团长来，蒋三带兵奇袭白石火车站看，那时已经有内奸，没有的话，我们的奇袭白石火车站的战果会更大的。”王彩彰摘下墨镜，目光凝重地谈到。

“哦，是的。”胡秉全微微一怔，下意识地回答。

“如有内奸，很可能就在白石。”徐正全说。

“也是。”王兴点头默认。

“你们经常来往此地，是谁？应该心里有个谱吧？”任应枢问。

“有是有，但在没有展开实质性工作之前不敢妄下定论。”胡秉全郑重其事地说。

王彩彰颇怀深意地看了胡秉全一眼，“俗话说，宁可信其有，不可信其无。假设有，内奸也绝不是冲着单纯的奇袭白石火车站行动来的。只是我们还不知道他们到底在图些什么。”

“图什么？他们还能图什么，莫非是投靠日寇，为非作歹。”王兴的目光凝固了，脑海里掠过几个那天晚上新民中学联欢演出时夏蝶和吴远征的异常眼神。

“这里面，不仅仅是汉奸在行动，已经有间谍了。”王兴指着曾在几份绝密电文上出现过的字眼。

任光普深思良久，他摇摇头，说：“不可能，再复杂，这两个人也没有这么大的能量。”

王兴与王彩彰相视而笑。

王彩彰隐隐听出了什么，顿时收敛起笑容，咬着腮帮说道：

“敌人的能量不可低估啊。”

胡秉全看了王彩彰一眼，本来他和任光普有同感，此时反倒笑了：“呵，真没有想到。”

“你们看，老王手上已有据可查。”

“从内参资料上看，夏蝶是间谍出身。”王兴说。

“是的，从几份绝密电文上出现过的字眼看，夏蝶是正儿八经的行家。”

“与其妄加揣测，不如尽快着手调查。”任光普着急地说。

“哎，目前还不能打草惊蛇。”王彩彰说。

“是呀，夏蝶是条花纹毒蛇，但我们目前要把她养起来，要放长线钓大鱼。”王兴感到浑身充满了力量。

“嚓嚓嚓……”

听到这个声音，胡秉全说：“各位马上撤离，有人躲在房顶上偷听。”

他们几个人正四处分散撤离，身后日军的枪声越来越密集。

跑了一阵，王彩彰进了一家农户的院子。门是敞着的，王彩彰一抬头，便看到院内只有一个少妇。说是少妇，也只是王彩彰的感觉。那女人脸圆圆的，白白的，穿着咖啡色的中山装，脚下穿红褐色皮鞋，风姿翩翩。

听到外面的枪声，女人懂事地向他招手，又赶紧把门关上。

这时，门被敲响了。正想领王彩彰回去时，女人紧张得却不料尿意来了。她急中生智，一把拉着王彩彰走到茅厕前。

等到了厕所里一看，虽是刚淘粪时间不长的茅坑，可也是坑周沾过的屎尿干的湿的皆有，他看了看差点晕过去，又退出来。

“你还是进去吧，我替你守在外面。”女人看出了他的迟疑。

他最终还是听了女人的话，便点头应道：“那，谢谢你了。”他说着，再也顾不上其他的，一掀帘子迈了进去。

女人开始倒是没在意。她想的是这个陌生的男人来到白石村做什么呢？走亲戚？不会。走亲戚，他就应该在亲戚家，怎么会被鬼子追杀呢？

“你就在里面吧，不要出去。”女人说。

女人说后心里有些后悔："这样也行？这样的话，自己尿尿的声音岂不是被他全听了去？还有，自己还是要脱裤子的，万一这人要坏，被他看了个精光，岂不是便宜了他吗？"

正想着，外面的敲门声紧了，女人索性说：

"你下去吧，我替你守在上面。"女人又看出了他的迟疑。

王彩彰拉开茅厕凳子立即跳下茅坑，可是一下茅厕，一阵冲天的臭气熏得他头都晕了，顾不得这些了，他总是低着头，不便往上看。那女人双脚站在粪坑的两边踏板上，解开裤子，坐在茅厕凳子上。

"啪"一声，院门被日本鬼子强行推开了。

可巧的是，这时一阵秋风从门口吹了过来。厕所本来在一排平房的打边靠后位置。风吹进去，打了个旋儿，呼啦一下把帘子吹开个口。草帘子经久未换，草都散落了许多，轻飘飘的，风又一吹，那帘子便像是被人用手掀开了。

"啊！"她的第一个意识是鬼子进来了，不由得惊呼一声。

她正在里面提裤子，又忽然想起："现在不能起来"。于是立即又坐在茅厕凳子上。可也就在这时，她弯了一下身子，便忙不迭地回头，一眼见到他还低着头。心里叫道：万幸，没被他看到。

女人惊叫之后，见到鬼子在院子里、房子里到处搜查，并没有人到她身边，这才松了口气。鬼子走了，她赶紧把裤子提好了，站了起来。

"鬼子走了，快上来吧。"

"嗯，刚才，没事吧？"王彩彰从茅厕坑里出来问道。

"没，没有。"她有些慌乱。她在这个男人的目光注视下，感觉自己实在是羞极了。

这时王彩彰和她面对面地站着，走出厕所也不过几步。王彩彰忽然看到她的衣领上面落了几根草，便走近了她："你衣领上有脏，替你拿掉吧。"

她觉得他说得很是关切，让她不由得感动了。这人肯定是好人，懂得体贴呢。

"看你的衣服都污成这样了，跟我来，我家有干净衣服，到屋里换一换吧。"

"真够麻烦你了。"王彩彰客气道。

"你一时有难，帮一把是应该的。"

王彩彰换了衣服，将她身上的几根稻草拈了下来，举到手里向她笑道："好了。还是和刚才那样清爽漂亮呢"。

"好像见过。"王彩彰回忆着自言自语。

"我是妇女干部。"

"哦，你这么年轻就当上了村干部。"他感慨道。他和她近在咫尺，却都没有要拉开的意识。

"你是……"女人问，她也分明能感觉到他身上那种成熟男子的体味。

"我是五区来这里办事的游击队员王彩彰，你的救命之恩我永生难忘。"他闻得到她身上微微的香气，刚才那股茅厕味早已散到九霄云外。

"不客气，我们以后多通气。"

"好的，肯定。因情况紧急，我要走了，以后有什么困难，一定到五区来找我。"他说着，轻轻地摇晃了一下脑袋。

她爽快地伸出手来与他握别，朝着王彩彰宛然一笑，这使得本来极为好看的她多了一丝妩媚。

王兴见势不妙，急忙拄着拐杖一瘸一拐地向村外一片茂盛的沙蓬蒿草地逃了出来，在湿地上，他一步一步慢慢挪动着双脚，每走一步，都需要先吃力地迈动左脚，然后小心地、艰难地将右脚往前挪一小步，很小很小的一小步；泥土把他的鞋陷进去，他一直都赤着足在走路。他眯缝眼，嘴里叼着个旱烟袋，满口的黄牙随着嘴巴的一张一合若隐若现，披在肩上的外套随着走路的节奏，不停往下滑，于是可以看见这样一个场面：一个走路一高一低的背影，身子陷下去，再抬上来，抬上来的时候，往往还伴随着一个抖肩的动作，整个画面，滑稽而充满动感。磁窑河畔的沙石摩擦着他的足底，每一次最真的接触，他都记在心底，那里都记有他曾经走过的痕迹。虽然有时候，也会有刺扎进足心，刺出鲜血，痛得钻心。但他仍然走得那么坚定，走得那么沉着，藏在隐蔽之处。

徐正全、任应枢等他们都本能地采取了自己临危出逃的方式。也许有人会认为，独眼是一种缺陷，虽是独眼，却也有自己的好处。独眼看世界，会少许多痛苦，让人生的路程由弯曲变为笔直；独眼看世界，会多许多快乐，让人生变得乐观、直爽；独眼看世界，能让自己的人生过得更加充沛。有时，他能做到与常人相同的事，甚至可以做出常人不可能做到的事情。他们完全靠着自己不屈服失败的那颗心，对失败只是乐观的心态，没有一丝忧愁，也许正是因为他是独眼看世界的缘故。

那天夜间，从三眼门“醉八仙”餐馆出来，李全耀开车送胡秉全开会，在去的路上因车上还有樊利笋坐着，李全耀憋着一肚子话不便说，开完会在返回的路上，他与胡秉全推心置腹，苦诉衷肠。一般人看不出来，李全耀不仅是日本人警务段的一名副警长，也是个小汉奸。不过，这个小汉奸是胡秉全强加于人的，有了这个身份，便于李全耀与整个汾阳的汉奸圈

"同流合污"。李全耀从刚开始的害怕，到现在已经算是好很多了。

"警长，没误事吧，刚才送你开会，你刚下车，狗熊站长就把我叫过去了，他问我'听说你们刚才喝酒去了?'我说'嗯。'他问'谈了些什么?'我就晕过去了。"

"没有。"

这一段时间，李全耀的晕在全站是人所共知的，但只有胡秉全知道他是装出来的。在不想说情况的时候，李全耀明智地选择了装晕，他脖子一歪、眼睛一闭就华丽丽地昏死了过去。任凭有人左摇右晃，千呼万唤，他就是不醒。只是李全耀没有注意，狗熊站长看了看昏死过去的李全耀，眼中露出一丝决然。他感觉到的是狗熊站长气愤地踢了他两脚。李全耀睁开眼，见办公室没有人，然后悄悄地离开了。

进了厕所，李全耀擦了擦即将要从眼里流出来的泪水，对着镜子说："叫你当汉奸，叫你当汉奸。"李全耀给了自己两巴掌。

汾阳地盘上的汉奸不是很安全，三天两头就要死一个，当然不是日本人杀死的，因为他们对日本人还有用。而是那些老百姓口中的英雄好汉，好巧不巧，那天就赶上了李全耀。

李全耀那天在"醉八仙"餐馆吃饭，中间出来为吴远征点一个喜欢的菜，点的菜还没上来，就被人一脚从门口踢了出来。要不是外面有东西挡了一下，弄不好他会碰在对面那块大石头上，就已经身死当场了，至于踢他的人，他真的没看清楚，只知道是个女人。

李全耀回到餐桌，双手抓着头发："怎么办呢?"这个问题他已经想了很多天了，他是真心不想做了，但是总不能在这种场合说吧。反正，自己的命被别人惦记上，这感觉让他觉得太难受了。不过，现在他唯一能做的就是尽量一个人少出动，可这也难。

在这战火纷飞的年代，弄不好就是死，李全耀可不想死啊，对于他来说，死是一件很遥远的事情。但是这几天他就已经见过不少死人了，人命在这个时候仿佛不值钱一样。

李全耀还有一个老娘在白石村里，不过因为自己的儿子当了汉奸，这位母亲一气之下跟着胡秉全的母亲住进了村里的三官庙，从此她们没有出来过。不过这对胡秉全、李全耀来说是一件好事，最熟悉的人不在身边，就不容易露出破绽。

算了，过一天算一天吧，李全耀整理了一下衣服，看着镜子中的自己很熟悉，当然了和自己长得一模一样，能不熟吗？不过，有时候长得是人模狗样。他不去欺负老百姓，只是吃吃喝喝玩玩。

当然了，大家要说难道他就不恨小鬼子吗？不想抗日吗？他想，十分地想，但是也只敢想想，真的要杀人不眨眼，他还没有这种能力。但是想叫他帮日本人残害国人，那更是不可能，他的底线人们是知道的。

经过几个弯道，小车停下来。李全耀看了看胡秉全，几次动动嘴唇欲言又止。

“全耀，有事想说吗？”

“警长，刚才咱们吃饭的时候有件事我还是想和你说，不知道可说不可说？”

“说嘛。”

“嗯，要找到这个人需等待。”胡秉全听了李全耀讲的有一个女人图谋暗害他的经过后说。

“警长，你要为我想办法加快找到，要不……”李全耀担心这次没有杀掉，不表示下次杀不掉。说不定出门没走几步脑门上就是一个血窟窿。

“你把衣服换了，以后不要穿成这样。”看着李全耀头上戴的礼帽、身上发黄的标准的汉奸服，胡秉全说：“你这是生怕别人不知道你是汉奸啊”。

摸了摸腰间的手枪，李全耀心里也有了点底气，他不担心胡秉全为此再批评自己。他庆幸的是没有拿个枪套给它挂在腰间，而是贴身放在了衣服里，谁见过一个汉奸上街拿把枪的，装就要装得像一点。可是，一个警察手里没点东西也不叫话，他心里不免有些忐忑。

单打独斗李全耀还真不怕他们，怎么说也是个警手，缺少的只是沟通、防备经验和见见血而已。可是问题是谁会和一个汉奸讲道理，能背后打黑枪肯定就背后打黑枪，恐怕自己连人都没看见就死了。

不过还好，李全耀这个汉奸算是汉奸里面最小的了，他也见不到那些当大官的鬼子。那些大汉奸一个人手底下几百号人，和那些人比起来，李全耀显得无足轻重。不过李全耀确实就是无足轻重的狗腿子，他们这些汉奸的任务，就是看看街上有没有反日分子，如果有抓起来就行了。有人恭维说李全耀是兼汉奸队长，不过手下就吴远征这一个人。换句实在话说，李全耀不是一个合格的汉奸，吴远征做汉奸比他要到位得多。

他的身份意识要做到随机应变才行。他还是叫李全耀，不过已经不是从前的李全耀了，而是汉奸李全耀。现在，他自己提醒自己，在胡秉全面前，他是警手。

“小鬼子的巡逻队来了，走吧走吧。”胡秉全提醒他。

“走吧。”李全耀微微偏头，看到穿着靴子、背着枪的鬼子从不远处走过来，他应了一声，开车就走了。

好几天，李全耀窝在火车站的宿舍里没有出来，他怕狗熊站长见了他问这问那的，也警惕出来再遇上那个没有打死他的女人。所以，这几天他闷得慌，觉得自己就是怂了。他又想，这事放谁身上谁不怂啊。过了几天，李全耀很想出去催胡秉全去查那天想杀自己的人是谁，可这身手能见警长吗？好在是上次在车上警长只看见自己戴的礼帽，如果摘下帽子让他看见头上中间大分开的发型，他还不定更要火冒三丈呢。虽然现在是尽量避免出门，不过这个中分的汉奸头，他实在是受不了了，不出去剪头发会疯的。

看见不远处有一家剪头发的，也不知道好坏，李全耀就进去了，一定比现在这个汉奸头好。他对着镜子照了照，要不是看这里人多，他都想自己给自己两巴掌，浪费了一张好脸。剪头发的是一个老师傅，手艺不错，没一会儿一个平头就出来了，李全耀看了看镜子里的自己，那是一个阳光帅气的小伙子，谁能想到这货是一个汉奸呢。

剪完头发，这次李全耀看着就更像学生了，他满意地点了点头，这下应该安全一点了吧。他也没有放松，眼睛时刻关注着可能出现的危险。临出门，他疑神疑鬼地盯着一个待在那儿要剪发的中年妇女看了半天。“有病吧？”换来的是妇人一句很不礼貌的问候。

“哎！这位先生，你还没有付账。”正当李全耀抬脚要出门的时候，剪头发的老师傅终于忍不住说道。这人剪完头发就对着镜子看个没完。这看完了不掏钱就想走，还走得这么自然，要脸不要脸啊，老师傅心里觉得。

“老师傅，不好意思，刚才光顾着想事情了，把这事给忘了。”李全耀刚想再解释两句，不过一看到老师傅嫌弃的眼神，李全耀明智地选择放下钱，赶紧离开。

“尴尬啊，第一次就弄这样的事情，丢脸啊。”李全耀出来门说道，不过转念一想，自己哪还有脸丢啊。都是当了汉奸的人了，脸面已经渐渐离自己远去了，这样一想他自己觉得好了不少。

“这样应该行了吧。”回到宿舍李全耀整了整头发，换了一身穿过的黑色的学生装，他自言自语道。别说，穿上以后还真像那么一回事。又一想，不对，这样，警长见了会说：

“这身衣服像是请愿的大学生，站在一九三八年的北平街头还差不多，可现在是什么年头？现在到一九四三年了。”他自己觉得不合时宜，就换上灰色中山装，自己觉得无可挑剔了。

这次回来就不同了，李全耀开始了自己的锻炼计划。不管是杀日本人，还是被日本人追杀，身体都一定要锻炼好。锻炼完了，他还是着急见胡秉全。一见面他就问：

“警长……”

“全耀，有线索了。”胡秉全见他刚开口就说。

“什么消息，那天推我的人找到了吗？在什么地方？”

“没有找到。据我分析，那天想害你的是香乐锄奸社的人，已经有不少汉奸死在他们手上了。”

他们不仅管二区，也把抓汉奸的罗网延伸撒到五区。五区地方上的汉奸魏东村、二臭、毛吉利，都是宪兵队的忠实走狗，他们勾引宪兵队长石上保（日本人）到处搜捕、杀害抗日干部。当地有“汾阳城东三根刺，东村、二臭、毛吉利”的民谣。

听到胡秉全这么说，他心凉了一大截，想杀自己的还是个团伙。

“那还需你再细查一下。”

“是除奸社就不需要查了，说明你的真实身份。我给于常娥打个招呼就行，说不定就是她干的。”

“警长，听说上面有命令，叫我们搜捕一个上次走漏了日军从汾阳城到平遥运送军火消息的人。”

“嗯。”

“怎么回事？”

“好像是昨天宪兵队搜查了一天也没找到线索。”胡秉全也不是很清楚事情的具体情况，不过李全耀问的也有耳闻的成分。

“没有通知吗？”

“害怕时间长了事情有变，所以叫我们出动，连夜搜查。”胡秉全说道。他也是刚刚接到通知，才知道昨天晚上原来还有这么一档子事。

“有目标吗？”

胡秉全喝了一口水说道：“这个没有打听出来，日本人好像封锁了消息，要不是害怕时间长了人跑了，恐怕还不会通知我们搜查。”

“队长，你说这次行动是不是很特殊，为什么和往常不一样，会不会有危险？”

“不该问的别问，谁知道日本人想搞什么，到时候你就听我的，危险应该不大。”胡秉全说道。这事胡秉全心里已经有底了，该怎么做他心里很清楚。

已是下午时分，马上就要天黑了，不过既然日本人下达的是连夜搜查的命令，胡秉全也只能带着他手下的人，准备开始行动。说是行动，不过胡秉全打算就是装装样子，混过去就行了，哪有自己人抓自己人的。他们当然不会帮日本人去找人了，现在还在心里祈祷，希望这人安然无恙。

汉奸，这种人最可恨了，所以现在胡秉全看见李全耀就烦。他也不想想李全耀汉奸也是自己逼出来的。不过，虽然烦是烦，但是还是有许多地方需要李全耀的。

十二

谁是卧底？身陷龙潭虎穴，卧底难言。

义安附近铁路桥爆炸事件发生后，敌我双方更加警觉起来，都在搜捕对方的内线卧底。

“我们上次失利，一定有人告密，要严防奸细。”李全耀说。

“现在，情况已紧迫，我们不仅是要严防奸细，还要把奸细挖出来。”胡秉全说。

“有线索吗？”

“线索越来越清了。”胡秉全咳嗽了一声，接着说：“大汉奸吴远征变本加厉，摇身一变携带武器投靠城里的日军，配合宪兵队的便衣，带领日宪兵队到处抓人，暗害我工作人员。他经常被派往白石村和火车站做便探，到处敲诈勒索，周边各村深受其苦。”

“吴远征威胁太大，必须除掉。”

“无奈他总是和日本人住在一起，跟日本人一块活动，只是吃喝嫖赌抽时偶有单个出行。”

“办法总比困难多。”李全耀双手叉腰，抬头看了看苍穹说。

李全耀因身上承担的特殊任务原因，经常与白石村村副武春棣混在一起。李全耀知道武春棣胆子小，是个混饭吃的，他既想讨好日伪，又怕得罪八路军。没有做过什么大的坏事，只不过到各村吃饭，要点“料面”吸而已。李全耀让他主动赎罪，他满口答应。李全耀从那人嘴里了解到，吴远征有时无规律地也来白石村西茶房三合院上房里。胡秉全考虑到这是除掉吴远征的最好机会，立即决定，马上行动，出其不意地捉捕或处死，割掉日本人的这只耳朵。这件事自己挂帅，让李全耀利用武春棣来完成。

“情况如何？”

“什么，跟丢了？你们是干什么吃的。”胡秉全对手下人李全耀喊道。刚才派出去跟踪吴远征的人回来，告诉胡秉全人跟丢了，这怎么能叫胡秉全不气愤。

“吴远征经常变换衣服，夜间看不清楚。”

“继续去查，有什么情况第一时间向我汇报。”胡秉全对站在一边的李全耀说。

“是，警长。”

“回来。”胡秉全看着要走的李全耀喊道，“还有什么事，警长？”

“你可千万不能暴露身份。”

“记住了。”

白石茶房也是樊利笋经常出入的地方。

新出土的明代《白石村茶房碑记》：大明万历三十六年创建茶房……背依卜山，南对绵介，东连太行，西接黄河……为白石村一胜景。明天启元年立石碑。碑上记录有任天寿，王炎宣、王炎庆等好多炎字辈人为建茶房所四面化缘、八方集资、提供土地、组织修建等情况。

茶房位于白石村西不远的汾平公路北侧，一共有北房五间，南屋三间，厨房紧挨近大门。在厨房外面还有一口水井，一笼青翠欲滴的竹子就长在水井的旁边。此外，院子里还有一棵梧桐树、一棵柳树、两棵苹果树、一棵桃树和两棵梨树。

客人们来到这里，就像被迎进一幢淡青色的别墅，里面有舒适宜人的卧室、富丽堂皇的起居室和气魄很大的会客室。水曲柳制成的拼花地板，铺着大幅的红色暗花地毯，墙上镶嵌着工艺精致的护墙板。穿过房间，有一条晶莹透明的暖廊，凭窗眺望，绚丽多姿的园地景色像油画一般映入眼帘。

李全耀对武春棣说："你操些心，吴远征过来你告我，你把他穿什么、戴什么、骑什么样的自行车全看好。"

第二天下午，李全耀在茶房附近站着，吴远征从西边过来了，武春棣看得清楚，向他示意，他顺着武春棣指的方向看，但总不如他看得清楚。

武春棣说："我可看好了，头戴烟色礼帽，身穿一身油腻旧黑衣，骑着一辆破旧自行车的就是他"。太阳快日落时，武春棣以赌博为名，做进一步侦察。在赌场，武春棣又详详细细地观察了一番。回来后武春棣把侦察情况汇报给胡秉全、李全耀，研究布置了到茶房活捉吴远征的办法，接着包围了赌场，出一个扣一个，把人扣到井坊里，就是没有吴远征。有个人穿得特别漂亮，胡秉全问他："吴远征在哪里？"

他说："玩了一会儿就走了。"

事后才知道，这人也是汉奸。

武春棣悄悄说那人也是汉奸。胡秉全说："带我们找去，找不见就抓起你。"由他引到三官庙跟前，也没有见人，才把引他们的那个人放了。

那人回去以后，告诉汉奸们："咱可不敢出坏了，再出坏被八路军捉住就没命了，今天人家捉住我，教育了我，又把我放回来，人家多么宽厚仁慈，人家是中国人，咱们也是中国人，都像咱们当汉奸，中国非亡国不可。我今后再不与八路军为敌坑害人民了。"

武春棣和他们相处中常这样说："咱们中国人伺候日本人，有什么出路？"并问李全耀："附近有没有八路的人？你能不能给我引见引见？"

武春棣回来后将他的话告了胡秉全，表示同意。

一天，胡秉全带上武春棣回到白石，在任光普家，他们见了面。后来，李全耀才知道，他去药房情报交通前胡秉全和平介县敌工科建立了关系。之后，武春棣和李全耀常跟上胡秉全出发，每七天与我方人员联系一次，或往外送一次情报。他们和部队联络的信号是鸣枪，每到一村他们先打一枪，部队就知道是他们来了，一起研究近期活动。

翌日，武春棣带李全耀、胡秉全再度来到茶房，在雅厅外注视着里面的动静。

雅厅内有两个里间，仍在茶房上院，樊利笋和夏蝶的丈夫王林滋经常来这里休息；雅厅桌上静静躺着的古筝，散发着淡淡的檀木香。每根弦都细如发丝，仿佛呼吸微气轻触音符优美浮现。

窗外一片墨黑，月光似水，流过了人和琴，笼了一层朦胧的薄纱，边缘还散着清辉。

这一天晚上，夏蝶来到这间雅室里准备弹奏古筝，她不仅是间谍高手，也是琴棋书画无所不及的才女。夏蝶来的时候，正好樊利笋从他的里间出来，当她走进入雅室里闻到这台古筝散发着木质的香味时，不禁已被吸引。

“嫂子，今天怎么有闲情来这儿？”樊利笋寒暄道。

“哦。你在呀，今天你哥出车了，我身上不舒服，过来弹弹琴，散散心。”说完，夏蝶就跪坐在古筝前，旁边放了一盏微微冒汽的红茶，一只插着绢花的细颈白瓷瓶，一只小小的香炉。因事先毫无准备，她也没戴上指甲，只信手拨弄着几根琴弦，香茶绢花，琴上雅致的流水纹，在青烟缕缕中变得模糊，她恍惚着在演奏日本古筝名曲《富士山随想曲》，指腹慢慢摩挲着琴面上每一处精致的凹凸，指尖轻轻一触纤细的琴弦，叮的一声，弹到心里，她突然长叹一下，指尖滑过，勾回那匆匆流走的甜美年华。

听后，樊利笋不知是褒是贬评价一番：“《富士山随想曲》太好了，就是听不懂，有点那个……那个……”

“你是说曲高和寡吧？”

“对，曲高和寡。”

“那你想听什么曲子？”

“来一段通俗易懂的就行。”

“哦，你是说《游铁道》吧？”

“是的。”

“听得耳朵都起茧了还想听？”

“嗯，那个秧歌耳熟能详、百听不厌。”

“从哪儿开始呢？”

“就从七月里来起吧。”

“这秧歌简单多了。”说着，夏蝶就来了一个段子：

七月里来枣儿红

为朋友不为那些受苦人
前晌后晌没空空
想倒歇也没空空
妹妹不为他们些受苦的人
为上他们概不能行
为朋友不为那些受苦人
要为俺们这带工的人
只要妹妹有空空
那一阵阵哥哥也能行
八月十五月儿圆
西瓜月饼供老天
西瓜红来月饼圆
不如妹妹来团圆
好容易等到八月十五月儿圆
哥哥妹妹来团圆
……

清风微微吹过她的脸颊，扬起的发丝缓缓落下。虽已是夜晚，但漆黑的眸子中仍然看得出有一丝忧伤。那筝音有如桥下潺潺的流水，孤鸿飞过时的几声清啼，以及易安的婉婉叹息；有如看薛涛的浣花小笺，看一朵淡淡的兰花，静静地开放在遥远的夜空；又恰似那一树紫丁香的缤纷。

樊利笋心神恍惚，还沉浸在曾经的日日夜夜，花前月下，他向夏蝶靠得越来越近了。

“现在，我是做啥也没心情。”夏蝶突然停下来，好像看出樊利笋的一点心思。

“那就等心情好了再说。”

“你真好，每次都这样劝我，林滋就不会这样。”

“他出车太累，身体又不那么好。”樊利笋好心劝道。

“唉……”夏蝶长叹一声，泪眼直下。

“今天又怎么了？”樊利笋关切地问。

“你应该知道，这几天他和我闹，估计也和你说了。”不知何时，夏蝶已然换了另一副神情，让樊利笋有些不适，说不出为什么。

“你什么意思？”樊利笋有些好奇，更多的是不解。

“我和他原来感情真的很好，但那一天，我跟他到离这里不远的一个栗家庄的山坡上，因为我想跟他说，我累了，我们先分开一阵子吧。”

“他怎么说？”

“他始终不肯分手，还莫名其妙打了我一巴掌，又跪下来苦苦哀求。我被他激怒了，看着他那窝囊的表情，我彻底厌烦了。哈哈！这个蠢货！”夏蝶表面平静，与刚才的恐慌无助形成鲜明对比，甚至，那笑容，让樊利笋觉得隐隐不安。

她卷起一根烟，动作熟练，放进口中，又吐出烟云。他知道，她很少抽烟，今天怎么了？

“然后呢？”

“我就跟他说，那边的草地上有很多玫瑰花花，你帮我摘一些回来吧，他信以为真，以为我原谅他了，跑到那边的草地上去了。”

她又吐出了一团云烟，他忍不住问了：“你今天怎么回事，平常你不大抽烟的啊！”

夏蝶无视他的问话，又缓缓说来：“其实我只是想随便敷衍他一下，但他又扑上来要和我拥抱，我推了他一把，听到了他的一声惨叫跑了……”

“等等，你说的他，该不会是……”

“你听我说下去！”

“不要说了。”樊利笋用一种严厉的眼光盯着她，更让她很不安。

“那就告诉你吧，他是王林滋，而不是你想说的吴远征。”

“啊？”

“是他。”

“吴远征不是失踪了，是近日八路军要抓他，他在城里躲避，回来得少了。”

“有我在呢。”樊利笋揶揄道。

“哈哈，你能顶什么用？”夏蝶笑道。

“嫂子，只要你需要，什么事我都行。”樊利笋调侃道。

“现在，我就是累。”夏蝶一直强调。

樊利笋懂事地赶紧跑到椅子边为夏蝶按摩缓解她的疲劳。

樊利笋刚回到自己里间，雅厅的敲门声就疾风暴雨式响起来：

“里面有人吗？”武春棣敲门、喊话。

夏蝶一脸惊慌：“我该怎么办，你说，一定是吴远征来了！难道他还不肯罢休吗？”

樊利笋看得出，一脸苍白的她现在情绪极度不稳，几颗泪珠也在眼角闪烁。

“可能是敲错门了，你先别激动。”樊利笋不想引起她的恐慌，也不知要说些什么，只能安慰她这几句。

“不可能啊，不会是敲错门的，不会的！”她喃喃自语，樊利笋无言。

“里面有人吗？”胡秉全重重地敲了几下，叫喊道。

“有。”

“谁？”

“我。”

“你是谁？”

“听出来啦，胡警长，我是樊利笋，我在里边休息。”

“没事，我们履行公务，例行检查，不打扰了。”胡秉全一听，里面满口平遥话，没问题是他自己说的，就顺水推舟，一走了之。

走了几步，胡秉全告李全耀、武春棣：“里面樊利笋在，吴远征是不可能在的。咱们走吧。”

他们心灰意冷地从茶房出来时，已近深夜两点多钟。

十三

思考力是在侦察过程中产生的一种具有创造性的作用力。

“还有什么地方可查?”胡秉全问。李全耀愁眉莫展地抬头看了看武春棣，似乎想起点什么。

“哎，太难了。”

“春棣，还是你了解吴远征更具体一些，再难，我们也要迎难而上。”

“想到一个地方，不过，要去太难了。”

“什么地方？再远我们也要去。”

“远倒是不远，近在眼前。”

“你说的是那儿？”

“听说，日本人碉堡下有个三合院，黑漆大门，知底细的人说是吴远征的‘公馆’，但他也不是常去住。”

“宁可碰了，不要误了。”

“那院子的门是常年紧闭，周围据点、碉堡林立，戒备森严，我们能进去吗？”

“我们有个很好的幌子，不管遇到什么事都可以说是执行警务，千万不能暴露秘密。”

“听警长的吧。”李全耀说。

“好，跟我走。”

深夜时分，人们都进入了梦乡，经过据点时，据点里沉寂得像无人居住的村庄一样。他们摸到日本人碉堡下，果然有个黑漆大门，这就是武春棣说的那个四合院了。武春棣悄悄地走近他俩，指了指那个四合院，又指了指敌人的炮楼。他们早已发现炮楼上隐隐站在上边的日本哨兵。他们几个隐蔽在大门对面的泥坯厕所里，蹲在厕所门口，仔细地观察和倾听动静。

四合院的围墙很高，大门紧闭，而且距日本人炮楼的吊桥只有几十米远，挖有外壕。胡秉全命李全耀爬近吊桥隐蔽起来，用三八步枪封锁住敌人出口，万一打响，同时让他阻击东街来的伪军。李全耀带武春棣越墙悄悄地到屋里活捉吴远征。

部署完正要行动时，从附近的小巷里出来一个人，嘴里哼着《割莜麦》小调，手里正夹着半截烟卷。这当然不是一般老百姓，这样深更半夜，敢在日本人碉堡底下哼哼哈哈的，一定不是等闲之辈。当这个人走近时，他们捉住了他，胡秉全用两把盒子对准他的头，并命他不准出声。来人居然听出了胡秉全的声音：

“啊呀！老胡啊，可把我吓了一跳！我是王万选”。他原来是我武工队员，后来妥协向敌人自首了，但未曾做坏事，还在工务段给他们搞点情报，他和汉奸们保持着关系，和吴远征关系密切。

胡秉全把他带到厕所里，小声地问了问情况，但王万选有点害怕，竭力卖好，并向他们打听：

“你们是来逮吴远征的吧？”

“不是，我们是例行检查的。”

王万选告诉他们：

“吴远征很少过来，近一段时间没见他，吴远征有时候和狗熊站长打完麻将，去那院子里哄阵子新媳妇儿。”

“还有新媳妇儿？”武春棣好奇地问，又说：“我不知道。”

“那门谁也叫不开，我能叫开大门。看门的是地主家的一位雇工，地主全家早已到太原住了，只留下老工看院子，老工是我认识的演武村的老熟人。”王万选自告奋勇地说。

“好！你立即叫开门。”

果然，他一叫大门开了。他们一看，上房灯火通明，就让王万选走了。武春棣已跳上炕，把蒙头大睡的人按住，正在扭他的胳膊，被窝里的人挣扎着从枕头底下摸出了一支手枪、两颗日造手榴弹来。拉开蒙头的被子一看，胡秉全和胡武春棣两个人都傻了眼，抓起的人不是吴远征，而是白石火车站工务段的刘玉山段长。

“刘段长，你还干这个？”

“你们这是干什么，敢在太岁头上动土，不要命了？”

这时，武春棣利索地用腰带捆住姓刘的，胡秉全捏住他的鼻子，用手绢塞住了他的嘴，免得他叫出声来惊动敌人。捆完后，胡秉全才在房子里看了看，里间站着一个哭泣着的少女，吓得直发抖。原来是吴远征诱骗来做他妻子的无辜不幸的姑娘，吴远征逃离时，把这女孩儿转手送给了姓刘的当小老婆。

时间紧迫，战情紧急，他们顾不得仔细询问来由。他们已经知道女孩是被迫来的良家少女。于是，胡秉全安慰道：

“你不要哭，赶快收拾东西，送你回娘家去。”

那女人一面紧张地收拾包袱，一面说了几句怎样被迫嫁给吴远征的话。当时确实无暇细问，他们帮助她包了三个包袱，还有两个匣子，大概是金银首饰一类的东西。

武春棣告诉她：“值钱的、好点的东西都拿上，都是你的。”胡秉全看住姓刘的，武春棣到门房里叫来了老雇工，带着绳子扁担把几个大包袱和匣子挑起来，拜托老人：

“请你一定把这女人送回家去。”并叮咛：“你也危险，务必马上离开此地，到亲友家住一段时间，以免敌人纠缠。”

“好的，一定办好。”老人非常同情姑娘，满口答应。小女人千恩万谢地跟老人悄悄走出了院子。

这个女人是邻村南开社人，叫冀兰香，后来她母亲提着一篮子点心，到处找八路军打听恩人想表示感谢。由于他们活动频繁，这位母亲始终没有找到他们。敌人一点也没有发觉他们的行动，他们押解姓刘的悄悄地离开。他们把姓刘的交给了平介县敌工科，在姓刘的身上压上事先写好的人民政府的布告，镇压了这个民族败类、叛徒、无恶不作的日本人的忠实走狗。刘玉山、冀兰香的风流韵事绝不仅此一次，早在很早以前就广为流传，以白石火车站为题材、以刘玉山、冀兰香为真实人物的民间祁太秧歌《游铁道》应运而生。刘玉山对此自我感觉良好，不仅不觉得是丑闻，还自诩为是像罗密欧、朱丽叶一样崇高的爱情绝唱，一见钟情，不离不弃。

在汾阳城街头，你若看见一个老汉头绾白羊肚手巾，优哉游哉地蹬着自行车，口里哇哇地大嗓门唱着秧歌：“家住在太谷城楼楼儿底……”不用问，白石人。在乡间土路上，你的汽车正开着，前面有个赤膊大汉推着独轮车，吱扭吱扭地走着，他什么动静也听不见似的，口里一路粗犷的秧歌调豪放出来：“刘老三，出门来么海海，哼哼海么吱儿丢么依大丢么海哼……”你也别催他了，跟在后边慢慢走着听罢，这个大汉总得唱完一段尽了兴才能给你让路。

正月里唱秧歌，简简单单搭个台子，野场子里就开了戏，天寒地冻，滴水成冰，不管男女老少风云而至，女人们插花贯朵，搽油抹粉，打扮成一扎花儿；男人们则把脸刮得净光，头顶上的毛巾绾出各色舞样的花招，郑重其事的态度不亚于欧洲的淑女绅士穿了晚礼服前去歌剧院听戏，甚至虔诚精神还有过之，他们近处的抬长凳、搬椅子，远处的则骑自行车、赶马车，还有坐小四轮的，各行其是，云集露天戏场，戏场没设什么贵宾席、优待座，没分甲乙丙等级类别，谁来得早谁占个好地方，来晚了只好见缝插针，能挤在哪儿算哪儿，或坐椅子板凳，或坐马车四轮，或者地楞圪台上，或者站在自行车尾架上，坐砖头上，也有爬在树上的，高低远近各不同，只管如何看得清听得清，全不讲究姿态优雅，这是它比洋式歌剧更贴近自然之处，看客们大眼小眼全瞪着紧盯着台上，唱得大多是人们不知看过多少次了，而且剧情也简单，常常只有两个人在那儿咿咿呀呀地唱。但这些看客本不为看剧情而来，他们脸上的喜怒哀乐常常不为戏里人物发作，而是随着演员的技艺变化，许多张嘴在台下撕撕扯扯，逮寻着旋律，几乎和演员一起开合，台上若唱错一点点，他们马上心有灵犀一点通，发声喊，“堆”回去，台上若唱得发力，唱得花哨，唱得够味，他们吼一嗓子“好”给助兴，至今他们还不学洋式的拍手称快，总觉得不如使着唱过秧歌的嗓子喊叫几声过瘾。野场子唱戏没有钟点，没有定规，乱纷纷你方唱罢我登场，络绎不绝，看戏的也不分场次，先美美地过一泡子瘾，直到听唱听饿了，退到边上食摊子前补充给养，就着秧歌调吃饱喝足了，再去慢慢品台上唱得好赖。真是戏无定法，唱得陶陶听得融融，都在戏中迷，迷得昏天黑地，点上灯照上亮看夜戏。

十四

一个日军军官站在月台上，一双手揣在柠檬黄衣兜里，看着火车隆隆地开出车站。

鬼子得知我八路军有一批人员准备从汾阳火车站出发，通过铁路向平遥输送一批日军和军火。胡秉全把这个情报发出去之后，我方八路军的回应是在从汾阳火车站出发输送日军和军火的火车到达之前，抢先攻打白石火车站。这个消息被汉奸和日本间谍告密，柳田带驻汾阳城的日军到白石增援，同时他向平遥火车站警务段发出求援。

“马上占领两旁有利地形，在火车周围严密布防！”柳田说完，又对狗熊站长说：“派几个人到白石村里看看，一是看一下八路军是不是掩藏在村子里；二是如果没有八路军，我们就可把队伍拉过去，短暂给养一下，好迎战突围！”

狗熊站长自告奋勇地说：“司令，还是我带几个人去吧。”

“站长，你是当地的，目标也很大，还是别冒险了。”

“那我另派人去。”

“好。”

“司令，我看，你就跟我一起去我车站办公室吧，我给平遥火车站警务段打电话，让他们求援住那里的皇军，等他们带队伍来接应我们就是了。”

“好吧。”

侍卫队长带着几个侍卫出发了。

只见，几辆马车后面跟着一大群人沿着一条岔道向大路这边走来。到了近前，人们这才看清这一大群人上身只穿着内衣，并带着大包小包的。

“站住！什么人？”侍卫们威吓道。

领头的一位中年人抱着冻得瑟瑟发抖的膀子说：“……别误会……我们是商人……刚才被乱兵给劫了……”

“商人也不行，再往前走我们就开枪了！”士兵们喊道。

领头的侍卫队长见是商人，这商人与他有一段情缘。这个侍卫队长出生在一个以经商为主的小地主家庭里。他十四岁时便随父亲到汾阳县城内自家开设的颜料铺学商，学习布匹制造与销售。但后来在一次交易中遭到惨败，爷爷负债上了吊。他们父子二人不得已才到太原躲了起来。所以，他才对这些经商的人有了一些怜悯之心。他对身边的卫兵说：“既是商人，就别吓唬他们了。把领头的带过来问话。”

领头的中年人被卫兵带了过来，侍卫队长问：“你们是哪里的商人？”

“……蔚官年商号的……”

“听口音，你是东面村里人吧？”侍卫又问。

“……是的……东社村的。”

“给他找件衣服。”侍卫队长对一侍卫说完，又对中年人道，“你们是东社村的，跑到这里干什么？”

“……我们是刚在白石站下火车的，是从天津颜料公司进货回来的。没想到一路上有从南方过来返回延安、北上抗日的部队。我们走到石家庄的时候，道路又被封锁了。我们只好一路向西，取道娘子关、太原去平遥栖息，可是，平遥也是没有个安宁的地方。干脆回来吧，没想到走出车站不远却碰上了退兵……”中年商人解释着。

“退兵？有多少人？”侍卫队长问。

“退兵，我们称勾子军……大概七八十号人。”

侍卫队长看了看他们的马车，又问：“既是乱兵劫道，为什么货物没甚损失？”

“……我们也很奇怪。这些人没有抢劫钱财和货物，却把我们身上的袍子抢跑了。这寒冬腊月的，冻死我们了。”中年商人回答着，然后可怜巴巴地说，“军爷，你们行行好，前面就是北川头了，就放过我们吧。”

“行，你们回去吧。”侍卫队长放话道。

那位中年商人感激地望了望队长。

“蔚官年商号？好耳熟呀！”侍卫队长琢磨蔚官年商号。

蔚官年商号在东社村，离蒋三的唐兴庄很近，鬼子去都不敢去，怎么会知道呢？

蔚官年住宅，是仿照天津会馆建的。大院的门楼为廊檐式，双角飞挑，两柱支撑，街门为拱圆形，门板厚而结实，下部用铁皮铁铆钉镶祥云状图案。内宅门额凹刻“凝瑞”两个描金大字。门楼为廊檐式垂花门，檐下斗拱三朵，探出七个龙头，雀替的挂落部位饰木悬雕，为一架枝叶繁茂的葫芦藤，正中为“五子登科”雕像，左右两旁为“和合二仙”。拾阶而入，出风厦，内院建筑一目了然……

大客厅七间居南，檐下描金彩绘，中一间雀替的挂落部位饰木悬雕“八仙贺寿”，为罕见的“明八仙”，一个个人物雕像神情各异，簇拥着寿星老儿，两侧的木悬雕为香炉、花瓶、笔筒等博古器具，有的已残缺不全。

东西下厢房各三间，东为厨房，西为客房，雀替的挂落部位饰木悬雕，有莲花、葵花、葡萄以及博古器具；檐下描金彩绘，各种奇珍异兽或蹲或卧，仪态万千，雀替的挂落部位饰木悬雕，有葡萄、菊花、佛手以及“凤戏牡丹”。

正房七间居北入深5米，穿廊深1.8米，檐下六柱，前梁及普阑、雀替均描金彩绘，“十二生肖”雕像各居其位。中一间雀替的挂落部位饰木悬雕，为一架果实累累的葡萄，八只长尾松鼠或攀缘或戏耍，各具姿态，此谓“松鼠闹葡萄”，正中雕像为“麒麟送子”，两侧的木悬雕为“牛郎织女天河配”连环图，从织女下凡到鹊桥相会共十二幅，东为前半部分，西为后半部分，其余雀替的木悬雕为棋盘，书帖、笔筒、花盘等。

令人拍手称奇的是，木悬雕上还有许多细小的针眼，原来曾布满了银针，为的是防止鸟雀来扰，可见木工师傅的匠心独具。

蔚官年住宅，是一座很有讲究的民居。全院方砖墁地，入院看不见围墙下的砖壁，四周全部为鳞次栉比的房檐穿廊，东西两侧的厢房节节后退，使得院心显得更加开阔，整座住宅，最突出的一个主题便是“寿”。客厅的“八仙贺寿”，门上二十八个不同篆体“寿”字，屋脊上一百零八个团“寿”，屋后檐下“五龙驮寿”；下厢房门上三十二个不同篆体的“寿”字，菊花为寿卉，佛手为寿果，还有“福海”“寿山”的题额，无处不渗透出“寿”字的玄机。

蔚官年住宅为民间少见的七间七檩会馆式民居建筑；“凝瑞门”，系民间最为讲究之门，木悬雕葫芦藤，是“生意兴隆家族兴旺”的象征，而葫芦在汾阳一带，素有“子夏山的宝库钥匙”之说；“八仙贺寿”，显示出房主人豪爽仗义搏击商海的豪迈气概，二十八个篆体“寿”字，用汉武帝刘秀“二十八宿辅佐”的故事，暗示“在家靠父母，出门靠朋友”的哲理，而这房顶上的一百零八个团“寿”，则用《水浒》中宋江“一百单八将护佑”的故事，隐喻“朋友多了路好走”的道理；下厢房16个篆体“寿”字，中三侧二，从中一分为二，有“四平八稳”之说；“牛郎织女天河配”更是家喻户晓的神话传说，合家团圆、白头偕老，是每一个炎黄子孙梦寐以求的事！

最能体现时代特征的，还要数院内的油画，西边小厦房上绘的是火车进站和汽车过街图，东边风厦上绘的是轮船出海和工厂烟囱图，在上厢房的内室门额上，各有一块风景画，为天津市二十世纪三十年代的街景。透过这几幅风景画，我们完全可以想象二十世纪三十年代天津港的繁荣景象，汽车、火车、轮船，这些先进的交通工具的出现，标志着我国近代工业有了加速的发展。当时，京津两地的颜料行几乎被汾阳商人所垄断，仅在天津的商号就有三百多家，“汾州商帮”铸就了晋商在京津的又一次辉煌。

“金罗城、银小相，比不了东社的疙瘩上！”这“疙瘩上”指的就是蔚家老宅。

侍卫队长琢磨蔚官年商号没有个结果，又开始在“勾子军”三个字上打问号。

这时候，侍卫队长突然反应过来：钩子军，就是九路军么。

侍卫们说：“这一段路我们可要小心了。抢商人们袍子的一定是那些晋绥军。只有这样的人才不需要财物，而需要装扮，需要一些老百姓的服装来伪装自己。”

侍卫队长一听，打了一个激灵。他说：“我们赶紧返回，经过白石村老街看看动静，然后报告！”

这一小队人马赶到白石老街。

老街地处肖家庄、康宁堡与香乐中间地带，汾平公路从中间穿过，一条道把村子分为南北两半，出了老街不远就是温家庄了。

在战事爆发之前，这里是一个商业发达的宁静小镇。

白石老街起初并不是一条繁华的大街，而是一条院落破旧的村镇小巷，居住着饱经风霜的穷苦村民。清光绪帝中叶的一场大水患，淹没了康宁堡附近的汾水行宫的商市街巷，商贾们才逐渐向白石老街一带迁转，使这条僻静、萧条的小巷，变成店铺毗连、行商坐贾云集的闹市。

尤其是在辛亥革命之后的二十多年中，白石老街的商品贸易迅速发展，品牌绸缎庄、鞋庄在这里角逐；任光普等多家药行在这里争衡；“恒利源”“翠珍轩”“三和合”“善美园”等饭店、菜店、茶庄、点心铺、水果铺的分店在这里发迹。白石老街商市的畸形发展，急速膨胀，使不少京、津、豫、冀的商贾们也慕名接踵而至。津商在白石老街开办颜料铺。一时间短短的一条白石老街，变成了寸土寸金的商业大集镇，云集了三四十家商铺。

老街也不算大，它坐落于子夏山山丘之下，一条不大不小的磁窑河从东面流过。一进街口，一道巨大的牌楼横在路的中间，这大概为1900年庚子年洋人传教士在不远处被汾阳义和团乱杀后的牌坊。穿过牌坊，便是弯弯曲曲的街道。两旁，商铺林立，门楼高大的深宅大院比比皆是，隐约可见昔日之繁华；但此刻却是人迹皆无，满目疮痍。这一小队人马的到来，给老街带来一片新的混乱，来自茶房、白石铺、二区区委、村公所等多人聚集地的爆炸声一串接着一串，老街居民们这些年已经习惯了，一听到鸡叫狗咬就不敢出来了，都冷静地躲在家中，没有人知道这是怎么回事。满街都是荷枪实弹的武装人员，正疯狂地破坏着街道的宁静。战火很快集中到老街上唯一的四十里铺酒店，不少人围住并最终冲进了酒店，快速而冷酷地一路射杀手无寸铁的宾客和工作人员，他们喊道："拿住八路！"听到这话时，店主正为因身中两枪而奄奄一息的孩子止血，头上捂着花毛巾的米脂婆姨将吓晕过去的女服务员紧紧地揽在怀里。隔着厨房的门，此起彼伏的枪声和脆弱生命的最后呻吟，频频传来。

四十里铺是陕西绥德人开的羊肉面饭店，敌人知道，有从陕西来的八路军有时候喜欢在楼上的雅间吃饭，为了排除这个疑点，他们不得不进去一趟。可进去一看傻了眼，不见一个客人，只见又一个头上捂着花毛巾的米脂婆姨的迎上来招揽他们，指着墙上的广告文字给他们看："米脂的婆姨绥德的汉，清涧的石板瓦窑堡的炭，四十里铺的羊肉面。"可见，羊肉面在当地人眼里是多么重要的饮食。接着，一个侍卫用枪逼着婆姨唱出信天游：

米脂婆姨绥德汉，
不用打问不用看。
小伙子跑马一溜风，
讨上米脂婆姨乐死人。
石狮子守门钻不进猫，
绥德汉一个比一个好。
……

唱着的工夫，头上捂着白羊肚毛巾的厨师端出一碗热腾腾的羊肉面来，那面厚薄均匀、筋道有嚼头，拌着用草果、桂皮、花椒、白芷、良姜、香葱、陈皮烧制的酥烂的羊肉，喷香扑鼻，极为诱人，那些人直流口水，只缘战事紧迫，不能在此久留。

侍卫队长在大街上仔细观察许久，在确认了没有什么异常情况之后，又返回到了火车站。

弯弯的月亮升起来了，像是什么劳累累弯了她的腰。车站余留不多的房间里燃起了几盏油灯。这暗淡的油灯发出的光亮在黑黝黝的夜色里，活像是一对对漂浮不定的鬼眼，平添了丝丝恐怖气氛。

“报告站长，白石村人迹皆无。”侍卫队长向狗熊站长汇报。

“司令，情况就是这样子的，您看如何？”狗熊站长转向柳田说。

“进村，先吃点喝点，皇军已饿得肚子咕咕叫啦。”柳田道。

日寇向白石村扑来。未进村口，敌人停止了前进，几挺机枪压在一个小土岗上，一阵扫射之后，见无动静，才放心地窜向村里，灭绝人性的豺狼们烧房屋、抢财物，砸门入室、翻箱倒柜、拉牛捉鸡、抢猪赶羊，搬来砸毁的木器家具，堆在村子的中央坪上燃起了熊熊大火，用刺刀拍死的羊等牲畜抛入火中，烧着吃。

顿时，磁窑河畔狼烟滚滚，哀鸿遍野。

这一切，埋伏在堡墙后的晋绥军看在眼里，面对敌人的暴行大家忍无可忍，多么想扑下去杀死几个敌人报仇啊！但只能强忍怒火，等待时机，雪耻报仇。临近黄昏，忽然发现一日军向村北头走来，大伙不约而同地说："好机会，抓住他！"于是几个民兵尾随鬼子进入村。这鬼子破门入室，见有财物可抢便贪婪地发起了洋财。他们神不知、鬼不晓地隐蔽在大门外两侧，专等鬼子出来后捉拿。一会儿鬼子哼着小曲满载而出，一脚踏出门，左侧一民兵手执大刀闪出身来大喊一声："不许动！"鬼子大吃一惊，欲举枪对付，右边又闪出一个军人早已飞起一脚向鬼子手臂踢去，"当啷"一声，鬼子的枪早被踢出老远。鬼子还想挣扎，但哪里是他们的对手，只好乖乖地当了俘虏。

"我们把这个俘虏是交上去，还是就地处决？"一晋绥军人关上门，正在说话的时候，外面响起敲门声：

"咚咚，开门！皇军来检查的！"有汉奸在外面喊话。

"准备战斗！"一民兵压低声音下来命令。

一妇女在门框上放置一枚手雷，随后就闪身躲到一间房间内。

外面的日本人和汉奸敲了几下门，发现没有人开门，于是他们开始踹门。

"咣"的一声门被踹开，一名汉奸带着三名日军冲入门内。就在此时，门框上的手雷掉落在地上，"轰"的一声巨响，汉奸和三名日军伴随着被炸飞的门板从门内飞出去，血肉碎片混杂在木屑中四处飞舞。几个小孩高兴地笑了起来。

"里面有民兵！"门外一名日军小队长喊了声。

话声刚落，就听到一声枪声，一颗不知道从哪里射出的子弹打爆了日军小队长的头颅。

紧接着，院内就开始激烈地交火。躲藏在屋顶的民兵们用冲锋枪和手雷，居高临下，顺利地消灭了这个小队的鬼子。

日寇在这个村子蹂躏了几年多了，人们都在觉悟、勇敢、杀敌中成长。这里是魔高一尺道高一丈。因为任何一个连女人都拿起武器、孩子熟视无睹的民族都是极富破坏性的。

柳田走到火车站的站台上，拿起望远镜，向南面的太白石村望去。镜圈显示：村内已经打得乱成一锅粥，到处都是晋绥军的“长袍队”，向那些四处搜人的日本人和汉奸开枪射击。

柳田懂得，一旦进入街头巷战，自己的机械化优势和钢铁优势将不复存在。而晋绥军从八路军那里学到的红军时期就已烂熟于心的巷战手段，将会毋庸置疑地在这里发挥作用，如鱼得水。

勾子军在乱折腾，百姓们在欢欣鼓舞的同时都捏着把汗，担心日本侵略军必将疯狂报复，不知将有多少人死在鬼子的屠刀下，多少房屋被夷为平地。众说纷纭，不知所措。于是当日晚上，有些人家连夜转移财物，准备弃家躲祸，但多数人来都来不及。有谁能知道此时此刻胡秉全、李全耀、王春德正在为百姓的生命财产免遭祸害而绞尽脑汁考虑着化险为夷呢？

胡秉全、李全耀、任绶勤一直在车站附近的一个塌墓里潜伏着，关注着外面事态的变化，武春棣也在，此时他二次出去窥视日军炮兵阵地去了。根据武春棣第一次了解的情况，胡秉全说：

“看来，鬼子是吃饱喝足是要炮击白石村了。”

“鬼子是不会吝啬炮弹的！”

“刚才，部队完成任务撤走了，去执行新的更紧迫的战斗去了；而我们的任务远没有完成，咱们一起研究讨论个处置办法。”

“利用本村吴远征在汾阳城为日军司令部当皇协军的机会来解决这个问题是唯一的办法了。此人平常表现还不错，曾多次为我方提供过情报，是一个有过爱国表现的汉奸。根据党的‘首恶者必办，胁从者不问，立功者受奖’的政策，吴远征算是个胁从者，在这紧要关头再考验他一次。”

“我们怎么办？”

“现在的办法，就是我们先找正山一郎把情报送去，请他联系我们的部队准备攻打火车站；再找吴远征让他出面调停。只有他，日本人才买账。”

“可是，吴远征在什么地方？这次也不见他露面。”

“我打听过了，咱们前些天在这里到处搜捕他，可他一直在城里躲避，不敢回来。”

“在城里什么地方？”

“就在他那个大烟公司。”

“派谁进城呢？此去是成败共存的，任务很艰巨。成功将是这次不费一枪一弹保村庄、集中荷枪实弹打车站的完全胜利，否则不仅去的人要冒生命危险，而且白石全村人生命财产将遭惨重损失。”

“选人必须从智勇双全且能完成任务着眼，只能成功不许失败。要从经过考验的人员中挑选。”

此时，武春棣出去正好回来，他听了心情异常激动，向胡秉全请战：

“警长，外面情况已非常严峻，能不能让我去完成这一艰巨任务呢？在这紧要的时刻我坐不住了，想到了组织，也想到了全村老百姓。我这新入党的共产党员够不够格，这是一次特

殊考验的机会。”于是，他向三位表示：

“就让组织再考验我一次吧。我知道这是一次生与死的较量，但我有信心完成任务。”他接着说：“我和吴远征从小一起长大，是邻居又是小学时的同学。前不久在三眼门的一次战斗中吴远征被我军俘虏后，通过我的解释，还当场释放了他，所以，我有信心完成任务。”

“我和你们去跑一趟吧！”胡秉全说道。

“我去就行吧？”武春棣问。

“不行，你一个人太危险，我和你一起去吧！”胡秉全说道。

“我也去。”“我也去。”李全耀、任绥勤相继表示。

“不用，你留下来照应。”胡秉全对李全耀说。

“还是你留下来合适，我们三个人都去，遇上突发情况好对付。”三个人齐声对胡秉全说。

胡秉全考虑再三后说：“也好，要听李全耀的。”

“没问题。”任绥勤、武春棣应道。

“安全第一。”胡秉全语重心长地说。

“警长多保重。”三个人又齐声道。

从塌墓里出来，胡秉全看到日军炮兵阵地，炮手们摇动手柄，扬起炮口。各种口径的炮对准了前方的白石村的堡墙，对他们说：

“敌人已经摩拳擦掌了，说不定打不过我方，一两天就发起炮击。事不宜迟，你们一定要赶在前面。”

“我们必须天不亮就动身，城门一开就赶进城去。”李全耀说。

十五

骑行在路上，风景在心中。

凌晨，他们骑着自行车，其中李全耀骑着的自行车崭新崭新的，他们都打扮得和日伪便衣特务没什么两样，赶到城郊，准备进城。太阳升起还不到一杆高，北方的远处，传来一阵阵沉重的炮声。他们走在城墙腰里的一个石桌旁，坐在大石头上，武春棣皱着眉头说：

“什么声音？”

“嘿，我们的炮打响了。”任绥勤高兴地叫了起来。

“敌人在向山里进攻了？”李全耀低声向他们发问，同时也是在问自己。

“是呀！说明我们经过白石北上回延安的人员已经走在敖坡一带，沿途的敌人企图围剿，驻守敖坡的汾阳支队正在向敌人炮击。”任绥勤回答道。

“为什么动用大炮？干脆由山区边防军与敌人短兵相接就行了。”武春棣不解地问。

“这样，从敌人后方的运兵线上，打击和牵制敌人的兵力，使进攻山区的敌人有后顾之忧，减轻他们对山区的压力。”任绥勤说。

“哦，是这样，带兵打仗我不懂。”武春棣谦虚地摇摇头。

“我也不懂，见得和听得多了，我分析是这么个情形。”

炮声隆隆之后，接着是一阵好像是一群鸡的叫声。

“这又是什么声音？”武春棣问。

“这是鹤叫的声音。”李全耀没有把握地说。

“咱们这里哪来的鹤呀？”

“现在站的地方，是在鹤鸣古洞旁边，所以，能听到鹤叫的声音。”李全耀说。

“鹤鸣古洞？”武春棣更糊涂了。

“这一段就是鹤鸣古洞。”李全耀指着身边的城墙说。

“这是城墙，怎么是洞呢？”

“嗯，这一段城墙里面是空的，经常有鹤鸣声，所以叫鹤鸣古洞。鹤鸣古洞是汾州八景之一。”

“哦，是这样的。”

“现在不叫了。”

“你拍一下手就又会叫的。”

“啪、啪。”武春棣拍了两下手，果真叫了起来。

李全耀说：“神奇吧？咱们这里的老百姓没有见过鹤，也没有听过鹤的叫声，误以为是鸡在叫，故老百姓把这里称为‘鸡娃洞’。实际上准确地说是鹤叫的声音，好，我给你们讲一下鹤鸣古洞的传说。”

“长春观，旧称西岩古洞。长春观倚山建立，观内松柏苍翠，花草芳香，传说有一仙人，恋其清静幽雅，常乘鹤来游。古诗云：仙人驾鹤知何处，此地犹有鹤洞鸣；万里飞飘云外影，九皋鸣应掌中声。非关华表传丁语，却忆梅树伴子行；紫府长青山不老，几从清露想遥情。

丹华子，在长春观修炼，明太祖二十二年仲夏，有白鹤降于岩峰而鸣。次年夏至，如是者三，据传入进入古洞拍掌，即闻有鹤鸣声，因故‘鹤鸣古洞’。皆因丹华子道术高超，正是：洞中仙子住何年，跨鹤飞去不复还。素影已随云影去，唳声犹借谷声传。”

之后，神仙乘鹤，进入城墙，传为神话。

张真一，号丹华子，金代汾州西河郡人。传说，那一年来了一户姓张的人家，主人张商英为四川成都人，历任大宋朝西路提点刑狱、山西河东提点刑狱，归隐后将家眷安置在汾州府的巷子里。

张商英是当时有名的佛家弟子，精通佛法，自号“无尽居士”，曾因《李长者华严经》而远近闻名。

那天，是张商英的孙子出生之日，因为难产，家里人忙成了一团，尽管张家在村中有权有势，又请了有名的大夫，可三天三夜过去了，孩子还是没有生下来。

这可急坏了张商英，每日里在佛堂焚香打坐，吟诵《李长者华严经》九九八十一遍，虽说他一心向佛极为真诚，可孩子一时不出世他都无法安宁，关系着娘俩两条性命，人命关天哩！

太阳落山的时候，张商英将九九八十一遍《李长者华严经》刚刚吟诵完毕，下人来报，说外面有一老道求见，张商英不由一阵欣喜，赶忙出门迎接。

一见面，老道便就一个劲地向张商英贺喜，儿子在一旁嘀咕说：“孩子还没出世哩，贺的什么喜？”那老道听了也不恼，只是拿出一个红布包袱，吩咐他将红布包袱放在产妇的枕头下边，见儿子将信将疑的样子，张商英只好叫来妻子，一切遵老道的吩咐办理。

这时，太阳已经落山，张商英正与那老道客厅叙话哩，只见儿子房间里闪过一道金光，接着就传来婴儿的啼哭声，接生的稳婆过来道喜说：“是位带把把儿的公子爷！”

“就叫他真一吧！”老道说。

张商英惊喜至极，赶紧吩咐人布置酒席，设宴款待这位神通广大的老道士。

第二天，老道士来辞行：“那红布包袱就供在佛堂里吧！等孩子三周岁抓周时自有用处！”

一转眼三年过去了，张府上下张灯结彩，为真一举行三周岁庆典，也就是举行抓周仪式，姥姥为他特制了大花馍，花形图案为桂花、莲花、八宝、如意、人参，有“莲花如意八宝参，一对桂花保成人”之说。舅舅妗子为他准备了九块衣料，是专门为他做裤子用的，有“舅舅的裤——常裹住”之说，姨姨们也为他准备了九块衣料，是专门为他做袄用的，有“姨姨的袄——裹到老”之说。姑姑为他准备了大大小小九双鞋，有“姑姑的鞋——管一排”之说，能让孩子一直穿到十三岁成丁之时。

古人云：三岁看大，七岁看老！抓周为小孩子三周岁时举行的特殊仪式，桌子上摆满各种东西，有官帽官印，也有金银元宝，还有文房四宝，更有犁耧锄耙等特别摆件，孩子抓住什么东西，预示着将来就会有什么样的前途。

按照老道士的吩咐，张商英将一直供在佛堂上的红布包袱放在了桌子中间，在家人的前呼后拥下，小真一开始了他的抓周行动，只见他缓缓地爬着，在官印官帽面前，他竟然没有停留，在金银元宝面前他更是熟视无睹，他摸了摸书帙笔筒，又拿起毛笔看了看，许是那红布包袱太显眼的缘故，他一把扯过里三层外三层一一抖落开来，包袱里包的，竟然是一顶道士帽。

孩子的姥姥见了，赶忙一把夺了过来，没想到，小小的真一竟然一咧嘴大哭起来，哭声震天，大有誓不罢休之势。

张商英见了，叹了口气，挥了挥手，将帽子又放在桌子上，谁曾想，道士帽一拿到真一手里，他不哭了，摸索着戴在头上，竟破涕为笑。

真一小的时候，性情温和恬淡，时常背着大人精读佛经，二十岁时，正逢那奸贼秦桧以“莫须有”的罪名害死了精忠报国的岳飞父子，真一愤然离家出走，并与边公大师结缘，舍俗入道，最终成为全真道第三代祖师。

张真一早期居住在汾州府不远处的“真人洞”，因引来仙鹤而被后人称之为“鹤鸣古洞”，并列入古汾州八大景观，著有《丹华子文集》传世。

“汾阳城墙这么高啊，现在刚好给日本人做了保障。”武春棣望着高大的城墙既兴叹又失意。

“我们汾阳是汾州府，是山西七州之一。府城墙就比县城墙高，比平遥城墙高出一丈二呢。”李全耀走过几步石砌的马路时，一些熟悉的记忆浮上他的心头来。

“能够代表东方建筑美的城市，在北方，除了北平，恐怕难找第二处了。在全国县级城市中，只有平遥、丽江古城可以与我们媲美。”

“现在要说汾阳，置县已2600多年，那真是一部二十四史，无从说起。”

“描写汾州府的文字，由《汾阳县志》《汾州府志》《汾州通史》，由国文到外国文，由古代到今日，那是太多了，要把这些文字抄写下来，光描写城市的，随便也可以出百万言的专书。”

“若写汾阳的人物，就以目前而论，由文艺到科学，由最崇高的学者到雕虫小技的绝世能手，这个城圈子里，也俯拾即是。”

“嗬，都有哪些人呀？”

“那太多了。宋之问，初唐著名诗人，律诗的奠基人之一，主要成绩是在创作实践中将格律诗的法则变得更加细密，使五言诗的体制更加完善。郭子仪，唐代名将，著名军事家，史称‘汾阳王’，主要成就是平定安史之乱和仆固恩之乱。狄青，北宋名将，被称为‘面涅将军’，主要战绩是大破西夏、夜袭昆仑关和平定侬智高之乱。王文素，明代著名数学家，著有中国古典数学巨著《算学宝鉴》。朱之俊，明清文人，汾阳文峰塔的倡导者，曾任明清两代国子监司业，著有诗集《峪园诗草》和《排青楼诗草》。牛允宽，明末清初著名的旅俄商人，为发展中俄、中蒙贸易做出了不朽的贡献。曹树谷，曾在道光末年至咸丰元年间续修《汾阳县志》时著有八首七言绝句《汾酒曲》，为后世研究中国酒魂——汾酒的酿造历史及其技术提供了重要的参考依据。卫天霖，中国现代油画的先驱者之一，将毕生的精力奉献给了美术教育和油画创作，曾创建北京师范大学美术工艺系。樊世荣，著名的爱国民族资本家，被称为‘颜料大王’，在抗美援朝的1951年，独自为志愿军捐款37亿元（旧币）购置飞机一架。”

又补充道：“还有我们的蒋三抗日民族英雄，有‘神枪手蒋三’的美誉。要一一介绍，也是不可能的。”

“汾阳的五月，那是一年里的黄金时节。任何树木，都长出了嫩绿的叶子，处处是绿荫满地。卖芍药花的担子，天天摆在十字街头。洋槐树开着其白如雪的花，在绿叶上一球球地顶着。街道和人家院落里，随处可见。柳絮飘着雪花，在冷静的胡同里飞。枣树也开花了；在人家的白粉墙头，送出兰花的香味。汾阳春季多风，但到五月，风季就过去了。市民开始穿起夹衣，在不暖的阳光里走。汾阳的景点既多又大。只要你有工夫，亦可以在锦天铺地、雕栏玉砌的汾州府文庙、老爷山玄天上帝庙、太符观，还有我们白石跟前的康宁堡汾水行宫等地方消磨一半天。”

“咱们汾阳还有一个好去处？”李全耀说。

“哪儿？”两个人瞪大眼睛问。

“文湖啊。去年我同老婆在那幽秀的湖山中做过寓公，转眼之间又是一年多了，战事、人事只管不停地变化，而湖山呢，依然如故，清澈的湖波和笼雾的峰峦似笑我奔波无谓吧！深夜时我独自凭着望湖的碧栏，看夜幕沉沉中的文湖。天上堆叠着不少的雨云，星点像怕羞的女郎，踯躅于流云间，其光隐约可辨。十二点敲过许久了，我才回到房里睡下。”

李全耀站在一段城墙下，一边抚摸着斑驳的墙砖，一边仰望那凌空欲飞的铁双雁，一种社会历史的沧桑感，从心底油然而生。在2600多年漫长的历史长河里，汾阳人民的苦难多于这城墙的砖，汾阳人民的志向胜过那凌空的雁，汾阳人民承载的历史使命重于这厚重的古城墙。汾阳人民的奉献青史辉煌。王朝更替，曾使汾阳几易其名；政治更迭，曾让人民饱受苦难；战火硝烟，曾使无数家庭妻离子散、家毁人亡。

在汾阳这丰饶的热土上，不知产生过多少名垂青史的文才武将、才子佳人、科学巨匠、文艺奇才、诗人骚客。在汾阳这广阔的大地上，无数的风云人物，跨马驰骋，放声歌唱。数不尽的王侯将相，激扬文字，指点江山。汾阳山美、水美、酒美，人更美。汾阳是人居福地；汾阳是和谐之乡；汾阳是中华天堂。汾阳是我一生深爱的家园。

汾阳这座千年古城，曾经那雄伟的汾州府城墙，巍峨壮观的钟楼，肃穆庄严的考院，气势非凡的州府衙门，众多的王府豪宅、道观寺庙，宽敞的书房戏院，精美的牌坊楼阁，耀眼的店铺旅舍，无数的作坊，豪放的钱庄……还有城里那错落有致，有着各种精美的砖雕、石雕、木雕、绘画等吉祥图案的大宅小院。所有的屋舍，院院相依，户户相连。有进门步步升高的二进院、三进院，还有安稳坚固的城堡式四合院等。都在历经无数次的战争烽火硝烟后，被岁月的风雨雪霜淹没了，到处是断壁残垣，泥沟土坑。满目疮痍，破烂不堪。繁华热闹的鼓楼底、车水马龙的太和桥，也已成我们这一代人儿时的向往，长大后的美梦了。古城中所谓的“九街十八巷”已成了那些老年人茶余饭后的闲谈了。而现在人们把汾阳城的街道，叫东西南北大街或几环大街，或什么小区了。什么“卫巷、指巷、养济巷，仓巷、面巷、牛角巷，南巷、辛巷、鞍子巷；状如古井辘轳的辘辘把；还有那九曲回肠般蜿蜒曲折的圪垛园；八卦阵似的葫芦肚”……

“嗬，我们汾阳真好，可不能让鬼子践踏了，咱们进城门吧。”

“走吧。”

“黄呢子野兽”浩浩荡荡向白石反扑。领头的日寇猪尿脬脑袋上挂着两根豆芽眼睛，塌鼻子下咧着一张有满口黄牙的大嘴，尖利的獠牙散发着幽幽冷气，嗜血的眸子透着猩红的光。

十六

战云笼罩，使人透不过气来。

守城的两个伪军，一见这辆崭新的车子就打上主意了。当他们大摇大摆地走近伪军时，一个伪军要看良民证，另一个却要借用自行车。李全耀没有答应，并面不改色地对伪军说：“我有要紧公事，不能借。”这个家伙开口便问：“你是什么人？”

李全耀说：“我现在不能告诉你。”正争执得起劲，过来一个好像是小小头目的人。李全耀一本正经地说：

“我们是柳田司令的便衣，司令现在白石火车站，有重要情报托我们回城，耽误了大事可要负责任的。”

这个家伙一听是司令部的人，又一想，司令现在确实在白石火车站，吓得大眼瞪小眼，倒吸了一口冷气。马上一副狗脸变成了笑脸，他们生怕得罪了长官，也顾不上看什么证，很顺利地放他们进了西门。

见丸红株式会社总经理正山一郎送情报的事情办得很顺利，办完他们就出来了。

临近吴远征的住处，有两个把门的日军刚迈出大门槛，早被李全耀两只铁钳一样的大手按倒。刚想叫喊，一人一块毛巾把嘴塞了个严严实实，日军糊里糊涂地被任绶勤五花大绑捆到院门后面。

“开门，皇军叫你呢。”武春棣用手背一边敲吴远征办公室的门一边喊道。

过了一会儿，吴远征从里间卧室出来，一手提着裤子开了门，嘴里还不停地问着：

“皇军叫我什么事啊？什么事？”

看样子吴远征才起床，武春棣就进了他的住房。

一见是武春棣，吴远征愣了一下，忙问：“春棣，是你？你这么早进城是有事吗？”

“昨天咱村出了事，你知道了吧？乡亲们怕惹出麻烦，托我来求你，想劳你在日军面前好言一番，免得咱们村百姓的生命财产遭受损失。”武春棣说。

他询问了一下发生战斗的情况，感到棘手，想推脱了事，说：

“你回吧，这不是小事，不好说。”

武春棣再三恳求，他不应承。眼看着这个任务难完成了，心里很着急，但一时还拿不定主意，因为不到万不得已的情况下是不能轻易露真情的，想着想着心就快从肚子里蹦出来了。就在这无路可走的时刻，武春棣决心下定了。你吴远征胆敢翻脸，立刻就报告给鬼子，将我的头砍掉，我也不得不将这最后一张牌亮给你看，看你怎样奈何我。武春棣严肃地对他说：

“吴远征，你既然不讲咱们过去的情面，我就实话对你说吧，是八路军派我来的。”

此时的吴远征一扫平日威风，浑身上下像筛糠一样不停地抖着，裤裆里散发出一股恶臭。武春棣边说边看着他的表情，只见他好阵低头不语。突然，吴远征大叫：

“来人，给我把他抓起来。”

“你不能把我怎么样了，门外都是我们的人。”

“你说什么？”

“你看是谁？”武春棣问道。

“哈哈哈……”大声笑着，李全耀大摇大摆地走了进来。

“武春棣是我要他进来的，不是八路军派的。”

顿时，吴远征豆大的汗珠从头上冒出来了。他老半天才反问：“就是八路军也行，他们怎么说？”

这时李全耀感到成败的关键时刻到了。他按照任光普经于常娥、王兴传来的平介县敌工站的指示的精神，运用他几年来做攻心战的经验，历数了吴远征的累累罪行，顺口答道：

“告诉你，事关重大，要对你进行考验。如有点中国人的良心，就应想尽一切办法为白石村解围。事成之后，要按照共产党‘立功受奖’的政策，对你的汉奸行为既往不咎。”接着，李全耀加重了语气：“日寇就快要完了，你应为自己留条后路。否则，打败鬼子后对你要新旧账一起算，到那时后悔就晚了。就这些，你看着办吧。”

他没有马上回答李全耀，只是头上的汗水越流越多，像是做最后的抉择。突然，“打了有多长时间？”

“大约两个来钟头。”

他又问：

“昨天双方有多大伤亡？”

李全耀说：“村里没有一人伤亡。你的家人都安然无恙，如果你不出面，日本人今晚上就可能炮轰，那你再回去看到的白石就是一片废墟，你要见你的亲人就算哭天喊地也没有用了。”

他想了一会儿，看上去似乎松了口气，问：

“现在需要我咋办？”

“马上给柳田通话，炮击是下策，让他千万不能炮击。告诉他，村里没有一个游击队和八路军，穿着长袍的是勾子军。如果他答应取消炮击，勾子军可以退出。如果一意孤行非要炮击，伤及无辜百姓，惹火八路军，日本人会吃不了兜着走。”

“我给司令说，怕他不听我说呢，我想想吧。”吴远征深以为然。他可不是那种只想要功劳升官发财的汉奸，他觉得自己的小命第一。

“我得叫铃木先生来说，他今天正好住我的旁院里，我打电话让他过来说，让他给柳田司令打电话说，行吗？”

“行，你一定要按着我刚才说的让他说。”

“没问题。”

“知道吧？如有什么不测，小心你的脑袋。”

“哪敢，哪敢，我知道，这个时候命比天大。”

这时，李全耀示意武春棣出去一下，让他告外面任绶勤暂隐蔽起来，让他告知后马上回来。真巧，就在武春棣返回来的时候，这时铃木就要来找吴远征了。顾不上安顿他俩，吴远征迎了出去。李全耀和武春棣进到里屋将一张报纸拿了起来。可是，武春棣的心跳速度加快了，怎么也控制不住。他反复地思考着，似乎一场成功还是失败的事霎时就会发生。

铃木听了很生气。然后，吴远征站在皇军角度反复权衡利弊，铃木才勉强答应。

大约过了一二十分钟，铃木回去了。李全耀立即丢开报纸，两眼箭一般地盯着他。看上去吴远征那紧张的表情缓和了许多。不难预料，好像有了点希望。究竟会怎样，很想让他一

句话就回答。

他俩从里间出去，还没等李全耀开口就说：

“刚刚铃木给柳田电话说了，日本人今天上午就去白石村调查，让村里款待得好些。要记住，我给日本人说的是事先勾子军退出。到时，日军放几枪是为了做个样子。”吴远征说了，似乎又有点解脱之感，闭目养神。

胡秉全听了半信半疑，不知道怎样才好。这时，武春棣耳语：“是这样，铃木给柳田打电话的内容，刚才我从门缝里传过来的话音听到了，大意听清楚了。”

胡秉全忽然想起武春棣的日语会话比他强，心里就踏实了许多。

“如果是这样，你还得给村公所韦廷祯也去一个电话，让他把这个意思给勾子军的头目讲清楚，让勾子军现在就退。”

“好。”吴远征正要打电话，李全耀又把他叫住：

“且慢，不能说我们在这里。”

“我知道。”

不一会儿，让村里款待调查组、让勾子军退出等几件事情，吴远征就电话落实了。到下午，他们一直等到柳田取消了炮击白石村的消息，心扑通地掉进了肚里，才离开吴远征这里。

“记住，这件事，如果万一有个闪失，满门抄斩。”

“你们在客厅喝茶，我有点头昏，暂到里屋躺一下。”吴远征说。

吴远征刚进去，李全耀就感觉异常，情况不妙。遂示意武春棣倒了一杯水，以给吴远征送水为名，探探实情。

“不好了，吴远征不见了。”武春棣从里屋出来说。

他们几乎是同时马上进入里屋，空无一人。他们都傻了眼，真奇了怪了，莫非他插翅飞了？满屋子一阵寻找，终于见在床下地板上有一个地道口。

“此地危险，不得久留。走，我们马上离开。”李全耀话音刚落，几个人一溜烟就跑出来。

吴远征知道李全耀他们的真实身份后，觉得李全耀他们是不会就这样放过他的，自己的末日已来临，而且就在当下。特别是发现大门口为他把门的两个日军被杀，吴远征更是惊恐万状。他想，杀死的是日本人，抓不住行凶的凶手，这可让他怎么向铃木和柳田交代呀？他马上给铃木打电话，先让铃木旁边大院门卫的日军追捕李全耀三人，然后，动用其他力量，一场追踪搜捕行动已经展开。

这天上午，白石的天空略有几片云彩，但天气还是很冷的。翻译陪同日军一队长带领着日伪军十几个人进了村。村长、村副们接待了日伪军。事后，据我侦察员报告，翻译领着这些人在村东、村西北街巷转了半天，又窜到茶房后边，乌哩哇啦不知说了些什么，就去醉八仙大吃大喝起来。

饭后，这些杀人不眨眼的侵略者和汉奸们在茶房喝茶。这时候，吴远征不放心，慌慌张张从城里赶回来督办上午与柳田说定的事情。“草上飞”民团不知情由，以为吴远征回来说不定要干什么，从茶房周围埋伏圈里冲出来，不问青红皂白就把吴远征捆绑起来，背上压了一块红砂石，拖着要往茶房后院的水井里推。村长韦廷祯听到这个消息，遵守既往不咎的诺言，马上找到民团头头说明情况，要求对吴远征给予保护。民团头头提笔就写了张条子，韦廷祯拿着条子，追到井口将他释放，送回他的家里。

与此同时，李全耀三人面临被追杀的危险。

“你们几个这一片，你们几个去那里，你们这里，其他的去后面。”铃木的门卫日军刚到，就给其他来的人分配了地方，让开始搜索，鬼子，伪军，加上汉奸，二百来号人，在城里已经算是一次大行动了，看这阵势鬼子是不达目的誓不罢休。

“让不要命的往前冲吧，咱们可不要做那垫刀背子的。”分工以后，门卫长日军对另外一个这样悄悄地说。在他看来，虽然现在有这么多人在搜捕逃犯，发现以后逃犯基本上就没有机会再次逃跑了，但是谁知道逃犯会不会临死一击，死前也拉两个垫背的，所以他没有邀功的心思。

“听你的。”这个门卫日军对于他的提议欣然接受。

门卫长身上穿着日本人的军装，个子也没有一般人想象的日本人那么低，反而看起来很挺拔。身子站得笔直，确实有种军人的感觉。虽然这次行动他觉得对日本人来说很重要，不过从这门卫长的脸上，并没有看出什么，好像只是一次普通的演习一样。

时间在不断地搜查中慢慢度过，不知不觉中已经快午间三点了。李全耀他们三人本来就没有吃饭，早就已经饿得前胸贴后背了。看见太和桥路边还有一家卖馄饨的没有收摊，李全耀实在忍不住了，趁没人注意拉着他俩跑到摊子旁边喊道：

“老板，来三碗馄饨。”

他俩也早就饿了，见有东西吃当然不会说什么，不过馄饨刚下到锅里，他们还没有吃上，就听到不远处喊了起来：

“在这里，在这里。”

循声望去，李全耀看见对面不远处府学街巷子里有两个日军围着地下不知在看什么，现在他们不顾不上吃东西，把钱放下，李全耀用手摸了摸二把盒带人赶紧向声音传来相反的地方跑去。

跑了一会儿，李全耀的步子慢下来，边跑脑子里边想吴远征会不会按着他们的要求去做？由不得李全耀多想，骤然一声枪响，震得耳膜嗡嗡不止，他们钻进一条深不见头的狭巷中狂奔起来。身后旋即传来更为急促的枪声，子弹从耳朵边呼啸而过，夹着鬼子们的咆哮：

“那边！笨蛋，他往那边跑了！”

机枪的扫射持续了很久，在烟雾的掩盖下，他们生死未卜。

李全耀纠紧了心弦，动情道：

“真希望我们没事。”

李全耀缓了一口气，握紧腋下的盒子枪，直起腰来环视四周，见身旁有一个被自己刚才开枪打死的一个鬼子，他在二位的掩护下，把鬼子靠在墙角的尸体轻轻平放在地上，然后迅速脱下敌人的衣服，套在自己身上。这样一来，敌人根本不知道他已经被“掉包”了，“不就是一点血迹吗，害得我还以为人找到了”。

来了之后一门卫才发现，根本不是发现了逃犯，而是在地下发现了一些血迹。他分析，看血迹应该是从逃犯身上滴落的，不过只有大概一米的距离，看来逃犯也是发现了伤口在滴血，想办法止了血。或许根本就没有止血，而是不让血滴落到地上而已，总之只有一米多的血迹，并不能说明逃犯的去向。不过一上午没有发现，现在有了这么一点发现大家也都来了精神，门卫长也是跑过来亲自查看。

门卫长过来看了看地上的血迹，用手摸了摸，跟前的日军也知道门卫长是在看什么，是想看看这血滴落的时间。看了看，他觉得这血滴落的时间，不超过半个小时。

这个日军显然也是看出来了，一直没有变化的门卫脸上，也不禁流露出一丝微笑。顺着门卫的目光看去，日军们也发现了那堵墙。按照门卫的推断就是，那人今天上午从吴远征住处的大门出来后，被门卫老远打伤，不过已经在逃跑的过程中处理了伤口。但是，刚才因为翻越黑楼底这堵墙的缘故，使伤口再次流血，所以才会在这里留下一些线索。

当然了，这些都是门卫自己的推断，不过他不知道的是，这些推断已经是八九不离十了。而且和现在门卫长的判断是一样的，他下令：

“立即封锁这一带，其他人和我挨家挨户地查。”

“肯定吗？”

“逃犯一定在这里。”门卫直起腰说道。半个小时前的血迹，所以逃犯一定是藏在了这里。

因为从上午十一点开始门卫长就带人开始了地毯式的搜查，逃犯应该是在这种搜查下，实在没有办法才选择了翻墙，躲过一次查找。不过查找的人一直没有离开，所以逃犯也不可能离开这里，不然早就被人发现了，所以他们一定还在这里，只是躲了起来而已。

门卫长说完话鬼子就开始了行动。有的皇协军可听不懂门卫长在说什么，行动不是那样坚决，门卫长又用汾阳地方土语说了一遍。他的地方土语实在不敢恭维，不过不得不说他们听懂了一部分。皇协军没想到他还会中文，看来以后在他面前说话要小心一点了。

这些都在门卫的意料之中，要是门卫长不下令搜查，才觉得他是个傻子呢。不过显然他不是，命令刚一下达，鬼子就派人封锁了这里，在没有取消命令之前谁也别想乱跑。

虽然已经跑累了，不过也没有人管你累了没睡，进去就是搜查，敢反抗的门卫长不介意浪费一颗子弹。鸡飞狗跳，一家接着一家，老百姓心里也是敢怒不敢言。门卫知道门卫长不过说说而已，磨磨蹭蹭的跟在后面，也不去敲门，也不去撞门，别人弄开了我就进去跟着转一圈。

不过马上门卫就紧张起来，刚才在那里门卫并没有觉得有什么，可是这一条街一转过来，就跑到了门卫自己所负责的那条街上。显然自己管的在重点搜查的范围之内，门卫还不是很熟悉这里的环境，所以刚才没有认出来，到现在要是还认不出来，他就说不过去了。

看见不远处的丸红株式会社，门卫把正山一郎叫过来问道："掌柜的，家里有没有什么人跑进来？"

"你问我，这我就不知道了，不过你不用担心，应该没有日本人不喜欢的人来吧。"

走到这条街上，正山一郎也知道他们在担心什么，说是不喜欢的人，其实正山一郎的意思也许门卫也明白，就是应该不会有反日的嫌疑人，所以叫门卫不用担心。这样说，也许门卫心里也放松一点，不过就算真的有，现在门卫也不敢像普通人家那样刨地三尺地肆无忌惮啊。

现在虽说已经是下午了，马上就要天黑了，不过既然柳田下达的是连夜搜查的命令，门卫长也只能带着门卫上街，准备开始新的一轮行动。说是新行动，也没有真正的新意，不过就是装装样子，混过去就行了。

巡查以后，房里恢复了数日来惯有的安静，然而，对于李全耀来说，即使已在此躺了几个小时，他仍然无法习惯这种安静。倚在松软的枕头里，耳廓里总是回荡着那些声音：白石火车站的凄厉警报、碉堡、据点的急促枪声、苍凉敖坡上炸弹的轰然巨响，还有那白石村远远地呼唤着在日寇残杀中杳然而逝的父老乡亲……那里太紧张、太危险了，而此时此境，他所在的这座城市里，清风习习，窗外一派祥和景致，找不到一丝惊惶纷乱的迹象。

夜深了，李全耀他们在丸红株式会社的地下暗室里写情报，把写好的情报交给正山一郎，由他想办法迅速与平遥洪赵支队取得联系，到时候向白石火车站发起总攻。同时，他想到了后路，万一这次自己牺牲，也要把白石火车站警务段我方地下人员的接替名单交给平介县敌工科，以保持党的事业的前仆后继。

李全耀和正山一郎谈到要到山上找汾阳支队求援的想法，正山一郎非常支持，并把部队的大体位置、联络暗号都告诉了他们。

听到外边远远地传来犬吠声，他们吹灭了洋蜡烛，点燃了豆大的小煤油灯，开始擦起枪来。

李全耀从怀里掏出一张用蜡纸包着的鸡油，黄黄的，把枪取出来，拆卸开，取出撞针，用包枪栓的布擦起来，擦枪筒是用有眼的长探条子裹了布条扭转着拉擦来复线。野外狗咬声渐渐稀少起来，他们的枪擦好了，在炕头纸顶棚的东北角第三空格处，用小刀把顶棚纸割开一个直角，把纸三角拖进去，借助顶棚在墙上钉架的支撑力，他们把擦好的枪栓和塞好枪口的两支步枪小心翼翼地贴附着北墙和顶棚边放在顶棚上，然后又割开个纸三角，拉下来凑在原处，两支枪坚壁好了，他们把鞋脱下来，底对底，下边垫块砖头就和衣睡了。任绶勤睡在靠门的北边，李全耀、武春棣依次睡在火炕头，一夜睡得很不安稳。

第二天，天蒙蒙亮，东方吐出了鱼肚白，他们早早起来，透过方大门，远处道路上一个赶车的老头，急促地走过来，把马叫停，立马跑来，说：

"西边日本人包围了，你们赶快走吧！"

老头是正山一郎特意安顿的，平时是丸红株式会社药材库房的装卸工，他熟悉地形，他带有当地街道居民的"良民证"让他探路，正好顺着敌人相反的方向奔跑。眼看敌人已经向长巷营街一字长蛇阵向东包围，他们加紧步伐猛冲几十米后，见敌人未发现，就稍微放慢脚步，李全耀让跑在后面的他们急速往前冲跑，自己做掩护，准备牺牲。冲跑的人有前有后，装作追赶马车，敌人没有袭击。敌人从北向南搜索进行，打着太阳膏药旗，一字长蛇阵，向东南方向包抄去了。

以极简言的寒暄，他们谢别了老头，现在已经走近汾阳城的东门。

日军在每个大的道口都设有一个班的哨兵，两道岗卡严格搜查，老百姓叫它是"鬼门关"，稍有疏忽，即被枪杀。因正山一郎也给他们带了当地街道居民的"良民证"，他们心里都底气十足。

开始，他们是担上老头从车上给了他们的菜担，以赶集为名，从第一个道口出去，但有时遇上日伪军要给送菜就糟了。

又一个道口，他们改用倒灰渣准备出去，被日军哨兵挡住检查，李全耀一脸笑脸迎上去；敌人一边用刺刀插进，一边告：

“太君，您好。”

敌人一边用刺刀捅担子，一边喝令：“统统倒下的检查。”

武春棣用手翻底让他看，日军喊：“客大奈（害脏）”，一摆手，他们鞠了个躬，担上出了道口。

最难过的一关是东门。

他们租赁了一辆崭新的东洋车，车上插了面膏药旗，专门去揽日本人坐车出城（日本人出进城不下车，不检查），用这种办法省力，但也出了麻烦。武春棣拉车刚上大街，本来是要拉日本人上车。可迎面跑来一个皇协军要坐车出城。李全耀告：

“没有日本人坐车，出城要下车检查，请你不要坐吧！”

伪军官屁股往车上一蹲，破口大骂，他们不予理睬，拉上直奔东门。到了城门底，果然被日军哨兵挡住，将伪军拖下车来，打了五六个耳光，哨房里日军班长跑出，指着伪军训骂一顿，出进城的人都围上来观看，这一次他们虽然趁乱之机出了城门，可去敖坡的路已被封堵。

十七

山地陈尸战血腥，几年露草化流萤。

从汾阳城去敖坡的路有可能被封堵的情况，李全耀早有预感，为保险起见，他准备的第二个方案同时启动。就是由任光普取道从白石村出发，经玉兰、八十堡、东雷家堡、贾家庄、井金到达敖坡。冬天的麦田里，冻得硬邦的，冻土里没有弹性。他跌跌撞撞一路奔波，山上的水壕，都在两米多深，壕里有一米厚的树叶，如有敌情是个隐蔽的好地方。由于坡陡路窄，他满头大汗，两腿发酸。

他坐在一个土台上歇一小会儿，就近来到上池家庄韦林生家。

韦林生，就是任绶勤的救命恩人娃蛋，来这里，待不长时间，就是想与娃蛋见个面，代任绶勤向他们全家问好，同时了解一些情况。一进门，他们相见好欢喜，娃蛋就让他们坐到炕上，端来开水，并给煮山药蛋吃。

“昨天，有八路军从太岳根据地来，从村西走过回延安了。”娃蛋谈得兴高采烈。

“还顺利吧？”任光普问。

“挺顺利的。因为，有汾阳大队在这里护送。”

“我上来的时候，沿途能感觉到，日军虎视眈眈的。”

“日军在县抗日民主政府所在的敖坡一带展开了冬季大扫荡。这次扫荡敌人采取了新的闭封战术。敌军用一少部分力量向根据地内部进攻，大部分都潜伏在边山。据根据地情报呈：‘近日敌军向平遥、汾阳白石、介休等地大量增兵。’”娃蛋说。

“这里我方也在加强吧？”任光普问。

“是的。”娃蛋说。

“驻在汾阳城的部队闻讯，立即向边山转移。到了我们村西，因都是悬崖绝壁，难以向西撤退，于是又向东撤了回去，向北进发。行至敖坡，发现敌人在村的对面，部队欲进不能，就冲下去，敌人又冲上来，来回折腾几次。终因敌人火力过猛，部队趁天明时分，像猛虎钻进了森林中的水壕里。”娃蛋说。

“哦。”

娃蛋问：“这么冒险来，你一定是有要事吧。”

“是啊，找抗日县政府有事。”

“抗日县政府临时转移了。”

“转移到哪里了？”

“向西转移了。”

“啊？我要赶紧走。”

“这么晚了，你去哪儿找？”

“我想办法找去。”

临走时，娃蛋和他父母亲老两口说成啥也不让走。任光普说：

“主要是情况紧急，再说，住下怕日本人找你们的麻烦哩！”

娃蛋见留不住人，就给拿了一小袋胡萝卜让路上饿了吃，盛情难却，他就带上了。

走到半山腰时，任光普想：“县政府可能是转移到三道川，先找上古池胡玉莲打听一下，如果县政府在上古池附近，情报交给胡玉莲就行。”走了几步，他又一想，“山下是村庄，可能有鬼子在。”于是，他跳进一个圪旋里，身上盖了些树枝树叶。

从圪旋里出来，一会儿在路边闲步，一会儿随处而坐，温和的秋阳照着他们，使全身的筋疲肉都变得松缓，懒洋洋地靠在长方形的藤椅背上。任光普与所有指战员们以前有过的感觉一样，深深地陶醉在大自然里，什么伟大的深沉的鼓舞的清明的优美的思想的根源不是可以在风籁中、云彩里、山势与地形的起伏里、花草与颜色的香息里寻得？自然是最伟大的一部书籍，自然的优美、宁静、协调，在这个阳光与沟水波光的默契中不期然地淹入了他们的性灵，那脱尽尘埃气的清澈秀逸的意境可说是超出了画图而化生了音乐的神味，看着田野里的庄稼所激起的波纹，好像万道银蛇蜿蜒不息。

上古池位于交口西南川的中间地带川北山坡上。西有唐垣、拐底岭，东有下古池、交口村等；川南有山，有东南沟西南沟。上古池村东向北有沟叫羊道沟，羊道沟是通往北川高家庄、蔚家沟、马家沟等村的主要通道。

随着革命机构的扩大建全、革命队伍的发展壮大，汾阳县委、县政府领导的各个机构、组织科、民政科、教育科、粮食科、建设科、公安科、县大队、支队以及八路军分区驻军就分散集中驻扎在头道川、二道川、三道川的各个村落中。即使是县政府，依据战争形势，也不能固定地点，三道川的王家社、中庄，头道川的蔚家沟、狼窝沟、马庄，峪道河的敖坡、后沟、龙湾等地都曾作为县政府所在地。头道川的高家庄曾是公安科所在地、马家庄曾是县后勤、妇女联合会所在地。

当时，从汾阳到根据地的一条主要的路线就是汾阳—向阳—出头道川东南沟、西南沟—上古池—高家庄、蔚家沟等村。头道川实际有两个川，从交口向南向西为南川，向北向西为北川。南川属根据地的前沿前哨，进入北川才算到达根据地。

任光普深知自己要去的是险地。人所共知，百团大战后，上古池、南马庄、坡头、神头、仁岩、冯家山底、中庄是汾阳日寇期间发生的七大惨案地。上年发生在上古池这里的惨案仿佛就在昨天：

日军调集汾阳、文水、交城步、骑、炮兵千余人分三路对汾阳边山抗日根据地进行了大“扫荡”。其中一路从向阳方向入交口南川东南沟，直插上古池。

得到线报党组织秘密派人将胡玉莲一家迅速转移于别处，并留下两个侦察员以负责上古池群众躲避于山中的几个不为人知的山洞里。结果还是被敌人发现。连同沿途被抓的群众，以及包括两个八路军侦察员在内的上古池群众共五十一人关在北窑西间（关押过日本兵的）。两个侦察员受尽了日本鬼子的非人折磨，但他们始终保守秘密，没有供出一点情报，体现了革命者的高尚品质和坚定的立场。惨无人道的日寇在留下三名给他们继续围剿带路的人外，剩余四十八人全部死在北西窑里。

任光普与胡玉莲一家人是老相识了。上古池惨案遗址，就在郭满祥院内，郭满祥家位于上古池村口东北羊道沟的西北土坡上。地理位置十分独特。此院有北窑三间，院内约三百平米，站在院内向东可观察下古池、向西可观察唐垣，向南川南山的出口东南沟、西南沟的情景一目了然。总之，南川东起下古池西至唐垣十里川情尽在眼底。羊道沟是通往北川革命根据地的必经通道，在地下党组织的秘密培养下，郭满祥家就成了根据地的秘密交通站、部队临时驻扎点、来往根据地革命人士的秘密联络处、处置前线伤病员的接待站。

胡玉莲祖籍平遥，她对于任光普从白石、平遥火车站方面的情报格外关注。她出身贫寒之家，九岁时父亲去世，为了生存，母亲带两儿两女流浪乞讨逃难于离石、吴城、三交一带，被一个贫苦男人收留，但生活极度困苦，衣不能遮身，吃饭经常断顿，有上顿没下顿。哥哥虽年少，却毅然选择过黄河投奔延安参加了革命，后来在一次战斗中壮烈牺牲。为了生活，胡玉莲被养于上古池为郭满祥做了童养媳。母亲生病去世后，她不得不把弟弟和妹妹收留在上古池自己家里。郭满祥也是贫寒之家，生活本不富裕，不得不又把妹妹胡玉梅送给高家庄一家做了童养媳，只留下弟弟胡孝德和自己一起生活。

抗日战争时期，三道川内成为共产党汾阳县委、抗日民主政府所在地，是汾阳县抗战的中心，是革命根据地。很多同志频繁进出羊道沟，南出东南沟、西南沟，经向阳去内地活动。北进羊道沟入蔚家沟、高家庄进而入二道川、三道川深入根据地内部。上古池村东口羊道沟口的郭满祥家就成为人们中途休息、暂住之地。

任光普与胡玉莲是经过郝中山认识的。郝中山是汾阳中学的校医，向阳村人，与胡玉莲丈夫郭满祥是两姨兄弟。郝中山生有五女两男，都是在胡玉莲的帮助操持下长大，受其教育影响和动员，大侄子郝明德，河汾中学学生会领导成员，十五岁时过河参加了八路军，在延安抗大学习后，到炮兵营任指导员。任光普与郝中山经常在丸红株式会社正山先生那里相聚，在不同的医药岗位上履行着共同的政治任务。

任光普经常化装为卖药和卖绒线的送货郎，执行任务频繁进出根据地，有时因气候、环境与形势及特殊情况，常在胡玉莲家吃住歇脚或躲避突发情况。在这期间他发现郭满祥是个老实厚道的农民，特别是胡玉莲从小受尽了旧社会的压迫，是个有思想、敢担当、向往参加革命事业的积极分子。于是，在他的介绍下，通过任绶勤与甘一飞联系，胡玉莲加入了中国共产党，并在山沟沟里举行了入党宣誓仪式，成为上古池我党秘密地下交通员。根据党的组织原则，实行单线联系，她的上线就是介绍她入党的任光普。她家遂成为我革命人士进出根据地的秘密接待站，成为革命队伍的秘密驻扎地，成为观察敌方情况的前哨。她的身份不为人知，就连她的爱人郭满祥直到全中国解放时，党组织公开宣布了她的共产党党员身份，他才明白自己的老婆原来早就加入了中国共产党。

胡玉莲入党后，参加了根据地的学习培训，觉悟提高很快，还担任了十三村的妇女干部。

她经常独身一人下向阳进北川为党组织递送情报，经常一人深夜进入羊道沟去高家庄、蔚家沟等地投送紧急书信；她积极联络上古池抗日积极分子，动员他们为抗日民主政府工作，在上古池建立村党支部；她组织十三村妇女集中在马家庄妇女组织所在地，与白石村胡秉全母亲联手，给县大队战士们做鞋、纺棉花线做衣服、照顾伤兵等工作；她把自己的家里作为革命同志的家，住宿吃饭都是无偿的，县大队的战士们执行任务，吃住在她家，三间北窑墙壁上留有的木梢洞，至今还有战士们挂枪的清晰痕迹，同志们都亲切地称她为胡大姐。

在惨案发生的前些天，在边山的坡头、向阳一带，根据地八路军与我县地方武装袭击了日本鬼子。战斗中打死打伤多名鬼子兵并俘虏了两名日本兵，其中一名受伤。打仗结束后，带着俘虏撤退到上古池胡玉莲家。本来是把俘虏要交于高家庄的根据地公安科审理，因为那里有专门的机构和拘留所等。但去高家庄还得入羊道沟走很长一段山路才能到达。这时天已很晚，队伍人困马乏，在这胡玉莲家吃饭后更是时候不早了，所以就决定在这接待处暂歇一夜。

出于人道，就给这两个日本兵吃了饭，然后，把他二人暂时关押到师川有的石头窑内，等待天亮后转移。深夜由于站岗的八路军战士因困不小心睡着了，导致未受伤的那个日本兵逃跑。事件发生后，队伍及时转移。为防敌人报复，党组织也做了防范预案。

刚到上古池村门，还没缓过气来，黑黑的夜里，听见“嚓嚓”地上来一个人，任光普按规定暗号拍了两下手，对方也拍了两下，对上暗号后，那人跑到跟前低声说：

“你是干什么的？”

“我是白石游击队派来到胡玉莲家的。”

正说中间，又听着从坡上咯吱咯吱下来个人，经拍手联系，才知上来的是胡玉莲，他把胡秉全写好的情报交给她，让她转交附近部队首长，胡玉莲看了重重地点头。

因情况紧急，任光普未能接受胡玉莲挽留，转身火速向白石返回。

出城的时候，仟绥勤和武春棣先走，李全耀随后跟上。忽然只听得“扑呕”一声，武春棣跌在一块石头上，日本兵闻声

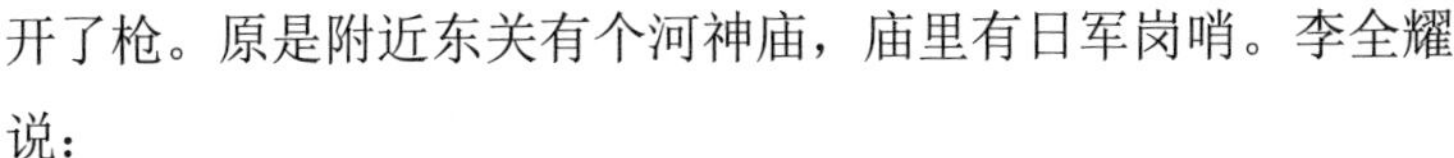

开了枪。原是附近东关有个河神庙，庙里有日军岗哨。李全耀说：

“我看你们是扑灯蛾自寻死。”话音刚落，顺手就扔出两颗手榴弹，只听日本兵一声惨叫，就再没有动静。

他们深一脚浅一步地走着。走出离庙不远，眼前有了一座像鳖盖一般的坡地，地里的莜麦已割完，鬼子兵在那里吱吱哇哇的正点着莜麦捆取暖呢。火光映红了鳖盖山。鬼子在明处，他们在暗处，看得敌人一清二楚，鬼子扔下不少罐头瓶子，脚一碰到活拉活拉地响，正好刮起风时树叶沙沙地响，他们趁着响声，顺着人行小道，绕过大堰。看见一个日本兵走过来，见势不妙，李全耀带着他们抱住就滚到堰下沟里。日本兵顺着声音开枪，没有打准。又过了一阵，听着没有响动，他们就行动了。

他们相随着绕过望春村往东走，到肖家庄西，离上公路不到半里路，发现后面有七八个骑自行车的，不用问，他们就能肯定是敌人的便衣队。看了他们的打扮：李全耀是商人打扮，武春棣不用打扮一看就是个农民，李全耀完全是知识分子打扮，但身上有支手枪，便于隐蔽。为了重点保护李全耀，他们继续往南走，他俩掉头下了大道，顺着高粱茬地，往东边的文峪河岸边跑。后面的敌人一看前面两个人往东跑了，肯定是“八路”，便骑车追上来。但自行车下不了高粱茬地，便衣队停在路边，等日本人来。

天快要黑下来了，但演武村子夏庙的魁星楼依稀可见。他们清楚，魁星楼就是他们要去的方向。

他俩一口气跑到河岸边，回头一看，敌人并没有追上来。任绶勤的脚走痛了，一瘸一拐；武春棣棉鞋不大合脚，两脚板都打了大血泡，咬着牙，用两脚外侧着地。便衣队都是伪军，很怕“八路”，虽然他们只有两个人，还是不敢追上来，要等鬼子来。武春棣提着枪边监视着敌人，边对李全耀说：

“怎么办？渡口在哪里？”

任绶勤跑得又累又慌，呼哧呼哧地喘着气说：“船……”他说不清楚。武春棣又问：

“怎么办？鬼子很快就追上来了。”

“就是死也不能让敌人活捉了去。”任绶勤扑通一声跳进河里。武春棣急忙回头一看，任绶勤正在水里挣扎，他根本不会游泳，是以死来表示他对革命的忠诚。武春棣赶忙把盒子枪甩到肩上，撩起敞开着的棉衣，纵身跳到河里。河刚刚解冻，水面上漂着冰块，河水刺骨地寒冷。武春棣一手划水，一手托住任绶勤游往对岸。好在只有十几米踩不住的水面，又仗着棉衣的浮力，他们很快过了河。上岸后，又累又冻，两人倒在河滩上不能走路了，只好爬，等爬上河堤，更没劲了。往河西看敌人还是没有追过来。碰巧河边有翻地的农民，看见他们俩，说：

“快把你们的衣服脱下来。”

这句话猛然提醒了他们，忙把湿衣服脱下来扔进那个农民挖的土坑里，帮他们埋了起来。这时，武春棣只穿一件背心、一条裤衩，任绶勤脱了长袍赤裸着身体。不过，脱去湿衣服，冷风一吹，他们倒觉着精神振奋，一身轻快了。回望磁窑河里，小划子轻泛着秋波，人们好像驾着云雾冉冉地已来到河滨。远山被整个烟雾掩蔽着，一望苍茫。从繁花的山林里吹过的风，带来一股幽远的淡香，连着一息滋润的水气，摩挲着他们的颜面，轻绕着他们的肩腰。

他们一股劲向东跑去。跑到了白石村西一家后院，翻墙进去。主家听见响动，出来一看是他们俩，顾不得多问，赶忙领到家里，全家人都顾不得避讳，把他们俩用棉被包起来，并用烧酒擦他们冻紫了的身体。这时，听得到村边上响了两枪，但他们都动不了，只好藏起来。结果，响了两枪后，什么事也没有了。在他们往河边跑了以后，敌人便衣队把李全耀抓住了，问他："你是什么的干活？"

李全耀掏出良民证给鬼子看，鬼子看后一脸疑神疑鬼的。

"刚才跑了的两个人是什么人？"

李全耀说："不知道，走路碰到一起的。"

敌人哪里相信，再三盘问，李全耀就是说：

"不知道。"

不久，日本人来了，分析他们一定要跑过河。但没料到他们会渡水过河，以为他们顺河岸跑到汾平公路旁的渡口过河。于是，敌人押着李全耀追到公路旁码头，在那里，鬼子把刀搁到李全耀的脖子上，逼迫他说出他们俩的去向。李全耀不说，敌人喊对岸的艄公拉过船来。艄公慢悠悠地把船拉过河。敌人一过河，便带着李全耀也进了白石村，到村口打了两枪。走到十字路口，有个老汉坐在那里抽烟、晒太阳，鬼子问：

"这个人的，认识不认识？"

"认识，是良民。"

随即鬼子才把他放了。

"两个八路的见没见过来？"

老汉顺手指着北面说："往那边跑了。"

鬼子便向村北追去了。

就这样，在群众的掩护下，他俩终于化险为夷。

日军跑了一阵不甘心，就又折回村公所。时间隔不长，大批的日伪军开来，将白石村团团围住，强令村公所的人鸣锣，集中村民到三官庙开会。原来，胡秉全在火车站已察觉到情况有变，吴远征把遇见李全耀的情况告知了日本人，狗熊站长正在派人对他跟踪，紧急之下胡秉全潜入白石村，寻机反击。在庙前有个穿着蓝色便衣的鬼子，对手无寸铁的村民一个一个地相面，把他认为有疑的，都给脸上画上个圈或打上个把叉；村公所柱子上，一边贴着“胡秉全”，一边贴着“李全耀”，台上站着伪军头头和伪警察官，还有人们最痛恨的几个便衣特务，一个日军军官扯着高嗓门喊着，让群众交出胡秉全和李全耀。拉出几个认为可疑的人，日军队长对着伪村长韦廷祯问道：“他们是什么人？”

“他们都是老百姓。”韦廷祯说。

这时便衣特务和日军都喊着：“八格（日语，意即混蛋）”，几枪托子把韦廷祯打倒在地，日军又喊了几声，只听见噼噼啪啪拉枪栓的声音，突然又传来了尖叫声，会场此时鸦雀无声，只看见有六个人死在敌人的刺刀下。这时伪警察还讲话说：

“死了的也就死了，谁也不用瞎嚷嚷，谁说对谁没利。”

李全耀三人不知道胡秉全的处境和去向，不放心胡秉全的安全，设法绕回火车站隐蔽起来，准备见机行事。胡秉全在村里找了一个地方暂时躲避起来，待村里人从村公所各自回家后，一口气跑到温梓晋的家。

当时温梓晋、他的小舅子和他们一家人都在屋里闲谈。胡秉全简短几句，把一个信封交给温梓晋。得知胡秉全的来意后，温梓晋觉得情况危急，怎么办？他女人急中生智，把胡秉全藏到被子垛后头。

有人在敲门，初时轻缓，慢慢地紧凑起来，敲得胡秉全心烦意乱，他望着貌似平静却隐不住诡谲暗涌的墙头草，捏紧了掌心的手指。

“鬼子来了，在十字街。”一邻居跑来，喘着气说。

“怎么办？”

“赶快离开你家，敌人一定要来你家。”

她一连催道：

“快点，快点！”邻居说完就走了。

“啊呀！”

温梓晋的老婆透过窗户玻璃向街门惊望，脸色吓得发白，惊叫了一声。其他人都不由得向街门看，见吴远征后面跟着一个日本鬼子，全副武装。两个人一边走一边比比画画地说着什么，进了温梓晋家的院。这时屋里所有的人都紧张得不得了。

“大家千万不能惊慌，沉住气，看他们来干什么！”

温梓晋拍了拍腰里的手枪，并向他使了个特殊眼色。温梓晋的儿子是个非常勇敢而又机警的孩子，他一下子就明白了。这时吴远征还没进屋子就提着嗓门大喊起来：

“爹，你什么时候去太原呐？我要给我媳妇儿带块毛布料子呢！”

温梓晋一面答话，赶忙迎出去打起帘子，说：

“啊呀，是吴远征啊！快请进屋里坐！”同时也向日本人点头哈腰地说：

“太君大大的好！”

敌人已进来，问：“八路在哪里？”

温梓晋的老婆说：

“我家没有八路军。”

敌人不相信，看没有什么藏身之处，这才咧开嘴傻笑了。吴远征趁温梓晋向日本兵说话的时候，急忙低声向屋里的人说：“他一句中国话也不懂，你们不要怕，我们坐一会儿就走。”

这时一家人向这两位不速之客让茶、点烟。温梓晋机灵的老婆把个日本兵招待得手忙脚乱，使他顾不得仔细观察屋里的一切。温梓晋这时也明白了一切，松了一口气。

他急忙对吴远征说：

“这是我老婆的弟弟，在北京做生意，刚回来看看他姐姐。”

吴远征迅速打量了一眼客人微笑了，并大声说：

“来了客人给做什么好吃的？”

温梓晋说：“包饺子呀！”

吴远征又放低声音说：

“本来是我一个人来看望你们的，这个二百五非要跟我一起来不可。我猜你们准在你家，今天见过面了，我们马上就走。”

他说着话站起身来拍拍日本兵的肩膀说：

“开路！开路！”

日本兵点点头，站起来跟着吴远征走了。

刚一走，温梓晋儿子三狗子便飞速跑出，在任光普的门前遇到了一个日本鬼子堵截，一声高喊：

“站住，干什么的？”

孩子伪称：“家中有病人，去请医生的。”

鬼子不信，把他又带到庙上。有日本军官，还有翻译官和

一群鬼子兵。他们将小孩按在地上，两排鬼子兵，来了一顿乱打，打得三狗子哭爹叫妈。鬼子边打边问：

“你是干什么的！”他一直坚持：

“我是请医生的。”

这时，村长韦廷祯来了。他是两面村长，他看见日本鬼子打小孩，便走到日本军官面前说：“太君！他是良民的，小孩子的！”

日本鬼子不理睬他。村长又走到翻译官面前，与翻译官咬了一阵耳朵，翻译官走到日本军官面前说：“太君！这小孩是良民。”

日本军官听了翻译的话，马上说：

“放了，放了的。”

他一下令，两边的鬼子便停止了打，把他放了。

孩子真的是要到任光普家的，三狗子是专门来送图纸的。那天，胡秉全在正山一郎那里，他给白石火车站绘了张图，日军据点有两个碉堡，西北碉堡、东南碉堡各驻一个伪军中队，图上标明据点内兵力分布情况，枪支弹药以及换岗时间等，昼夜有岗哨、碉堡周围挖有丈余深宽的堡壕，外面是两层铁丝网，带着用罐头筒做成的铃铛；武器装备有拐把机枪一挺，二号掷弹筒一个，炮弹二百多发，手榴弹三箱子，子弹三箱子，烟幕弹十二筒。敌人的活动规律是，每星期到离石城内领回给养，去时只留少部分人守碉堡。

胡秉全擅长绘画，曾先后给我方抗日部队测绘过太原兵工厂造枪炮子弹的机械图纸、汾阳城关敌军部署火力配备等详图。事先，他都是利用结识的一伙苦力工等或给日军做杂活的青少年，请他们吃饭、喝酒的机会，了解到哪个房间住多少日军、哨楼位置、门卫岗卡、仓库、长官住室等，再由苦力工介绍卖菜的人担上菜察看了地形，汇成平面详图，为部队的抗击起到很大作用。

三狗子站在门口，任光普知道他是温梓晋的儿子，就向他招手叫他进去。任光普也知道胡秉全隐藏在他们家。孩子进了院内，任光普把他让进他住的西房内，问：

"三狗子，你是来干什么的？"

"我爹让我来的。"

"你是来交换情报的吧？"

"是。"

三狗子把图纸交给他，任光普揭开他的皮箱，拿了个纸包装进衣袋里。同时，任光普从衣袋里拿出情报交给三狗子，他挽起裤腿把情报装进筒袜子里。这个情报是从平遥敌工站转来的，里面告诉：由于有人告密，白石火车站我地下人员已暴露，他们是胡秉全、李全耀、任光普、王春德、王林滋、阎以功、张子亮等七人。接此后，你们要立即组织有关人员转移。

任光普是最先看到这份情报的，他感到十分惊讶。不仅是因为我方地下人员暴露，也在令他深思：

这个告发人是谁？

天刚麻麻亮，白石村八路军的院子被敌军层层包围。

日本鬼子把白石村恨之入骨，成了他们的眼中钉、肉中刺。在三官庙里，鬼子一说，翻译就翻，说什么：

"谁家住的八路军，赶快交出来，如果抗拒不交查出来，就把全村房屋烧光、人杀光。"

群众异口同声说："白石村没有八路军。"

敌人不相信，派人去各家查看。有人胆子小，悄声说：

“不要接近八路军了，你看多么危险。”

“不怕，不接近他们叫他们怎么活呢！”

温梓晋家周围更是被围得密不透风，窗里门缝处屋顶上都是黑洞洞的枪口。有人扬言胡秉全是隐藏在一个木匠家的，温梓晋早些年做过木活儿，村里几个木匠家被严加防守。

大约是鸡叫过三遍的时分，敌人把胡秉全老母亲骗到村公所审讯，对老人家劝降，要她提供儿子的下落。

抗日战争时，这位革命的老妈妈曾经从日本鬼子的刺刀下救出过几个农家妇女，如今看着满身血迹的温梓晋儿子和白石火车站嫌疑地下人员几家的孩儿，她像一头被激怒的雄狮一头把敌审官撞了个狗吃屎。大失颜面的敌审官一边往前爬，一边掏手枪。三狗子大喝一声：

“住手！放了我大妈，就给你们一个说法。”三狗子只怕老人家经受不住这残忍的狼刨儿子场面，只得将计就计骗取敌人放了大妈。大妈不知孩子心计，临走还暗示道：

“三狗子呀，你可不能做亏心事呀。”

敌人见三狗子有了投降的表现，就将驻村的日军和地方要员都邀了来，并煞费苦心请来了记者，他们要向世人公布共党子弟投降叛变的场面。

“识时务者为俊杰，孩子你就老实交代吧。”敌人的审问开始了。

三狗子不说，就打得他又哭又叫，不住地问：“为什么要抓我？”

“我买药。”

“看到胡秉全去哪？”

"不知去了哪里！"

敌人将刺刀搁在他脖子上，割破皮肤，流出鲜血，声言：

"不说，就杀了你！"

以此威逼，但他守口如瓶，只答以三个字：

"不知道！"

日本人见如此拷问都无效，只好作罢，将他放掉。

一会儿，敌人又来到温梓晋的院子里，一个汉奸问：

"八路军在你家住不？"

"不在我家。我给你们烧水喝，抽烟吧！"说着，边递烟边说："我家只有一间房子，还能住八路军？"

敌人在村里折腾了半天，结果一无所获，气恼地说：

"这个白石，真是个'抗战二延安'"。

白石也是汉奸的窝巢。

由于搜查又扑了空，第二天敌人逼问一汉奸：

"你们村经常住八路军，我们去一次扑一次空，为什么连个准确的情报也送不来？"

汉奸觉得无地自容。

敌人又把胡秉全母亲抓来，逼问：

"胡秉全在哪里？"

老母亲忍着疼痛，只字不说。

敌人又逼问："你儿子在哪里？"

母亲说："不在家，不知去了哪里！"敌人又打，母亲仍不说，敌人又再打她，母亲始终没有告他说在哪里。敌人没法，只好恨恨地走了。

敌人一走，母亲赶快跑到任光普家，给他通信儿。母亲问：

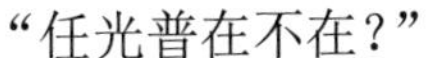

“任光普在不在？”

“在，他从山上回来了。”

母亲说：“叫任光普赶快离开你家。”

胡秉全母亲回来又被鬼子抓去，问来问去，问不出一点线索，于是，敌人用尽酷刑，但她仍然不说胡秉全在哪里。老母亲同志一口一个不知道，敌人毫无办法，仍然是一无所获。

任光普刚走，敌人就来到家。

敌人说：

“把任光普交出来！”

“他不在家。”

敌人说：

“他肯定在家，为什么你不说？”

“我不知道他在哪里叫我怎么说。”

敌人毒打任光普老婆，可打来打去，她仍是说：

“打死我也不知道。”

敌人问不出，也搜不出任光普。他老婆去厕所，假装大便。刚蹲在厕所，就听见敌人抢着拿走皮鞋、眼镜、毛巾、生发油以至女人的鞋子等，真是无所不抢，把老百姓抢劫苦了。

要紧的事情该办的已办理，晚上温梓晋一家人听胡秉全讲《三国演义》和《聊斋》讲得很晚了。第二天早晨六点左右，他们还没睡醒，忽听任光普在南面后窗上叫温梓晋，问：

“还在吗？”

“在呢。”

又说：“情况不好，敌人已把咱村包围了，你家房上有日本人和汉奸站着。”

“这该怎么办？”

“你们暂不要出来，我继续了解一下情况再说。”

隔了一会儿，他又在后窗说：

“叫上胡秉全出来吧，这阵儿街上没有敌人。”

胡秉全出去后，任光普已为他准备好拾粪的箩筐，他挑起箩筐拿着粪铲向南走了。

“站住，站住，你们已经跑不了，快投降吧！”

胡秉全刚刚穿过十字街口，从南街上便冲出一股鬼子兵来。胡秉全见势不妙扔下箩筐，拿着粪铲，回头便钻入小巷，二藏两躲，敌人便不知他的去向。一会儿，敌人发现目标，咬住胡秉全不放，追着他又喊又叫又开枪。拐过一个弯儿，他刚要冲出巷口，一伙鬼子却截住了他的去路，由巷口冲了过来，使他腹背受敌。眼看敌人包抄而来，距他只有三五十米远了，怎么办？

“突突”“突突”，胡秉全以迅雷不及掩耳的速度朝前两枪，朝后两枪，把敌人唬住，随即一个鹞子翻身滚进一条小胡同。不想却是条只有两个院门的死胡同。他不去敲门，却跳上一个石碾，从碾滚上再跃上墙头，翻过墙去，见是一处荒凉的院落。院中杂草丛生，古屋破窗烂门，想是无人居住多年了。他从大门口溜出来，却是刚刚穿过的大街。街东街西不时有一股股的日军伪军跑来奔去，四处是枪声、喊声。看来，这时日伪军大部队出动，冲出去等于自投罗网。他忽然发现不远处便是村公所。再藏到邻居家，难免给乡亲们惹祸，眼下这村公所说不准倒是个安全地方。他便大摇大摆地向村公所走去。说怪也怪，一伙伪军侧身而过，全不过问。

村公所院内，大槐树下，一个日军头目正坐在一把太师椅上抽烟，几个小喽啰跑前跑后。胡秉全一边向那王八蛋点头微笑，一边往屋里走去。这时，村警由屋里走了出来，一见他，不由倒抽一口凉气。不过，你别担忧，那时的村警，哪个不是随机应变，两面三刀的人物？你瞧，他稍一愣怔便吆喝起来：

“哎呀，伙计，你还咯游啥呀？快去劈柴，给太君烧水！”

胡秉全装出傻乎乎的样子“嗯”了一声，躲到一边抡起斧头便劈起柴来。劈着想着下步棋的着落。一不小心却将别在腰间的手枪跌落地下。他赶紧蹲下，装着拾柴片的样子把手枪拾了起来，插入腰间，差点儿被鬼子发现。

胡秉全劈罢柴，村警又吆喝道：

“伙计，快去给太君挑水去。”

胡秉全又应了一声挑着水桶出去了。

这一招本来是村长的计谋，想给他个逃跑的机会，没想到一会儿工夫，他挑着一担水又回来了，莫非他伺候太君上了瘾儿？只见他将水倒入缸中，挑着水桶又出去了。

一阵马蹄声疾至。看模样便知马上骑着的是个日军大头目，只见那大头目将缰绳一勒，马便前蹄离地差点直立起来，咴咴叫着三转了个周儿，这才稳稳地站定。

这时，村公听院内的鬼子在那个小头目的带领下一起奔了出来，列队迎接，齐声呼叫了一阵。村警见势也急忙迎上前去哈腰恭候。那日军大头目跳下马来，四下瞟了瞟，当即指着胡秉全的鼻子：

“你的，溜马的干活？”

胡秉全掂量来掂量去，还是压下了火气，没有触动那腰间。在跑与不跑之间抉择：跑出去？敌人兵力很重跑不出去，十有八九白送死。即使跑出去，也会给村干部带来麻烦与危险。

急匆匆跑来两个便衣特务，向日军大头目报告说：

“那个八路军还躲在村里。”只听得那个日本大头目向鬼子兵鸣里哇啦了一阵，“哈衣！”一声吼，那个日军小头目便带着鬼子兵跑走了。日军大头目又对那两个鬼子命令道：

“警备队，挨家挨户地搜查！共军的跑了，统统的斯拉斯拉！”

“是！”应声后，两个鬼子也匆匆奔走了。

胡秉全别在腰间的手枪又蠕动起来了，他突然萌生了一个新的念头，干掉这家伙，搭上自己的命是否算得过账？可他又想到村干部和老乡们，这样一来，会给他们带来什么后果？再说，自己还重任在肩，他正反复定夺，一伙伪军从西边押着一个人来了，是谁？李全耀、武春棣，还是任光普？原来都不是。唉，是那个印花花布的东社人。胡秉全听说过上次狗熊站长的守卫与领头的他打过交道，他们以前见过面。他们俩的目光相遇时，互相都惊愣了，买卖人两脚离地，被吊在大槐树下，那个日军大头用水醮油麻花亲自拷打审问。问他：

“是不是八路军？”

“来这儿跟谁接头？”

那皮鞭声、惨叫声，声声紧揪着胡秉全的心。他在想，这买卖人一旦忍受不了皮肉之苦，说出了自己的底细，到那时，他将来一个先下手为强，把那个日军大头目干掉，拼一个够本，拼两个赚一个。由于他思想过度集中，一时竟忘了遛马，差点儿让那马脱缰而去。

拷问来拷问去，买卖人宁死不说一句话。八路军都是硬骨头，日军大头目认定买卖人是八路军便衣无疑，把他捆在车上，押回县城去了。

就这样，胡秉全遛马脱险，走到村南口；任光普也从一家的猪圈里爬了出来到了这里。

十八

临风沐雪，商贾求生，好一个热闹的集市。

乡野集市是农民固定时间、固定地点进行货物交换的地方。没有本钱租门面开店子的，把家里有多余农产品或者一些时令的东西，形成各种流动摊贩汇集。白石村紧邻的演武村就有这样的集会。日军侵占白石火车站后，日本人经常召集会头们商量，把演武村的集会全部转移至白石村，围绕三官庙和庙会展开，非常隆重。

那天正是腊月二十六，白石大集。

赶集的老百姓都要经过这个村门，出入村门都要出示“良民证”，让岗哨看过后才能通过。胡秉全出示“良民证”后，伪军一把将他拽进岗楼，就是一顿好打，打得他晕头转向，同他一起的任光普假装感到莫明其妙，便问站岗的伪军：

“你们为啥打他？”

伪军回答：“他是土八路。”

“他哪里是土八路，是种地的良民？”

任光普要他好好看看“良民证”。他们看后奸笑地说：“哦，这是胡来全，不是胡秉全，滚你的吧！”就这样，胡秉全“误”挨了日伪军的一顿毒打。

尽管是战时，白石的集市仍然沉浸在人群熙攘、车水马龙的虚假盛荣之中。

集市在白石老街，一直延伸在演武寿圣寺北与白石南的交集地界。原是片荒芜薄地，几次与日本鬼子交战被挖得高高低低、坑坑洼洼，有的地方还留下数米深的白石塘。坡上长满了槐树，正好供赶集的人们歇晌纳凉。四面八方来赶集的都要爬坡。空身步行都累得直喘，推车挑担的更是苦不堪言。推小胶轮车来赶集的，老远抬头瞅眼那坡头心里就打怵。胡秉全、任光普与赶集的人们互相帮衬着，前拉后推，中间歇上个三五回，气喘吁吁，满头大汗，费尽九牛二虎之力才能爬上坡去。

集面很大，大体分为粮食市、青菜市、猪羊市、铁货市、杂货市、布匹市、鞋帽市、大牲口市、木货市等；因为已进腊月，还有偌大的爆竹市。远看黑压压一片，人声鼎沸，热闹非凡；近前则见人头攒动，摩肩接踵，单是逛上一圈也要个把时辰。集上的摊子一个连一个，摆满了各式各样的农副产品。有卖芹菜、椒子、萝卜、葱等蔬菜的；有卖针头线脑、鞋帽、袜子、手套等小百货的；有卖瓜子、水果、烟酒等副食的，有卖鸡、鸭、鹅、兔等家畜家禽的；有卖锅、碗、瓢、盆、罐、砂壶等厨具的；有卖红枣、黑枣、柿饼子、花生、瓜子、核桃仁等干货的……柴米油盐酱醋茶，杈耙扫帚扬场锨，身上穿的，家里使的，地里用的，应有尽有，琳琅满目，直让人眼花缭乱。

不远处传来清脆的呱嗒板儿声，听口音就知道是演武、白石一带来赶摊儿要饭的："这几年，咱没来，听说掌柜的发大财。你发财，俺沾光，你吃肉来俺喝汤！……买卖小，买卖大，还不凭你一句话？胡萝卜红，绿萝卜青，给多给少俺都中！"挨着摊儿要，你不掏俩钱那板儿打起来就一个劲地没完没了……

肉市上摆着几个猪肉架，一匹匹挂在架上的新鲜猪肉，吸引着众人眼球。无奈腰包瘪瘪的，狠狠心割上两三斤解解馋，特别是适逢家有六十六岁的父亲，女儿们都要在这里买一块带骨肉，还都专挑那又肥又腻的肉膘子。不远处，还有几家卖牛羊肉的；几个妇女紧挨着肉摊，大篮小筐里放着的，不外乎是些煮熟了的牛下水、羊杂碎。布匹市里花花绿绿，品种繁多。条子绒摸起来弹滑柔软，看起来柔和圆润，穿起来厚实耐磨，扯上几尺正好给孩子做条裤子。附近就有收布料做衣服的，这集送过去，下集就能穿上了。调料摊旁香气扑鼻，八角茴、花胡椒现磨现卖。卖调料的边磨边唱："花椒好，花椒香，花椒味道特别长，熬鱼炖肉少不了，煎炒烹炸数它强。凡是做菜它调味，没有花椒味不香……茴香好，茴香香，大小茴香分两桩：大茴香生来八个角，小茴香生来像麦芒。茴香味道它最好，茴香馅饺子最鲜靓，家里要做豆腐菜，放点茴香最相当……"好听的歌谣掺和着沁人的香气，飘得老远老远。俗话说，买卖争分文。战乱年间，大家手头都不宽裕，买个青菜萝卜葱往往为了一分钱争执大半个时辰。付了账，还要提溜着东西到附近找熟人再借个秤称称，生怕人家缺斤短两。

牲口市设在集场子东南端的树林子里，粗壮的树干上拴着牛、驴、骡、马等大牲畜。进了场的人，转悠着，两眼不住地打量着一头头的牲口；卖主则瞪大眼珠眼巴巴地瞅着一个个走过自己牲口跟前的人，村里的经纪人兜着圈儿，寻找着财路，不时地扳开大牲口的嘴唇验看口齿，大声地夸赞着牲口的好处，招徕犹豫不定的买主。见两方都有了意思，便从中撮合，一次次把手分别伸进买卖双方的袖筒里探底价，两下里找补，早晚把这桩生意促成；自然也不是白忙乎，买卖双方都会按规矩给经纪人点茶饭钱。渴了，路边就有大叶子茶，大碗二分，小碗一分；想喝甜的，还有加了糖精、香精的汽水；饿了，那就去小吃摊吧，想吃什么随便挑。黄灿灿的油条、馓子刚从油锅里捞出来，香脆可口；羊肉汤已经开了锅，热气腾腾；豆腐脑浇上老汤炖粉条，顿时飘起一层厚厚的辣椒油花；现成的糁坯正热乎呢，鸡肉、羊肉、牛肉由着你加。想喝口，现成的热豆腐割上一块，再抓上盘五香花生米，打上几两散白干，足够美美地晕上半天；想清爽，那就吃上一大碗凉粉；图实惠，可以弄上碗丸子汤泡块锅饼，既便宜又撑时候；图省事，那就割块又香又甜的年糕，一手托着，趁着热乎劲边走边咬。还可以花上一毛钱买上两个热乎乎的大烧饼，鼓鼓的，烤得红扑扑的，密布着金黄黄的芝麻，上劲地咬上一口，焦脆脆，香喷喷，又解馋又充饥。要不干脆要上盘热包子，就着蒜瓣，狠狠地咬上一大口，立马满嘴里流油……

小摊前，总少不了那些摇着尾巴转来转去的狗，还有呆呆地舔着嘴唇、咽着口水、拔不动腿的馋嘴孩子。衣衫褴褛，披散着头发，木桩似的站在桌前，伸着黑炭般脏兮兮的右手，死死地盯着桌上的盘子，一言不发。满身扑鼻的馊味熏得人实在难以下咽，狠狠心夹起个包子给他，他忙不迭地抓过去，也不管冷热一口塞了进去，鼓着两个大腮帮子又慢腾腾挪到了邻摊。吃饱喝足了，可以理理发，刮刮脸。东西两庄的剃头匠们一大早便靠着几棵槐树，用块帆布围挡成简易的剃头篷。炉子上的脸盆里温着水，盆架上搭着毛巾。先用推子将客人的脑袋瓜一片片推个精光，再用刀子仔细地收拾干净，便开始刮脸。将热毛巾轻轻敷在客人脸上，使扎里扎煞的胡子变软；用小刷子刷一点儿肥皂在水里化开，均匀地涂抹在胡子上。先用手撑紧脸皮，刮掉大片的胡子；再用刀片蜻蜓点水，小心地剔净鼻子下面的小块胡子。之后是前额头、眼皮、耳朵，再用小剪刀修剪鼻孔里的汗毛。最后给客人涂上点护肤霜，搓搓脸，按按头，敲敲背，按摩一番，悉心周到。几十分钟下来，客人早就眯着眼睛惬意地睡着了。

远处树林子里不时传来“咚咚咚咚”的敲鼓声、“叮叮当当”的钢板声，说书场里刚到热闹处。石塘早就干透了底，那说评书的坐在塘底的平整处，桌子上放着家什：一把扇了，一块毛巾。说书的单凭那三寸不烂之舌，上下五千年，纵横八万里，绘声绘色，口若悬河，行云流水，天花乱坠，只说得书场里一个个屏息凝神、目瞪口呆。那使长家伙的（唱大鼓的）敲敲打打，说说唱唱，更显热闹，早被围得个里三层外三层。树林子里安下了好几摊儿，有单枪匹马的，有夫妻搭档的，还有一家老小三辈同台的，声情并茂，酣畅淋漓，演绎出武圣关羽之义，诸葛孔明之神，黑旋风李逵之莽，齐天大圣之勇……每每说到关键处，便戛然而止，说是想买烟抽了，那帮忙的赶紧起身挨个收钱。有的人耍滑头，一见要听书钱了，便鞋底抹油，拔腿就溜。看看这一圈的钱收得差不多了，那说书的便喝上口水润润嗓子，又慢条斯理地敲鼓打板唱起来，书接上回……

唱祁太秧歌的见时候差不多了，清了清嗓子，鸳鸯板儿一敲，《游铁道》开了场：

九月里来菊花开
妹妹不小心学会打牌

一桌子输了一百来块
哥哥去把钱儿开
输下的钱儿哥哥替你开
你不要和人们再去打牌
哥哥有心把你逮
逮住了砸折你的腿
……

声音朴实粗犷，虽不合声韵平仄，但很有气势。一听那热热闹闹的《游铁道》开场了，大家都呼啦啦潮水般涌过来，一会儿地上就坐满了人。有的人赶集来得早，看了秧歌，闲着无事就蹲在那里听上回书。结果是听了上回听下回，越听越上瘾，仰着脖子，瞪着眼睛，不知不觉太阳早就偏了西，肚子“咕噜咕噜”直闹腾，这才突然想起地瓜秧子还没买呢，便爬起来一溜烟跑了。有些上了岁数的老头，一大早就提溜着马扎来了，抽着大眼袋，捋着山羊胡子，眼睛眯成一条缝，直听得那说书的早晚散了场，然后再换个书摊子。

“当—当—当”，那边锡锣一敲，耍把式的开了场。江湖人留着个大背头，肥大的裤腰带上掖着条毛巾，手里提溜着破锣，转着圈儿边敲边吆喝。为了使场子开得大一些，聚来人的多点儿，便不时地往举起的锣面上大口大口吐唾沫。锣一敲起来，唾沫星子四溅，围观人赶紧往后缩。

江湖人在场子中间站定，双手抱拳：“在家靠父母，出门靠朋友。今天在这里献个丑，请老少爷们多多指点！”说话间，先在场子里练上几趟拳脚，活动活动腰腿，然后是前空翻，后空翻，拿大顶，吞钢球，单手劈砖，口中喷火……看得人目瞪口呆。眼看摊子早被围得水泄不通，练把式的不紧不慢，开始表演他的“拿手绝活”。就见他手持钢刀，用力拍打着大腿，口中念念有词。说话间使劲往刀刃上喷了口水，举起刀来在腿上猛然割上一下，立即鲜血淋淋，惨不忍睹。就见他不慌不忙，从箱子里拿出一条黑纸贴在伤口上。过了片刻再揭下来，那伤口不仅不流血了，竟连刀痕也没留下。众人啧啧称奇。那练把式的便趁机转入正题，卖力地推销起他的神药——“金创纸”，自然又是祖传秘方、居家必备。嘴里一个劲地嚷嚷，唾沫星子乱飞：“今天所带不多，凡要买的，请准备好零钱。谁先伸手谁先有，买到的算咱有缘分，买不到的您也别后悔，好在来日方长！”其实他的大腿上早就涂过姜黄水，刀口上喷的是碱水，砍在腿上产生化学反应就“冒出血珠”；而那张黑纸早用白矾水浸过，贴上去一中和，“鲜血”便自然止住了。除了推销刀伤药，还有卖“强身大力丸”“长阳种子”“还阳草”“狗皮膏药”等，多是诸如此类的把戏。该买的买了，该吃的吃了，该看的看了，便准备“打道回府”。集头上卖耗子药的怎肯轻易放过，趁机来上一段顺口溜，听得人心里直痒痒：“赶完集，上完店，别忘给老鼠捎顿饭。南来的，北往的，哈尔滨的香港的。爬墙的，过梁的，一末儿熏得光光的。一不掺，二不兑，老鼠一闻就断气儿；有多少，熏多少，保证一个跑不了。效果灵，效果快，一夜药死一麻袋……”

那边卖万能胶的也毫不示弱，站起身来，嗓门更大：“走过路过的不要错过。过来看，过来瞅，看看家中有没有。家中没有家中带，粘个东西好又快；过来瞅，过来瞧，家家户户用得着。大单位，小单位，村子团体带部队，家家户户都得备；

万能胶，胶万能，粘到哪里哪里行；能粘铜，能粘铁，粘得你伤口不流血，秤杆断了也能接；从北方到南方，哪家都有破鞋好几双……”就在这熟悉的闹市声中，热闹的大集渐渐接近尾声。推车的，挑担的，赶着骡马的，牵着牛羊的，一个个满载而归。走在弯弯曲曲的羊肠小道上，总会碰上几个喝得醉醺醺的熟客，面红耳赤，东倒西歪。有的实在撑不住了，干脆就在路旁条田沟里、向阳避风的草垛旁，舒舒坦坦、痛痛快快地睡上一觉。也许，在那甜甜的梦乡里，重又回到了热热闹闹的大集上。

可胡秉全、任光普却没有那份闲情，他们涌进集会只是为浑水摸鱼，趁乱溜走，赶紧去平介县敌工科把情报送去。

看似茫茫人海，四周都有鬼子把守，他们在集会上转来转去，难以脱身。于是，从庄稼地里摸回火车站。

白石的大集，就像一幅水墨泼洒出来的风俗长卷，大气磅礴，总是让人品味不尽，流连忘返。就以前面说到的适逢家有六十六岁的父亲，女儿们都要在这里买一块带骨肉来说，这个传说，就发生在这块土地。这一块叫粮仓的地，据说是因为邻村演武村，最早是演武场，曾在此屯集兵粮，故而才有的粮仓之称。可是村里也有人将此地叫作狼腔的，这又是怎么一回事哩？

传说，粮仓这块地并不长庄稼，满地的杂草野蒿丛生，夜晚时常有瘆人的狼嗥传出，村里也时不时有鸡鸭畜生葬身狼口的，所以人们叫狼腔。这块地也古怪得很，种了庄稼辛辛苦苦一年，到年底却是颗粒无收，上了点年纪的人都说：收了狼腔，饿死黄狼！

那一年，狼腔地里忽然闹起了妖怪，一到月黑星稀的晚上，那里便闪现一道道的白色灵光，伴随着一声声凄惨的叫声，村里的牲畜一头接着一头，莫名其妙地失踪了，而白天，人们在地里头还可以找到失踪的畜牲的皮毛血迹。

当时，三官庙老王爷听说此事后觉得奇怪，于是夜幕降临时，他提枪跨马悄悄地来到狼腔地，隐下身子观察地里动静。

天黑尽了，伸手不见五指，忽听得几声惨叫，狼腔地里闪出几道白色灵光，老王爷仔细看时，原来是一只白虎在兴妖作怪，也许是闻到了人和马的气味，那白虎竟然冲着老王爷扑了过来……

老王爷催马上前，与那白虎战在了一处，直杀得天昏地暗的，那白虎渐渐支持不住了，老王爷的枪猛地刺破了它的脖颈，那白虎惨叫一声化作一道白光飞走了。

老王爷骑马便追，一直追到三官庙，白光不见了，村里头一片寂静……但是老王爷把三官庙翻了个底朝天，还是没有找到白虎的下落。

第二天一大早，老王爷又来到三官庙里，认真仔细地查看每一个角落，生怕有所遗漏而后患无穷，沿着楼梯那依稀的血迹，老王爷来到了供奉圣旨的阁楼里，只见那御赐的画儿《白虎图》竟然展开了，一只栩栩如生的白虎正引颈长啸，颈部有一窟窿，分明是扎破的痕迹，见老王爷进来，那白虎显得甚是慌乱，再细看时，虎额上有一个殷红的“王”字，分明是人中指上的血。

老王爷明白了，原来是那帮小人下的蛊，《白虎图》本是赠予唐王的，谁知道唐王见郭子仪白发苍苍但虎威犹在，于是便转赠给了老王爷，那白虎已经是人血点化成精了。

老王爷卷起画轴，转身来到院子里，吩咐下人们点起一堆大火，趁火势正旺时，飞快地将画轴扔进了火中，只听得一声惨叫，熊熊的火光中，一只白虎翻滚着，远远地，人们还可以闻到皮毛烧焦的臭味儿。

过后，老王爷觉得狼腔这块地闲置着十分可惜，于是带人烧了杂草野蒿，撵跑了狐兔狼獾，建起了一座专门贮存军粮的仓库，因此也便有了白石粮站之称，两个地名人们也混合着叫，时间长了也就分辨不清，有叫粮仓的，也有叫狼腔的，还有叫粮站的，一直叫到现在。

据说，那一年老王爷正好六十六岁，女儿们听说老王爷刺杀白虎的事后，一个个都赶来看望，因为当地人有“六十六，一圪溜”的说法，都说人生六十六岁是一道难过的坎儿，为有惊无险，寻求破解的办法，那就是吃嫁出去的女儿送来的肋骨肉和酒，于是就在老王爷生日那天，女儿们以肋骨肉和美酒做寿礼，以此来祈祷老父亲平安无事。

从此以后，“六十六，吃女儿的带骨肉”的说法在民间流传开来。

十九

入夜之后，胡秉全转移回到白石火车站。

夜幕笼罩下漆黑一团，被通缉的其他几个人经几个小时陆陆续续到了那个低洼的昔日遗弃的“王公馆”“刘公馆”的神秘的小院。

“你来?”胡秉全对着哨兵低声喊道。

“我往?”哨兵听到突然左前方传来呼喊口令声，低声回应道。

院子里的同伴们也听到了外面的呼应，虽感觉口令是对上了，可时间节点比预计的提前了许多，于是，立即停止说话，就地蹲下，依着院中花台隐蔽，他们在紧急地小声商量着应对事变的对策，在场的李全耀时而起立、时而蹲下，急不可耐，他主张迅速从地下室转移逃避。正在这时，约二三十米远又喊要口令，他们几个人急中生智，分析对方口音像是胡秉全，于是，让哨兵过去，如果是敌人就开枪射击。

时间一分一秒过去了，他们等候在这边纳闷，不知是吉是凶，情况莫测。不一会儿哨兵操演武口音，让他们一同过去。他们回答是让哨兵告那个人进来。

这个院子胡秉全来过，应是轻车熟路，可是，现在感到是如此陌生。深宅老院，弯弯曲曲转了一段路，眼前像一座大庙，入庙后一拐弯，进入了一个房屋，黑压压的，看到有人在抽烟，闪烁着火光。原来，他们正在谈论与日本人打仗的事情。

说时迟那时快，来人已在眼前。门口站着的武春棣揣着步枪已上顶门子，一看是胡秉全，又惊又喜，他自责地把步枪甩到身边人怀里，跳转着与胡秉全拥抱起来，房里的李全耀、王林滋、任光普也里一层外一层地拥抱在一起。

之后，他们很快冷静下来，开始商量配合部队攻打火车站的战役。

“现在火烧眉毛，当务之急是确定我们的下一步，警长，你快拿主意呀？快呀，快呀？”任光普领头一说，王林滋、武春棣跟着也说。

胡秉全、李全耀不语，两个人只是你看看他，他看看你，一支烟接着一支烟抽，胡秉全突然说：“我们现在腹背受敌，突围不大可能，敌众我寡；我们的部队在来的路上，赶来后我们生与死的可能各占一半；这一次我们已经暴露，即使是活下来，再回火车站是回不去了，我们只能背水一战。”

“警长，你快拿主意呀？快呀，快呀？”他们急得好像是热锅上的蚂蚁。

胡秉全和李全耀交换了个眼色，胡秉全说：“生死关头，我给各位宣布一下，李全耀同志是我们白石火车站党组织的负责人，下步行动这个决定请他来宣布。”

他们突然显现出诧异的神情，看了看李全耀，目光又从胡秉全的身上移向在场的各位。

“这是我们党的秘密。平时大家看到我出头露面多一些，可能就以为我是咱们的牵头人，这是一个假象，实际上我是受李全耀同志直接领导的，他才是与上级党组织直接接头的，是我们的领导，请李全耀同志讲吧。”胡秉全补充道。

“胡秉全同志刚才讲了，希望你们理解，这是我们党的机密。胡秉全同志的工作做得非常出色，我们有目共睹，这里就不多说了。”李全耀换了一口气又说：

“大敌当前，我认为，这场战役的关键是，他们要先占领车站东南角敌人的碉堡。”

“这小鬼子就是靠碉堡保命啊，我刚从城里回来，注意观察了一下，这汾阳城的碉堡群可是星罗棋布，确实是很严密啊。”李全耀说着，拿出他随手绘制的一张图。他们看了看地图，又说：

“这些碉堡，无一不是经过精心研究而成，在构筑和武器配置上都竭尽心计。它们样式各异、名目繁多，从形状上有方碉、圆碉、梅花碉、子母碉和人字碉等；从高度上一至五层不等；从规模上有半班碉、班碉、排碉和连碉；从火力配置上，有炮垒和机枪堡。那还只是地面的，在地下还有地下坑道和纵横交错的地道。”

“如果有直升机，从天上鸟瞰太原城，可以发现城外已经变成一座钢铁的工事。而城内也被日本人改变成一座巨大的堡垒。”胡秉全插话。

“眼下，我们的当务之急是把这个碉堡占领。”李全耀强调。

他们相视点头。

“这里是险地，我们必须马上离开。”

“车站周围都是日军，我们退无出路，如进，只有占领碉堡。”

“只有占领碉堡。”他们异口同声。

“占领碉堡后，易守难攻，我们就占领了有利地势，一方面，我们可以等待我方部队前来救援，另一方面，即使部队暂时来不了，我们也有时间等待，不会束手就擒的。”

“要上碉堡，我们也不能全上，要留一人潜伏下来，把情报交给我们的组织，万一我们碉堡上的人全部牺牲，我们的组织和部队也能找到新的地下人员联络，以保证从延安南下队伍的安全通行。”

“对。”

“要紧的还是选最为武勇的善战敢死之士占领碉堡，抢占制高点。”

胡秉全听李全耀对他说罢，他怔然片刻，旋即又断然摇头道：“且先不说此法是不是最佳，派去占领碉堡的将士肯死战也极有可能被日军尽数杀害。全耀，你是咱们的统帅，又怎可轻赴死地，置身于千万敌军之中!?”

“李全耀，你留下吧。”胡秉全坦然一笑，说道：“如今形势紧急，如箭在弦已是不得不发。由你坐镇调度兵马抵御敌军强攻，我们也能安心。这占领碉堡的确甚是凶险，生死只在咫尺之间，我们几个也颇学得本事，我们各把一个窗口一时间也不至失陷在敌军手里。”

李全耀说：“虽然主帅不宜轻动，可是当战机转折迫在眉睫之时，无论上下将帅抑或马前小卒，便是拼个马革裹尸战死沙场，也自当舍命向前，而如今也已到了须我拼死厮杀的时候。”

听李全耀这么一说，他们也都知道以少量兵马冒奇险去占领碉堡，饶是威武勇猛的虎将置身于敌军千军万马中，一个不慎，须臾间也会丢了性命。

胡秉全同样也很清楚此法的危险程度，可是他却仍然抢先嚷道："随你死战杀敌，又怎能少得了俺!?"

而在一旁的武春棣虽然没有像胡秉全那般喧哗着争先请命，他却默不作声着伸手扶正了挎在腰间、收于鞘中的雪花镔铁双刀，只等着李全耀点齐了上碉堡的人手，便随着他一并杀出。

另几个对视一眼，随即也挺身而出。胡秉全见李全耀不肯表态，又朗声说道：

"全耀，你也知我，咱们兄弟感情交厚，往日也常常并肩厮杀。如今兄弟性命垂危，我不能留在火车站枯守！何况我据守站垒也施展不出驱骑闯阵的本事，正可随你统领一并前去，助你一臂之力。"

武春棣与李全耀交情极是深厚，也走上前来，并说道："如今兄长你腹部刀疮未愈，还是留下来为好！"

"区区刀疮，也已将养了数日，又何足挂齿……大伙都是我以性命相托的兄弟，如今危在旦夕，又岂能让你们代我担当奇险？"李全耀说道。

李全耀话音方落，却听背后有人叹道："老兄，你在城内受敌追击刀疮未愈，贸然轻动定会伤处复发，刀疮崩裂时不是小事！站内确也须有人统御前来的兵马驻守，你还是留于站内更为稳妥。"

李全耀淡然一笑，道："早一两年蒋三遭暗算中枪弹，毒入于骨，可先兄兀自与诸同伴饮食相对，割炙饮酒、言笑自若。我虽远不及先兄那般神武高义，世赞作万人之杰，可是却也愿效法先兄坚韧雄烈的行径！如与我倾心吐胆的兄弟也陷于敌军手中，我若袖手旁观，有负义气，岂不是要教我李氏先人蒙羞？各位兄弟，此事你们替不得我，我们兄弟并去舍命死战便是。”

诸位听李全耀说罢，胸中也蓦地涌起股豪气，瞪大了双眼默然片刻，终于还是用力地点了点头。而胡秉全看了看李全耀的腹部，当他看见自己这个老兄的面色仍旧有些苍白，腰部也缠满了渗出殷红血色的绷带的时候，胡秉全又略作踌躇，说道：“老兄，你近几天与日军周旋、鏖战筋肉撕裂，倘若不将养调息待伤势痊愈，只怕性命难保。要依我的意思，你还是……”

“不要搭缠了，如今正是要决生死定胜负的时候，自从你们有幸与我共聚大义，于沙场上建业扬名，抢劫粮食，破坏敌人铁路，建立功勋，也留得个好名于世，休说是一个肚子，便是粉身碎骨我也要与弟兄们一路走到底！”

李全耀说得也是十分决绝，他随即又道：“何况占领碉堡，也须有精于枪法的人与你们照应，又有谁更适合做你们这样的搭档？且先不说待援军一起攻下火车站，咱们做下这般大事，不止有机会能保住白石村父老乡亲的性命，从延安南下部队的日军阻力亦可迎刃而解，就算舍下一条生命，也是值了！”

李全耀的话必须这样说，可此时他的心里有诸多不忍。前些天，他回了一次家，那晚，他妻子还有他的骨肉走进卧房，各自默恻恻地坐下。啊，那一阵子最难堪的静寂，千万种痛心的思潮浮现在各个人的心头，在这沉默的暗惨中激荡、汹涌起伏。可怜的孩子和母亲都泪盈盈地攒聚在一处，相互依偎着，孩子也半懂得情景的严重。霎时间，冲破这沉默，发动了决声的号啕，有半轮黄月斜觑着磁窑河与三官庙的凄凉。他一人独坐在沙发上抽烟，看烟头白灰之下露出红光，微微透露出暖气，心头的情绪便跟着那蓝烟缭绕而上，一样的轻松，一样的自由。一转眼缭烟变成缕缕的细丝，慢慢不见了，而那时心上的情绪也跟着消沉于大千世界，所以也不讲那时的情绪，而只讲那时的情绪的滋味。待要再划一根火柴，再点起那已点过三四次的雪茄，却因白灰已积得太多，点不着，乃轻轻地一弹，烟灰静悄悄地落在火炉上，其静寂如同他用毛笔写在宣纸上一样，一点声息也没有。于是再点起来，一口一口地吞云吐雾，香气扑鼻，宛如偎红倚翠温香在抱的情调。于是，他由一股温煦的热气，看到了室中缭绕暗淡的烟霞，想到硝烟，想到战争的意味……

胡秉全与李全耀同样沉浸在美好而难舍难分的回忆中：

记得那年正月，是白石村庄户人家最休闲的时光。土地尚未解冻，地里的农活啥也干不成。村里主要的任务就是筹备正月十五的古会。办这样的大事，自然是姜庙侠的会首。他在村里物色出了几个心灵手巧、听话能干的会手，供他调遣。胡秉全因为精明能干作为会手里唯一的一个年轻人被选了进来。从初三起，就跟着姜庙侠忙个不停，以至于没能见上芬儿一面。

十五的晚上，家家都把糊好的灯盏插到三官庙的九曲场地里，单等姜庙侠发号施令。只见姜庙侠不慌不忙抽足了烟，看到三百六十五盏灯全摆好了，这才示意放铁炮的二牛点炮开阵。芬儿好不容易从人群中挤了出来，找到了走在队伍前面的胡秉全，把手中点燃了的两支黄香中的一支给了胡秉全。按照村里的习俗，转九曲的时候手里必须拿香，这样才能得到神灵的保佑。芬儿就抓着胡秉全的衣襟随着人流缓缓地转着……

转完九曲，一些青年男女迫不及待到磁窑河边放荷花灯了，只有这时村里心生好感的年轻男女才有机会表达爱慕之情。芬儿早就准备好了两只荷花灯，两人走到一个僻静的小水湾，点燃了油灯，双双把荷灯推向河的中间。看着逐渐走远的荷灯，芬儿闭上眼睛，双手合十，心中祝愿他俩未来的幸福生活。胡秉全也赶忙学着芬儿的样子双手合十许愿，只不过，他并没有完全闭上眼睛，而是紧盯着未来的媳妇咧嘴笑了……

也许是胡秉全这段时间顾不上干家务活，本来就身体不好的老妈一个人累倒了。吃了几服草药，总算好了点。正月二十五是填仓节，这天晚上，芬儿决定到胡秉全家点填仓饼灯冲冲喜，于是在家里捏好填仓饼、装上油捻子，端到了胡秉全家。

两人合伙把灯点着，暗红的灯光洒满了整个窑洞。灯光下，芬儿深情地看着胡秉全，胡秉全眼圈湿湿的，这是他有记忆以来，第一次在家里看到了暖暖的饼灯点燃。

天气渐渐暖了起来，田野里到处都可以听到布谷鸟的叫声，野草也悄悄地探出了脑袋，一阵春风吹来，满鼻子都是清香。早饭后，芬儿精心打扮了一番，提着篮子，准备上地挖些野菜。头天晚上，她和胡秉全约好了，在村北面的火车道旁见面。不一会儿工夫，芬儿就爬到了火车道路基的半坡上，周边特别安静，只有几个搂茬子的老头在干活，烧茬子的蓝烟飘荡在田野上。

芬儿轻盈地走着，扎着的红毛巾在头上摆来摆去。她四处张望了一番，不见胡秉全的人影。

“不咕——不咕”一棵开满杏花的树杈后，传来芬儿熟悉的叫声，胡秉全边学布谷鸟叫，边从树丛里悠地闪了出来。

胡秉全踮起脚尖，顺手把芬儿头顶一朵开得最艳的杏花摘下来，插到她的头上。芬儿闭上眼睛，享受着这幸福的时光。

两人席地而坐，胡秉全告诉芬儿，等秋收过后，母亲卖了粮食就要上门提亲。还告诉她，母亲已经从集市上捉回了猪仔，喂肥了冬天办喜宴时用。芬儿用心地听着，脸蛋早已羞涩成桃粉杏白。

转眼间，就到了春耕季节。胡秉全妈还不能下地劳动，胡秉全一个人又忙不过来。芬儿家里劳动力相对充足，她爹就嘱咐芬儿帮胡秉全家干农活。田野上，胡秉全在前面吆喝着牛犁地，芬儿在后面抓粪、点种，忙乎了二十来天才把地都安顿好。到了该锄草的时候，胡秉全一大早就到地里，连早饭都顾不上吃，芬儿就在自己家里做好饭，用罐子装好给他送到地头吃。胡秉全还特地计划着种了一晌黍子，待秋后舂了皮结婚时吃油糕。两人在田间休息时，还憧憬着成家后再养几只羊贴补家用。

芬儿爱干净，经常到河边洗衣服。大夏天的中午，毒辣辣的太阳简直能把人给烤焦。一天，芬儿正在河边洗衣服，忽然感觉到有人往她头上戴了个东西，吓了一大跳。回头一看，胡秉全满头大汗站在她身后，头上还戴着一个柳条编成的凉帽，芬儿这才反应过来，胡秉全怕她晒着了，也给她做了一顶凉帽戴上。芬儿嫣然一笑，伸出左手把凉帽正了正。

“晒黑了我可不要了。”胡秉全戏谑道。

“你敢——”芬儿嗔怒着，双手掬起一捧水朝胡秉全脸上猛地洒了过去，胡秉全转身一躲，扑通一声掉进河里，不见了踪影。芬儿惊得一下子站了起来，两眼急速搜寻着河面——

离芬儿二三十米的地方，露出了一个黑脑袋，还朝芬儿扮着鬼脸。她这时才想起，胡秉全是凫水高手，刚才是故意吓唬她的。于是她双手舀着水，不停地朝着胡秉全的脸上泼去，而胡秉全，一个猛子，又扎入河底……

“关键时刻你们也有私心啊？”任光普看着他们也来了兴致：“这么长时间以来，我可从来没有见你们忐忑过呀，你们不会对敌人感到害怕吧？”

“那当然，我们都是人，又不是神仙。”武春棣抢先为他们辩解道。

“哪会怕敌人的？不会的。”李全耀面无惧色道。

李全耀说罢，忽然又瞧见一旁面带忧色的胡秉全走上前来，他顿了一顿，又对他们嘱咐道：“你是出头鸟，也须留在站垒中调度兵马，我带他们占领碉堡，倘若有个好歹……家母对你的心意，我大概也能瞧出几分，我折了性命时，家母可就要托你来照顾了。做了多年的兄弟，你为人如何我自然也清楚得很，将我那母亲交托于你，也能让我安心。”

“老兄休说这等凶话！只愿你与我们立得奇功，之后咱们一起回白石！”胡秉全先是一怔，旋即立刻说道：“生死人之命定，何况是我等征战沙场的。但凡要在战场活得有个出豁的，又岂能避刀畏剑、怕死苟活？能追随你死战到底，又结识得我们几个推心置腹的兄弟，你那老妈自也有知交陪伴，不至凄苦无依……我还有什么可顾虑的？随你孤注一掷自然也是死地求生，可就算是我命数到时，也是死而无憾！”

“投之亡地而后存，陷之死地然后生，我等兄弟手足争的是同生，现在可还不是共死的时候！”迟疑片刻之后，李全耀终于还是拍了胡秉全的肩膀，并勉励说道。如今形势刻不容缓，而先后也都表明愿意同去占领碉堡，“我们将同仇敌忾，背水一战，赴汤蹈火，在所不惜！”

“占领碉堡，我们要智勇双全，不能硬上。”

“那是肯定的，先谈谈我们面临的这个碉堡吧。”

“这个碉堡地势较高，加之敌人戒备森严，硬打难以取胜，偷袭又不好进去，所以，决定用梁山弟兄的办法智取。”李全耀说。

“对了，我们已在碉堡上安排了工务段人员以担水、送柴、打扫院子等常规活动做掩护，收集情报，把敌人的枪支武器全部盗出，并拿起敌人的武器，收拾在碉堡内的敌人。”

次日，接到工务段人员送来的情报：

“日军现已吃过早饭，正准备到城里去，碉堡内只留三人。”

待进城的日军走后，他们开始上碉堡去执行任务。

“我突然觉得，这三个日本鬼子在碉堡内如同马蜂住在马蜂窝上，不如把他们力量分散一下再下手好。”李全耀说。

“好，可怎么把他们拆开？”

“武春棣？”

“到。”

“你跟我先上。”

“好。”

“其他弟兄在这里待命。”

“好。”

“先把两个鬼子‘请下来，交你们好好招待’，我和武春棣负责解决剩下的一个鬼子。然后，你们看到碉堡窗口有红毛巾摆动，你们就上碉堡来。”

“好的，没问题。”

李全耀灵机一动，让武春棣从公馆里拿了些鸡和一瓶汾酒，再让一工务段的人员走到碉堡内和鬼子说：

“新民中学的姑娘来了，请你们到刘公馆里咪唏。”

鬼子习惯最少留一人在碉堡，就这样，把这两个鬼子引下碉堡，留下一个鬼子在碉堡内背向着射击口看书。

经过观察，终于摸清了碉堡里的底细，工务段有两个人在这个鬼子的门口以打水做掩护，武春棣从碉堡内偷出枪支。李全耀推上自己带的二把盒子里的一板子弹，悄悄地绕道到看书的那个鬼子的碉堡窗口背后，从射击口向内他的枪口一直顶着那人的脑袋，膛里压着子弹。

武春棣伸出手，朝着鬼子作抹脖子状：“干了。”

李全耀知道，也很想宰了那个畜生，可现在还不是时候。提醒自己记着，在任务没有完成之前，千万不能烦躁。警察须视死如归，但绝不能一味逞强、轻举妄动，否则随时都有可能丢掉小命！

那两个被“请”下去的鬼子，屋里灯烛明亮，正吆三喝五地玩得起劲。胡秉全把枪一挥，一个箭步冲了进去，“叭”的一枪把一个鬼子打死在八仙桌旁。随即，他命令其他人闪开，打算生擒另外一个鬼子，留下活口，以备后用。不料桌子一动，蜡烛倒灭，房里顿时一片漆黑。另一个鬼子钻到桌下，虽然不带枪支，但在武士道精神的强化教育下，他宁死不做俘虏，准备死拼。胡秉全用不标准的日语对他说：

“日本士兵，咱们是大大的朋友，杀了的没有。”

这个日本鬼子根本不相信，一个劲地喊“洋马”（碉堡的意思），被当场击毙。

当武春棣把枪支、掷弹筒都偷出来，最后拿起机枪往出走时，不料被那个看书的鬼子看见，鬼子刚说出：“你不行”三个字，脑后“啪”的一枪就倒下了。碉堡上李全耀立即手拿红毛巾上下左右连摆三次，发出完成任务的信号，看到信号后，他们马上走到了碉堡上。

“啪”的一声枪响，那个鬼子应声倒下，惊醒了火车站的日本鬼子。

李全耀打量着碉堡下的阵地，转而观察四周地形，会意道：

“敌人是一时半晌攻不上来的，可我们会异常艰难。”

他们都隐隐感到一丝不祥。

沧海桑田的变迁需要几千万年，为什么人的生与死的交替只是短短的一瞬间？他们都在扪心自问。队员们面面相觑，每个人的脸上都写满了惊恐之色，李全耀痛苦地撕扯着自己的头发，然后缓缓地举起胡秉全的双手，过了半晌。他的眼睛倏地湿润了，他用力握了握手里的二把盒子。

敌人匍匐着往上趴。

冷冽的风吹过碉堡，外面一片死寂，令人不寒而栗。

“啪啪啪……”鬼子抱着枪、弯着腰往上冲。在火力掩护下，敌人一会儿匍匐前进，一会儿又借着扔出的手榴弹的烟雾，站起来一阵猛跑。碉堡里，胡秉全他们的机枪上喷出来的七条火舌越打越紧，带着尖利的啸声，飞向敌群。

一刹那，一排机炮子弹犹如一条激射而来的火龙，打在胡秉全身后的墙上，碎裂的砖皮四散飞溅，墙上瞬间留下十多个冒烟的弹洞。胡秉全背靠着墙，冷汗浸湿了他的背心，刚才哪怕躲闪得慢了一秒钟，就会被子弹击中。一个小时之后，谁能活着站在这里？谁的尸体又将被丢弃在碉堡里？胡秉全鼓起勇气说：

“还是那句老话，不管怎样，我们都要活下去！这十天来，我们已经熬过了那么多的苦难，难道还挺不过这一关吗？”

在碉堡洞口，武春棣拼命地用手捂着脖子，难以置信地瞪大了眼睛，他张了张嘴巴，想要说点什么，却发不出任何声音。胡秉全的身影在他的眼前渐渐变得模糊，最后轰然倒塌。

敌人穷凶极恶地挣扎着往上冲，想把碉堡炸掉，柳田派出爆破手去爆破，冲出不远，快要冲进开阔地时，炸药包就被我方枪弹打中，只见一群鬼子猛然爬起来，一阵快跑跳进碉堡不远的沟里，进入了胡秉全他们的火力死角，又一排子弹从碉堡飞出，像暴雨般横扫下来。

“卧倒！卧倒！快趴下！”在一个鬼子的厉声喝道中，敌人被压在一条土坡下面，抬不起头来。

武春棣晃晃悠悠地爬起来，就像喝醉了酒似的，胡乱地兜着圈子。突然，它站定了脚步。

脑袋转向身后的碉堡墙，鲜血从两个黑洞洞的眼眶里不断流下来，染红了它胸前的毛衣服。

胡秉全和李全耀气喘吁吁地靠在一起，他们的衣服裤子都变成了碎布条，身上留下一道道触目惊心的血痕，满脸都是腥臊的血，看上去就像是从地狱里爬出来的鬼。

看着敌人又一次退下，武春棣问：“你说他们还会上来吗？”

李全耀摘下墨镜，露出自信且冷酷的笑容，说：“别忘了，他们可不是人，而是一群野兽，一群嗜血的野兽！然而，也别忘了，我们就是对付这群野兽的猎手。”

当天，这件事震动了白石、全汾阳，震动了整个南同蒲干线。通过沿线的电话，传遍了南同蒲干线几千里路，震动着驻扎各站的鬼子的心。

平遥铁路警务段的鬼子司令官佐藤赶过来，一面颤动着嘴唇急电求援扫荡山区的部队撤一个连队回来，一面敲着狗熊站长的脑袋叫骂着，你们白石火车站警务段内部肯定有内线，要他限期破案。

就这样，我方地下工作者、游击队、八路军和群众配合，牵制住了敌人的兵力，配合了从太岳、南方返回延安人员的顺利北上。

二十

一股无法控制的愤恨的情绪，在柳田心里翻腾。

其实，早知道攻不下碉堡，柳田已溜到白石村西北角，气急败坏地指挥着、制造着又一场恐怖，对着韦廷祯说：

“快把全村人都赶到打麦场开会，我有话要讲。”

“因为几个人，何必大动干戈，抓全村人小题大做了吧？”

“你懂什么，叫你怎么办你就怎么办，快去吧。”

“太君，好吧。”韦廷祯头皮有些发麻，重重地呼吸一口气道。

微风轻抚下的村庄，正演绎着一场惊涛骇浪。今夜，注定是一个不平静的夜晚。

天刚亮，西北方怒吼，整个村子全部被鬼子控制，所有人不许出动。看着村口荷枪实弹的守卫，人心惶惶。

八十一岁的王二婶是被噩梦惊醒的。坑头上，她不停地抖动。头不停地晃，却晃不走那令人发慌的画面，他们朝她走近，再走近。他们伸出了苍白的双手，围着她，圈子越来越小……

“走开！”她惊得从床上弹了起来，回应她的是墙上嘀嗒嘀嗒走的时钟。摸了摸头，才发现自己早已一身冷汗。

“怎么会……不是都消失了吗？”她颤抖着声音自问。

她浑身颤抖得很，眼帘上挂着晶莹的泪珠，只见泪水顺着脸颊流下来，颤抖的手拭去脸上的泪水……但是泪水像是断了线的珠子，怎么擦都止不住。她不敢哭出声来，怕有人听见，紧接着，拭去泪水的手紧紧地捂住了嘴。另一只则不停地去抓衣角。她下了地，几乎走一步就要跌倒的样子。浑身仍然在颤抖，突然一个踉跄，她跌倒了，终于哭出了声音，久久不能爬起，不错，她晕着了。也许醒来，一切都会过去。

“哒哒哒”，一阵敲门声。

王二婶从地上爬起去开门，因为开门迟了一步，被鬼子杀死。

她十九岁的孙女惊叫着跑出，不幸在路上遇到一个骑马的凶神恶煞的副官。鬼子军副官光天化日之下就要行非礼。单纯羞涩的女孩儿将手里一把红油纸伞猛地撑天。雨伞“嘭”的一声响，被副官拴在自己的一条腿上的马突见张开一个红色的圆圆的东西散发出一股桐油气味而大惊，倒拖着鬼子拼命跑，鬼子副官被自己的马拖死了。

鬼子冲进尹兆武家院子时，他正在练太极拳，鬼子打他一枪托。就在这时，一根枪管指在他的后脑勺上，一个冷漠的声音从他的背后响起：

“快走。”

“怎？”尹兆武反应过来时，一抹鬼子的枪，被刺刀划得满手是血。

女人只穿一只鞋就跑出来，一路上孩子一直在哭叫。容貌甜美的媳妇儿此刻走起路来也是散发着一股精干的气息。

尹兆武知道，柳田一定在那里，如一只眼神犀利的鹰，默默注视着这张收缩的包围网，想从中找到漏洞，从包围网中逃离很难，任何晃动的影子都逃不出它的监控。为此，此时此刻走在被驱赶队伍里的尹兆武出奇的面色严肃。他从余光里看见，一鬼子走进一院里，鬼子习惯地把枪放在大门口。尹兆武趁柳田一不注意，快步走进那个农妇家门口，扛起鬼子的枪就跑。鬼子发现有人扛走了枪，只好放弃他的罪恶行径，赶出大门直追。尹兆武只会武术不会使枪，对着追来的鬼子做了个瞄准姿势，鬼子见状立即卧倒，尹兆武扛起枪又跑，鬼子爬起身又追，尹兆武又做瞄准状，鬼子又卧倒，尹兆武又扛起枪跑。这样反复瞄准、卧倒，跑跑追追数次，鬼子怕中埋伏不敢追了。尹兆武一直把鬼子引跑到一家空旷无人的院里，就用太极拳猛力一拳把鬼子干掉。然后，走出大街时，又遇上几个鬼子，误以为他是漏网的村民，才把他归回被驱赶的村民队伍。

柳田下令，把尹兆武、胡秉全父亲、任绶勤、地下民兵队长王槐等几个重点人用绳子一长串联起来，押在全村人的最前面走。

路上日军残忍地杀害村民，尹兆武一直配合任绶勤从事农会和我军及村民的联络工作。当敌人刺刀捅来时，尹兆武挣脱绳子迅速滚下村外沟坡，正欲逃出虎口时，不想日军开枪射中受伤未能跑开，残暴的日军追下沟坡，将其杀害。

日军押着村民继续走。

任绶勤与地下民兵队长王槐紧挨着，他俩用眼神示意，任绶勤把王槐的绳子一直往松弄，直到一用力就可挣脱。他俩低声商量着。细心的任绶勤看到敌人枪上的保险盖拧着，寻思着敌人开枪还需一点时间。所以，当他们走到一处有利地形时，王槐就挣开绳子迅速逃跑，日军开枪时，王槐已散兵线式跑开一些距离，很短的时间，逃生成功了。

敌人将村民们的绳索勒紧，又走了一段，日本军官柳田要将几个嫌疑人杀死。他们哪知道，任绥勤已和村民们低声商量好逃生。说时迟，那时快，任绥勤与跟前的农会委员朱肇庆眼神会意，一人撞倒一个日军，一直撞下沟坡去。由于滚下去的有日军，沟上的日军不能开枪，只顾搭救沟下日军，他们顺着熟悉沟的地形逃生了。

“发现掉队，可就地击毙！”柳田喝令道，手里提着的灯还在晃动着。

鬼子全部拿着步枪，从村西往东全面清查，驱赶群众，有人屏住呼吸，大气也不敢多喘。这一次，鬼子虽不是搜捕，是在寻找、监视，但也不得不小心翼翼。压抑扑面而来，黑夜中，任何风吹草动都挑弄着他们的神经，所以，这场大清查，怕的不是群众的反扑，怕的是村里人不敢出来！

村里一中年男子在家中做饭，鬼子见到冒炊烟的房子，知道有人，朝着他家围了过来，中年男子端着一碗饭刚出门就被日本兵抓住了。这伙鬼子有三人，被抓的老百姓挑着他们抢来的东西，朝打麦场方向走。走到村东，朝霞染红了田野，鬼子们停在水塘岸上把中年男子那碗饭分吃了，边吃边议论，说一个鬼子昨天在火车站死在中国抗日分子手上，要杀几个村里人偿命。中年男子胆小怕事，想着如何逃脱今天一死。他轻声告诉两个同伴村民要趁机逃跑，否则难免一死。旁边有个厕所，一个鬼子吃饱了放下枪去大便，中年男子以迅雷不及掩耳之势拾起那支枪狠狠刺进一个鬼子的胸膛，大喊一声“逃！”带着两个同伴跳进了大水塘。待鬼子们清醒时，他们已经泅得很远了，水面大、朝霞逆光又刺眼，鬼子举枪对水塘里乱射了一通，他们泅到对岸脚下还听到送行的枪声。中年男子看到不远处都是日军，跑是跑不了，于是，他和同伴泅到一个日军不注意的岸边，溜归被驱赶的人流。

人们被押送到打麦场，看到场地东西两角已摆放着直挺挺的两部支枪，黑洞洞的枪口咄咄逼人，群众满脸骇然：这已经不再是普通的大操场集结，这是一场血淋淋的大杀戮！

村东北的打麦场，就在火车站碉堡之下，四百八十多名村民一个不漏，聚在一起，个个面色沉重，气氛诡异而凝滞。

站在众人中心，佐藤环视了一番周围的人群，咳嗽两声，用一种毫无生气的声音向大家阴森森地说道：

“这次把大家集中在这里，想必你们都知道了。胡秉全他们七个人现在就在碉堡上，大家说说，该怎么办吧。劝他们投降，还是不去劝他们？”他眼神轻蔑地看着，有谁会在乎他们的生命。在鬼子的眼中，这些老百姓的生命就像蝼蚁一样的卑微，死了也就死了，卷张草席包裹着尸体，埋在荒凉的地里，谁也不知道那块地多年以后会不会开出腐朽的花朵。

这话一说完，四周围着的村民便纷纷私语起来。有人发出悲惨的叫喊，有人发出鄙视的嘘声，然而，每个人的脸上都看不到什么激愤的神情。揉捏与压迫早已剥夺了这群人发怒的力量。

“这七个人，他们是白石人民的优秀儿子，是中国抗战的英杰，他们怎么会投降呢？”刚刚一个念头在这些村民们脑海里闪过，紧接着：

“作为他们的父母之辈，怎么能劝自己的优秀的儿子投降呢？”

这个与常理相悖的、不合逻辑的考量，又被他们自我否定。

一阵缄默。

一个年轻的汉子终于忍受不住这样压抑的情景，一顿足，咬牙道：

“横竖是死，不如我们跟这帮贼拼了，或许还有生路。就算阵亡，也好过被活活打死。”

年轻人的话更加激起众人的斗志。

一个中年男子直直看着那个还有血性的年轻人，喃喃问道：“我们这些百姓，靠什么抵抗一向武装到牙齿的武士大人呢？如果失败了，那不是大家都要死？”

“死便死了，战死不是还好过活活被打死吗！”那个年轻汉子听到这样懦弱的回答，更是气愤，这句话几乎是向着那个男子咆哮而出。

那个中年男子早已不再看着这个不知深浅的年轻人，低下了头，自言自语一般嗫嚅道：“如果失败了，全村人都会被杀死的，连女人和小孩也会被杀死的，赢不了的，会被杀的……”

中年男子的话像一块石头投进了平静的水波一般，激起了一部分人的胆怯与绝望。就连刚才那个激昂的年轻人，此时也不知道该说些什么，只能愣在那里。

年轻人愣的工夫，众人脑子的转动一时一刻也没有停止，他们在想：

“如是几百人死了，能救下他们七个人也值得，可父母自杀或被鬼子打死，也顶不了他们七个人的命。”

又在想：“如果父母与鬼子拼死了，鬼子更不会放过儿子的。”

人们的思维又回到与常理相通的、符合逻辑的考量上。

又是一阵缄默。

长久的沉默让气氛更加压抑，在场的女人们已经开始低声哭泣了起来。毕竟是生死大事，谁都能感觉到死亡笼罩的恐怖与无奈。

“我们村吴远征就是皇军的亲信么，为什么不找他出面保护我们呢？”有人保持着最后的希望。

“没用的，他只顾着自己的野心，哪里管得了我们这些村民的死活。”

眼看着最后的希望也被击碎，又是一阵死一般的寂静。

“不要等日军处置了，我们集体自杀算了。”

这样的建议都被提了出来，村民们的绝望早就无须掩饰了。

这句话也让在场的人从那让人难以忍受的死寂中解脱了出来。众人又开始纷纷讨论起以后的出路来，毕竟求生才是人的本能。

那刚才提出要和鬼子决死的年轻汉子，又恢复了之前的精神，在游说众人抵御敌人。

此时的村长韦廷祯，心中已有了计较。他咳嗽几声，示意有话要说，周围人都安静下来，等着听他的意见。

村长韦廷祯的声音还是那么生气全无，不过他说话的内容，却着实让众村民看到了一丝生存的希望。

“如今，即使是劝降，那我们村中的老少同样是没有活口。但是如果不劝，凭我们这些老弱妇孺也难以抵挡那些鬼子。横竖都是死，不如拼着想个办法，和那帮鬼子斗上一斗。”

韦廷祯看着周围人的目光，继续说道：

“凭我们这些村民，当然打不过成群的鬼子。但是如果我们能等到游击队、八路军到来，肯定就能打败他们，只是，游击队、八路军还在前线作战，哪能……”

人群中一下子被投入了希望，短暂的希望过后，众人又陷入了深深的无奈。

鬼子也无奈，见没有人劝投降，另找话题：

“村里有没有八路军？”

会场上敌人一直喊叫把八路军交出来，并且说：

“我们知道你村住的八路不是一个两个，住得很多。”

“一个也没有。”

鬼子的脸上流露出一丝惊讶，这可气坏了，但由于敌人在全村人口里问来问去，没有问出有八路军，只得灰溜溜地善罢甘休。

这个时候，没有人注意到，在不远处的火车站东南角的碉堡上，有七个人，从一开始就关注着这个不寻常的村民大会。

“啪”，随着碉堡里的枪声一响，碉堡前面的太阳旗落地。

听到这个声音，看到这个情景，鬼子一下子吓到了。人们面上都露出了掺杂着怀疑、震惊以及看见希望时那种向往的表情。村民们开始七嘴八舌相互询问起来，都是关于如何抵挡鬼子的种种疑惑。

那个年轻人说了自己的想法，感觉到是七个人开始反击的信号，基本上得到了大部分村民的认可。只是还有人怀疑我们七个人，能抵御那群嗜血成性的流寇？这种怀疑，逐渐让大多数人刚燃起的希望又蒙上了阴影，之前一脸期盼的人们慢慢又开始了沉默，压抑的感觉又一次袭来。

“大家看到了，他们七个人已在引狼入室、引火烧身，鬼子是不会放过咱们的，咱们何不乘势而上啊！”那年轻男子正为大家想到了这样一个活命之法而欣喜不已，振臂高挥。

“不要发傻了，想阻击敌人，只是飞蛾扑火、螳臂当车。”

率先发难的还是一个眼神迷离、神情猥琐的中年男子，他的一句话，就又激起了所有人心中的不安。

不曾想鬼子突然发难了，瞬息间一个鬼子便到了年轻人面前，一把抓住他扬起的手腕，那男子大骇，正待挣扎，只听得“咔嚓”一身，手腕以一个不可思议的角度偏折过去，立时断了。年轻人是何等身手，还未等鬼子放开手，便结结实实另一拳直砸在鬼子面门之上，当下把他打翻在地。

初夏的村庄没有一丝微风。刚刚开过的枪火已冷却，孤魂在流离，对于活着的人而言，此刻，唯一真真切切地属于自己的只有：“命”。

大伙一见鬼子真的动了杀机，心想不好。看来那个年轻人的话中必定是触动了鬼子的逆鳞，也许他们的心结就在于此，年轻夫妇的下场就是大众的下场。正在村民们骚动起来的时候，佐藤又阴阳怪气地用喇叭筒喊话：

“刚才，想必你们都看到了。大家说说，是怎么办吧。劝他们投降，还是不去劝他们？”

人们已不再是怀疑、震惊，被剥夺了发怒的力量重新激发。

“如劝他们投降，大家立马解散，各回各家；如还是不去劝他们，死路一条。”

此时虽也是缄默，而此时无声胜有声。

“听好了，我再给你们最后一点思考的时间。”

“现在准备射击，我喊倒数十个数，喊完最后一个全部扫射！”

柳田抬起了手里的小太阳旗，高喊：

“十！”

“九！”

“……”

“三！”

“二！”

正在村民义愤填膺、同仇敌忾准备群起而扑向鬼子的时候，碉堡上有了动静。

“嘭嘭嘭……”随即二把盒子、六支步枪从碉堡窗口扔下来，二把盒子上带出一块红色围巾，在空中像彩带一样漂浮下来。

温梓晋知道，红色围巾是胡秉全原准备送给芬儿的，一直带在身边的，他感觉这个时候的红色围巾里面有些微的重量，绝不是一块普通的围巾，趁敌人没有注意，他悄悄地把红色围巾拾起来深藏在自己的衣兜里，回家后交给农会秘书任绶勤。

柳田停住了喊声，收起手里的小太阳旗。

胡秉全领先，他们七个人一行走下碉堡，胜似闲庭信步地走在柳田面前。胡秉全上前一步，柳田哆哆嗦嗦地向后退了一下。胡秉全说：

“我们不是投降的，你们可以把我们打死，但是，你们要把村里人放了。”

“要的就是你们这句话，我们抓他们是万不得已，逼出来的。”

“一言为定啊。”

“放人！”

随即，他们被鬼子用绳子捆起。先头一个穿着灰布长衫嘴塞毛巾五花大绑的胡秉全，路过母亲面前时放慢了脚步，对着母亲微笑着点了点头，然后就挺胸抬头向前走去。那姿态根本不像是要赴刑，倒像是抱着必胜的信念去开辟对敌斗争的又一战场。

“放了他们，我们去替他们死……”

“弟兄们，这日本鬼子，真是太可恶了，一到咱们这里，不是杀就是烧，简直让咱们老百姓没法活！”

“有种欺负老百姓干啥？有种跟俺们干！有种，跟俺们子弟兵干！”人们狠狠地骂道。

如此凄凉！

妇女、孩子的哭叫声中夹杂着日寇丧心病狂的嚎笑声渐行渐远，人群被鬼子用枪驱赶走了。

胡秉全他们七个人被鬼子五花大绑抓起，塞进车里，身后疾驰而过的汽车，带起层层黄土，夹带着燥热的尾风，秘密转移到白石村暂时隐藏下来……

寒城猎猎戍旗风，独倚危楼怅望中。

汾州府高大的城墙被一层锈斑模糊掉棱角，远远看去，似血肉模糊的脸孔。沿着墙脚小路踽踽逃难的百姓，身边喧嚣熙攘，车轮与青石砂石路的叩叩声不断，人人自危，泣下沾襟。

二十一

失之东隅，收之桑榆。

刚刚妇女、孩子的哭骂声不翼而飞，好像传到了前来攻打火车站的指战员耳朵里。

“我们来晚了一步，胡秉全他们已被鬼子押走，但不完全是马后炮，敌人还在火车站，我们要为他们报仇。”

战士们听着首长的话，齐声道：

“首长，你放心，这小鬼子到了咱们这里，他为非作歹的日子就算到头了，俺们今儿个，要直接送他们回东瀛老家去！”

首长看战士们充满豪情，叫了声好，大声道：

“同志们，总攻快到了，是英雄，是好汉，一会儿看谁杀的鬼子多！”

战士们又齐声答了声“是”，首长把手一挥：

“现在大家都再把武器检查一遍，准备战斗！”

等他们渐渐接近了阻击阵地，战士们就把仇恨的枪口瞄准了这些禽兽。

日军碉堡射击孔里探出来的是一挺重机枪，黑洞洞的枪口始终探寻着我方的目标，做着随时射击的准备。

我方这次对火车站进行报复，一共是兵分两路，其中西路汾阳支队是从敖坡开来的，并且因为上次那列被颠覆的火车就是在三眼门，这次出兵经过三眼门时更增添了他们的信念；东路是洪赵支队，他们得知胡秉全他们七个人是被平遥火车站警务段带走的，气昂昂地来捣毁他们的后花园。

汾阳大队和洪赵支队临时组成一个总指挥部。在探明日军火车站的火力点后，对我方的进攻路线及兵力部署又调整了调整，汾阳支队侧重于攻打西北角的碉堡，洪赵支队侧重于攻打东南角的碉堡，分工协作，合力围打驻防火车站柳田的日军。这么做，除了能大量杀伤日军有生力量，另外就是力图迫使吸引分路向汾阳、平介扫荡的日寇向这里集中，以减少日寇对整个红色交通线的损害；同时总指挥部又派出兵力，辅以地方武装，对可能从其他地方出援火车站日军的鬼子兵予以坚决阻击。

柳田举起望远镜向对面一望，不由得大叫了一声：

“敌军的，主力大大的！”

他立刻对手下的几名军官大声发布了命令。军官们立刻按照他的命令，指挥架炮的指挥架炮，准备冲锋的准备冲锋，一时间，鬼子就摆开了阵势。

突然，我方响起了嘹亮的冲锋号声，总攻的时间到了。总指挥部发出命令：

“打！”

随后，以洪赵支队为主，首先，攻打东南角的碉堡机炮排的重机枪、迫击炮、掷弹筒，连同轻机枪，一齐瞄着日军的碉堡和阵地开了火。

我方炮火耀眼，后来被阻断了视线。天空全是铁片的乱哄哄的声音。在敌人头顶上的空间里，许许多多巨大的铁块崩裂开来，纷纷跌下。在天空下，像暴雨即来时那样漆黑一片，炮弹向四面八方投射出青灰色的光芒。在那可以看得见的世界里，从这一头到那一头，田野在摇晃，下沉，溶解，无限广大的空间跟大海一样在抖动。西北碉堡，是极其剧烈的爆炸；东南方的碉堡，是子弹横飞，在天顶，则是一排排开花弹，好像没有底脚的火山一样。在那广袤无垠的地面上，尽是硝烟，别的什么也没有，天上的云和地底出来的烟火，在地面上散落布开，混在一块儿。

洪赵支队吸引住主要火力的同时，在微弱的月光下我汾阳支队已穿插进入攻打敌人西北角的碉堡的阵地，早就把鬼子的据点包围了，一旦敌人胆敢出来，便把他们就地消灭。他们的首要任务是锯倒电话线杆，卷走电线。只见那电杆既粗又高，周围挖了很深很宽的壕沟，电杆上面还布满了酸枣圪针，这是早在临汾军团长来白石火车站吃苦头后玩的新花招。战士们在树杆支撑下跃过壕沟，有的挖刺，有的锯电杆。每当锯到中心时，拉电线的人齐使劲，在一、二、三的号子声中，“咔嚓”一声电杆便倒在地上，把那冻结坚硬的地面砸得土块四溅。紧接着就是拧电瓶、收电线，大家紧张而有秩序地进行着。

据点里的鬼子有时毫无目标地向外乱打枪，可他们就是不敢出据点一步，有时隐隐约约听到鬼子“哇哩哇啦”喊着什么，好像是在打电话求援，但电话早不通了。他们不管他那一套，继续挖呀、锯呀、割呀、卷呀。只见公路一段一段地被挖断，活像被斩断的一条大蛇，一根根电线杆横七竖八地躺在地上，宛如鬼子的一具具尸体。电线一卷一卷地卷起来，堆成了一座小山。

东南角碉堡据点里的鬼子和我方又打了一阵，虽然他们有机枪掩护，可人数是劣势，无法发起有力的进攻打退矮墙后的我军，据点日军少尉本想派人去勒促西北角碉堡据点调兵协助自己消灭或赶走袭击车站的洪赵支队，可看伪军据点那边也发生了战斗，而且那激烈程度一点儿也不比自己这边低，他心里一急，就派了一名日本兵，把车站票房旁的十几名汉奸特务叫了出来，让他们跟着趴在月台下的日本兵一起攻击矮墙后的自卫军。同时又给驻平遥的日军中队长打电话，向他报告车站遭到袭击，请求支援。

驻平遥城里的日军在白石火车站战斗一打响就都被惊醒了，日军中队长在接到车站告急电话的同时，也接到了从平遥香乐村日军上峰打过来的电报，让他们派兵沿铁路线向西攻击消灭破坏铁路的不明武装。可过一会儿之后，通往香乐村方向的电话线不通了，驻平遥的日军中队长无法了解铁路沿线的情况，他一手握着白石火车站告急的电话话筒，一手拿着上峰打来的电报，感觉左右为难。刚才，上峰的命令，口气很严，要他接到电报后最迟半个小时之内也要出发，否则军法处置，但他手里并没有多少部队，想了想，他对白石火车站岗楼里的日军少尉道："上峰有命令，有不明武装在破坏铁路，让向西出兵，你的，再坚持一下！"说完，他也不等少尉再说什么，把电话咔地就挂了。

这日军所说的破坏铁路的不明武装，就是我军攻打白石火车站总指挥部派出的"草上飞"民团。

挂了白石火车站日军少尉的电话，日军中队长马上把手里的一个日军小队全部集合起来，又让城里的伪军也全体集合，可就是这样，部队人数不过也才两百出头，他一想："能够大规模袭扰破坏铁路，连汾阳、平遥联队部都无法对付，那不明武装的人数一定不会少，这区区两百人，哪里够?!”立刻他又打电话让城里的五十名警察跑到日军中队部集合。勉勉强强凑了两百六七十人，随着他一声令下，这支日伪混合部队就冲出了平遥县城。

可还没走出几里地，这支日伪武装就遭到了汾阳白石村“草上飞”民团的迎头阻击。

日军中队长看着眼前的战事，感觉兵力还是不够，想再把平遥火车站里的伪军调出来一部分，但他扭回头向东望望，那里也打得正热闹，无奈，他只好嗷嗷叫着让日伪军对着“草上飞”民团的阵地猛冲，“草上飞”民团也是顽强地还击着。

抗日斗争形势由被动转向主动，由相持转为反攻，伪军多了，日军少了。白石火车站也是这样，两座碉堡，日军的分布是东南角碉堡和据点全部是日军防守，西北角碉堡和据点全部是皇协军防守。

西北角碉堡和据点的皇协军，虽然战斗力不怎么样，也不是很敢向我方这面冲，可他们一跑到据点月台，躲到月台的柱子后面，躲到一切能挡住他们身体的物件旁边，就大声咋呼着用手里的驳壳枪对着汾阳支队不停地射击。这十几支二十响快慢机，一打连发就像小机关枪一样，再加上碉堡里鬼子的六挺机枪，工夫不大，就压得汾阳支队有些喘不过气来。

趴在月台下的那十来个皇协军，见我方支队压制他们的火力弱了，对他们没什么威胁了，嗷的一声叫，挺着刺刀他们就向汾阳支队据守的矮墙扑来。

大队首长正指挥着全排战斗，看着鬼子们趁机冲上来，他刚想叫战士们射击，可碉堡岗楼上的机枪这时一齐对着矮墙扫射起来，打的战士们是根本无法抬头。

首长咬咬牙，心里说：

“只能是和鬼子拼一把了！”

也就是才刚刚这么一想，那十来个鬼子就冲到了矮墙前，岗楼上鬼子的机枪也就不打了。支队首长看着冲上来的鬼子吼了一声：

“战友们跟俺上！”

“是！”

首长跟着一齐跃出矮墙，与冲上来的日本鬼子拼起了刺刀，有几个则迅速疏散了一下，和月台上的皇协军展开了对射，阻止他们再冲过来。其实皇协军们根本就没有冲过去的想法，他们手里只有短枪，怕冲过去没准儿还会吃亏，看对面我支队继续对他们射击，他们也就找着空档，接着对射。

岗楼上的鬼子，看自己人已经和对方搅和在一起拼杀起来，机枪也就不打了，静等着看形势的发展。

那十来个皇协军冲上来，立刻被二十几名战士分割包围。双方一阵拼刺。这下，冲过来的皇协军盯不住劲儿了，也不知是哪一个皇协军喊了一声，剩下的六七个兵一齐掉头就往回跑。

大队首长一看这正是冲上去进行破坏的机会，立刻大喊一声：

“战友们，追！”

战士们就撵着鬼子的屁股追上了月台。

岗楼上的鬼子看自己这边吃了败仗，对方跟着追上来，就想用机枪打，可战士们追得急，跟跑回来的自己人几乎是脚跟脚，根本没差几步，那枪就没敢开。月台上的皇协军们呢？一看吃了败仗，我方战士们追上了月台，嗷的一声叫，全是撒腿就往车站候车大厅外跑，有几个腿慢的，就被战士们打死在月台上，驳壳枪也被缴了去。

跑回月台的皇协军，有两个跑进了岗楼，剩下的就全往候车大厅跑。

有几名战士跟着跑进岗楼的鬼子屁股想追进岗楼，却被守在岗楼门里的皇协军用刺刀刺了出来，一名战士躲得慢了些，胸口被刺刀划了一条大口子，所幸伤得不太深。

而跑进候车大厅的皇协军，利用对地形的熟悉，三转两转，跑得没了影儿。一些战士想冲出候车大厅，杀到车站外去，支队首长赶忙拦着道：

“外面的情况，咱们不熟悉，而且咱们的任务就是毁掉敌人的车站，现在咱们既然冲到车站里，来，同志们，这不是有很多椅子吗？咱们把它们堆起来，烧掉这个车站！”

战士们一听烧鬼子的车站，全都欢呼起来。大家随即一起动手，把候车大厅里的椅子堆积了起来。

随着大队首长又一声令下，战士们四处点火，顿刻间，车站候车大厅就燃起了大火。

岗楼里的鬼子们看候车大厅燃起了火，急了，可他们实在人少，没办法去救火，只好对着大厅拼命地打枪，而月台另一侧的伪军们，看车站候车大厅起了火，登时就有些慌了神，有些士兵想逃跑，只是在军官们的威逼下，才没有逃跑。

汾阳大队把车站候车大厅点着了火，本想原路跑回矮墙，可一看从月台到矮墙那段距离足有将近二十丈，没遮没挡，只要那么一跑，鬼子的机枪就得给大家点了名。众人一商议，决定从月台靠近伪军营房的一侧往下撤，那边离岗楼远，灯光、火光也暗一些，伪军们打仗又很少卖死力，何况他们正在激战，尽管依然有危险，可比直接跑回矮墙要安全许多，这主意，大家都表示赞成。一名战士又给提了一个建议：

“能否咱们这里先假装和岗楼里的鬼子打，然后派几名战士掩护一名战士回去，再吸引一下鬼子的注意力火力，咱们再从月台那一边撤？”

大队首长当即表示赞同，马上安排战士们先假装要攻打鬼子的岗楼，把鬼子的主要注意力先吸引到这边，然后让半个班掩护一名战士绕着伪军营房从月台的另一边跑回矮墙。等把岗楼上鬼子的注意力吸引过去，再按着顺序撤出车站。

任务一安排好，战士们就分头行动，大部分战士在候车大厅这边又是打枪、又是投手榴弹，吸引鬼子的注意力，一小部分战士就趁机掩护一名回去送信的战士从月台那边跑出车站。

这一切都出奇的顺利，首先鬼子的注意力当即被吸引到候车大厅这边，伪军那边则因为和我方支队的一部分是在另一个方向激战，靠近候车大厅这边只有几个监视哨，我方对着他们一射击，又投了几颗手榴弹，这几个伪军立刻吓得就急着忙着找地方躲避，根本顾不得拦击从他们那边向车站外跑的那名战士。

等那名战士跑回矮墙，他们就做了一个假装要配合车站里的支队进攻鬼子岗楼的假动作，一番虚张声势，把岗楼里鬼子的注意力又大部分吸引到矮墙边，大队首长领着一部分战士就交替掩护着，从月台伪军营房一侧跑出了白石火车站。再等鬼子们明白过来，支队首长率领战士们已经全部安全地跑回了矮墙后。

大队首长上前推开据点门，带战士们冲了进去。敌人听见门响，从碉堡岗楼上扔下几个手榴弹到院里，当场把一个战士的臂部炸伤。战士们第二次冲了进去，往岗楼上扔手榴弹。这

时，支队首长向伪军喊话：

“不要打，是自己人！”

这个时候，洪赵支队攻打鬼子很激烈，双方的机枪嘟嘟嘟地叫着。

“伪军弟兄们缴枪吧！”

“中国人不打中国人！”

但是，吴远征，这个铁杆汉奸派出的皇协军死硬顽抗，直到天快亮时他们也没拿下西北碉堡。

我方发动政治攻势，不断喊话，迫令敌人缴械投降。在敌人动摇不定之际，我方战士已炸开碉堡门，冲入堡内，将敌人全部生擒活捉，成为瓮中之鳖。

车站外和洪赵支队激战的鬼子中队长，看车站燃起了大火，立刻派了一个班的日本兵和一个排的伪军想去增援火车站，却被一连打阻击的我方洪赵支队一阵乱枪打了回去。

柳田被我方一颗子弹射中，腿部受伤。

鬼子中队长，这下真是急死、愁死了，但他兵力有限，能有什么办法呢？

总指挥部的首长们看了看眼前的战场，日军、皇协军的机枪和掷弹筒尽管打得还是那么猛烈，可进攻的甭管是日军还是伪军，都显得没那么多力气了，他们决定：

“等敌人再攻一回，咱们就来个反冲锋，然后全部撤退！”

车站里的日伪军对着我军的阵地又猛打了一通后，发现对面的阵地突然没有人射击了，开始是有点儿纳闷，后来一琢磨，是不是对方被自己打跑了？却又不太敢相信，对方打得很勇猛啊！日军少尉小心地从岗楼上面的垛口探身向车站外望了望，车站外黑漆漆的，什么也看不清楚。再向南望，南面还有枪声，可只看到一方的射击，从火力规模上，像是自己人，而且是从铁路线上向两边射击，那十之八九就是自己人了。这下日军少尉明白了，攻击车站的敌人撤走了！但他还怕是圈套，选了两名最勇敢的士兵，轻装跑到车站外的矮墙一带看了看，攻击车站的敌人果然都撤走了。他舒了一口气，尽管车站候车室被烧了，会有很长一段时间不能使用，可车站毕竟算保住了，没什么太大的损失，自己多半不会受处分！想到此，他命令机枪手：

“狠狠地射击，狠狠地打！”

机枪手开始没明白他的意思，但命令必须要执行。打了几梭子子弹后，大家也就渐渐明白少尉是怎么想的了！

支队首长领着战士们向下撤，心里别提多高兴了。这一仗，任务胜利完成，虽然没打死多少敌人，但烧了火车站候车厅，完成了上级交给的任务就是胜利。

在清理战场时，有敌人的军用地图、文件和一些战利品，一并都收拾上。然后，把填满柴火的碉堡点燃。顿时胜利的火焰直冲云霄。

总指挥部带人连夜赶到平介县敌工科，交了战利品，计有：拐把机枪三挺，二号掷弹筒七个，日本三八式步枪四支，弹三百三十多发，手榴弹八箱，子弹十六箱，烟幕弹十一筒，指挥刀一把，望远镜一架，西药及医疗器械七箱，黄呢大衣十九件，皮毛大衣两件，白布棉被四十块，黄色毛呢军毯六十六块，电线铁丝七千多斤，干鱼五袋等。

下午，日军押着给养返回。走到义安时，得到碉堡被烧的消息，气急败坏，到三眼门上望了半天。日落西山时，灰溜溜地回了汾阳城。

二十二

哨声一响，胡秉全们便使出全身的力气，手上的肌肉紧绷，身上的汗毛直竖，手心立刻被绳子勒得发红。

汾阳宪兵队发现我方有武力对抗，即把此事转告给平遥宪兵队，平遥宪兵队又将此事压到平遥警务段。胡秉全等七人被平遥警务段来抓捕的时候正是旧历春节之前。

就快要过年了，乡亲们最开心的事情就是去置办年货，街上自行车、人力车如流水，路上的行人提着大包小包的东西，匆匆忙忙地走着。白石村建了一条年货街，人山人海，热闹非凡。年货街里充满年的味道，到处是中国红，红红的灯笼、金红的“福”字、火红的春联，还有一串串红辣椒、金黄的玉米等喜庆、吉祥的装饰品。人们挑来选去，有的买了红彤彤、肥嘟嘟的年年有“鱼”的挂品。一个个诱人的五颜六色的水果，休闲小食品有巧克力、瓜子、花生、松子、杏仁、糖果、果汁……

有的早把大红灯笼挂在门上，贴上了对联，家家户户张灯结彩，灯火辉煌；大街小巷爆竹声声。午饭的时候，一碗碗美味可口的佳肴就陆续上了桌，有西施豆腐、清蒸鳊鱼、红烧龙虾，家家户户都吃着饺子，喝着醇香的美酒，家里人都合家团聚，谈笑风生，碰杯声、欢笑声、祝福声交织成和谐的新年交响乐。只见三官庙的上空，人们点燃了鞭炮的导火线，导火线“哧哧”地响着，冒着烟儿。突然，不知一股什么力量从鞭炮底下冲出来，驱使喜炮直奔天空。然后，鞭炮在天空炸开，紧接着看炮接连飞上了天，四周的花草树木、房子被烟花照得五彩缤纷；又过了一会儿，阵阵震耳欲聋的烟花爆竹又一次掀起高潮，整个天空都亮起来了，整个大地都渲染成了五颜六色；这时候全村人都沉浸在新春的热闹祥和的气氛中，有的在家里办起春节联欢舞会，迎接新年的到来。

一九四三年腊月二十八日，日伪平遥警务段集中了大批人员化装成便衣，乘坐平遥至汾阳的火车到达白石火车站。一下车，这些便衣眼底里的恨意和杀意交织在一起，犹如地狱爬出来的索命的恶鬼：有的两只狡猾的小眼睛三眨两转悠，一个新的“鬼点”就出来了；有的浓浓的眉毛下边嵌着一对乌黑的眼珠，像算盘珠儿似的滴溜溜乱转；有的那双顾盼人的大眼睛每一忽闪，微微上翘的长睫毛便扑朔迷离地上下跳动；有的白眼珠大黑眼珠小，两颗瞳仁像锥子锐刺刺的，有些怕人；有的那双近视眼，没有了一点灵气的，仿佛里面藏着过多的忧伤，深不可测。

胡秉全等七人被平遥火车站警务段押上铁道装甲车，一溜烟地朝东驶去……

深夜，磁窑河上一艘小船缓缓靠岸，于常娥从船舱中走出，她穿着红色高衩旗袍和丝袜，白色高跟鞋，悄然地走上岸，她坐上了停在附近等候多时的一辆小包车里，对车夫说道：“去白石铺”。

东路，十里曰潴城铺，又十里曰康宁堡铺，又十里接平遥县之白石铺。雍乾年间，平遥在白石村设有官铺，来递送州府县等地方政令文书。白石村西有驿路茶房，村东有官方舍铺，由此，我们可以想到，白石在明清、民国这条古商道、驿道、官路上，驿马嘶鸣，尘土飞扬，官轿吱悠，驼铃声声，昼夜不停的壮观景象。

白石铺，本来是设在白石村东的一个邮差转运的场所，与村西的茶房基本上是对称的。后来，经营邮差的房主把空余的房间兼做了店铺。于常娥来这里是要取情报的，情报是由白石村农会副主席、秘书任绶勤交给白石铺的一个邮差女佣的，在红色围巾内缝着；这一红色围巾内缝着的情报，是胡秉全从火车站碉堡上扔出枪支时无奈带出，被任绶勤捡到的；情报很重要，是七壮士暴露以后，我方继续潜伏在白石火车站的地下组织机构和名单；名单是胡秉全在丸红株式会社早有准备所写好，出城时从夹在红色围巾里拿出吞腹后，又在温梓晋家里据记忆复原的，又缝在那块红色围巾里。

“小姐那么晚了还出门，总是有什么急事情吧？”小包车夫有违职业道德规范，跑起来问出了不该问的问题。

“没事，我出来随便走一走。”

“好的，马上就到。”车夫答道，他自知自讨没趣，一路飞奔起来。

过了一会儿，小包车进了一个小巷子里，于常娥突然奇怪地问道：“这不是去白石铺的道，你走错了？”

“没错，小姐，大日本皇军在前面等着你呢”小包车夫笑道。

“什么？你不是我们事先约好的那个车夫？你是什么人？”于常娥大惊失色，连忙想从挎包里掏枪，却被路边早已跟在车后的日本特务冲上前一下按住，扭住了双手，于常娥坐在车上施展不开，抬起腿就朝前面的特务踢去，一下踢翻了三人，但是经不住对方人多，双手又被扭住，还是从小包车上被拖了下来。

特务们用黑布蒙上了于常娥的双眼，塞进一辆汽车，绝尘而去。

同日，汾阳城日军司令部柳田办公室。

“请进！”

门开了，走进来一位一米六出头，身段修长穿着黑色皮衣的女人，年纪和刚被捕的于常娥差不多，都是三十多岁，她也有着柔顺的黑色长发，干练地盘在了脑后，双眼中闪动着冷峻的目光。

“柳司令，夏蝶前来报到！”夏蝶说道。

“很好，夏蝶，帝国需要你效力的时候到了，想必你也知道，不久前，我们刚刚捣毁了白石火车站地下组织的一部分，并且刚刚根据情报秘密抓捕了一个八路军的女特工，她叫于常娥，虽然目前为止从她身上获得的信息很有限，但是有一点可以肯定，她是被派往白石铺和当地潜伏于‘草上飞’间的女收发员联络的，进而与共军接头，时间就在今天晚上，彻底铲除白石一带的特工组织是保证汾阳和平遥铁路安全的重要条件，所以我打算派你冒充于常娥去和他们接头，在掌握了他们的秘密据点和人员名单后，将他们一网打尽！”柳田说道。

“是！柳田阁下，夏蝶当仁不让，一定会完成这次任务，请柳田放心！”夏蝶一鞠躬，自信地答道。

“时间很紧，但是情报有限，那个于常娥嘴巴很紧，所幸为了保密，似乎对方也不知道于常娥的长相和特征，唯一可以确定的就是他们接头的地点和暗号，具体都在这封档案袋中，

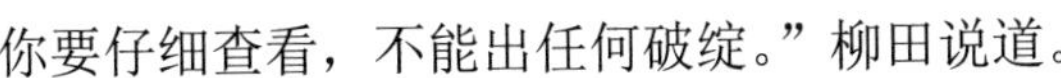

你要仔细查看，不能出任何破绽。”柳田说道。

“请柳田阁下放心，我熟悉白石周围的情况，一定会小心行事。”夏蝶笑着答道。

“好，去吧，记住，一定要快，否则时间长了，这边军统站知道了我们破获的消息，你就危险了，预祝你成功！”

“谢谢柳司令阁下，我告退了！”夏蝶说完一鞠躬，拿着档案袋退出了办公室。

当天晚上八点，夏蝶带上新民中学的三个年轻日语女教师，自己按着日军司令部提供的于常娥现时的模样乔装了一番，将一头长发放下，留了长长的刘海，长长的睫下是她那双媚人的双眼，穿着一身大红的烫金高衩短襟旗袍，下穿着长筒丝袜和红色的高跟鞋，出现在了接头地点：白石铺。

“这几位小姐，里面请。”

老板是个二十多岁的男子，上来热情地说。

夏蝶走到旅店的柜台，按照情报中的说出了接头暗语：“老板，我来这儿找个人。”

“不知道小姐要找什么人呢？”

“一个姓黄的亲戚，她比我先走几天，她只说住白石，可白石那么大，我上哪儿找呀，我觉得可能会住在你们这儿。”

虽然暗语有点冗长，但夏蝶一字不错地对道。

“好，请稍等，我找找。”

那老板微笑着回到柜台，对着入住房客名单装模作样地查了一下，笑着说道：“请问小姐，您的那位亲戚是叫黄铁妹吗？”

“对，就是她，她是我的姑姐……”这是暗语的最后一句，夏蝶流利地答道。

“好，小姐，您的姑姐确实住在我们这儿，楼上请！”那老板点了点头，带着夏蝶朝二楼走去。

到了二楼的一间房中，夏蝶见到了一位同样年轻，三十多岁的妙龄女子，身形苗条，大眼睛，皮肤如雪，脑后露出一头乌云般的秀发，柳叶一般的眉毛，大大的水灵的眼睛还有高挺的鼻梁，纤细雪白的胳膊，细细的蛮腰，穿着白色高跟鞋和黑色丝袜。

“你，于小姐，我是草上飞杏花站的‘黄铁妹’，在这里已经等候多时了，一路辛苦了。”

黄铁妹站起身上来，对夏蝶微笑着说道。

“小姐，你好，上峰这次派我来取情报，情报在你手上吧？”

“是的，原来在我手上，我们‘老大’知道了，就把情报要去了。这情报本身对他来说，也没啥用处，但他用这情报可能会捞取更大一笔钱。”

“那情报怎么才能搞到手？”

“那你需见‘卜老大’，由他面授机宜。”

“不知道怎么才可以见到他呢？”夏蝶笑着问道。

“小姐，我知道你的任务紧迫，但是别太着急，卜老大现在已经潜入卜山成了大当家，但是草上飞之中，难免可能会有国民党安的眼线，所以不能走漏风声，呵呵。”黄铁妹答道。

“原来是这样，那我们何时动身呢？”

“等一下，卜老大会派人到这家白石铺绑‘妞儿’上山然后索要赎金，你就假装被绑架的弱女子让他们绑上山好了，我前不久刚被‘绑架’上山，成了卜老大的‘二奶’，所以我现在在草上飞那边的身份，是下山来帮他们找妞儿的，不过他们还不太信任我，所以等一会儿，你要小心一些，不能出什么破绽。”

夏蝶点了点头：“有你们真好，我知道了。”

“还有，草上飞十分狡猾，八路军剿了几年都没能剿干净，倒是有相当一部分被改造过来了，这附近的子夏山，就是你们说的卜山山势险峻多变，我们不熟悉路况，即使能上山，也可能被他们设置的暗哨发觉打草惊蛇。”黄铁妹笑着说道。

“我们怎么去？”

“就是，假装被绑架的弱女子去呀。”

“一路过来，我们听到不少附近的民女被草上飞绑架索要赎金的传闻。”夏蝶认同道。

“草上飞确实猖獗，像我们这样貌美如花的良家女子，一不小心恐怕就会被草上飞绑架上山了呢。”黄铁妹仍故弄玄虚。

“我们知道了。”三个年轻女教师应道。

“不过保险起见，还是由我当饵，你们先不要现身。”黄铁妹说道。

“清楚了。”夏蝶道。

一个草上飞民团的领头男人便从对面茶馆的监视处现身，走过来，故意走到她们身边坐了下来，开始找借口搭讪。

“我看几位貌美非常，气质脱俗，听口音不像本地人？”那男人说道。

“我们都是老师，老师是要讲普通话的，也是要为人师表的。今天，我和姐妹们来这走亲戚，却一时寻不到，荒山野地的也没个落脚的地方，只好先在这旅店歇歇脚了。”夏蝶笑着说道。

“听说卜山草上飞民团人很多，还经常下山绑女孩子，是真的吗？”

夏蝶有些担心地问道，但是实际上话里却在试探着男人的反应。

“是有草上飞，这个……但是光天化日的，他们也不敢出来吧，只是晚上要多加小心，最好不要出门才好。”夏蝶听出了男人话中的意思，对方果然不简单，而且还带着点其他意味。

“呵，这样，我们就放心多了，我们刚到贵地人生地不熟，今和黄小姐一见如故，还得有劳黄小姐多为关照了。”夏蝶握着黄铁妹的手媚笑道。

“明白了吗？从现在起他就是下山来和你绑妞儿的草上飞赖货。”黄铁妹用一口浓重的汾阳东村杏花土话对夏蝶说道。

“你可真是……我明白了……”

夏蝶忍着笑看着赖货这副欠揍的样子，和他一起进了旅店的茶馆。

赖货笑着说道：“各位小姐，我买了一点卜山本地特有的上好茶叶，请你们品尝一下如何？”

夏蝶假意高兴地答应，一边用眼角的余光看了看站在柜台和老板耳语的猥琐地往这边瞟的赖货，黄铁妹给她们泡好了茶，几个人边聊边喝，过了一会儿，夏蝶突然捂着头说头晕，而随来的女教师也跟着晕起来。

“这是，你们怎么了？”

“头有点晕，可能是有点水土不服。”夏蝶答道。

“那我叫人扶你们到楼上客房休息吧，如何？”

“那就有劳黄小姐了。”

叫来在柜台的赖货，黄铁妹他们一起架起到了二楼的房间之中。

“赖货，麻利点，等天黑了就带她们上山。”黄铁妹故意在房间里说道。

“这几个小妮子交我吧，你放心吧。”赖货用让人听了简直要崩溃的土话答道。

“我在楼下等你。”黄铁妹说着锁上门下楼去了。

地痞赖货垂涎已久，原形毕露，于是，对几位“昏”的大美人下手。

夏蝶等人本是假意昏迷，见此情景一发不可收拾，遂睁开眼睛吓了赖货一大跳。

夏蝶踏在了赖货的肚子上，就像是踩着缝纫机的脚踏板用力一蹬一蹬的，赖货似乎怎么说也不行，慌忙叫道。

“老老实实地回答我几个问题，我们就放你一马，还有赏钱，愿不愿意？”夏蝶说着从挎包中掏出一叠银圆，放到桌上。

“哎呀，那么多钱？……你叫我做什么都行啊！”赖货双眼放光，等夏蝶的脚一放开，就扑到桌前抱着那些银圆确定地叫着：“哼，真是钱……”

女教师们在一边笑道。

“我问你，那个黄小姐是什么人？在这做什么的？”

“她啊，她是山上大当家的相好姘子，专门帮我们在山下找妞儿的。”

“找妞儿？是说我们吗？”夏蝶媚笑着问道。

“啊，是、是……不敢、不敢……你们是正好碰上了，可遇不可求。”赖货先是点头，然后猛地摇头。

夏蝶还是那一副江湖老手的样子："别害怕嘛，难道我们还能吃了你不成？"笑道："嘿嘿，她除了帮你们找妞儿，还做些什么？"

"这个，我就不晓得了，我们是轮流下山接货，平时二奶都和大当家在一起，我这个下人很难见着。"

"那你们大当家是谁？"

"我们大当家名头可响了，人们习惯叫他卜老大，入伙没一年，附近的山寨都晓得，人长得帅，枪法还准，没读过几年书，可那是英雄啊。"赖货唾沫横飞地夸道。

"你说你们大当家入伙还没一年？"

"对，但是他可讲义气，对弟兄们也好，我们可喜欢他了。"

"那你们最近有没有绑过一个和我们一样，穿着入时的外地年轻女人上山？"

"没有啊，他身边只有一个，我们平时能见的机会不多，她刚上山不知怎么的就和大当家打得火热，走得可近了，不过男人么，谁没有个三妻四妾的。他们快来了。"

果然，不到一会儿，门外就传来了口哨声，黄铁妹起身说道："他们来了，这是他们的暗号，我出去一下，待会儿你适当地反抗一下，但是别让他们看出你会功夫就好了。"

"好的，你放心吧。"夏蝶答道。

黄铁妹出去后，七八个大汉冲了进来，二话不说，就朝夏蝶扑去。

"呵，你们是谁？你们要干什么？放开我？"夏蝶假装扭动着身子反抗道，但是故意不用多少力，她的双手很快就被反剪到了身后。

“难为你们了，好姐妹，别挣扎了，跟我们上山走一趟吧。”黄铁妹走进屋子里拿着绳子对夏蝶笑道。

“好货，好货，这几个小妞好辣，真是个高级货！哈哈。”

“还不给我绑上？”黄铁妹心里笑着厉声叫道。

“是！”那些草上飞说完拿起绳子，黄铁妹也拿着绳子，走到夏蝶的身后捆绑起来。

“放开我？你们干什么？嗯！放开我！”夏蝶的戏演得很真，扭动身子挣扎着，黄铁妹在她身后一边捆着她的双手一边在她耳边轻声重复道：“对不起，要把你们先捆起来，为了不让他们看出破绽，我要捆得稍微紧点，你忍着点啊。”

“没关系，你尽管往紧捆，只要能见到卜老大就行。”夏蝶小声应道。

于是，黄铁妹就不客气，用绳子先将她的双手胳膊五花大绑，绳子顺着她纤细的胳膊一圈圈往下绕，然后在手腕处会合将她的手腕叉捆在一起，朝上猛地提起，然后穿过她脖子上套的绳子，将她的双手朝脖颈处用力地吊起收紧。

其他几个女教师也是这样。

黄铁妹小声问道：“怎么样，还受得了吗？”

“没事，接着捆吧。”夏蝶扭了扭被勒成莲藕一般的胳膊忍着答道。

接着，黄铁妹又用几根绳子，将夏蝶的胳膊和身体捆在一起。

“嗯？”夏蝶在假装呼救时，忍不住呻了一声，绳子的紧密程度，似乎超乎她的预料。

而她的双腿，也从脚踝开始，被绳子三条一组，一组组并拢着在一起。

“拿毛巾来，把她的嘴捂上，免得她在路上喊叫。”一个草上飞拿着一条大白巾走了过来递给了黄铁妹，看样子似乎在试探她。

“好的。”黄铁妹接过巾，小声对夏蝶说道：“对不住了，得把你的嘴堵起来，这是他们的规矩。”

“嗯，你堵吧，没事。”

夏蝶小声答道，张开了嘴巴，黄铁妹就将那一大团巾旋转着一下下往夏蝶的嘴里塞，一直到了她的喉咙那里，将她的嘴巴撑得圆圆的，还有一小截巾拖在外面。

“呜！……”

夏蝶的嘴巴被堵得已经说不出话，草上飞又用一条黑布蒙了她的眼，然后用一个大麻袋给她套上，扛在肩上出了门。

一行人坐着马车，来到了卜山下，然后开始徒步。

一个草上飞民团人停下来对黄铁妹说道：“不好意思，二奶，得委屈你一下，山上的规矩，刚刚进寨的两个月内，上山也得捆着上。”

“你们捆吧，明白，又不是头一次。”黄铁妹微笑着将双手背过去，站在那任由草上飞们用绳子捆绑起来，绑法也和捆夏蝶她们一样，双手反剪，先五花大绑，再用多的绳子勒住其他地方。

“二奶，紧吗？如觉得紧我们可以捆松点。”一个草上飞问道。

“只要你们能交账，呵，别坏了规矩，该怎么捆你们就怎么捆吧。”黄铁妹笑着答道。

“对不住，还得把你的嘴也堵上。”那草上飞拿出又一条白巾。

“这荒山野地的，你们还怕我引来外人吗？不过规矩就是规矩，你们堵吧，等下再把我的眼睛蒙上好了。”

黄铁妹很配合地张开嘴，任他将巾塞进自己的嘴里。然后看着他们拿黑布将自己的双眼蒙上，不过这次草上飞并没有捆她的双腿，而是押着她，一步步地朝卜山走去。

二十三

平遥火车站留滞场。

火车站留滞场是侵华日军所打造的活地狱，又叫作黑房子，实际上是侵华日军特制的监牢。黑房子外面围着高墙，只有一个小门可以进出，从小门进去是一条很长而且黑暗的甬道，囚室就排列在甬道里面。囚室的门很低，进出只能爬着走，里面没有电灯，小门关上之后，里面是漆黑一片。

即使是外面的审讯室内，也是灯光昏暗。这是一间偌大的空房间，中间摆放着一张长桌，长桌上方便对着白炽灯，白炽灯几乎已经老化了，发出的亮光一闪一闪的，显得审讯室昏暗阴森，令人生出无限惧意。

平遥警务段保安系直接审问。保安系人员有日本人“竹村”“大门”“佐藤”，坐在长桌北面的椅子上，竹村是这个案子的主审；胡秉全、李全耀、张富友、杜印兴、杨步青、阎以功、任光普等被戴上了脚镣手铐，一言不发地端坐在长桌面审讯官对面的椅子上。就这么对峙着，进行着一场罕见的较量。

一杯热腾腾的茶水骤然改变了审讯室内的气氛。

审讯室顿时成了客厅，就像在接待重要客人。一进门，大队长竹村就将沏好的一品龙井端过去：

“来，各位请坐、喝茶！”

语气就像问候一位经年未见的故交挚友。站在队长身后的两名办案警手几乎看傻了眼，心里直犯嘀咕：

“大队长这是要干什么，一个重刑犯，至于这么客气吗？”

胡秉全诚惶诚恐地双手捧过散发着清香的茶杯，喉结动了一下，好像是要说感谢之类的话，但还是没有出声。

竹村皮笑肉不笑地说：

“各位受惊了，咱们都是在火车站铁道上做警务、工务的同行，把你们请来，没有别的，就是想问几个问题，只要回答了，大家就可以回家过年。”

“我先给你们说一下，你们听了，思考一下就可以回答。问题很简单，就这么四个：

八路军王兴与你们有什么关系？

你们和八路军有什么联系？

开过什么会？

还有什么人与八路军有联系……”

竹村说后，没人说话。

“说呀？”过了一会儿，竹村焦急不安的声音在询问。

还是没人说话，审讯室所有的人一时都陷入难堪的沉默。

“看来，没话说是没有考虑成熟，那就再考虑考虑，今天咱们的见面，就到此吧。”

翌日，鬼子改变了审讯方式，隔离审问、分别进行。

和煦的阳光透过窗格子倾泻进审讯室来，胡秉全啜了一口茶，装作漫不经心地抬头看了一眼竹村。四目相对，竹村笑容满面地看着他，胡秉全眼神中透出怜爱、亲和，还有说不出来的睿智、威严，仿佛要洞穿他人心底某些不可告人的秘密。

“昨天休息得还好吗？”

“到你们这地方，还谈什么好不好，能勉强睡两三个小时就不错了。”

“招待不好，见谅。”

“听说，来这里的人你最会‘招待’了，我早已做好了接受你的这种‘招待’的准备。”

“哎，咱们这是扯到哪里去了？今天，不谈别的，随便聊聊。”

蓦地，胡秉全的眼睛一亮，盯住竹村身后的桌子上放着一个印有“中国象棋”字样的硬纸盒。从外包装上看，胡秉全断定应是那种普通样式的黑色牛角象棋。

“怎么，你也喜欢这个？”竹村不失时机地指了指身后的棋具。

下棋双方通过一盘棋，就能对对手的阅历底蕴、学识涵养、谋略心胸和思想境界做出判断，这比平常通过语言交流作出的判断更加含蓄，也更加深刻。

“想必大队长把我弄到这里，应该不会是要我陪你下棋吧？”

“玩具不分家，来，先玩一玩。”

棋局摆开，双方在楚河汉界掀起了滚滚狼烟。刚进中局，战局就胶着起来。二人轮番用很长的时间去思考，仿佛在悬崖上展开了白刃格斗，一方稍有不慎便会身首异处或跌入万丈深渊。仅仅十四五个回合，棋局里就上演了十面埋伏、暗度陈仓、围魏救赵、单刀赴会、反弹琵琶、连环马、背水战与鸿门宴，巧阵重重，玄机迭出，让旁观的人都紧张地攥起了拳头。

一直看起来很沉稳的胡秉全呈现出前所未有的亢奋，那种神情，俨然就是一位意气风发指挥着千军万马的将军。他布阵、渡河、炮轰、巧取、肉搏、设埋伏、做圈套，集中优势兵力长驱直入，只见炮台高立，车马辚辚，横竖都藏陷阱，前后都潜伏兵。拉锯战、运动战、破袭战，三十六计，计计神算。仿佛生活中所有的不快和失落，都能在这小小的棋盘上找回来。三十二枚棋子的确奥妙无穷、风云变幻，又令人百解愁肠、风光无限。这是一场真正的强强对局，棋落之处，楚河汉界金戈铁马，杀声震天动地；刀光剑影，古战场晓风残月。王朝兴衰分合的场景，一幕幕似乎呈现于眼底的咫尺之间。在这场智慧较量的关键时刻，竹村突然将前线所有兵马悉数撤回，固守九宫将府。

竹村窃喜，以为胡秉全怯战而逃，遂调遣三军全线杀进，意欲即刻擎旗拔寨直捣黄龙。这时，胡秉全的边马腾空而起，单骑踏入敌营，局势一下子扭转了过来，使得对方强兵压境的攻势瞬间变成屯兵坚城之下的惰归之师。三五回合过后，胡秉全的这匹黑马就配合己方寓守于攻的双炮双车做成绝杀。

竹村输了，输得心服口服。他说：

“小弟，您有大气魄，能屈能伸，能进能退，能攻善守，行棋如同遣龙治水，气贯阴阳。我则是至炜易灭，至刚则断，这盘棋输得不冤枉。”

胡秉全说：“这棋局如人生，棋盘上发生的所有故事，都源于棋手内心的思考；棋盘上发生的所有意外，源于棋手思考的欠缺。你迅速地追求胜利，说明了你内心的空虚浮躁与急功近利；而我选择的是一条看似不可能成功或者即使成功也会非常慢的路，却最后赢了这盘棋，这大概就是人们常说的‘欲速则不达’。今天我虽然胜了你，但原因并不是你棋艺不精，而是你们日军利令智昏，心态失衡了！”

竹村道："我栽在您手里没有什么可遗憾的！棋艺不精，输给您我也无话可说。但我在此还想与你再下一盘，算是向您做个讨教，不知意下如何？"

"大队长，我看棋今天就不用下了，改天再下。您既然求胜心切，咱们还是言归正传吧。"

"也好，也好，我是要劝你，不要和那个王兴再来往了。"竹村说。

"我不知道你说的是些啥。"胡秉全这样说的时候脸上没有任何表情。

"咋，你——不知道——王——兴？"竹村一字一顿问道。

"听说过。"胡秉全应付道。

"仅仅是听说过？"

"嗯。"

"不要装糊涂了。""我就想不通，你们为什么要跟上八路军整天担惊受怕的，他们对你有什么好处？"

"嗨，不是问你？"竹村吐了一口唾沫说。

"还是那句话，不知道你问的是啥？我无话可讲。"胡秉全怒目圆瞪。

"皇军已开辟了中国好大一片疆土，扩展到菲律宾等东南亚，东亚共荣、王国乐土很快就要实现。到那个时候，皇军对你的好处是大大的。"竹村假惺惺地说。

"你们是侵略者，从一九三二年开始就入侵中国，所到之处，烧杀掠抢，无恶不作，罄竹难书，你们是民族和人类的罪人……"胡秉全振振有词。

"住口。"竹村牙关咬得咯咯作响。

"这是你不要我说了吧？"胡秉全反问。

“哼，我不让你说这些。”竹村冷哼一声道。

“是的，我们没有共同语言，不共戴天。”胡秉全义正词严。

敌人你怨我，我恨你，全乱套了。

一道阳光挤进窗台缝隙，扑入眼帘。胡秉全心里敞亮了许多，笑道：

“哈哈哈……”

“司令，今天的事登报不？”记者凑上前请示道。

“不想活了，快把胶卷烧了！”竹村青筋暴露，狠狠地说。

“啊……哈哈哈……”胡秉全的笑声更响了。

“快堵住他的嘴，押进牢房！”

“好啦，你真是敬酒不吃吃罚酒，那就等着吧。”竹村的嘴唇开始抽搐：“来人，把他带下去。”

留滞场审讯室，昏暗的灯光洒在房间，不自觉地形成一种压迫感。

车轮战的审问，让胡秉全紧绷的神经到了临界点。

“胡先生，把该招的都早点招了吧！对你对我们都好。”竹村“好心”地劝说着。

“我没做过的事情我是不会承认的。”胡秉全拒不承认。

竹村朝着同伴李瘸子使了一个眼色，李瘸子关掉了审讯室的所有摄像头。

竹村站起身一步一步朝着胡秉全走去。

“你们要做什么！”

“胡先生，不要紧张，审问了这么久，身体难免僵硬了些，我们兄弟两个帮你放松放松筋骨。”说话的人先一步挥出了拳头，打在了胡秉全的脸上，把他从椅子上打到了地上。

“你们这是动用私刑！这是犯法的！”胡秉全从地上爬起来，擦了擦嘴角的血迹。

“在这里，我们就是法！”审讯的两个人把胡秉全包围，李瘸子用力踹上了胡秉全的腹部，把他踹到了角落，如雨滴般密集的拳头落在了他的身上。

十分钟之后，两个人打累了，才停下了动作。

胡秉全衣服凌乱，虚弱地靠在墙角，脸上却没有明显的伤痕。

“说吧，到底有没有与王兴接头？”

“我说过了，我没有。等我出去以后，我一定要告你们动用私刑！”

竹村嗤笑一声，“告？你有证据吗？”

胡秉全沉默不语，确实，他没有证据。

“胡先生，我再给你一点时间考虑，希望下一次会有不一样的答案。”竹村整理了衣服走了出去。

“咣当！”大门关上。胡秉全闭上眼睛，身体顺着墙体缓缓滑落，躺在地上长长地呼出一口气，平复着紧绷的情绪。

走进几个警手，李瘸子躲到一处角落，对着电话那头的人点头哈腰：

“我办事，大队长放心，绝对会让他受不少皮肉之苦。”

“好，那就看你的吧。”

“让他坐老虎凳，看他还老实不老实。”见老虎凳被抬了出来，李瘸子对一个警手便发话了。

留滞场里的这老虎凳，横凳长约一米五，靠背约莫有半米高。这老虎凳与别的老虎凳一样，靠背是垂直于横凳的。

李瘸子那嗓子一吼完，警手已经强行把胡秉全给抬到老虎凳上去了。

警手们让胡秉全的后背死死贴在了老虎凳的靠背上，然后把他的双手别在了靠背的背后，接着用绳子将他的双手死死捆住了。在绑好手臂之后，警手们又把胡秉全的大腿死死地缠在了老虎凳的横凳上。

绑好之后，就该上刑了。此时，一警手已经去找了三块青砖过来了。

就在警手准备往胡秉全的脚底下塞砖的时候，李瘸子突然说：

“等一下。”

李瘸子便拿起一根绳子，一瘸一拐地向着胡秉全走去。

只见，李瘸子走到胡秉全跟前，用手中那绳子在胡秉全的膝盖上缠了两圈。这样，胡秉全的膝盖窝就紧紧地贴在老虎凳上了。缠好之后，李瘸子在老虎凳横凳的正下方打了个死结。

“行了，用不着那么紧。”旁边的警手们说。

“别废话了，快塞砖。”李瘸子已经有些急不可耐了。

“好。”警手应了一句，然后便塞了一块砖在胡秉全的脚底下。

“哎哟！”

砖刚一塞到胡秉全的脚底下，胡秉全便吼叫了起来。

对于李瘸子来说，胡秉全叫得越惨，他这心里就越痛快。就在李瘸子准备加第二块砖的时候，他发现胡秉全的脚掌在乱动。

胡秉全虽然仍然是在叫，但李瘸子听得出来，他的叫声已没有开始那么凄惨了。

只见，李瘸子去拿了一根细绳过来。他先是脱了胡秉全脚上穿着的布鞋，然后用细绳的中间部分把胡秉全的两个大脚趾头死死地绑在了一起。

在绑好之后，李瘸子便用手把胡秉全的脚尖往下压。当胡秉全的踝关节弯曲到六十度之后，李瘸子便把细绳的两个绳头用力地往下拉了一下。在拉完之后，李瘸子用细绳在胡秉全的小腿上缠了几圈，然后打了个死结。

这样绑完之后，胡秉全的两个大脚趾头已被绳子扯得脚指甲朝下了。现在，胡秉全的双腿、双脚被紧紧绑在一起，不能活动。此时的胡秉全，不仅在坐老虎凳时丝毫不能挣扎，即便是双脚被加用刑罚，痛苦万分，也是不能挣扎的。

“这下，他这脚就乱动不了了。”张瘸子很得意地对着警手们说道。

“好，胡秉全这作恶多端的，就得这么收拾他。”一警手接过了张瘸子的话。

说完这话之后，这个警手便拿起了一块青砖，塞在了胡秉全的脚下。

这一次，因为两个大脚趾头被绑在了一起，胡秉全是彻底不能动了。因此，这次的痛苦，比上次的多了不止十倍。

上一次，胡秉全最多也只是哀号。这一次，他不仅叫得很惨，而且连眼泪和汗水都给痛出来了。

见胡秉全越叫越凄惨，旁边的一个警手便又拿了块青砖想往胡秉全脚底下塞。就在即将动手之时，李瘸子阻止了他：

“这砖先不忙加，现在他已经受了刑了，要他还不老实认罪，再加这砖也不迟。”

李瘸子说完，便转身问胡秉全：“你是不是还觉得不过瘾？”

胡秉全无言以对。

现在，距竹村离开已有一个多小时了，算算时间，他也该来了。李瘸子知道竹村就要来了，再加上他已经受刑了，也就装不下去了。

“你是还装吗？”

“啊呀，你们这些畜生，是又怎么样，不是又怎么样？反正全都得死！”忍了这么久，胡秉全再也忍不下去了。

“给他加砖，给他加砖！”见胡秉全这么放肆，警手们当然不买他的账，立马便咬牙切齿起来。

“投降还是不投降？”

“今天不是我给你们投降，而是你们向共产党投降，红色交通线上的游击队、八路军所向披靡，你们就像秋风扫落叶、风卷残云般哗啦啦全部完蛋！这就是我给你们的说法，这就是我给你们的交代！”胡秉全慷慨激昂、义正词严，声震梁尘。

“不投降就算了，等着送他到鬼门关吧！”就在警手们吵嚷着“投降还是不投降？”的时候，一个刺耳的，让人不寒而栗的声音传来了。

如此这般咆哮的，是那一脸凶神恶煞，跑得气喘吁吁进来的竹村，后面跟着“大门”“佐藤”。

敌人因问不下结果，就用火柱烫、灌冷水等刑法集中力量审问工务段的几人。敌人朝樊利笋脑袋顶上放了一支枪，吓坏了他。

一个翻译把樊利笋叫到另一个房内说：“别人已都承认了，你还瞒什么，否则有性命危险。”

樊利笋当即全部招认，并说李全耀给他们的策反表格在吴远征家的炕洞旁边的实炕段一块方砖下藏着。随即敌人从白石村吴远征家搜走了三张表，空白未填。

审讯之后，有三人被放走。

二十四

忽闻子夏有仙山，山在虚无缥缈间。

“草上飞”民团们说的山寨，其实就是子夏山，所谓山寨大堂就是隐堂洞。

子夏山因位列“七十二贤”第四名的子夏而得名。孔子高徒、魏文侯之师子夏晚年退隐于此，设教西河，故唐朝时玄宗改称此山为“子夏山”。山上有一石窟号称隐堂洞，亦称子夏室、隐唐洞。

隐堂洞石室洞口高约三米，宽近五米，洞内深约二十五米，高约十米，占地面积百余平方米。洞壁上刻有浮雕佛像，洞口的上方绘有佛教中的火焰图。

文水又南，径县子右会隐泉口，水出谒泉山之上顶。俗云雨愆时，是谒是祷，故山得其名，非所详也，其山石崖绝险，壁立天固，崖半有一石室去地可五十余丈，有层松饰岩，列柏绮望，惟西侧一处，得历级升陟，顶上平地一十许顷。沙门释僧光表建二刹。泉发于两寺之间，东流沥石，沿注山下，又东，津渠隐，没而不恒流，故有隐之名矣。

早在隋开皇五年之前，便有贤士前来拜谒、勒石，石室阑额上便有“西河巨镇”“子夏遗称”“僧光旧迹”的评价，题字笔意古拙，为隶楷过渡体，其艺术价值远远超越被誉为天下隋碑第一的《龙藏寺碑》，是国内屈指可数的中国早期摩崖石刻艺术的瑰宝。洞区它处多凿刻唐、宋、明、清后人题刻，刀痕斑驳错杂，让人追想后世信众香火的兴旺。尤以唐太宗秘书少鉴、书法家虞世南石刻手迹："石门宕雪"为稀世佳作，是目前国内现存虞世南唯一的原始书法石刻。

上有石室，去地五十余丈，层松岩，列柏倚壁，相传子夏退老居此。相传，春秋时，孔子门徒卜子夏退老居西河，在此山上的石室中设教讲学，教授出政治家李克、军事家吴起，以及贤士段干木、田子方等。卜子夏也是战国时期魏文侯求贤若渴之师，汾阳至今有"文侯村"名，相传即魏文侯当年居此；旧城东关今存有"楼西街"，古称"庐士街"，据说就是因段干木故居而得名。有"子夏祠"，元代至正十年在祠内拓建，敕额"卜山书院"，庙院内有正厅三楹，原珞神阁，内奉孔子、子夏等牌位。书院占地约七亩，三节院落，前院有泮池扬波，石径通幽，池上架石拱桥，书院分设于东西两厢。

薄德禄甘居子夏山，源于演武村的子夏庙，觉得自己与道家有缘，自己虽缺乏仙风，可也需增强道骨。他以前经常出入于子夏庙，他走庙里门院驾轻就熟。庙的偏院，南有一大门，大门西有一小门。走进大门，为下院，有东西厢房。东厢房南有一小门，可进出戏场院。中院东厢房两间，西厢房两间。上院子夏殿坐北朝南，三间大殿位于正中供奉着卜子夏，西有三间真武殿，东有三间龙王殿，灰瓦铺顶。东厢房三间，西厢房三间，为十八罗汉殿。十八罗汉全为铁罗汉，一人多高。都有底座。神采非凡，大气磅礴，为中国古代铸造精品。上房廊下有一小门，可西通偏院太上老君庙。整座子夏庙宇群，苍松翠柏，郁郁葱葱，清幽而宁静。

有人说，迷路的人，只要看到演武子夏庙的魁星楼，就能辨别回家的方向。魁星楼，是古镇人离去时回首远望，归来时翘首遥望的绝美路标。没有了魁星楼，真不知有多少人迷失了回家的方向，迷惘了多少人奋斗的目标啊！

到了卜山山寨大堂，黄铁妹的蒙眼布才被取下来，而夏蝶她们也被从袋子中放了出来，不过腿还捆着，坐在旁边的椅子上。

“来啊，还不把二奶嘴上的布取下松绑？”管家是个虎背熊腰的中年汉子，大声喝道。

黄铁妹嘴里的布条被取了出来，长吁了一口气，然后微笑着对管家说道：“怎么，我都当你们的寨二奶一个多月了，还信不过我吗？每次回来都要绑来绑去，真有点麻烦呢……”

“呵呵，二奶受苦了，但这是圈内定下的规矩，我也没办法，委屈二奶了，待会我一定让卜老大好好地‘犒劳’你，哈哈哈……”管家笑着拍了拍一旁坐着的卜老大，卜老大是个四十多岁的帅气男子，坐在管家的位置边，假装会意地笑了笑。

夏蝶的蒙眼布也被摘了下来，她一看所谓的卜老大，原来是常住白石三官庙二区的国民党特派员薄德禄，薄德禄也认出是她，且他们也是老相好。不过夏蝶的嘴还堵着，她扭动着身子假装想要挣扎，不过却被人按住了。

“这就是二奶找的新妞？很不错啊，太美了，赶紧问问是哪家的闺女，一定能回收个大价钱。”薄德禄假惺惺地说。

“要不，管家大人先‘验验货’？”

卜老大看见管家色眯眯的眼神，假意问道。

“想是想啊，不过如果是黄花闺女破了身子，这价钱就不……这个就不要了，给我个其他妞儿也就知足了。”管家摸了摸下巴为难地说道。

“怪不得你是管家，还是你想得远啦，那好，我先去问问？”卜老大顺势说道：“好，带下去吧。”

原来，薄德禄是把卜山书院当了山寨的牢房。在牢房里，夏蝶的堵嘴布终于被拿了下来，她的下巴都快脱臼了，她大呼了几口气，对着卜老大说道：“真不知道是你，和你碰个面还真不容易啊，又是捆又是堵的，折腾了那么久。”

“呵，委屈你了，别见怪，这样才安全。”卜老大笑了笑。

“上峰派我来……”

“我们知道，呵呵，你的日本上峰派你来想把我们一网打尽是吧？”卜老大突然变了脸色说道。

夏蝶一惊，不知道对方是怎么那么快就知道消息的，但是仍然故作镇定地答道：“你说什么？什么日本人？”

“夏蝶小姐，别装了，好危险，我们也是一个小时前刚刚收到的紧急情报，你乔装成已经被捕的于常娥来和我们接头，可惜却掉进了我们早已经布好的陷阱。”卜老大和黄铁妹笑着说道。

听到对方连来龙去脉都知道，夏蝶大吃一惊，脑子里飞快思索着，到底是哪个环节走漏了风声，但是只好硬着头皮装下去：“不要误会，这一次我是代表八路军、也是你们国共联合体来的！你们这样做，上峰怪罪下来，是要掉脑袋的！”

“哈哈哈，事到如今还要装吗？好，我让你装！”

卜老大笑着接过黄铁妹递过来的几团布巾，捏住了夏蝶的嘴巴，一团接一团的塞了进去。

“你们干什么？呜？……呜！”

夏蝶的嘴巴被越塞越紧，慢慢地重新鼓起来，然后黄铁妹用一条黑色布巾将围着夏蝶的脑袋绕几圈绑死。

“日本女间谍，老实点!”黄铁妹厉声喝道，和刚才的温和态度截然相反。

少许，管家就来到了牢房，问卜老大询谈得怎么样了。

卜老大假装很沮丧地说：“她们四人中，其中三个人是本地人，一个是日本人，都是新民中学的英语教师，到必要时候是想去投奔日本人的，听说日本人给的钱多，校长、副校长可再做点别的事情，其他普通教师只能做慰安妇了。”

“不仅是共产党恨日本人，哼，老子们也最讨厌小日本了，她们还想去给日本人当婊子，一定不是什么好货。”管家说。

“大管家说得是，新的情报看来是得不到了，刚才她还想咬舌自尽来着，所以千万要一直堵着她的嘴，把她留给我；剩下的，对了，那个副校长叫什么来着？”

“听黄铁妹说，她叫尹慧凡。”

“把尹慧凡关在我旁边的那个房间里，立即松绑，门外留人看住就行。”

“老大，她可是个日本人啊。”

“对，就因为人家是日本人……当然现在还不能叫国际友人。可我们如果成了亡国奴，人家就是我们的主人了。”

“……也是，按你说的办。”管家刚才还谈日色变，火冒三丈，现在听老大这么弯弯绕了半天，他也绕糊涂了。

“哈哈，剩下的，就任凭你管家和弟兄们处置了。”卜老大笑道。

“就剩两个了。”管家心里有数。

“现在日本人还不知道，他们的事情已经败露了，八路军也不知道这件事，我们也许可以将计就计。”黄铁妹笑着说道。

“对，我也在想这事，咱们尽量赚日本人一笔，不能便宜了他们，好在通过这次试探，看来管家恨日本人，对我们今后的行动非常有利……”卜老大说道。

二十五

平静的一个下午安然度过。

伴随着傍晚门锁上传来的声音，胡秉全的眼睛便随之睁了开来。映入眼帘的，是三个身穿盔甲的宪兵。

“带他走！”

其中一人一声令下，另外两个卫兵便来到了胡秉全的身边，用一条铁链反手将他绑了起来。

只是平静地站着，胡秉全并没有任何反抗的意思，他知道，这一刻终于是要来了。

“恶心！”

一宪兵朝地上啐了一口，推搡着胡秉全，将他从审讯室后面的牢房中带了出来。

低沉着面孔，胡秉全并没有因为宪兵的蔑视而愤怒，说实话，这种情况他早已经见多不怪了。

走出审讯室，外面的夕阳透露着一丝温暖的感觉。而在街道两旁，让胡秉全颇为惊讶的是，每隔一段距离便能够看到一个严阵以待的卫兵，他们个个全副武装，矗立在街道两旁，长枪枪尖在晚霞的照耀下闪烁着寒光。

“好大的阵势……”

胡秉全无奈一笑，看着自己身后像是遛狗一样牵着的铁链，生怕自己逃跑的卫兵，不知道该不该为自己所获得的特殊待遇而高兴。

“弄这么多人来，你们就这么怕我们跑掉吗？”

“呵，你以为派这么多人来只是为了防你吗？”

卫兵鄙夷地瞪了胡秉全一眼，而后，就在他诧异的目光下，忽然从街道口涌现了一波又一波的人流。

人群拥挤着，推搡着，愤怒的吼声如同雷鸣，如同钟鼓，一阵接一阵在他们的四周爆发着。

这一刻，胡秉全傻眼了。

“懂了吧，这就是那些卫兵的作用！如果没有他们的话，恐怕不等到达刑场，你早就被愤怒的民众给打死了！”

卫兵的话说反了，但如同一下接一下的撞木，打击在了胡秉全的内心中。

他看着那和卫兵不断推搡着的民众，有男人，有女人，有年纪大的，也有年纪小的。他们一个个都像是炸了毛似的，各色各异的瞳孔，喷吐出了无形的愤怒火舌！

寒风呼啸着肆虐在子夏山脉。

云幕低垂，飘动着黑灰色厚重云絮。阴霾像口铁锅般扣在头顶，压得人喘不过气来。鹅卵石河滩上，雪片夹在狂风中掠过，枯枝败叶在空中飘舞。蜿蜒九曲的汾河道四周渺无人迹，孤零零几颗穿天杨突兀而立，枝干如剑戟直刺天空。远处隐隐传来隆隆的马达声，一辆日式中吉普和两辆蒙着帆布的六轮大道卡车亮着刺眼的前大灯，在汾平公路上沿河畔沟壑穿过雪幕颠簸着由远渐近。底盘很高的日本卡车轱辘辗压在鹅卵石上，如翻锅炒豆子般晃荡。中吉普司机不停猛踩油门，发动机发出“吱，吱”的刺耳轰鸣，可车轮只是打着泥浆在原地空转。车队在坑洼泥泞的河滩戛然而止，紧跟后面的卡车东倒西歪陷入泥坑。

胡秉全清楚地看见咬得自己遍体鳞伤的平遥警务段每一张脸孔。他们的红眼眼睁大得如噬人的饿狼，燃烧着熊熊的火焰。许多大拳头、小拳头早已沾满了他脸上的鲜血，并在空中挥舞成一片甚是好看的血雨。

“打死他！”

“打死他！”

“打死这个不知好歹的东西！”

他的嘴巴塞满了拳头，舌头扯破了，高耸的鼻梁塌歪了。他毫无招架的余地，但是，他仍可以用脑子思想。闪亮的利刀从刚打开的沉甸甸的铁门外突然飞入，他活动在黑夜中的瞳孔立即本能地收缩。他举起瘦弱的双手，企图阻挡这道刺人的亮光，思考中的清晰画面却马上如停电般在脑海中消逝得无影无踪，只看见敌人黑靴上映出自己那枯槁的脸。

他双手被捆绑在身后，艰难地扭动着被挤得变形的身子，在这群疯狂野兽血盆大口的齿缝里挣扎着。这大概是他这辈子最漫长的一段路程吧！

刑场位于平遥西郊一个山坡的凹地里，一面是平地，一面是立陡的黄土坡，周围是荒凉的丘陵，附近没有树木，没有房屋，没有人烟。天色已经渐暗的法场上空，不时有成群的乌鸦盘旋着，发出“哇——哇——”的叫声。

“扑通通”，从遮篷卡车的车尾跳下来十几个头戴钢盔、手持冲锋枪的宪兵和穿黑色立领中山装的警务段的特务。

穿短款日式棉军大衣的宪兵挥舞着手枪，拆卸着卡车后挡板，边大声喊：“快，把犯人押解下来！”

凛冽寒风夹杂着细沙带着刺耳的怪叫声打在脸上，令人不敢张嘴透气。几支手电筒的光线划破风雪夜空。急促脚步将藏在枯草里的野兔惊吓得四处乱窜。凄厉的风声给河滩平添了几分恐怖。

驻平遥日军司令朱太君推开吉普车门缓缓迈腿下来，皮鞋踩入泥泞，浸湿鞋帮和裤脚。他皱起眉头，伸手将大衣毛领竖起裹紧脖颈，又接过身后卫士递来的围巾，半勒在鼻梁上，仅露出凹陷的眼眶和凸起的颧骨。他全权负责本次行刑。朱太君抬颌朝正嫌冷搓手的城防司令部刘参谋和对眼镜镜片哈气擦拭的佐藤、竹村几人打个招呼。

几个日军警卫紧跟司令身后，费力蹚雪向前踉跄走去。竹村斜背黄色值星带，皮手枪套晃荡拍打着后腰，他是行刑的“监斩官”。

“准备行刑！”朱太君下令。

“是！”行刑官并脚敬礼。

行刑队由驻平遥日军、平遥火车站警务段联合组成。头戴白钢盔的宪兵手持日式冲锋枪，枪身在纷乱的手电筒光的照耀下泛着冷冷的瓦蓝色。

行刑官挥舞左轮手枪，压低嘶哑嗓门命令宪兵从车厢驱赶下来十个衣衫褴褛、手戴铐、脚砸镣的囚犯。

宪兵挥动枪托，吆喝：“快走！”

押解他们的士兵将冲锋枪横在胸前，打开防尘盖、拉开枪栓。两辆押送卡车厢尾部，分别架起机枪，弹链上膛，枪机拉得“咔咔”响。

“快点儿往深挖，猫盖屎呢？”大门恶狠狠地对专门从警务段提出来挖尸坑的两个刑事犯呵斥。

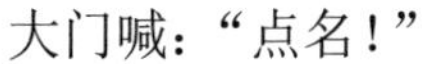

大门喊：“点名！”

“十个死囚，没错。”一警手道。

他们十个人被宪兵呵斥、推搡着，拖着沉重脚镣向河滩移动。走在排头背铐又用麻绳五花大绑的是胡秉全。胡秉全衣衫褴褛，挣扎着操汾阳东村口音咒骂，被身后宪兵狠扯脖颈绑绳直至勒昏过去一阵。

胡秉全渐渐进入梦乡：见一双冰冷的眼睛，透过黑压压的人群，模糊地在他碎裂的眼睛前出现。她黑眸子里刮起的风暴，令他相信她是存心把自己推上刑场的。她不是来送行的，和来围观的人也不一样，她——夏蝶，成为指控他们的现场目击证人。

佐藤对夏蝶说：“这个人作战彪悍，在汾阳城逃亡中打死了好几个日军士兵。弹尽眼看就要被俘时他死命抵抗，用枪托又砸死俺一个班长。夜儿个（昨天）审讯时，他企图掐死看守夺枪逃跑。”

“宪兵对他下手要格外狠些。”

“噢！”行刑官哼了一声。

竹村围巾半遮脸又逆着风，声嘶力竭地宣读判决书。狂风中谁也听不清楚他在说什么：“共党匪谍……煽动警手叛乱，泄露皇军机密，勾结游击队、八路军破坏铁路、攻打火车站，唆使民众反对皇军，抢劫皇军粮食、弹药等物质……干扰皇军阻击八路途径白石北上、南下……”

囚犯队列里有个人骂了一句，被一宪兵用枪托在背上重重地砸了一下。

宪兵开始检查枪支，推弹上膛，打开保险机。

行刑官腮皮沓沓，爱习惯性眨巴眼。他按程序验明正身后开口问胡秉全：

“有没有遗言？”

他们挪动脚并肩站在一起，嘴唇嚅动，嘴角却紧闭像咬死的钳子。

朱太君下令：“行刑！”

两个宪兵把胡秉全架到一米多深的土坑前，往下看，坑底裸露着头骷髅、白骨段和野狗撕碎的破衣布条。

“呲毛货，别下手还不如娘们。”胡秉全硬气地说。

胡秉全踢掉磨烂的千层底布鞋，光脚站在泥泞雪地里，似乎想更接地气。

在河滩刑场，胡秉全抬头望混沌天空，自言自语：“豹死留皮，雁过留声。俺仰不愧于天，俯不怍于地。宁可丧命，也不苟活！”

身边的弟兄愁得底脑（头）上起疙瘩儿，拱手道别：“胡兄，走好！”

胡秉全深一脚浅一脚地往前走了几步，他要求行刑时双眼不绑上黑布，这是头一遭，连宪兵们也吃惊。

胡秉全残忍地被日本鬼子杀戮之后，一起押来的也当场被敌人枪杀。

火车向白石驶向野外。

临城火车站静悄悄的，远处只有一些树在风的吹动下摇晃着。胡秉全发送的情报早已让游击队做好接应，他们满怀豪情壮志准备用枪轰炸药包。

二十六

铺子灯火黯淡。

这天白石铺又来了一位打扮入时的女人，烫过的微卷长发，穿着蓝色的碎花短襟短袖旗袍、白色的丝袜和高跟鞋，高挑的身段非常惹人注目。

那女人径直走到了小伙计的面前，说道："伙计，我来这找个人。"

"喔，不知道小姐要找什么人呢？"

"一个亲戚，她比我先走几天，可能会住在你们这儿。"

小伙计一听，怪了，竟然和之前来接头的日本女特务说的一样，也知道接头暗语，马上警觉起来。

"怎么可能？难道日本人又派了一个人来？不会，这样的话，那个夏蝶不就曝光了？"小伙计奇怪地揣摩着，自己做不了主，把事情告了老板。

请示后，铺老板吩咐小伙计及其他人照例把于常娥捆绑上山。

"老大，铺子里又送上来的那个女人，已经到了，怎么办？"管家小心地问。

"先松绑，然后直接带她进来吧。"卜老大说。

待小伙计将那女人引进房间，躲在一边的卜老大立刻从后

面扑上去，扭住女人的手腕。

那女人训练有素，立刻反身和卜老大斗起来，反身抬腿，一百八十度直接踢到了卜老大的脸上，然后转身高跟鞋一踹，尖利的鞋跟正踏在刚刚闪开的卜老大旁边的门板上。

黄铁妹赶紧起身，从后面扭住了女人的手腕，然后卜老大掏出手枪，对着女人说：“别动，你是什么人？”

原来，这位女人是于常娥。那天，她被日本特务塞进车后，又被我方半路营救。

那女人微微一笑，停止了反抗，不紧不慢地说：“我叫于常娥，这就是你们国民党的待客之道吗？”卜老大心中一惊，对方竟然知道自己的身份，他打量了一下这个女人。

黄铁妹在背后问道：“你到底是什么人？来这有什么目的？”

“快，我要见你们的头，我有重要事情和他说。”于常娥说道。

“你以为这是什么地方，笑话，你说见就见？你是什么人，你刚才那一脚差点要了我的命。”卜老大说道。

“人不犯我我不犯人，那还不是你先偷袭我的，我不是什么日本人的特务，我是中国人，快带我去见你们头，不然就晚了。”于常娥咄咄逼人。

“谁知道你有什么不可告人的目的，在搞清楚之前，想都别想。”卜老大说道。

“哼，小心是没错，但是现在没时间耽误了，八路军来了对你们不利，如果不相信我的话，你们可以把我绑起来带去见他，我是中共地下党员。”于常娥昂起头说道。

“共党？”卜老大和黄铁妹都惊愕道。

卜老大想了一下，对黄铁妹说："再捆起来。"

于是，黄铁妹拿着绳子，麻利地将于常娥照捆夏蝶的姿势双手反剪，五花大绑，将她的胳膊勒得凹凸不平。然而，于常娥则是微笑着任由她捆。

"我腿上可不长眼的，要不要把我那双差点要了你命的双腿也捆上？省得你们担心。"于常娥一点也不害怕，微笑着问道。

"用不着你考虑，你放心，你不说我们也会捆的。"卜老大摸了摸额头上渗出的血迹，让黄铁妹蹲下来，将于常娥那双腿用绳子仔细的捆在一起。

"提醒一下，你可捆好了，不然他等一下有什么坏心眼再挨上我一脚，可是会怪罪你的。"于常娥笑着对黄铁妹说。

"没见过你这样的女人，嘴真贫。"说着，黄铁妹忍不住笑道，不过还是认真的将于常娥的双腿死死地捆好了。

"好繁缛呀，好了，都捆完了，是不是还要蒙上眼才肯带我去见你们头呢？我可说在前头，情报紧急，晚了误了事，不仅我完不成任务，你们也担待不起。"于常娥说道。

"我就是卜老大，你到底有什么事？"卜老大说道。

"恕我有眼无珠，哼，原来你就是头？也罢，时间紧迫，已经来不及顾那么多了，即使你不是，由你转达也是一样的。"于常娥说道。

"我们在平遥敌工科的地下组织得到情报，你们在白石铺的老窝已经被日本人捣毁了，日本人已经派了一个叫夏蝶的日本女特务冒充我来和你们接头，千万别被她骗了。"于常娥说道。

卜老大和黄铁妹又是一惊，这些连共党都知道？共党的眼线是无处不在啊。

黄铁妹看着卜老大，似乎要询问他怎么处置这个女共产党。

“啊，稍等一会儿。”说着，卜老大拿了条巾，捏住于常娥的嘴巴塞了进去，然后和黄铁妹出了房间。

“呜……”于常娥反抗着。

“今非昔比，她和那些日本女间谍是完全不一样的，她也是一片好意，虽然那个日本女特务我们已经抓住了，她肯冒险直接来我们这里很难得啊，我看赶紧放了人家吧。”黄铁妹说道。

“我们时刻要保存清醒，别忘了她可是共党。”卜老大提醒道。

“可是现在不是国共合作时期吗？现在的首要目的是打日本人啊。”黄铁妹说，看来她的统一战线观念比他还牢固。

“小儿科，小儿科，呵呵，也只有你们这样年轻的女人，相信国共合作，你听我说，国民党和共产党的政治理念完全不同，甚至水火不容，日本人也许打个几年、十年，那之后呢？还不是国共争天下，国共的内战是迟早的事情，所以国民党表面上是与共产党一起抗日，实际上是在借机发展自己的势力，共党时刻都要防备啊。”卜老大虽年龄不大，还有点老谋深算。

“可，可是她？”黄铁妹侧重于个人角度的同情心问道。

“我告诉你，既然国共内战是迟早的事，我们的组织和情报被她们了解得越多，对我们越不利，反过来，也是一样的，而且她的目的是不是单纯地来给情报，还不一定，如果她借机了解了我们的人事和联络点，今后就是心腹大患。

“那怎么办？总不能把她给……”黄铁妹似乎有些不忍。

“你放心，我不会，现在毕竟表面上还是国共合作时期，而且人家毕竟是说来取情报的，糟糕就糟糕在我们放她进来，并且让她知道了我们的身份，所以轻易是不能放她回去的。”卜老大狡诈道。

“难道要带她入隐堂洞？”

“哦，哦……那更不能了，山寨隐堂洞那个据点是我们最后的秘密，绝不能让共党知道。”卜老大想了一会。

“这样吧，先找个借口把她扣押下来，合适的时候再放她回去。”

“有什么合适，什么是合适的时候？”

“呵呵，那可难说了……先照着做吧。”

“不好意思，你是冒着危险来取重要情报的，现在我们是一家人，按理说不该为难你，不过你的身份和情报的真实，我们还要请示上峰核实一下，所以先委屈你了。”卜老大吸了一口烟和黄铁妹走进房间，对着被堵着嘴的于常娥说道。

黄铁妹蹲下来，对于常娥说道：“对不住了啊，希望你能理解。”

于常娥虽然有些惊讶对方不打算放开自己，但是还是点了点头，似乎完全不知道那个日本女特务带的女教师已经被卜老大抓住，生死不明。

“这里人的成分很复杂，为了不被日本人的眼线发现，还得委屈你一下。”黄铁妹说着和卜老大将于常娥抱起，抬到了与卜老大隔板房间的床上。

“呜？”于常娥睁大了媚眼看着他们，不知道他们还打算怎么“委屈”自己。

卜老大和黄铁妹带人将于常娥送进卜老大只隔一板的房间，把她的双腿朝背后一折，将于常娥捆成驷马攒蹄，于常娥的身体柔韧很好，全身被弯曲成一个圈，依然没问题，两人将她的身子捆成一团，高跟鞋都快顶到了后脑才停下，然后将她身体侧放过来，用一块旧被子盖上，然后跟她说去“核实”走出了房间。

“呜，呜，呜！”于常娥被捆成一团放在床上，呜呜地发出呻吟的声音，也不知道卜老大他们什么时候才能相信自己。

让黄铁妹看好于常娥，卜老大一个人暂回到山下。既然夏蝶和于常娥都知道了这家白石铺，那就不能让手下人再待了，不过夏蝶被抓的消息，日本人并不知道，所以为了不暴露夏蝶的身份，估计一时半会儿，日本人还不会来查，不过暗中监视是少不了的，好在白石铺下有条暗道，可以神不知鬼不觉地转移。

卜老大从白石铺回到山寨，问起管家那两个女教师怎么样了。

“丢到地牢里去了。”管家说道。

于常娥被捆了好久，手脚都有些麻了，嘴巴被长时间堵着，下巴都有些酸肿，在床上等了好长时间，见黄铁妹却丝毫没有放开她的意思，有些急了，呜呜地叫了起来。

“于小姐，”黄铁妹走过来，取下了她嘴巴上的毛巾问道：“怎么了？”

“我提醒你们，这可不是第一次国内战争时期，现在咱们是国共合作，你们到底打算把我捆到什么时候呢？我冒着危险来取情报，你们就这样对我啊？”于常娥问道。

“遇上正规国军有可能不至于如此，真是对不住呢，可是老大不发话，我也不能放你走啊，现在他不在，还得委屈你了。”黄铁妹笑着将那团毛巾又往于常娥的嘴里塞去。

“再等？呜呜呜！”于常娥一脸不甘，但是嘴巴又被再次堵死了，她扭动着被捆成一团的身体挣扎着，似乎在后悔当初那么爽快地让对方把自己捆起来。

这时候老板走了进来，对黄铁妹说道：“一切都准备好了，随时可以转移。”

“见机行事，等候老大的命令行事。”黄铁妹说道。

不一会儿，卜老大来了，将黄铁妹叫出门去说道：“转移的事先不忙，也许这个地方还能派上点用场。”卜老大狡黠地说道。

“哦，你是说？”

“待会再告诉你，对了，那个共党女人还老实吧？”

“嗯，被捆成粽似的，想不老实也不行啊，到底怎么处置她呢？”黄铁妹问道。

“考虑过了，我打算再利用山下白石这个铺子，钓几个日本特工上钩，他们无法联系到夏蝶，又急于获得情报，一定会不择手段地想再派人打入我们这边和夏蝶联系上，所以……”

二十七

不知谁作古乐府，如今流传常娥篇。

于常娥仅一会儿工夫便自己解开了捆住双手的绳子，翻开了卜老大的公文包，在里面翻找着，不一会儿便找到了那条褐红色的毛巾，轻轻地揭开以后，将缝在毛巾里的内容，用桌上的纸和笔誊抄了一份，抄了之后，再原封不动地放回去。然后，她回到隔板那边的房间，又拿起解下的绳子，重新背过手去，自己捆起自己来，不一会儿就按照原样，将自己的双手再次反捆到了背后，然后她坐回原位。

过了一会儿，卜老大醒了过来，虽然身体很疲惫，但是似乎有要事在身的样子，急忙爬起来，一看女人还是原姿势睡在自己身边，才舒了一口气，然后他起床，检查了一下自己的公文包，似乎没有被动过的痕迹，这才放心地穿好衣服。

“怎么，要走了吗？”夏蝶装作刚刚睡醒的样子。

“嗯，今晚我不能陪你了，我还有事。”他笑了笑说道。

“来人，用绳子还是把她们捆起来。”夏蝶坐起来背过身去。

“啊，我差点忘了，哈哈哈。”黄铁妹带人拿着绳子过来边捆边笑。

卜老大意识到包里的情报，担心惹出祸害，就索性拿出来烧了。

“哎哎，好好的毛巾烧了干什么？”夏蝶冲着他烧毛巾时毛灰飞起的方向一个劲地叫喊。

“没用了。”

“对你没有用，对我也许有用。”

“没用了。”

“没用，也不一定非要烧，剪碎不也一样吗？”

“反正都是一样的。”

“烧总是觉得不吉利。”

“哦，又一个不利？”

“啥又一个，还有不利吗？”

“今天，日子不利？”

“怎？”

“每年的农历的三月二十五，是我们仁岩村的庙会集日。老人们都说：过了三月二十五的会，还不知道自己在不在？农历的三月二十五日，对于仁岩人来说并不是一个吉利的日子。因此，家里有小孩的人家，提前几天要为孩子准备佛爷爷剪纸，剪纸为佛图像，颜色为大红色，用黄纸装裱，三月二十五这一天用别针别在小孩子的背后或者胳膊上，也有人将佛爷爷剪纸贴在大门上的，以作避邪之用。”

“哦，还有这么一说。”夏蝶诧异道。

“嗯，今天光顾了在这里干这些事了，忘记了将佛爷爷剪纸贴在大门上，还真要出下大乱子哩！”

对面的高坡上，一位留着齐肩短发，穿着红色镂空长摆旗袍和黑色丝网袜的性感年轻女人，正单腿跪在地上，手里握着一把装了消音器的轻型的狙击步枪，瞄准镜中的准星已经锁定在了那个刚刚走出门的卜老大的眉心处。

当他走出几步时，扳机被扣动了，一击毙命，这时从后院冲出好几个草上飞手里拿着手不知所措地寻找着这个躲藏在暗处的冷杀手。

同时，从年轻女人身后冲上一群便衣游击队开枪，打散了草上飞，乱中救出于常娥，于常娥示意活抓夏蝶。一起上车，向平介县敌工科奔去……

果然，卜老大的不祥之兆马上得以验证。卜老大说的，过了三月二十五的会，还不知道自己在不在？作为当地独有的一种民俗，在村里已经流传了上千年了，有人说与孔子门下七十二贤人的子夏先生有关。

卜子夏，少时家贫，苦学而入仕，曾做过鲁国太宰。孔子死后，他来到魏国的西河讲学。授徒三百，当时的名流李克、吴起、田子方、李悝、段干木、公羊高等都是他的学生，连魏文侯都“问乐于子夏”，尊他为师，这就是有名的“西河设教”。

子夏山上有子夏石室，后世有许多名人诗作，都以此事为由题诗铭记。

据《地舆宗要》载：卜子夏哭子丧明处，今名爱子村。

在汾阳，子夏与段干木、田子方一起，被人们称为三贤。子夏山，原名紫化山，也名岩山，子夏山下，爱子村因子夏在此地哭子哭瞎眼而闻名，同样著名的还有桑枣坡（丧子坡）、向子垣（想子垣）等。在距离不远的文水县，更有以东、南、西、北为名的四个夏祠村，昭示着子夏在当地曾经的辉煌。

其实在汾阳，与子夏先生同时出名的，还有魏文侯。魏文侯曾问乐于子夏，并拜子夏为师，文侯、牧庄、尚文、平陆、司马、阳城、田屯、靳屯、段家庄、官村、普会、虞城、虢城、演武、招贤等村庄，都与魏文侯“虞人期猎”“过段庐不轼”等历史典故不谋而合。

子夏当年设教的地点，是子夏山在岩山山腰的一个石窟里，后人称之为子夏石室，他时常到山下来，在山脚下的郭家村歇息小住。

传说那一年，子夏的儿子从遥远的家乡来看望在西河设教的老父亲，启程回家的时候，正好是农历的三月二十五日，恰逢山脚下郭家村古庙会，于是父子在郭家村饮酒话别，可能是杏花村酒美的缘故，子夏的儿子直喝得微醺才作罢，之后依依不舍骑着毛驴离开。

谁曾想，三日后竟传来爱子坠沟身亡的消息，子夏心痛不已。原来，那子夏的儿子因为喝了不少酒，行至汾阳西山桑枣坡的时候，因为没坐稳从驴身上滚落深沟中，那坡故名丧子坡，后改名桑枣坡。

自古道男人人生三大不幸：幼年丧父、中年丧妻、老年丧子，这白发人送黑发人的不幸，是三大不幸之最，这次丧子之痛让子夏痛不欲生。

丧事过后，人们将子夏接到山脚下的郭家村休养，因为他思念儿子时常哭，劝都劝不住，他时常念叨一句话，那就是郭家村的那个古庙会：过了三月二十五的会，不知道自己还在不在？由于触景伤情悲伤过度，眼睛很快就看不见了，为了纪念，人们将郭家村更名为哭子镇，后人因哭字不吉利而改名为爱子村。

为了子夏的身体康复，人们只好将他接到岩山西侧的一个小山村里休养，谁知他在那个小山村里，依旧思儿想儿不已，后人将这个小山村取名想子垣。

子夏的晚年是孤独的，他因丧子而双目失明，过着“群而索居”的生活。

子夏去世后，他的学生们一个个都赶来奔丧，在岩山下的黄土坡上，形成长长的队伍，就如同蜿蜒的水渠一般。后人为了纪念，将这块地方称之为孝子渠。人们在文水县境内建造了子夏祠以作纪念，而村子因为人口众多一分为四，称之为东、西、南、北子夏祠。

自从仁岩村建起子夏庙，爱子村的农历三月二十五古庙会，因为子夏而转到仁岩。为了保佑孩子们平安，人们这天都要为未成年的孩子戴佛爷爷以避邪，这习俗一代一代流传下来了。

经平介县敌工科审讯，夏蝶名为新民学校校长，一直以来是日本间谍，由日军驻汾阳宪兵队所派。日军侵占东北初期，正在哈尔滨日语学院上学的夏若花（当时叫夏若花，后改名夏蝶），被选送东京深造，实际上是进行间谍特训。

审讯中被指控，一次，夏蝶换装穿起了她原来在东京时仅有帽徽可与日军军装区别的间谍特训服，故意进了汾阳宪兵队，鬼子们一看惊奇了。

柳田宛然一笑，说：“夏蝶小姐，你哪来的这衣服？”

她说：“这是我间谍特训时穿过的校服嘛！”

“看你真像个日本人！”柳田说着，她当即唱了几支日本歌曲。其中，有一首歌是《樱花》。

“好！真是大日本帝国的巾帼。”柳田竖起了大拇指。

所有指控，夏蝶都供认不讳。

二十八

恨不抗日死，留作今日羞。国破尚如此，我何惜此头。

走在坑前，胡秉全向朱太君要了一支香烟，大口大口地抽着。令人惊异的是，自进入审讯室的后期就没有抽烟的他却没发出一声咳呛，像一个老烟鬼一样平静地吸着。

“呋——噗——”，终于吸完了。

他小臂一扬，将要把烟头向坑下扔去，可就在那一瞬间，他浑身一震，两只手指以不可思议的敏捷和力度死死夹住了那差点脱手而出的烟头。他收回手来，把烟头拿到眼前，翻转着手腕，像欣赏珍宝一样打量着烟头，长长地叹了一口气，把烟头再次递到嘴边，深吸了一大口，直到烟头燃进了滤嘴，这才依依不舍地捏熄了烟烬。

不知道在即将扔出烟头那一瞬间，他想到了什么！他的生命中曾经有过那么多值得珍惜的东西都被他无情地忽略了，可是在生命的最后一刻，他却对自己在人世间的最后一点点享受感到了珍惜——他要把烟头都带去了另一个世界！

胡秉全重回梦乡：这时，夏蝶察觉到了胡秉全的目光，夏蝶嘴唇动了动，秀眉微蹙，但是最终也没说什么话，将眼睛转了开去。

就算是这个时候，夏蝶依旧不知道该如何面对胡秉全。

知道了这一点，夏蝶感觉有些凄凉，感受着从背部不断传来的冰冷触感，还有人群那针扎一般的目光，紧咬着嘴唇。

“安静！”

行刑官的声音穿透力极强，在他大喊一声之后，民众们愤怒的吼声此时也是逐渐平息了下来。

“犯人胡秉全，面对着天皇青天白日庄严的旗帜，你还有什么想要忏悔的吗？”

“我有话要说。”

在行刑官问出问题之后，胡秉全顿了一下，方才抬起头，面对着下面翘首以盼的众人。

“你有什么想说的？”

“这些话，是我想要对天皇说的。如果他现在在场的话，我一定要和他说这句话：我的今天就是他的明天！”

“混账！你还敢侮辱大日本天皇！”

闻言，行刑官大怒，声音顿时提高了好几倍。与此同时，听到了行刑官的口中竟然蹦出大日本天皇几个字的时候，民众们的怒火再次被点燃了。

胡秉全回头手指胸口问：“今儿是哪位兄弟执行？请开枪时瞄准要害让俺得得劲劲地走。俺这儿谢了！”言毕，他挣扎着扯嗓门用尽力气喊：

“打倒日本军国主义！共产党万岁！”

“呜呜、呜”，宪兵将鹅卵石硬塞进他嘴里再用布条勒紧。

“举枪！瞄准！”

“射击！”

“砰砰！”

手指头大小的一颗子弹，正平稳地由枪膛里射出，并在气流中引起一阵骚动，不偏不倚地向着他的后背冲来。如滑水般在空中前行，溅出火星的子弹，愈来愈接近，逐渐拉远了他与这个世界的距离。一股烫热的感觉蔓延至四肢，蚁咬的痛楚开始从胸部扩散，呆滞的双眼在黑暗中看见许多张牙舞爪的花脸向他咆哮着，并像肿瘤般咬住全身上下。他想反抗，但控制不住自己的颈项，头无力地垂下。

胡秉全栽倒在坑下。

枪声惊飞穿天杨枝杈上咕堆着的小虫儿麻雀。

竹村几乎和验尸官同时来到了尸体旁边，可胡秉全还在喘着粗气，鼻子和嘴涌出带着泡沫的鲜血。行刑者的子弹是从背后打中了他的后胸，他卷曲着侧卧在坑里，睁着眼睛不停地挣扎着。

他开始思索这最后五天的生活，竟是黑漆漆一片，仿如身陷黑色的海洋里，呼叫无门。他尽力让自己在回忆中穿梭，只能看见血淋淋的大、小嘴巴紧紧爬在他身上，拼命啜吸从伤口中流出的浓血，不久之后，黑色海洋燃烧起来了，他又清晰地在红色的嘴巴里发现一张凶神恶煞的圆脸。一桩桩惊心动魄的往事竟然徜徉在那撩人的秋波里，使他不由自主地跌入了一个古老发黄的山谷。

这时，一双纤细的嫩手突然穿过一堵堵的肉墙，开始轻轻地、好似怜悯地抚摸胡秉全的脸上、手上与身上的伤痕。胡秉全使劲地把那还没有稀烂的头颅扭转过来，结果只能看见一张咧开小嘴里面一对洁白的兔子牙上的斑斑血迹。原来，她也是一只嗜血动物，伺机而啜。

宪兵再次端起枪对准胡秉全的脑袋，准备补一枪。

“别打头！”竹村喊了起来：“朱太君有令。”

“兄弟，痛快点吧，太难受了！”胡秉全嘴里吐着带血的泡沫，瞪着眼睛看着竹村，也看着持枪的宪兵。

“好吧，我给你来个痛快的！”

竹村拿过行刑者的刺刀，刺进胡秉全的前胸，胡秉全觉得原本伸手不见五指的眼底，突然光明一片，刺得他再度合上双眼，仿佛进入一个没有重量的世界，好逍遥，好自在，轻飘飘的如一只失线的风筝。当将那把刀再拔出来的时候，他感受不到任何痛楚，血也流干了，所有蠕动的嘴巴，刹那间从身上脱落，化成一堆骷髅。这是胡秉全脑海里画面中断前的唯一深刻印象。

看到竹村杀人不眨眼的凶相和动作，连站在一旁行刑的宪兵都吓得连连向后倒退了几步。

平常枪毙犯人，子弹都是直接打死囚的头部，就会立即死亡，不会做任何的挣扎。原来，朱太君有意要增加胡秉全的痛苦，所以没有直接打他的头部。因为人的脑是没有痛觉的，子弹打中脑袋，人就直接死掉了，没有感觉，没有声音。子弹打中脑壳，然后痛觉信号还没传回大脑皮层、让大脑皮层产生痛觉，人已死了。这个过程十分短暂，毕竟子弹爆头是零点零几秒的事。所以为什么二战的时候日伪军官们自杀喜欢吞子弹。

“全带过来，轮到他们了！”

“起来，你们的时候到了！”虽是故意压低了嗓子，但这是曾令他们振聋发聩的声音。

下蹲，本已成为目前生存的唯一姿势，所以，他们花了一分钟的时间，才让自己重新站立，他们感觉不到双脚的存在。

搀扶着他们往坑边挪步的是从平遥火车站警务段提出来的其他刑事犯。

“举枪！瞄准！”

“射击！”

“砰砰砰砰……”响起一排枪声，全部栽倒在坑里。

大多数一动不动，只有任光普稍微动了一下，五六分钟也闭不上眼睛。这次日伪军才知道，任光普是以药贩做掩护的地下党报务员、交通员。他掌握着白石与平介县地下党情报往来的所有机密。被捕后特务多次刑讯逼供，追要所发电报内容及密码，逼死了他的儿子。

在一次当面对质时，任光普与妻子道别后咬断了自己舌头。

竹村猫腰耸肩，冻得浑身发抖恨不能将头缩进胸腔。他不耐烦地嘟囔：“本来就是秘密处决，干吗还要再多次一举。”他斜睨一眼在发号施令的朱太君，很不高兴地暗想，他捂紧脖领，心说：“管他咧，赶紧完事，离开这鬼地方。”

一个宪兵举起事先准备好的鬼头刀杀死了任光普。

人群里有人看不下去也会吼几声，宪兵没有理会，也许还顾不得理清楚是在骂死者还是在骂自己。

汽车颠簸着行驶在刑场通往平遥县城的一段凹凸不平的土路上。这段土路是走在山岗上，周围显得十分荒凉，汽车发出的震耳欲聋的轰鸣声，似乎冲淡了荒野中的寂静和后面车厢里陪杀场的其他刑事犯带来的惊恐。这些陪杀场的其他刑事犯，都是在白石火车站那次战役中被俘的战士。不一会儿的工夫，汽车下到了山脚下。山脚下的公路穿行在茂密的树林里，路况似乎更差，汽车颠簸得也更厉害些。

这一辆黑暗的汽车的驾驶室里只有佐藤和司机，他俩谁也没说话。佐藤看着自己手腕上的疤痕，想起了在白石火车站那次遇险的经历，对他来说，那次遇险是他人生中第一次遭遇到如此紧张和恐惧的场面，能够活着从白石火车站逃出来已经很幸运了。

佐藤想到，他还得告司机明天要派这个车去刑场，取今天被执行枪决的七个死刑犯的尸首。由于工作上的关系，佐藤安排人经常去刑场拉尸体，对这种事情已经不以为然。

“明天，你还得开车去刑场拉一下。”

“长官，我明天去刑场拉什么呀？”司机问道。

“囚犯的尸体。”佐藤面无表情地回答。

“啊，你是说拉被枪毙的尸体？”司机惊讶地喊道。这个司机是第一次被派去拉尸体，心情有些紧张。

“怕什么？你要是害怕，把车停得远一点儿，在旁边等着我。我记得在白石火车站的时候你挺勇敢的，怎么现在胆子小了呢？”他想起自己被打伤以后，司机从护道河边跑回来帮自己包扎伤口，觉得他很勇敢，很仗义，不像现在这样，这么胆小！

“唉，自从那次遇险后，我见血就晕，留下了晕血的毛病。你可不能把车里搞得到处是血呀！”

“嗯哪，你放心，不会的！我准备了两个大塑料袋子，把尸体装到塑料袋子里去，不会把血弄到车里。”

佐藤知道司机怕死人，看到他吓得不轻的样子，他开心地笑了。

“山谷里有那么多骷髅，我看你也没害怕，怎么现在倒胆小了呢？”佐藤有意地刺激他。

“骷髅只是一堆白骨，没有血和肉，和死人还不一样。我现在一闭上眼睛，总能看到胡秉全那鲜血淋漓的后背和他临死前痛苦的样子。”

而此刻，司机从反光镜里隐约看到随着车晃动而左右摇摆的刑事犯，心里有些紧张，胆怯地双手有些发抖，车开得也不稳，车不停地左右晃着。

一条土坎使汽车猛地向上颠簸了一下，突然有一个年轻的囚犯一下子坐了起来，满脸是血，睁着眼睛隔着塑料布瞪着司机，嘴里大口地喘着粗气。他用手撕破了塑料布，一只手抓住司机的胳膊。

司机回头一看，惊恐地尖叫一声，吓得面色苍白，下意识地踩了一脚急刹车，打开车门，跳下车跑进路边的树林里去了。汽车紧急刹车的惯性把那个死囚重重地摔倒在车厢里，他躺在地上喘着粗气。

佐藤也被这突如其来的举动吓了一跳，但他马上镇静下来，他一只手把这个年轻人按住，一只脚踏在他的胸口，用力向下一踩，年轻人肋骨发出“嘎吱”的断裂声，他的嘴里立即流出暗黑色的血液，不一会儿就彻底断气了。

汽车发动机熄火了，四周一片漆黑、死寂。

佐藤跳下车朝着树林里喊司机，没有回声，司机早已跑得无影无踪了。

佐藤从小胆子就大，一群孩子夜里躲猫猫时，他会躲到村头的坟地里，结果谁也找不到他。他不相信鬼神，也不怕死人。

“胆小鬼！”佐藤无可奈何地骂了一句。

佐藤站在汽车旁边，点着一根香烟抽了起来，等了一会儿，不见司机回来，便坐在驾驶的位子，把汽车重新发动起来，用他那生疏的驾驶技术勉强把车开走了。

那一天，任绶勤在村里商量农会的事情，趁着大伙在茶台喝水休息的时候，他信步来到三官庙。

这时，村北的官道上驶来一匹骏马，看差官的衣服颜色，任绶勤心中有一种不祥的预感。不一会儿，有人来报，说有书信呈上，请他回家阅览。

任绶勤匆匆回到家里，看罢书信得知胡秉全被日本鬼子在平遥枪杀，不由得眼前一黑昏了过去，耳听得有人在身旁急切地呼唤，他许久才缓过气来，妻子抽抽泣泣握着任绶勤的手，一个劲地喊着胡秉全的名字，老两口禁不住悲泪交流……

二十九

花落的声音风知道，感同身受的感觉心知道。

任绶勤顿了顿嗓子，“芬儿，你也是胡秉全的亲人，因为你年轻，有件事我只能先与你说——”

芬儿已经感觉到这位农会常务副会长、秘书说话声调的异常，再细看时，他湿湿的眼眶里有几颗泪珠在打转。

她脑袋里“嗡”的一声，以至于后面他说什么都没听清楚就昏迷过去了。

姜庙侠儿赶紧跑过来，芬儿的婆婆早已察觉到不祥，一手拉住芬儿婆婆的手，另一手死死地掐着芬儿的人中。

在众人的手忙脚乱中，芬儿终于睁开了眼睛，她稍定了定，突然发疯似的站起来，撕心裂肺地叫着“胡秉全——胡秉全——”踉踉跄跄地朝大槐树跑去……

那凄厉的呼喊声、哭声撕裂着母亲的心，也撕裂着每一个人的心。

天色渐渐暗了下来，那个雕塑般的身影仍然一动不动……

哭干了眼泪的芬儿逐渐冷静下来。乡亲们扎了个干草人，准备两日后给胡秉全和遇难者举行葬礼。

“生是胡秉全的人，死是胡秉全的鬼。”

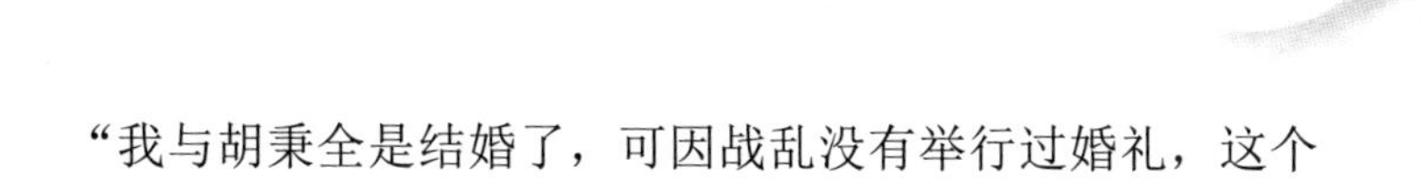

“我与胡秉全是结婚了，可因战乱没有举行过婚礼，这个仪式我想补起来，举行了婚礼再安葬他！”

当着帮忙的众乡亲的面，芬儿做出了一个惊人的决定。

在场的人都惊呆了，都把目光投向姜庙侠儿。姜庙侠儿也被芬儿刚才的一句话惊得没了主意。看着满脸坚定的芬儿，姜庙侠儿来回踱着步，思量着……

胡秉全家狭小的窑洞里，一片寂静，只有旱烟锅发出“斯斯”的响声。

“这两个孩子命苦啊，就成全了孩子们吧！”姜庙侠儿叹了口气，终于做出了决定。在场的人早已是泪痕满面了。

于是，众人七手八脚地帮忙把胡秉全家的窑洞收拾好，把窗纸也糊上了。芬儿爹和哥哥从家里拿了些粮食过来，因为他们知道婚礼举行后，芬儿要从娘家搬出去住的。村里的私塾先生还写了一副红对联，贴到了门框上。

返回家里的时候，已到了掌灯时分。芬儿从柜子里取出一张过年买下的红纸，拿来剪刀，在油灯下开始认真地剪双喜字。泪水模糊了她的双眼，剪了一半的喜字被泪水淋湿了一个角……

早上，芬儿起得特别早，梳洗好了，小心地翻出红毛巾，扎到辫子上。母亲从躺柜里取出多年前就准备好的红衣服、绣花鞋，帮忙给她穿上。

她走到镜子前照了照，她要让胡秉全的在天之灵看到自己的新媳妇有多漂亮。

没有迎亲的队伍，也没有鼓手。芬儿哥背着她从家里走出来。初秋的早上天气有点凉，她左手掀开盖头一角，右手挽着袖子擦了擦眼泪，朝大槐树看去，槐树上近一半的叶子已经发黄，秋风吹过，不时还有几片叶子落下来。闭上眼睛，她耳朵里仿佛听到胡秉全按着火车汽笛的声音传来……

没有欢笑声，没有取闹声，这场特殊的婚礼就这样上演着。村子里静静的，就连平时吆喝牲口声、打骂孩子声都听不到了，人们生怕把胡秉全从芬儿的想象中惊走。

芬儿顶着盖头，盘着腿端坐到炕桌旁，窑洞里偶尔传来蜡烛燃烧发出的“啪啪”声。

自己掀开了盖头，芬儿透过泪花，她看到炕桌上两只红蜡烛的亮光，忽闪忽闪的照射在胡秉全的灵牌上，恍惚中她看到胡秉全那双清澈明亮的眼睛……

窑洞里的灯亮了一晚，芬儿就这样坐了一晚……

凌晨卯时刚到，院子里就传来姜庙侠儿指挥众人抬灵的声音，所有红色都换成了白色。芬儿也换上了号衣，跟在棺材后面木然地行走着，她已经没有眼泪了。

当送葬的队伍经过大槐树的时候，没有人示意，没有人指挥，整个队伍慢慢停了下来，人们的眼光都投向了大槐树。芬儿走到大槐树下，用手抚摸着像皱纹一样的树皮，将一个用来招魂的小白旗插到树皮缝里……

翌日，就是一九四四年二月二十日，天空灰暗，悲愤笼罩。

白石村三官庙内，来自每户一个代表，悄悄聚集了一百余人，为七壮士秘密举行了公祭。

参加者是从庙西南角的狭巷单个绕井口进入的。走进庙院，院墙上我方岗哨戒备森严，一片庄严肃穆。庙场中，从东西两竖幛杆的细铁丝上悬挂中央的横幅满缀着哀思：“永世不忘”，竖杆挽幛上分别尽情书写着：“七壮士舍生取义洒热血；

全村人泣声痛哭祭亡灵”。

公祭由任绥勤主持，宣读祭文，在场的人心如刀绞。挽联由孟昭莘编撰，侯季伦书写；祭文宣读后当即焚烧，以告慰七壮士在天之灵。

布谷嗷嗷，萦绕幢杆庙墙；信鸽咕咕，沐浴熙风细雨。

祭毕，人们又不声不响地从庙西南角的狭巷逐个散走。布谷和信鸽疾呼世人，把屠刀化铸警钟，把逝名刻作史鉴，让战争远离人类，让和平洒满人间。

冷静下来，胡秉全的母亲回想着胡秉全、芬儿出生的时候，三官庙主持姜庙侠说过的一句话：“以后的路长着呢，该分的时候还分。”当初母亲并没有在意，以为他是脱口而出，世界上哪有一圆到底的事情。可是，即使是月有阴晴圆缺、人有悲欢离合，怎么他们就这样过早地破了呢？她百思不得其解。尽管姜庙侠帮了不少忙，她还是要诅咒姜庙侠那张没风水的口。

胡秉全出生的那年，正好瘟疫蔓延，胡秉全的两个姐姐在这场灾难中相继病死，只留下胡秉全和母亲、父亲相依为命。后来父亲死于非命。为了能使儿子顺利长大，母亲给他取名“胡秉全”，希望保全好胡家这条唯一的根。

两年后的一个春天的凌晨，居住在村东头的一家一阵惊慌，这家的婆姨肚子疼得厉害，像是快要生了。于是丈夫赶紧打着灯笼把半神半医的“姜庙侠”请到家里，由于是难产，直到羊出坡时才把孩子生下，一看是个女娃，便取名叫芬儿。众人正在高兴，不曾想芬儿的母亲由于失血过多昏迷过去，人事不省。众人齐刷刷把眼睛都投射到姜庙侠的身上，姜庙侠也一下子慌了神，忽然想起童子尿能救人，就赶快喝令老汉弄些童子尿来。老汉猛然想起不远处的老胡家两年前不是生了一个叫胡秉全的男孩吗？于是老姜和儿子赶忙拿了个碗，朝胡秉全家飞奔过去……

还在睡觉的胡秉全父亲，被一阵急促的敲门声惊醒。说明来意后，胡秉全的父亲一把把懵懵懂懂的胡秉全从被窝里拉起来，芬儿的父亲赶忙将碗支过来让胡秉全撒尿。

也许是胡秉全受到了惊吓，半天没撒出一滴尿来。再细一看，由于胡秉全头天下午贪玩，夜间尿炕了。急得老姜额头上豆大的汗珠直往下掉。胡秉全的父亲忽然想起了一个好办法，以最快的速度冲了一碗红糖水，递到胡秉全的嘴边。那个年代，这红糖水就是生病的时候也舍不得给孩子喝。小胡秉全一见是糖水，突然一下清醒了许多，双手端着碗一饮而尽。不知是清醒了的原因，还是喝了糖水的缘故，胡秉全总算是挤出了多半碗尿。

老姜如获至宝，端着碗飞跑回家，把儿子远远落在后面。一直在门缝里朝外张望的姜庙侠一声“来了”，夺过老汉手里的碗，众人七手八脚终于给芬儿的母亲灌了下去。

此刻的姜庙侠也没有闲着，一会儿点香，一会儿敬黄表，口中还在不停地念着咒语。他的额头亮晶晶的，分明也急出了汗。说也奇怪，半炷香的功夫，总算是把芬儿的母亲从鬼门关拉了回来。大家终于松了口气，都说老汉家祖上积了德，芬儿的母亲命大。

一声威严的咳嗽，将人们的视线拉到了姜庙侠脸上。众人这才反应过来，刚才起死回生的功劳当属姜庙侠。老汉赶忙把烟布袋拿来，颤颤地把黑香点燃，毕恭毕敬递到姜庙侠手中。

猛吸了几口，姜庙侠悠悠地吐出了长长的烟雾。

“这两个孩子有缘啊，这都是上辈子注定的。”姜庙侠话音刚落，众人一片欢欣鼓舞。姜庙侠扫视着一张张吃惊的脸，继续说道：“不过，以后的路长着呢，该破的时候还得破”，在场的人鸡吃米似的点着头，骇的一句话也说不出来。

“这话说了等于没说，就好像是我们平常嬉笑着说的一句话一样，‘一个孩子刚生下来时，大家都说好，旁边一个人惋惜地说了一声，这孩子好是好，可再好将来也得死呀！’”

“姜庙侠的大恩大德，我们一辈子也忘不了。”还是芬儿的母亲活套，听了这话，她似乎得到自我安慰似的，用微弱的语气回应了姜庙侠的话。

一系列的事情，三官庙神起来了。三官庙成了白石村的中心，大的活动村人习惯在这里举办，也许是因为这个地方历史太悠久了。七壮士秘密公祭，就在敌人眼皮底下，竟然敌人没有一丝一毫察觉，这就为三官庙又蒙上了一层神秘的面纱。

汾邑白石村三官庙，唐季重茸。简短字迹可以看出，白石村三官庙始建年代在唐季前，唐季年重茸，白石村已有一千多年的历史。本朝正殿九楹，中三楹塑上官大帝，左三楹塑关圣帝君，右三楹塑三宵圣母。东西耳殿一塑，中塑玄天上帝，西窑三间，中塑古佛如来。至于禅室廊房，山门乐楼，无不具备，故此村一大观也。

三官庙，庙坐北朝南。戏台已全部坍塌成废墟。三官庙正殿顶大多坍塌，墙壁遗有壁画。两块古碑被水泥围墙保护。

三官庙中，有光绪十五年树立的两根铁旗杆。旗杆虽历经岁月风雨寒霜侵袭，依然黝黑高昂，屹立在庙中。据上了年纪的村人说，原先好多庙宇中，巨大的铜像、铁像、石像。有的毁于日寇闫匪，有的毁于大炼钢铁时代。铁旗杆能被保存下来，可谓白石三官庙一奇迹。

汾阳民国时二区区公所曾驻扎三官庙，在西厢窑办公。三官庙自古以来是白石村人庙里祭祀、戏台唱戏，神人共乐的重要活动场所。由于白石村连接汾阳平遥的最重要的中间地带，在明末清初特殊时期，傅山等一批反清复明义士常在此藏身、聚会。傅山看戏题词，与村人同乐，借戏表心志，抒发反清复明义士坚定不移的决心意志。一切有待探索挖掘白石村深厚的文化，弘扬傅山伟大的爱国主义情怀。

据正殿梁架题迹可知，正殿重修于雍正九年，清雍正十二年再次重修，乾隆五十一年进行修葺。清道光元年修，三官庙正殿九楹，山门乐楼，无不具备。原戏台西面墙有明末清初傅山先生戏曲题词，曲是曲也，曲尽人情，愈曲愈直，戏岂戏虎，戏推物理，越戏越真。原戏台西面墙有明末清初傅山先生戏曲题词，曲是曲也，曲尽人情，愈曲愈直，戏岂戏虎，戏推物理，越戏越真。文中附有珍贵的傅山题词真迹照片。文中详细记述了三官庙规制，建筑风格等情况，非常珍贵。

不仅有傅山题词相传，郭子仪小的时候经常跟孩子们一起在白石三官庙玩耍的故事才激荡人心呢。

演武村有个女人，打小做了邻村白石郭姓的童养媳，男人死的时候交给她一张家谱，说上面记载着郭家后花园地窖的位置，并一再嘱咐她好好保存，因为郭氏家谱只有两张，另一张已经流传到祁县，只可惜，那女人改嫁时将家谱交与老父亲保存，不料几次搬家，竟还是给弄丢了。

地窖就在白石村三官庙后花园中，地窖为十八眼砖窑，很深也很宽，铁门紧闭，铁锁高挂，里面保存着汾阳王郭子仪的盔甲和兵器，还有一件御赐的珍珠汗衫，一条玉带，还有一个

金香炉。

传说，郭子仪小的时候，经常跟孩子们一起在三官庙玩耍，玩累了，就躺在三官庙前的石阶上歇息。

那一天，村里来了一个云游的老和尚，只见他器宇轩昂一身正气，油亮的大脑门特别引人注目，身背一口大木箱，见三官庙前的孩子们多，于是便停下了脚步。

孩子们见了很奇怪，呼啦啦一下子围了过来，你一言我一语，叽叽喳喳地问个不停，只有一个孩子例外，不声不响从家里拎出一砂锅水来，让老和尚饮用解渴哩！

老和尚喝了水，转身打开身后的木箱，取出一个黄布包袱放在了箱子上，让孩子们猜里面是什么东西，谁猜对了，箱子上的东西就归谁。

谜面是：

木上火下灰中物，
五行缺水非石土，
里里外外三层布，
赠予朝廷栋梁柱。

有孩子猜说："是干粮吧，人是铁，饭是钢，一顿不吃饿得慌，出门在外还能忘了带干粮？"

有孩子马上反对："一定是水壶，在家靠父母，出门靠朋友，可水是人一刻也离不了的东西，离家远行还能离得了水壶？"

又有孩子提出了异议："应该是银子吧！有钱能使鬼推磨，只要有了银子，天下就没有办不成的事！"

只有那个拎水出来的那个孩子没出声，若有所思，倒好像胸有成竹的样子。

“那你又以为是什么东西哩？”老和尚见那孩子不声不响，笑着问。

“是一个金香炉！”那孩子不容置疑说。

“为什么是金香炉哩？”

“因为木上火下灰中物，应该是香炉，而五行缺水非石土，非木，非火，非水，非土，那自然是金的了，至于说那里里外外三层布吗？”那孩子边说边将木箱上的黄布包袱抖落开来，是三层布包裹着一个小金香炉。

“好孩子，这箱子上的东西就全归你了！”老和尚高兴地拉着孩子的手左看右看，总也看不够似的，爱煞人了。

随后，老和尚坚持要孩子带他去见他的父母，一见就说要带孩子上山学艺，还说孩子将来要报效朝廷哩！

有人说，那老和尚就是当时有名的铁头僧，汾阳王郭子仪的文韬武略，都是从他那里学到的，而那里里外外三层布，就是评书中说的那无字天书，汾阳王郭子仪南征北战驰骋疆场，多少次都是靠着那无字天书逢凶化吉的。

那个金香炉一直保存在郭家，几经大水淹没，窖口的砖也让人取走了，地窖成了一个坑，有人想挖开看个究竟，就用铁锹去挖，结果挖过的地方很快就涌出水来，无法再挖了。

村里曾有个天不怕地不怕的人，有一天想着发财去挖那地窖，挖着挖着竟然头痛起来，只觉得头痛欲裂，病倒了，三个月后才好起来，从此再也没有人敢打那家子地窖的主意了。

后来，有关三官庙的传说就更多了，其中，有个传说是说村里后来打更的姜庙侠，天不怕地不怕，又有一村里人嗜与人们打赌，一天晚上，他对姜庙侠说：“你不是胆大，如真是胆大，今天黑夜到三官庙做个记号？”姜庙侠问：“如果我赢了，你给我什么？”那人说：“给你一石小麦。”姜庙侠问：“做啥记号？”那人说：“做啥记号都行，你自己看着办吧。”姜庙侠说：“好，我把官神的右眼用砖砸个痕迹。”那人说：“行，我在庙门等你，出来后今夜与我在一起，明天早起咱们一起去庙里看。”姜庙侠说：“行。”第二天早上两人想跟着去庙里看时，官神的右眼不见了，那人承诺姜庙侠的一石小麦如数兑现。可是，当那人给姜庙侠送去小麦时，姜庙侠的右眼瞎得什么也看不到了。姜庙侠哭天喊地地说：“你可把我害苦了，一石小麦换了我的一只眼睛。”他哭的时候，只是左眼掉眼泪。后来，姜庙侠娶了老婆生孩子，结果孩子不出满月就夭折。

至此，三官庙更是被蒙上了一层神秘的面纱。

白石村脚下的磁窑河仍然在不停地流淌着，那棵见证了胡秉全与芬儿悲壮爱情的大槐树也苍劲了许多，只是树下那个雕塑般的身影再没有出现过。

当又一个春天来临的时候，大槐树遒劲的老枝上吐出了一片嫩绿。一个风和日丽的早晨，树下出现了一个佝偻着背的女人的身影，女人稀疏花白的头上一条红毛巾在春日暖阳的照耀下特别显眼。她安静地坐着，看了看磁窑河，甚至还看到了那边开得正艳的桃杏花。

回过头来，她缓慢地将她从未离开过的村子环视了一圈，似乎要将它永远地刻在脑海——

三十

吕梁山雾气弥漫，天色灰暗，一如往常地炎热潮湿。

七月二十二日上午，晋绥八路军首长从兴县出发，考察战情，沿途山路崎岖到达军分区。

第二天向汾阳出发，沿途观看了我方野战医院、战俘管理所、兵工厂，军民设置的地雷封锁线纵横交错，岗哨密布，戒备森严，根据地军民献身于民族解放的斗争精神给记者们留下了深刻印象。

夜晚降临，第八军分区第六支队和汾阳县游击大队按照计划，开始对城外敌据点连续攻击，首战是汾阳火车站。

在首长的望远镜镜头下，第八军分区主力部队在游击队的配合下，突然袭击汾阳火车站的一场鏖战正在进行：

城东长巷营斜城门通介门外，汾阳火车站。

除了偶尔传来的断断续续的蝉鸣声，整片火车站建筑群安静得就像是一个巨大的坟墓，让人感觉一丝丝的诡异。

突然，几条火龙交叉喷射，敌人无情的子弹雨点般砸落在路上的几名无辜善良的平民身上。时间一分一秒地过去，战士们就像磐石般岿然不动，仿佛已经与这片火车站旁边遮天蔽日的丛林合为了一体，连呼吸声都好像渐渐没有了。

天地间混沌不清，荒原风沙呜咽不止，当积雨云层中挤出些许微薄夕阳时，敌人刚刚换岗走下哨塔的哨兵松开紧绷了一天的腰带，深深地吸了一口气，粗犷的空气中夹带着难得的湿润气息，隐隐预示短暂的雨季即将到来。

“队长！”一战士指着火车站旁边的炮楼悄声说：“那里面有五挺机枪，一旦开火，我们的伤亡就大了。”

“交给我了。”战士在地上说，“战斗一打响我保证把它拿下。”

班长看着战士手里拿的体型巨大的步枪，那跟他大拇指一样粗的子弹壳已给了他巨大的信心。

队长点了点头，拍了拍战士的肩膀，“好，那就交给你了。”

土坡下，第八军分区主力部队已到了火车站附近的地沟里，八个汽油桶放在火车站跟前，等到天黑后他们会靠近车站，对着车站的月台、兵营、仓库开炮。

“一个中队的小鬼子，还占着地利，硬打会吃亏，我们看来还就是要等到天黑下来。”首长说。

“等到天黑他们有探照灯，我们必须先打掉探照灯。如打不掉，它就会在空中旋即晃开、拉升、搜索，锁定我们的目标。”参谋说。

“这个就要靠你了。”首长指着旁边的狙击手说。

东南方传来混乱的爆炸声，是在人烟稀少的荒漠腹地，距这座火车站约一公里以外有一处废旧的飞机场的声音。战士们倏地发生了微弱却密集的颤动。

“叭——”伴随着狙击手一枪敲掉了探照灯，战斗打响。

“开炮！”

汽油桶后面的一根根药捻被点燃，接着发出嘁嘁嘁的燃烧声，一个个二十斤重的炸药包被抛到车站里，连续十几次“轰、轰……”剧烈的爆炸后，部队发动了冲锋。

“咯咯咯……”炮楼里的重机枪喷射出一条条火石舌，鬼子机枪手已被震得不死不活，勉强把着机枪，但实际上没有什么射程的命中率可言。

“嘭！”的一声巨响，枪口左右一米处的泥土都被吹起，一股巨大的后坐力撞在了另一个鬼子机枪手的肩膀上。

“嘎”！一声钢铁撕裂的声音响起，重机枪被炸成碎片金属。

“嘭！”又是一声枪响！炮楼里又一处火力点哑火，里面的弹药手和机枪手中招，只剩下副射手呆呆地看着。

“杀啊！”八路军冲向车站。

在几个狙击手的掩护下，冲锋的队伍很快就冲到了车站前面。

“咔咔咔”，铁轨上传来震动，两台装甲轨道车突然移动起来，正面的机关枪对着正在进攻的部队“哒哒哒”打出一长串子弹，几个战士倒在地上。

嗖——一声尖锐的啸音，划破院子外面苍穹的鬼子呼喊起来，在他们眼里，冲锋才是最大的快乐。

“装甲轨道车过来了，快打。”首长指着旁边的狙击手说。

“嘭！”狙击手扣动了扳机，鬼子的机枪瞬时哑火。

“好。”首长看着装甲轨道车被打废，兴奋地嚎叫。

狙击手在几个战士的掩护下换了位置，然后，对着另一辆装甲轨道车扣动了扳机。

“嘭……”几声枪响，那台车被打出几个大洞，里面的鬼子也被打得死的死、伤的伤，失去了战斗能力。

此时，那些预先放在火车站跟前的汽油桶燃烧起来，火苗成为可以吞噬一切的舌头，这条舌头扫过之地便是一片废墟。熊熊的火焰肆无忌惮地扩张着它的爪牙，风威火猛，那火舌吐出一丈多远，那满站的东西化作火的巨龙，疯狂舞蹈，随着风势旋转方向，火焰噼里啪啦地燃烧着，寂寥的风卷起地上落叶，空气中弥漫着硝烟的味道，队长的视线逐渐变得模糊起来，大厅里的东西在他的眼前胡乱飞舞，他们感觉自己就像是掉进了一个大熔炉，大厅顶部很快就被炮火引燃了，火势顺着梁柱飞快蔓延，仿佛有数条火龙在里面乱蹿。不过眨眼的工夫，整座火车站就陷入了熊熊火海之中，梁柱纷纷断裂落下，房舍面临随时倒塌的危险。滚滚浓烟熏得人睁不开眼睛，他们如果不能抓紧时间逃出火海的话，即使不被大火烧死，也会被浓烟呛死。

冰冷的混凝土上，雨过水汀闪耀，照亮士兵的军徽，毫无疑问，奔出火舌的地方很快都被准确的榴弹炸中，发出一长串巨响，整个候车大厅在激烈的抖动。只留下几缕正从空中飘下的残骸，很快消失在血色晨曦尽处。

没有幸存者相抱而泣、肝胆俱裂的场面，没有疯狂愤怒的扫射。丈余长的火舌舔在车站两边的房檐上，又接着燃烧起来，只听得屋瓦激烈地爆炸，瓦片急雨冰雹般地满天纷飞。一片爆响，一片惨号。直到天亮，风渐渐停息下来，乌云压上了车站的头顶，候车厅也全部烧塔了架，只余满天弥漫的浓烟。

首长对汾阳火车站战斗取得的胜利大加赞赏，但对没俘获日伪军俘虏感到遗憾。六支队队长也觉得不妥，心想，以往打鬼子俘虏抓了不少，抓住教育后还有放掉的，怎么这次一个俘虏都没有抓住！部队又一次请战，一定要抓几个活的鬼子，让中外记者们看看。

上级批准攻打协和堡鬼子据点。

协和堡位于汾阳县西北五华里处。当时，村中驻有日、伪军和伪区公所人员共约二百人。村东西两面是深沟，易守难攻；北面同山梁连成一线，能守能退；南面紧临县城，易于求援。敌据点周围有三米多高的围墙，密布明暗碉堡和枪眼炮孔，吊桥高悬，堡门紧闭，并与周围的赵庄、刘家垣、坡头庄等日军据点相互呼应，自喻为“铜墙铁壁”，在当时的条件下，很难接近。加上之前已经连续三夜攻打据点，敌人防范更加严密了。当时的战斗部署是：以三连消灭堡内日军小队，以六连消灭堡内伪军中队，九连打援；利用内线关系，派侦察参谋李更生和侦察员赵德富分别化装成伪军排长和乞丐，潜入敌人内部。当晚，李更生藏入伪军协和堡草堆里负责消灭南门的伪军哨兵，接应三连入堡；赵德富潜入日军住房内之马厩的槽下，负责打开日军住房的后门，接应三连将日军消灭在院内。里应外合，围歼该敌。

连长牛玉川向云爆弹落下的方向吼道：“上刺刀，准备冲锋！”

“上刺刀！”

“上刺刀！”

“上刺刀！”

“上刺刀！”

……

战士们口口相传。

在连长牛玉川、政治指导员贺仁因的带领下，突击队直奔协和堡南门，排长崔银海、班长贺凤兆带领投弹组走在连队的最前面，架好云梯，悄悄地登上协和堡围墙后，与侦察参谋李更生取得联系，捕捉了南门上的哨兵，打开南门，部队迅速隐蔽地进入协和堡，按事先分配的任务，直扑日军居住的院内。三连向日军住所前进时被日哨兵发现，连长牛玉川即令通讯员王立茂用日语回答："是换哨的"，巧妙地骗过敌哨兵。这时，潜入日军马厩的侦察员赵德富将后门打开，三连迅速进入院内，一部分战士迅速登上房顶，控制了门、窗，向内投掷手榴弹和用轻机枪扫射。

"前进！"滚着撞到牛玉川身上的贺仁因一把拉起被绊倒的牛玉川，喝道："牛连长，起来，前进！前进！"

牛玉川愤怒地朝日军甩出一枚手雷。他歇斯底里地发出平生最响的中国汾阳话，率先纵身扑向敌群，幸存的队员们向数倍于己的敌人冲去，日军才从梦中惊醒，拒不投降，拼命反扑，被我歼灭。与此同时，六连也将伪军中队全部消灭，战斗于十八日三时结束。毙日军二十余名，俘日军曹长以下四名，一百多名伪军和伪区公所工作人员全部被俘，缴轻机枪一挺、掷弹筒一具、步枪五十余支，以及大量军用物资。我牺牲三人、伤四人。四天三夜的胜利攻击战，是一场模范的歼灭战，盟国记者抓住欢迎会的机会进行采访并表示祝贺，八路军送给外国记者每人一把日军战刀和手枪作纪念。

新华社晋西北十日电和一九四四年十一月二十三日《解放日报》为此专门报道：

"卫生员赵如意跟着突击队跑到大门前，他提枪沿着院墙窜到门左面，听到屋里伪军在扳机枪和说话，他赶忙拉开手榴弹线挂在中指上，高声地叫着：'不要忘记你们是中国人，只要好好地缴了枪，我们不打你们。’伪军们再也不动了，赵如意守住他们，直等到大队开来了，十多个伪军就都被我俘虏起来。”

春天快要到了，但没有一丝绿意的枝头上仍流露出冬日的气息。四周传来一阵叽里呱啦的叫声，敌人纷纷滚落铁道深壕。候车大楼前吵吵嚷嚷，挨挨挤挤。日寇自觉取胜无望，还在做垂死挣扎。呜呜呜，火车如同用食指嵌入这快要破裂的喉咙，扯破声带在已不知黑白的思绪里赤脚狂奔，即将让鲜血污染每一片狰狞的面孔。

三十一

一条小溪边，一棵大树下，公判就要开始了。

夏蝶公审公判大会是在白石村三官庙广场进行的。

开始，出于犯人的罪大恶极和百姓的巨大痛恨，当地组织者计划对夏蝶是以五马分尸处死。五匹壮马已准备好，先把她用粗绳拴在一匹马的尾巴上，在刚收割后的硬茬玉茭地上，拖拉绕众一圈，然后五马分尸。请示上级组织后，临时改为枪决。

两个女军人从她身子两边分别抓住了她的两条胳膊，突然，使劲一用力，把她的胳膊往后拧了过来，使她的两只手腕交叉在背后。

一个男军人站在她身后拿绳子开始绑她。手腕首先被紧紧地绑住了，夏蝶知道，这次绳子再也不会被解开了，她的双手一直到死都会这样绑在一起了。

绑完手腕，绳子向上顺着两条胳膊捆绕三圈，在后背打一个十叉，然后又缠脖子两圈，麻绳勒在了她的脖颈上。最后，绳子顺着她的肩胛骨从前胸到了后背，在后背系了个死扣。这功夫，边上的两个女军人也帮着接送绳子和往上托她的手。

然后，女军人又弯下腰，用一根一米多长的麻绳绑住了她的两只脚腕，刚刚卸掉死镣的夏蝶，她的双脚就又被法绳束缚住了，现在她只可能迈出小步，不可能逃跑了。很快，他们把她五花大绑捆好了，捆得结结实实。夏蝶被押进囚室站在白墙边上，她被扶了正。

立即有一个军人整了整她身前衣服，把一块大白布缝了上去，上写“日寇女间谍夏蝶”，而“夏蝶”两个黑字很大，上面打了血红的叉。

摄影师站立一旁，找合适的角度不停地给她拍照，从前面、侧面再到背后，从头到脚，她的全身各部位都照了一遍。她头开始冒汗，娇躯也有些瘫软。

白色的长筒丝袜包着她的秀腿玉足，最后展示着她那优美的女性曲线，脚上是一双白色高跟鞋。作为多少年来唯一的且时尚眉目清秀的女性死囚，她成了众人目光的焦点。

整个公审大会她都低着头，看着自己的秀美的足尖，她紧紧咬住下唇，精心梳理了的长发，摩登的发型，遮不住她纷乱的心绪……

“现将死刑犯夏蝶等押往刑场，执行枪决！”军人法官简短的死刑判决书宣读完毕，夏蝶被宣布死刑执行命令，即将被验明正身押赴刑场执行枪决。上膛的步枪抵住了她的后心窝，夏蝶的最后一丝希望破灭，虽强装镇静的样子，但已万念俱灰。

军车拉她驶向刑场。她麻木地看着走过的街巷——这个她生活过的村庄。

刑场在磁窑河西畔秋收后的田野里，夏蝶身穿白色带有黑字的上衣，非常肃穆，黑白条相间的布短裙，显露出中年女性的气息。

被车下的武警接了下去，又连拖带架拉到了圆圈里，她不由自主地跪了下去，她两腿分了开，一屁股坐在了自己的后脚跟上，她的腰肢软软向前躬去，身后的亡命牌便斜斜指向黄土堆。

在这个女人生命的最后时刻，死亡的恐惧完全笼罩了她，她脸色惨白，身体不住地发抖。在军人的押解下她跪在了杂草之上，黑洞洞的枪口抵在了她的后脑上。

像木头一样，夏蝶僵直地向前栽倒，刑场上弥漫起硝烟和浓重又甜又腥的血腥味。似乎枪决夏蝶的战士怜香惜玉，有了一丝的迟疑，夏蝶觉得比她想象的时间晚中弹几秒钟。

夏蝶迟疑地想回一下头，这时枪响了，本来瞄准好她后脑的子弹由于她的侧身，并没有击中她的脑干，子弹呼啸着，只见夏蝶后脑先中了弹。

她身后白色的绑绳立即被染成了血红色，子弹斜着击穿了她的头颅。她张大了口，歪歪向前倒去。她头朝下，俯卧在地上，这射偏的一枪是不能夺去她罪恶的生命的，她痛苦地翻滚着，双手尽管绑在后面，却仍然想拼命地挣脱那可恶的法绳。几分钟过去了，她的身体没有丧失丝毫生命迹象，她的哀号让常人难以回忆。

终于，十分钟后，为了结束她的生命，指挥官员命令战士对她进行补枪。比她还要稚嫩的小战士上前几步，用枪口对准她的头颅。可是，她的拼命挣扎，头颅不断晃动，让武警难以扣动扳机。

年轻战士没有他法，只好用穿着厚重皮鞋的大脚踩在了她的肚子上。她不甘心这样失败，仍在拼命地扭动，战士终于不再对她客气，那只脚狠狠地跺在了她的肚子上。

夏蝶的身体无法再动了，可她的头颅仍在昂起，流出了泪水……另一个战士上前，朝她的柔软的腰肢猛烈一踹，她的身子终于翻了过来。战士借机用黑洞洞的枪口瞄准了她的后脑，毫不犹豫地扣动扳机。

这次，没有失误。她痛苦难耐，她剧烈扭曲着，用尽全力，做了最后一次翻身全身，眼睛终于又能看到蓝天。

她不停抽搐，背后小手抓住了泥土，胡乱摆动着。她做出了最后的挣扎——她身体开始在地上拱，双脚也用力向下蹬，高跟凉鞋掉了还不死心地在用脚在地上磨，然而绑绳紧紧绑住了她的双手，再也无法挣开。

两只脚踝也被不到一米长的法绳牵扯住。很快，第二次中弹后不到五分钟，她的哀鸣变成了嘴中模糊不清的咕咕声，身子的扭动程度越来越小。

突然，她一下子瘫软再也不动了。白色服装的军人法医戴手套靠近她的尸体检查伤口和眼睛的瞳孔。

她的脸已经变成了灰白色，大眼睛死死地圆睁，空洞地望着天空，再也没有了往日的光泽。看着这瞳孔已经扩散的眼睛，又有谁能忍心与她生前那对顾盼神飞的丹凤眼相联系呢？

她的洁白的上衣被鲜血浸红，那贴在胸前的“夏蝶”两个毛笔写的大字已经被她的鲜血浸得看不清。

三十二

寒风掠过黄土高原的土层，磁窑河水早已结冰。

村里人家渐渐地窗户纸开始发亮，床头的灯盏光线已经黯淡，已经是黎明时分。那天夜里，任绶勤的思绪从历史回到现实，一根接着一根不断地吸着烟深思着。

经白石村、平遥到临汾，这是古道，当年闯王李自成就经过这里。

李自成攻占北京城后，将大明朝八百多官员的家抄了个底朝天，闯关失败后，将所掠财产以及宫中的存银一下子熔铸成饼，每饼重约千两，用骡车运走以备日后东山再起之用。

由于大队清兵的追击，闯王的队伍一路且战且退，一直到山西境内，追兵还是如影随形若潮水汹涌而至，实在是没办法了，就吩咐人将一部分所携金银边走边遗弃，追兵见有金银可得，只顾俯拾寻找了，追赶的速度明显地慢了下来。

传说那一天，闯王的人马退到了白石古镇，想当初义军进京时曾在此招兵买马屯集军粮。而此时，清兵追击的消息风声鹤唳的，闯王心中好不焦急。

闯王的队伍在白石住了仅仅一个晚上，第二天天还没亮哩，闯王便带领人马起程了，因为官道上人多眼杂的，闯王决定走小路一路往东。刚刚起程不久，天空中便电闪雷鸣的，一场大雨从天而降，子夏山神堂沟山洪暴发，泛滥的山洪水直泻而下，眨眼的工夫便淹到了白石村地界。

虽说义军的队伍大部分都过去了，可后头运载金银的十八辆轿车车却被大水淹没了……也多亏了那场山洪暴雨，金银是丢了不少，但却躲过了清兵的又次追击。

据说，起义军退至平遥时，因兵情紧急，所带的金银不但用不上，反而成了累赘，于是，闯王便吩咐人将所有的金银埋在一家的院子里，而这一家得银八百万两，特创票号“日升昌”，成了名冠山西的大贾。

从汾阳城指挥街出来，所有参加这次会议的人都感觉到天空是如此的湛蓝，那飘飘的云朵好似杏花仙子不经意间洒在蓝天上的朵朵白花，好像要将大日本帝国的心灵融化在无尽的蓝天里。

为保证这次阻击，柳田司令召集有关人，包括白石火车站狗熊站长在内，举行了会晤。柳田在司令部小餐厅举办了一个简单的宴会。宴会上，柳田性情豪放、狗熊站长则小心谨慎，二人喝起酒来自是难以投脾气。柳田爽朗地一笑，说道：

“听说，平遥铁路段准备委任新的白石火车站站长，站长人选从我们司令部的副官里选，有这事吗？”

狗熊站长抿了一口酒，放下了酒杯，说：“有是有，不过，只是耳闻。”

“那是平遥段要你来恨我们，他们好鹬蚌相争渔翁得利呢。”

“你的意下如何？”

“他们的如意算盘打错了，我的手下怎么能看得起一个小小的站长呢？”

狗熊站长坦然道："实不相瞒，上次三眼门铁路桥发生爆炸后，我以为是你给我们段长打小报告的，这次我是不想来参加你这个会的，你的军队在汾平铁路这一段出事不出事，与我这个快免站长职务的人有何干？"

"站长多虑了。我柳田一向做事是敢作敢为，从不使些个卑鄙的手段的。"

"我还是来对了。"狗熊站长说。

"你来了好，我押兵过境心里就踏实多了。"

"还是大帅爽快啊。不过事实已经证明了这一点，我的站长如若要免也不会拖到现在。"

柳田道："我想，这次宴会结束之后，咱们马上行动起来。我返回之后，静候站长的佳音。"

"有啥佳音？"

"哎，你的职务不动就是佳音嘛。照应不周，没喝好吧？"

"酒足饭饱。"

"我看，咱这庆祝酒宴就到此为止吧。我立即安排派出我们的军队。"

"好，那火车上的安全就按你的意思去办！"狗熊站长像是鸡啄米似的，猛点着脑袋。

柳田刚要起身，随行的机要人员却跑来递过一封平遥段长拍来的电报，催他们赶紧动身。柳田阅罢，将电报递给了狗熊站长。狗熊站长看完之后，说道："看来他是着急了。我看大帅就把咱们的会晤内容告诉他吧，如果可以的话，也为我美言两句。"

"着急？"柳田笑了笑，心想：他要是这样性急的人就好了。从这件事刚一开始，他便优柔寡断的。他现在急匆匆地发来电报，看来是发生了什么大事。柳田站起身来，亲自写了一个电文，将电文又递给了狗熊站长一阅，阅后狗熊站长喜悦之情，溢于言表。柳田立即让机要人员回电，电报简短而有力：

大段长：业已成行，与白石站会晤成功。狗熊站长举足轻重，不可擅动，望三思而后行！

宴会很快结束，柳田意犹未尽：

“有我，平遥段那边你就放心吧。你要小心的是你们白石火车站内部，听说有人跟你恐怕过不去。他们要的不是你的官帽，是要你官帽下的脑袋。”

小心谨慎的狗熊站长听到后大吃一惊。他暗自寻思，司令言之有理。汾阳、平介形势十分严峻，虽说抢修了三眼门铁路桥，但白石东西仍在八路军和游击队的威胁之下。就连火车站周边，“草上飞”劫富济贫群体、民兵散勇也是遍布乡间，这些人都想杀他来向抗日战争的胜利献力。现在，后院起火，情景更加不妙。想到这儿，狗熊站长故作镇静地说：“有人想加害于我，看来我的脑袋还是很值钱的呢。不过，大帅也得提防着点他们。”

柳田爽朗地一笑，说：“现在我还是大司令。目前，谁也不敢拿我怎样的。再说，我的脑袋任何人也是拿不走的！”

没想到，柳田的这句话一语成谶！不久，他真的为此掉了脑袋。

“中国人有句话，小心驶得万年船啊。”狗熊站长还是劝了一句。

“好，我和你坐车厢头带队，让一副官在最后一列车厢压阵。”

这时，柳田正带着他的队伍等待登上火车。柳田看了看汉奸队伍，然后把武春棣叫了出来，问道：

“以前你是干什么的？”

“种地、打柴、为地主扛长活。反正什么都干。”

“你愿意跟我们走吗？”

“……愿意……只要太君需要就行……”

在柳田身边的狗熊站长悄悄说：“司令，这个人可是在白石村当过支应村长，两边的人都接触，一旦他路上使些坏主意，咱们可就麻烦了。”

“他是副村长，毕竟是日军和皇协军委派的，听说，他也是协助你们警务段做了不少事情。”

“倒也是。”狗熊站长笑着说：“你这是用人不疑啊。”

“这个人思想单纯、心地善良。再说，疑人我也不会用的。”柳田道。

“唉！”狗熊站长叹了一口气，“行走江湖还能使菩萨心肠？”他还想再劝司令几句，但柳田已经走上第一节车厢了，机声隆隆，想说也听不见了。

柳田带着他的队伍、随行人员和狗熊站长等人一起踏上了开往白石—平遥方向的火车。

列车隆隆东去，柳田的卫队长亲自在火车头那里监督着司机、司炉等人以最快的速度赶往平遥。车厢内，柳田与狗熊站长交谈着，听到这些消息，狗熊站长的信心更足了。但他不无遗憾地说：

“你们司令部有那么多豪杰，真是人才济济。但我们白石火车站却是人才匮乏，进过学堂学习作战之人少之又少。”柳田说：“如果你看得起我的话，你来我这里来干如何？放心，我绝不会亏待你的。”

盛情难却，狗熊站长苦笑了笑，只好敷衍了一句："到你这里干，我是求之不得的。但我确有要事缠身，实在是难以分神。再说，我这里还有几次大的机遇，就是说，八路军有几次大的南下，我们如要能阻击成功，再到你那儿就不是现在的职位了。"

"建立东亚共和是我们最高的目标。到时候，你我的前途不可限量！"柳田信以为真地说："等拿下南下的八路军、建立共和之后，你就到我这里来干。咱们一言为定，如何？"

"……一言为定……"狗熊站长含含糊糊地应了一句。

柳田满意地点了点头。说真心话，自打他入主汾阳以来，他身边还真没有像狗熊站长这般得力的助手呢。若是把他这样的人弄到身边，自己离汾阳王的目标大概不远了。

过了城东，火车驶入禹门河境内，三眼门就在车轮下，很快就会到达白石了。一看三眼门，心有余悸，狗熊站长的心渐渐紧绷了起来，因为那些上次伏击过的那些八路军、游击队还没有露面。难道这些人真的被警务段加强的巡逻队吓跑了？或者是都集中在白石周围了？这些设想极不可能。因为这些人完不成任务是不会善罢甘休的。

越过康宁堡铁路桥，列车喘着粗气，爬过了一道缓弯，正在加速间，火车却来了一个急刹车。车轮摩擦铁轨的那种尖利声音深深地刺痛着每一个人的耳膜。车厢内的军人猝不及防，跌到了一大片。几个柳田的侍卫还算机灵，他们爬了起来，立即围在了柳田周围；一些反应过来的侍卫们也是急忙守住各个窗口，防止有人刺杀司令。

列车停稳之后，柳田命令道："马上下去看看，到底发生了什么事？"

还没等卫兵跑出去打探，在火车头上监督着的侍卫队长带着满身煤粉，活像一个刚从煤矿矿道里爬出来的挖煤矿工一般跌跌撞撞地跑进了车厢，说道：“司令，不好了，前面的司机被人用匕首抹了！”

三十三

芳林新叶催陈叶，流水前波让后波。

事情还得从日军抢修好三眼门桥后说起。

从那以后，日军就抓紧部署从汾阳城向平遥运送准备阻击南下八路军参战军人和军火。胡秉全等七壮士被日寇残害后，新接任白石火车站警务段警长的杨庆春带领副警长侯保全、警手王万选等我地下组织人员，继承胡秉全等七壮士遗志继续完成他们的事业，着手策划抢劫火车行动。

早几天晚上，一列敌人的客车，从远处开过去，杨庆春和侯保全望着客车的车窗，点点的灯光像一串珍珠一样在闪烁移动，重重心事浮上心头。

“敌人已对铁路沿线的警力防范倍增，我方继续采取普通破坏铁路的方式来阻止，难度就大了；如果日军运送准备阻击北上八路军参战军人过来，我们要是引领中国军队攻打他们就好了。”侯保全眨着大眼对杨庆春说。

“从外面攻打被动，敌人在火车上占有利位置，居高临下，火车事实上就成了他们的‘铁碉堡’。而且，敌人为了防范，日军和老百姓客人车厢是交替入座的，就是隔一车厢就是客人，我们从外面攻击，难免对老百姓造成误伤。”杨庆春说。

“那我们就设法打入车厢里。”

“俗话说，打蛇要打七寸。不是要在大车上战斗，我看我们就打他的车头。”

侯保全兴奋地说：“你和我想到一块去了！我们打入敌人内部，到时候设法把鬼子的司机干掉，造成整个列车的滞动和瘫痪，牵制敌人的兵力，保证我方北上人员畅通无阻。”

“不过，列车上的敌人警备情况，需要派人去侦察一下。”李保全说。

“到时候，我们都在车上。”杨庆春又一想：“不对，我们在车上是执行公务的，不便于来来回回地走动，走动多了容易引起敌人的怀疑。但是，敌人的警备是动态的，该怎么办？”

李保全也在思考，熟虑之后，这时忽然想起一个人来，他说：“我想出了一个办法来，你看行不行？”

“快说嘛。”

“我想让我嫂子姜淑兰来做列车上的清洁工，这样，她在车厢里哪儿都可以去。没事的时候，她就可以回到靠我的位子上坐一会儿，把情况随时和我沟通。”

“好倒是好，能行吗？”

“怎不行？就因为是我嫂子，让她来车厢做清洁工，让她坐我身边，敌人都不会怀疑的。”

“可是，你的嫂子是胡秉全的小姨，村里人谁不知道？”

“村里人知道，日本人不知道。不过，再化装一下，更稳妥一些。”

“好，这个办法太好了。”

“可是，你嫂子早就恼火了你给日本人做事，她肯答应你吗？”

“会的。她是个开明人，只要把道理讲清楚，她巴不得早点给她一些事情做呢。”

“可是……”

“又可是什么呀。”

“可是，这样就暴露了你的真实身份了，你嫂子能保密吗？”

“我还没有告诉过你，我嫂子也是农会的地下党员，组织上的人都叫她兰嫂。”

他说：“说起来，我姨夫、姨母都命苦，姑夫任绶勤一直是咱白石村的农会副会长兼秘书，多次惨遭鬼子殴打。”说到这里，杨庆春停了一下，揉了揉湿润的眼，又接着说：“姨母逐步身体好些，为党做了不少有益的事情。”

“对了，我听说过，这女人很能干，以后咱们可以带她做些工作。”

“好。”

任绶勤的外甥女田婵花是大会头村人，是个爱国的有志热血青年，积极投身于革命队伍，参加了八分区地方革命武装，司令是罗贵波，政委是甘一飞，田婵花任妇女联合会主任，后她和政委甘一飞结为夫妇。由于和任绶勤是亲戚关系，接触频繁来往不断，受其影响，任绶勤在甘一飞的介绍下加入了地下党组织。并与汾阳抗日民主政府辖下的二区取得联系，和他单线联系的上线是党的组织委员张武。通过张武传达上级指示和任务，负责白石村农会和党组织组建工作，秘密组织力量为我八路军、地方游击队补充人员，提供给养。

一九四一年三月以后，白石村曾归平介五区管辖，任绶勤与地下交通员霍丕先、敌工科科长王兴直接联系，据任绶勤的儿子任国祥回忆说，他母亲生前说过，五区助理员李齐逢、副书记李士进、区长武方耀、李一平等人曾多次秘密来过他家。

白石村的地下党组织建设就是在任绥勤一手秘密动员下发展起来的，开始有他与王天镇、朱肇庆三人。韦廷祯为农会会长，他为农会副会长兼秘书，朱肇庆为农会委员。后来又发展了任绥勤、王槐、侯佐福等人，任绥勤为农会保卫组长，王槐为地下民兵队长，侯佐福为农会副会长。

农会成立后在中共地下党组织的领导下，不同期地在白石村开展了减租减息斗争；完成了初期的土地改革运动。激发了广大农民对共产党主张政策的拥护，很多热血青年参加了八路军，走向抗日前线，走向解放全中国的战场。

这一时期，围绕火车站发生的抗日英雄蒋三奇袭白石火车站；火车站一车皮白面被劫；火车上武器装备和物资多次被盗；伏击白石修桥日伪军，击毙日军九名，俘伪军五名，缴获轻机枪一挺，步枪十二支及弹药一批；平介县从一九四一年至一九四三年策反火车站警务段工务段十六人；为破坏日寇战略战役部署，汾平铁路白石段轨道被毁。这些都与任绥勤他们的情报与支持参与有关。

兰嫂是一个很文静、有着一双美丽大黑眼睛的妇女。她在客车的走道上走着，四下找垃圾。她的眼睛瞟着车厢两边的押车鬼子，鬼子把枪都挂在板壁上，气势汹汹地坐在那里，她又到另一个车厢去了，还是在注意着押车鬼子那边的动静。一个鬼子用枪指着她咆哮着：“你的！干什么的乱走动？”兰嫂就忙举起手里的笤帚和抹布笑着说：“列车清洁工，不走动能干净吗！”

接着，又走向另一节车厢。猛一推门进去，看到一些鬼子

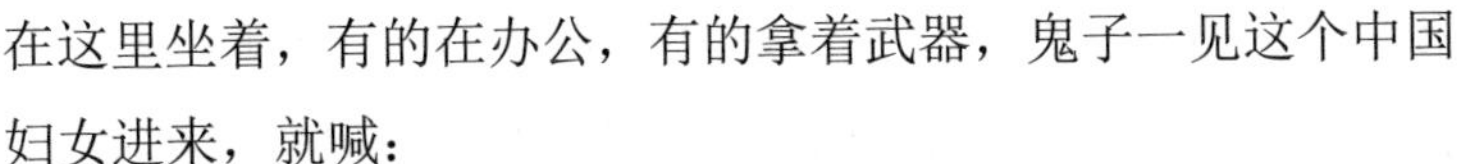

在这里坐着，有的在办公，有的拿着武器，鬼子一见这个中国妇女进来，就喊：

“你的什么的干活？”

兰嫂一边鞠躬，一边抱歉地说：“太君，干活儿的，你们先忙！”说着忙退了出来。

傍晚的时候，汾阳火车站卖票房边，挤着熙熙攘攘的旅客，站台里已经敲了第二遍钟，车很快要开动了。大家都在列队通过栅栏门，到月台上去。入口处，有一个穿鬼子服装的汉奸，在搜查着每个人的身，通过这一关，每个旅客心里都战战兢兢的。一个穿着长袍、戴着礼帽、化装成商人的队员，两手提着点心，满脸笑容地向鬼子敬礼，稍被搜了一下就过去了。张培功也是商人打扮，由于他脸黑又怒气满脸，因此，汉奸就特别仔细地搜着他的身子，他两臂平伸着，一只手提着两瓶汾酒，一只手提着荷叶包的烧鸡。汉奸摸着他的腰间，鸡和酒在半空中悠荡着：

“掌柜的，快点呀！”先进去的人催着张培功。他从对方的眼色里，明白了是怎么回事，忙堆下笑脸，把酒和烧鸡送到旁边一个正在看他的鬼子军官面前。

“太君，米西，米西。”

这样才缓和了周围的气氛，王万选点头哈腰地过来了。他和那个队员从两头上了二等客车。

张培功一进车门，看到头一个位置就坐着一个鬼子。车板壁上挂着龟形匣子枪，他知道这是个小队长，他向鬼子队长深深地鞠了一躬，就在鬼子对面一个座位上坐下。

开始，鬼子小队长认为和中国人坐在一起，很不高兴，可是当他看到张培功放到小木桌上的酒和烧鸡，脸上的表情就温和多了。所以，张培功把最好的关东烟抽出一支递上来的时候，这鬼子小队长也就接过来，王万选殷勤地划了火柴为鬼子点上，烟雾下的鬼子脸色和蔼多了。

“你的什么的干活？”小队长问张培功。

“开药房的，白石村有我的药房，每次要向太君在汾阳城里的药材的公司订不少货。”张培功喷着烟回答说。

“买卖发财大大的。”

“太君药材的发财大大的，我的小小的。”

鬼子小队长眼睛盯在酒瓶上，张培功就站起来打开了酒瓶和烧鸡的荷叶，撕下条大腿，送到鬼子的面前。

“你我朋友大大的，太君米西！米西！”

“不，不！”

鬼子虽然推辞着，可是嘴里的口水却流出来了，略一推却，就接过来大嚼起来了。小队长一边喝着酒，啃着烧鸡，一边伸出了大拇指。

“你的大大的好。”

他们就亲热地吃喝起来。张培功回头望望车厢那头，另一个队员也正和那边门口的鬼子在吃点心，一块谈笑着，这笑声引起车厢里旅客们的注意，大家都以鄙视的眼光在盯着他们，有的人还忍不住在低声地咒骂：

“他们还算是中国人吗？这么无耻！”

火车已经向白石开动了。突然从外边进来一个中年庄稼人，穿着破棉袄，肩上搭一个钱褡，里边装满了东西，有一簇葱芽露出来，不知怎么闯到二等车里了。鬼子小队长一看到这庄稼人贸然闯进二等车厢，马上瞪起了凶恶的眼睛。张培功忙站起来拦住鬼子抢上一步，斥责着：

“你没坐过火车呀！去去！你这穷样只能坐三等车，到那边去，别惹太君生气。”

快到肖家庄了，张培功低声说：“去解个手。”他来到三等车上，人挤得满满的。门边的鬼子身旁也有化装成各种身份的队员和鬼子嬉笑，让着烟，吃着水果。刚才闯进二等车厢的庄稼人也是队员，正在鬼子的身边从竹篮里往外掏花生。

回到二等车，鬼子小队长还在喝酒吃鸡，张培功回头一看，车厢那头的队员也去另外一个车厢“解手”去了。火车渐渐慢了，已经快到白石车站。

站西扬旗外边，路基的黑树丛里有两个人影在蠕动。进站的机车上的探照灯，照射在铁轨上像两条银蛇。杨庆春和王林滋两个人都提着短枪，杨庆春向车站望了一眼，回头对王师傅说：

“这次要看你这位老司机露一手了。”

“好久没有摸车把手了，想开车想得头痛，这次可该我驾驶这火车了。”王师傅按捺不住内心的激动，呼吸也有些急促。

站台上的绿灯亮了，开车的喇叭声响了，列车带着巨大的声响，微摇着身子开过来了。王师傅在脚踏板上缩着身子，停了一下，他慢慢地向上一露头，从司机两腿之间从侯保全对面的脚踏板上探出身来，只见他一举枪，王师傅忙一低头，只听“砰砰砰”一连三枪，机车忽然震动一下。当他再抬起头，看到鬼子司机已经倒在铁板上。王师傅上蹿上去，坐上司机的座位，扶住了已经失去掌握的开车把手。司炉是中国工人。杨庆春对他说：“工人兄弟！我们是游击队！不要怕，现在你是帮助抗日呢，还是继续给鬼子干？”司炉工人说：

“我是中国人，我恨透了鬼子，我愿意帮助抗日！”说着用大铣，向锅炉里送煤。

“好！关火。”杨庆春转头对王师傅说：“减速，到白石车站强制停下。”

杨庆春通过小玻璃窗，望着远处的扬旗拉了一声汽笛。车站的月台上，鬼子端着刺刀，在维持秩序，旅客们都提着行李，望着远远开来的列车。

火车头突然脑梗死似的，轰隆轰隆的一声惨叫，车轮骤然停止了转动，站上传来的一片嘈杂声和喇叭声，也只是一刹那，车上的鬼子和旅客，带着惊恐的神色望着窗外。列车内一阵混乱，人们都为白石站突然停车而吵嚷着。这才引起鬼子小队长的注意，鸡翅膀还衔在嘴里。他忙扒到车窗上向外望了一会儿，他喝红了的眼睛里，充满惊异地说：

“原计划白石站是不停车的，怎么突然停下，这是怎么了？”当鬼子小队长一回头，张培功正从腰里掏出一个小纸包，他认为又是好吃的东西，眼睛直瞪着。只见张培功将手一扬，纸包飞向鬼子的脸上，一股刺鼻的石灰味，跟着迸飞起白的烟雾，在鬼子的脸上扬起。一个队员趁势跳上去，一把抱住鬼子，把鬼子甩到车厢的过道上。

在同一时间，车厢另一端，也扬起一阵白烟，那头的鬼子也被队员摔到地板上，扭到一起厮打着。

“怎么回事？他们喝醉了吗？”

“他们怎么敢打鬼子呀！这不闯大祸吗？”

车厢里一阵骚乱，旅客们在议论，靠近他们坐的乘客都躲闪着，冲向另外的车厢。另外车厢的情景也同样有中国人和鬼子在搏斗，挡住了去路。旅客们又退回来，各节车厢里人声嘈杂，显得极度的混乱。

鬼子正要挣扎，“砰砰”两枪，被打死了。张培功马上从板壁上摘下了鬼子的匣枪。队员在另一端也打死了另一个鬼子。在这同一时间里，前后各节车厢里，都响起了枪声，凡是有日军的车厢，事先已全部车厢门和车厢之间的通道门上加了锁，把日军倒锁在车厢里。

旅客们都从各个车厢里下来，不一会儿，站台上边挤满了黑压压的一片人。支队长站在桥墩上给群众讲话：

“同胞们！我们是共产党领导的八路军，袭击火车，为的是消灭日本鬼子，希望今后大家多多帮助自己的部队打击侵略者，把日寇从祖国领土上驱逐出去……”

正讲着，突然从远处传来一阵阵“哒哒”的机枪声，子弹顺着雪白的探照灯光柱射来，支队长最后对人群说：

“乡亲们！敌人马上就要从车上下来报复了，我们掩护你们，向四下分散回家吧！远道的可以从其他站上再换车，再见吧！”当旅客们四下散去的时候，其他队员把带来的宣传品、标语，贴满在各节车厢上。杨庆春和侯保全指挥着队员，打开客车后的铁闷子车，从里面搬出军用物资：电话机、药品、食品。

这时鬼子从列车上涌出。支队长带着队伍，趴在列车两头的路基上，袭击两节铁轨，使列车不能再开动。一方面掩护着旅客分散，另一方面争取时间多卸些物资，支援山区。当队员们扛着物资离开了车后，支队长把掩护部队也撤走了。

“啊?!”听到侍卫队长报告说是司机被杀后，火车在白石火车站强制停车了，柳田有些着急：“司机死了，火车是怎么过来的?”

“警务段原来开过火车的一个老司机接着开过来的！”

此时，车厢的门刚被日军强行打开。

“我们去看看！”柳田说完，与狗熊站长等人急忙出了车厢，一溜疾跑来到火车头前面。

只见司机从头到胸脯血迹斑斑在驾驶座旁躺着，驾驶座留着个空位子，后来接上开车的人不知道跑哪儿了。

柳田对狗熊站长说，“司机这是有预谋的被刺客所杀，绝不是散兵游勇所为。我看，这火车的事，一定和你们警务段的人有关！”

“是呀，上次我就有所疑惑，这次就是肯定了。”狗熊站长脑子里回映着火车上接二连三发生的一幕幕骇人听闻的大事件……

狗熊站长带着手下几个人来到客车边，车厢上满是弹痕，机车已被破坏。他看到眼前的景象，站在柳田面前请罪说：

“司令！我没尽到职守！”

柳田看了一眼车厢上的标语，顺手从地上拾起一个八路臂章，对狗熊站长说：“是的，狡猾的共军主力到了铁路边。”

“刚才还整队整队的八路军、游击队，怎么说不见就不见了，人都到哪儿去了？”狗熊站长诧异道。

“共军精得很，都成天兵天将了，肯定没走远，说不定一会儿就会从哪个方向的天空降下来。”

“司令报告，前面的铁道也被炸毁了。”侍卫队长的声音里急中有悲。

柳田从打开的车窗伸出头去观察了一通，又缩回了脑袋，只见火车路基上被炸了一个大坑，枕木被炸飞，铁轨也被炸得变了形。列车离那段被破坏的地方只有几米的距离。

“既是炸毁了铁路，定是冲我来的！”柳田也是慌乱异常，他有些恐惧地望了望周围，屏声叹气道。又问狗熊站长：

“前面的铁路能不能修通？”

狗熊站长说：“若是平时，倒还不是什么大事。但现在，这一地带铁路工人早就吓跑了，到哪里找人去修铁路呀？”

柳田大脑飞速一转：“不好，怪不得刚才停下车后，前面轰的一声，一定是那些跑了的游击队炸毁了这段铁路！”

“是的，司令。”

三十四

故乡的窑洞，回想起来总是有种浓浓的感情。

从汾阳敖坡赴晋南增援的部队就住在白石村。

白石村小坡上的院子虽小，布局却很严谨，窑洞不大安排却端正，前有大路能到达平遥，后有高墙可抵挡敌人，进可攻，退可守。大队长率领部队路经他们村就住在这个院子里，周围有许多当兵的站岗放哨，每天出出入入许多人。大队长在统领千军万马时，对安营下寨择地之重要、用兵布阵计谋其深远，首长的指挥才能是多么的高超啊！

大队长住中间正窑，老式窗户是木窗框、纸糊着，摆放着几把旧桌椅板凳。土坑上铺一张破烂苇席，旧桌上有一盏煤油灯。

恰逢大队长身体不太舒服，任绥勤和警卫人员一起烧火做饭，还为他拔了火罐、熬了姜汤。他身体稍好，他们陪同他到河滩里打了几只山鸡回来。

部队在村里小住两晚，进行了抗日扩军宣传活动，村子附近的几个年轻人积极报名参军，跟着部队朝沁源方向去了……

飞驰的轿车穿村过镇，激扬的思绪飞古飘今。

“这几孔窑洞是首长住过的，谁也不许动。”南下支队走了以后，任绥勤说，他一次次漫步旷野，任泪水尽情放流，寂寞的思绪染痛眉骨，蓦然回首来时路，太多烟云太多愁。窗外，绿色的田野，禾青草香，轻灵的雨燕，裁云搏雾，在天空飞成一条流畅的曲线，描绘着不知名的无形图案。

经常有一些将军来探望任国祥，但他似乎并不认识他们，年幼的思维已经习惯了用警惕的目光观察着每一个看似和蔼可亲的人，外人送来的每一样东西，他都要下意识地抢过来咬一口，生怕东西里下了药，会害得他变得更疯，因为他一直牢记着父亲任绶勤经常告诫他的一句话：

“除了首长，不能相信任何人。”

十二月上旬，南下部队从白石村向汾河挺进。

在侧面暗护南下部队的汾阳游击大队和洪赵支队指战员已提前埋伏。洪赵支队作为配合部队，在汾阳游击大队一段距离的左翼埋伏，派出一参谋与汾阳游击大队协调作战。参谋深吸一口气，飞快地在草图上画了几笔，顿时惊呆了：

“我的娘！鬼子就是鬼子，难道会绕过我们的包围圈不成？”

他阴笑两声，在草图上又圈点了几笔。良久，怔怔地望着汾阳游击大队指挥员：

“我们跟踪到的那位置正好。”

指挥员顿时噤声，看了参谋一眼，自言自语道：

“指挥部给我们的任务是盯紧进入包围圈的鬼子。”

如果参谋说的鬼子企图绕过我们的包围圈那个地方是个幌子，那他后来说的位置正好是对的；如果不是幌子，那岂不是赔了夫人又折兵？

“首长！”参谋一把抓住指挥员的手臂。

“我已经盯了好长时间，如果没有十足的把握，是不会下结论的。”

参谋以下属的姿态谦逊地建议道。

“看情形，鬼子在绕圈子。不如……去前面看看？”

“有道理。”指挥员心领神会，命令侦查员道：“你匍匐着去前面看看，其他人不要动，随我继续跟近。”

“我亲自去看。”

“不，”侦查员猛地起身，“没有人比我更熟悉那里的环境，现在情况紧急，就算是让我爬着去也比你们在图纸上自己摸石头过河好。”

参谋陷入了苦思，依侦查员此时的体力状况再也不能经受高强度的匍匐了，他说：

“我与他去吧。”参谋自告奋勇。

指挥员意犹未定。

眼见三人主意趋于一致，参谋索性揽过他那支突击步枪，重对指挥员说：

“我们彼此间互不统属，我也没有收到洪赵支队关于中止侦察任务的命令，现在只要洪赵支队还有我一个人，就必须完成未尽使命。如果你非要让我留下，我有权独立行事。”

“好参谋，”指挥员看到参谋的伤势并不比侦查员轻，关切地正色道：“你现在是一个人，在洪赵支队靠近之前，必须听从现场指挥官的命令。我以现场指挥员的身份命令你：留下！”

“啪。”参谋激灵一震，用手拍了一下自己的脸，像是立正，说：

“是。”

不一会儿，侦查员返回，实地侦查与参谋图纸是分析的意见不谋而合。

汾河铁路大桥在夜色中默默屹立，河水静静地流淌。月亮悄然升起，微风拂过水面，河水在月光下泛起碎银般的光波。大桥横跨于平遥境内左家堡到达蒲之间的汾河之上。桥长一百八十米，为钢结构桁架式桥，钢筋混凝土桥墩，是民国时期平遥县至汾阳县小火车铁路桥。

汾河铁路大桥的兴衰存废、炸桥和保桥与民族的命运始终是相连着的。

抗战以来，为了遏制日军向南发展，有效地牵制日军的扩张野心，粉碎日军对解放区的大扫荡，我方破坏汾河铁路大桥以及同蒲铁路及周边铁路就成为当时打击日军嚣张气焰的一个最有力的回击。一九四〇年七月二十四日晚上，八路军一二〇师吕梁工卫旅，配合文水、汾阳的地方武装和民兵将平遥县香乐村附近的铁路刨毁了达 1 公里长，并将枕木浇上煤油予以烧毁。这次铁路被破坏引起了日军高度重视和极大的暴怒，对铁路沿线日夜巡逻，严密封锁。

十月，工卫旅二十二团陈东亮带领通讯排执行破袭铁桥任务。破袭小分队来到铁桥附近的左家堡村后，在当地民兵和群众的配合下，熟悉了地形和日军巡逻的规律。夜深人静时，左家堡的民兵和团长彭敏带领破袭小分队的七八个战士，趁夜色潜入铁桥附近。突然，探照灯一道亮光扫射过来，正好照在左家堡一民兵的头上，幸好民兵早有准备头戴柳条编制的柳帽，日军的巡逻榴弹扫射过来，民兵迅速卧倒，榴弹击中了左臂，鲜血直流，战友摘下帽子，紧紧捂住伤口，伏在地上，一动不动。等巡逻车走后，受伤的民兵奋不顾身，与小分队战士一起投入破袭任务。他们潜入河中，游至桥底，将十来个炸药包放入铁桥北侧底部，点燃导火线，队员们迅速撤离，刚刚返回到河岸，只听“轰隆”一声巨响，火光冲天，汾河铁桥成功被炸毁。

面对南下支队的向南挺进和抗战局势的发展，日寇意识到自己的末日即将到来。为防止敌人孤注一掷炸桥南逃，我军早已集结汾河铁路大桥附近，一场铁桥保卫战即将展开。

夜色从城市各处逸散逝去，却不见一丝晨曦端倪，天空一片阴霾，雨淅淅沥沥地下着，他们冒雨匍匐在湿漉漉的草地上，静静地等待鬼子的铁甲车。汾河两岸盘根错节的溪流穿行于大地，微弱的月光透过层层枝叶的细小间隙，水底的石板长满苔藓植物，一群群随机性出现在某个区域的不知名的蜂类发出骇人的嗡鸣，树根蠕动起来，竟是一条吐着芯子的蛇。它小心翼翼地沿着藤条绕过石头游向一丛枝叶残骸，窥视着正咀嚼坚果、对危险浑然不知的松鼠，缓缓地滑行而去，近了，再近一些松鼠身侧骤然闪出一对满怀敌意的眼睛，明确地投射出信息：“这是我的地盘。”蛇骇地缩回去，毅然放弃触手可及的美味午餐，掉头转回自己的地盘，因为它嗅到了来自那双眼睛的危险气息，在丛林法则中，一物降一物，强者的地盘是不容许挑衅的。时间慢慢流逝，扑通一声，平静的溪流被闯入者骤然打破，来者跌进水里。蛇兴奋地吐出芯子，蠢蠢欲动。然而，跌倒者很快便被伙伴从水里拉起来。蛇再次放弃了攻击，因为附近就是潜伏着的人类，他们带着杀戮的工具。蛇贴着潮湿的地面，纹丝不动，它觉得这伙人类显然不是冲它来的，只要人不贸然进入警戒区，它就不会动。突然勾到一根异常柔韧的藤条，骤然间，动作凝固了。

可怜他们都是在静寂的深夜，追逐着不能提摸的黑影，而驰骋于荒冢古墓间的人！宛如风波统治了的心海，忽然因一点外物的诱惑，转换成几乎死寂的沉静；又猛然为了不经意的遭逢，又变成汹涌山立的波涛，拨动了整个的心神。出于职业性的敏感，战士们已经自发地围上前，注视着并仍然保持着潜伏姿态的身体。没有人惊呼，更毋庸置疑，他们的脸上看不出应有的任何痛苦的表情，唯有嘴唇已紫黑变形，缥缈的雨丝粘在坚毅的脸庞上，汇成一股股细流抚过黝黑的枪身，掷地无声。

鬼子的铁甲车虽然只能在轨道上跑，但它可以转动方向，前后左右都能打，机关枪有效射程很远，敌人火力很猛，天已大亮，还有许多战士被拦截在路西没有冲过封锁线。愤怒的战士把枪对着过来的火车就是一顿猛打，火星飞溅，子弹在火车的后箱上留下来一排冒烟的弹痕。

“一天白等了，连日本鬼子的罐头也吃不上了。”

“不许叫！”机枪班长对着战士训了他一句。

夜深了，战士们都静悄悄的，只有草丛中的蟋蟀在吱吱叫，暗淡的月光也消失了。不一会儿，不远处一闪一闪的，似有“鬼火”。敌人会不会来呢？真是等得人心焦。一阵夜风拂过，半人高的野草齐腰倒了下去，隐藏在草丛后面的“鬼火”突然蹿了出来。指挥员猛地吸了一口凉气，原来那些根本就不是什么“鬼火”，而是鬼子的小手电。指挥员的脸色变得非常难看，他沙哑着声音说：“这是一个圈套！”他话音刚落，就听前面响起激烈的枪声，另一头也传来叫声：“报告，我们遭到敌人的袭击……”随后，他的声音很快被震耳欲聋的枪声吞没了。指挥员叹息着摇了摇头，脸上流露出痛苦的表情。

此时，由汾阳乘车返平遥的日军到达蒲村后，进入我包围圈。我设伏于村西公路南的战士们不声不响地放过敌人，敌人毫不介意地继续前进。一点半左右，狡猾的日军进入左家堡到达蒲中间地段后暂停行进，向公路两侧的青纱帐里一阵扫射，进行火力侦察。约十分钟后，日军见无任何动静就继续行进。进行火力侦察，日军在一步一步地行进着，我军在一分一秒地等待着。两点十分，日军全部进入我伏击圈。支队长对空连发“砰、砰、砰”三枪，三声枪响划破寂静的夜空。

枪声就是命令。

“哒、哒、哒……突、突、突……轰、轰、轰……”

霎时，各种火器集中射向敌人，手榴弹在敌群中开花，顿时把敌人打得晕头转向、惊恐万状、队形大乱、伤亡一片。但训练有素的日军很快清醒过来，一部分伏地还击，另一部分展开进攻的队形，向我方冲击，妄图夺取高坡，占领制高点。我方战士用猛烈火力杀伤一部分敌人后，乘敌人混乱之际，在支队长率领下向敌发起了冲锋，冲入敌群，双方展开了激烈的白刃战。敌人伤亡越来越大，我军也有二十多名战士受伤。在支队长的带领下，我军再次向敌发起了冲击，目军残敌向东面青纱帐逃去。

左家堡的枪声惊了平遥城的日伪军，准备赶往左家堡增援，但又恐深夜再遭我军伏击，只得等待天明。

连夜，我军已推进到达蒲村。天刚亮，平遥城日伪军百余人，乘车赶来，遭到我军的突然袭击。鬼子拼命奔跑，想找个藏身之地也找不到。支队长高兴地笑了，轻机枪手打倒了两个正在贴着墙根向东奔跑的敌人。敌人逃散了，他们根本无法进行有组织的抵抗。这时，东北方向传来了敌人重机枪的枪声。支队长说：

“枪声在几十米以外，打开大门冲出去，战士冲到街上，顺手从被打死的鬼子手里缴了七支三八式步枪、数箱子弹，迅速地撤出了村子。在青纱帐的掩护下，支队长命令跑步向汾河铁桥前进。一口气跑了半个多小时，敌人的机枪声听不见了，战士们渡过汾河，在一个村里休息。乡亲们端来了绿豆稀饭、馒头、玉米，招待自己的子弟兵。一天打了两仗，战士满身都是土，散发着火药味。

天已大亮，鬼子的小钢炮打得很猛，轰隆、轰隆，成排成串的炮弹接二连三地飞来，炮火削掉树冠的柳树干枝，大地已经染上一层金黄色的霞光。树木在燃烧，铁路在震荡。一位位敢死队员浴血奋战，受伤的，从血泊中爬起，继续砍杀，动不了的，拉响手雷，和敌人同归于尽。南同蒲铁路西，鬼子小钢炮不停顿地在打，巨大的爆炸声一声又一声冲击着人的鼓膜，被爆炸气浪掀到空中的砖瓦泥土和草木高粱玉米秸秆在空中哗哗作响，一直飘落到新庄村街道院里屋顶和墙上。

此时，南下部队已经顺利渡过汾河。

在胜利的鼓舞下，我方指战员们一点也不觉得累，大家边吃边谈，情绪十分高涨。

这是胜利的喜悦！

这是胜利的欢笑！”

指导员对队长说：“你的判断真准，战机抓得紧，时间掌握得好。”

队长笑着说：“如果不关起门来打，而是开门撤走的话，就可能在路上跟敌人交锋，或是被敌人追击，那对我们就不利了。”

指导员点头表示同意。

一文艺兵打趣地说：“咱们再唱《汾河在我心上流》吧？”

“好，大伙唱起来！”

亲着梅花吻着杨柳
乳汁般的河水润心头
我是你的儿女　你的骨肉
日夜感受你温柔
画着山水剪着锦绣
丹青般的长卷展春秋
你是我的母亲　我的朋友
牢记恩德　让我的心灵成为一片绿洲
我永远追求　汾河在我心上流　汾河在我心上流
把我沐浴为我加油
画着山水剪着锦绣
丹青般的长卷展春秋
你是我的母亲　我的朋友
牢记恩德　我永远追求　汾河在我心上流
让我的心灵成为一片绿洲　汾河在我心上流
把我沐浴为我加油　汾河在我心上流
让我的心灵成为一片绿洲
汾河在我心上流　把我的祝福带我远游

丈夫许国，不必相送。马革尸还，血洒疆场。金戈铁马，刀光闪烁，血肉模糊，炮火纷飞雨雪腥风的南同蒲铁路线上，上演了一幕悲壮的英雄赞歌。

一九四五年七月，在抗日战争即将取得最后胜利的日子里，八路军离石支队奉命出发，挺进敌后扩大解放区。于七月五日来到吕梁山脚下的汾阳敖坡村。部队进村后，一边休息一边为渡汾河、穿越同蒲铁路日军封锁线做准备工作。驻汾日军得到我军这一行动的情报后，为阻止我军南下，挽救其彻底失败的命运，欲同我八路军将士再决雌雄，集汾阳赵庄、罗城、仁岩等据点的日伪军共八九百人，于次日凌晨兵分三路，恶狼似的向我八路军驻地敖坡村扑来。

拂晓，清脆的枪声代替了报晓的鸡鸣，当前哨警卫与敌接火之后，群众在我方部队与当地党组织的掩护下，紧张而有秩序地向安全地带疏散。支队首长命令警卫一团八连迅速占领村西的无名高地和村西北的敖坡高地阻击日军，掩护主力部队转移。我方八连二班在副连长陈学诗带领下，冒着敌人密集的炮火首先占领了村西的无名高地，并给一路进攻之敌以迎头痛击。在战士们的机枪、手榴弹打击下，日军丢下数名士兵及一个小队长的尸体慌忙败退到村外。与此同时，另一路日军主力在山炮和其他重火力掩护下，抢占了敖坡阵地。此地居高临下，我军的指挥机关与主力部队完全暴露在敌军的火力控制范围之内，情况十分危急。这时八连接到了支队首长的命令：不惜一切代价夺回敖坡，掩护主力安全转移。

在连长曹启洪、指导员刘毓敏率领下，八连指战员一个个像出山猛虎，趁敌立足未稳，迅猛出击，在村西无名高地的火力支援下，冲入敌阵与敌人展开了一场短兵相接的血战。经过一阵白刃搏斗，坡上之敌大部分被歼，少数残敌落荒而逃，八连战士一举攻克了敖坡，为我军主力部队的转移赢得了宝贵的时机。

日寇败退下山后，不甘心其失败，又向敖坡进行反扑。我方八连指战员在连长曹启洪指挥下，稳扎稳打，发扬我军惯于打近战的优势，将敌放进离阵地前沿三十米处突然出击，一颗颗愤怒的手榴弹在敌群中开花，一粒粒仇恨的子弹直穿敌人的胸膛。日寇慌不择路，又一次败下山去。

后来，气急败坏的日寇又重新组织了兵力，再次使用炮火。一时间，整个山坡硝烟弥漫、乱石横飞。我方八连战士从土中爬出跃入弹坑里，利用各种有利地形与日伪展开了一场殊死的搏斗，打退了敌人一次比一次猖狂的进攻。敌人的进攻从五十人增加到一百人直至三百多人次进攻，均被我方钢铁八连英勇击退。在激战中连长曹启洪两臂中弹，身上六处负伤；指导员刘毓敏右臂被打断，但他们不下火线，仍然指挥战斗。在弹药打光的情况下战士们用石头、刺刀、枪托继续与敌人拼杀。最终，我方战士把进攻之敌全部击溃，胜利完成了掩护主力部队转移的任务。

当年任绥勤带领民兵与敖坡民兵队长张志德配合八连参加了这次战斗。之后，两人再一次来到当年的战场上，感慨诸多。

自行车在弯弯曲曲的山道上蜿蜒前行，扬起黄色的尘土。

沿途休息时，任绥勤深情地看着这片黄土地，深邃的眼神流露出淡淡的忧伤。突然，他问：

“敖坡的敖应该怎么写？”

张志德暗笑，便在自己的手心里写了一遍。

任绥勤在一边看着，却爽朗地笑了：“不对，人们图省事，下边少了个字”。

张志德点头道：“嗯。”恍然大悟，想起那个鳌字。任绥勤道：“有龙湾、石老，岂能无鳌头？我们的抗日县委、县政府就独占这鳌头，若日军司令部在汾阳城一举一动，卧龙在高坡紧紧地盯着他们！”

张志德，一位朴实而壮硕的老农，浓眉大眼，声如洪钟。他们一碰面便紧紧地拥抱在一起……笑着、簇拥着走进凉爽的土窑洞。在老旧的炕桌旁盘着腿亲热地聊起家常，一个民兵队长，一个农会秘书，他们眼里都充满了晶莹的泪花，说不完的心里话。

敖坡地处边山，进可直捣平川日军据点，退可隐入深山老林。所以，拉锯式的战斗在敖坡频繁而激烈。张志德和他们扳着指头，折点出一系列在同一条红色交通线上唇齿相依、休戚与共的事件，特别是一九四五年发生的阻击战。

他们谈着，走出村西，径直来到那个战场。又谈起当年他们带领民兵配合八连参加战斗的经过。张志德谈到部队撤离时，他带领民兵和八连一位姓芦的文书，把烈士们认真安葬在这块血染的土地上。接着，张志德引着他们在偌大的敖子坡上指出十三位烈士牺牲和埋葬的地点，指着每一座墓碑，告诉他们某战士衣兜里有入党申请书，某战士有来不及捎回家的三块银圆……

“是啊，这里，还有三道川，是咱们的小延安。”任绥勤深情地说。

回到窑洞的时候，他们拉起了家常。贤惠的老伴把丰盛的菜肴摆上炕桌，那时困难，特地从外村搜寻买回了豆腐，主食是莜面栲栳。

“简单些，碰上什么就吃什么吧。”任绥勤说。

“哪能，等将来条件好了，咱还要上鱼呢。”说着，老人兴奋地打开柜门，拿出浸泡着灵芝和人参的老酒，说就等贵人来了喝的，倒了一盅，划根火柴点燃，蓝色的火焰便蹿出老高，张老熟练地提起酒壶温热，酒香扑面而来。老伴不知什么时候已经跑到村外苹果园，用围腰包了一包红香蕉和黄香蕉默默地挂到车把上。

分别的时刻到了，老战友们紧握双手不松。

走出老远了，张志德还一直站在村口招手……

任绥勤回来不久的一天，天越来越阴，不一会儿就下起了雨，有几滴雨落到任绥勤的脸上，把他从胡思乱想中惊醒，他赶忙牵紧马的缰绳，摘了片南瓜叶顶到头上，向回家的路走去。

午饭后，雨过天晴，任绥勤刚放下碗，就听到打麦场上传来敲锣打鼓声，听着这节奏，她猜想着村里究竟发生了什么喜事。

一会儿工夫，打谷场上就聚集了不少人。有三个穿着灰色军装的人手里拿着铁皮喇叭，大声在喊着什么。任绥勤加快了脚步，飞快凑到了跟前。他们穿着和娃蛋一样的军装，但其中并没有娃蛋，任绥勤不免有些失望。

也许是天气的原因，一只闷得慌的喜鹊从巢里溜出来，“喳—喳—喳”叫了几声，人们对这样的声音非常熟悉，抬头看了看喜鹊，嘴角露出一丝微笑。枝头的喜鹊分明对“老朋友”的到来并不害怕。又“喳喳”两声，作为回应。

只听得喇叭其中一个朗声说道：“乡亲们，日本鬼子打出去了，抗战胜利了！”。围观的人群发出一片欢呼，紧接着震耳欲聋的锣鼓声、唢呐声响成一片。

“胜利了，那娃蛋的哥哥大娃也能来看我们了吧？”胡秉全母亲也心里一喜，脑子里飞快闪过一个念头。几乎是同时，她迅速朝着村口的方向看了看，仍然是什么也没有。

她想凑上去，与穿军装的人打探一下大娃的情况。但此时三个穿军装的人把任绶勤拉到一边，不知在说着什么，还把一张纸交给了任绶勤，四个人表情凝重。胡秉全母亲也没多想，可能是要给任绶勤交代什么重要任务了吧？

胡秉全母亲在一边等着他们把话说完，一边不停地朝大槐树那边瞭望——

不知什么时候，任绶勤已经站在了她身后，说："大娃已跟随大部队南下了！"

胡秉全的儿子胡润田长大以后，越来越懂事，一心要为父亲报仇雪恨。夏蝶被人民政府处决了，可大汉奸吴远征失踪很久，逍遥法外。

胡润田不甘心，经常与父亲的老战友、原平遥敌工科长霍丕先谈到这件事。

"案子已经发生了好多年，现在还没有逃犯的任何消息，这是由于案子的分量和复杂导致的。不过，冤有头债有主，只要我们对这件事不离不弃，这个仇是一定要报的。同时，也是我对你父亲的一个交代！"霍丕先是分析也是对胡润田语重心长的鼓励。

一天，胡润田告霍丕先说："霍伯，听村里人说，吴远征的弟弟近日失踪了，不知干什么去了？"

"他能干什么，与他哥哥是一路货色，还能干什么好事？"霍丕先思谋着自言自语道。

"怎么去寻找？"胡润田问道。

胡润田现在突然意识到，吴远征的弟弟近日是失踪了的，现在如何去寻找？

"润田，我们不是去找他的弟弟，而是去找吴远征！"霍丕先说道。

“霍伯，不是你给我说他的弟弟很有可能也是和他同流合污吗？”胡润田烦躁得有点忍不住，怒道。

“润田，息怒息怒，等我把话说完，好吗？”霍丕先看见胡润田愠怒的神色，连忙说道。

“哼！”胡润田哼了一声。

“润田，我说的意思是，我们现在从吴远征的弟弟这个出发点去找逃犯，很难找到，逃出去二十多年了，你如何去找？这种找法如同大海捞针，我们要寻找他，就要以逃犯的出发点去找他。”

“别忘记了，他弟弟现在已经成了我们怀疑的嫌疑人，所以这样找起来才有方法可寻！”胡润田说道。

“你是说……”霍丕先恍然大悟，这其实就是思维的问题，有时候换一种思维，就会事半功倍。

“你是说，这个人有可能与他哥近期有过接触？”霍丕先问道。

随即，霍丕先立即叫人去这两个部门了解情况。

而胡润田也开始调查他弟的这些天的行迹。

时间一点点过去了，霍丕先这边一无所获，并没有人来报告涉及吴远征的案子的相关人员，虽然有些个乡镇派出所有人登记寻人，但是都是白天来往的，没有人打听到有用的信息。

只是胡润田说：“霍伯，听人说，前几天有个东村口音的人朝白虎岭方向去了，不知这消息可靠不可靠。”

“好，有线索了。”霍丕先说。

“怎么查？”胡润田问。

“润田，我看去白虎岭方向的所有人都比较可疑！”霍丕先嬉笑着说道。

“我是在给你开玩笑吗？”胡润田生气地说道。

“不是……”霍丕先不敢再笑了，低着头说道。

“好吧，知道了。”霍丕先委屈地说道。

这时，胡润田的手机响了。

“喂！”

“听说，有个陌生人在白虎岭下的一个小馆子吃过饭。”电话那头说道。

“好，注意观察。”胡润田激动地说道。

就在他们研究情况的时候，霍丕先那一组也传来了好消息。

他们组一直在调查，查找所有可疑人群，因为吴远征的弟弟离开，就必然要携带东西，因此他们就针对这段时间所有携带行李的可疑人群进行排查。

“刚刚终于被我们追查到了一条有用的线索。”

“什么线索？”霍丕先着急地问。

“真没想到，吴远征的弟弟这个人居然这么狡猾，行李他不是自己带走的，而是别人拿的，最不可思议的是，拿他行李的人，也是我们最容易忽略的人群。”

“到底什么情况，你就别卖关子了，一口气说完。”霍丕先说。

“好的，我们原先是有针对性地对目标人群进行筛查的，符合条件的人群，我们都排除了嫌疑，但是人不可能飞出去啊，于是我们重新梳理了一遍，这次我们放开了年龄和性别的筛查，终于有了线索，那段时间之内，有一个人背着一个行李袋离开过，随后我们根据线索，查到了他，结果搞错了。”

事情的经过是：

那天下午，看外面吹起了大风，吴远征的弟弟穿了件黑色的上衣，戴了个灰色的瓜皮小帽，顺手戴了褐色墨镜。他挤上了公交车，座位上早已坐满了人，他只好站在过道里，突然发现许多人都用怪异的眼光看着他，“难道他们发现了我？”他心里犯着嘀咕，下意识地不停地转动着头，前后左右地观察着，看看谁是可疑之人。身前座位上的有位妇人，也不停地斜眼观察着他，她把座位让给了他，他暗自庆幸运气好，上车不久就有座位。那位妇人却站在车门口，连着两站都没下车。正当他胡思乱想时车停了，有人要上车，他把行李留给了旁边的一个人，借口说他小便一下就来。车开动了，不一会儿上来三名警察。其中两名警察慢慢地移到行李包旁边，那人刚想转头时，警察一人抓住他的一只手臂。另一名警察说了句：“请跟我们走一趟！”那人还没弄明白是怎么回事，警察就把他像老鹰捉小鸡似的拉到了车下。然后，拿了张照片左右上下地对照着看了几分钟，最后，对抓着那人手臂的两名警察摆了摆手，那两名警察随后就放开了手，歉意地对那人说：“对不起，抓错了，你可以走了”。

那人刚想问问到底怎么回事时，他们已开着警车走了。

调查组的人继续说：“人是放走了，但我们还是怀疑这是吴远征的弟弟的包裹，于是，我们就把排查缩小到附近这个范围。”

“好的，可以啊，这次你们算是立大功了。”霍丕先说。

霍丕先凝重的脸上终于露出了笑意，最近两天，接二连三的好消息传来，他相信，吴远征这条狡猾的狐狸终究逃脱不了猎人的猎枪。

三十五

“砰！”三官庙外面，一片白光，时间仿佛定格在了那几秒钟。

里面，国民党用枪逼着训话。阎锡山为巩固在山西的统治，除建立“铁军”与“铁血团”外，还发明了“兵农合一”的制度，以增加晋绥军的服役人数。实行兵农互助，一人服役另外两人出劳动力供养服役的人，大有全民皆兵的意思。在广大农村基层实行特派员、村长、副村长即“三人小组”负责制，还下设有闾长、里班长监视每家每户，发现有可疑的人，立即控制，上报逮捕。有一次山里的一名地下工作人员来白石传达上级命令，不幸被他们发现，关在二区所在地的三官庙内，任绥勤与朱肇庆买了猪头肉、花生米、三斤白酒，在入夜十二时后请两名看守吃喝，他们把看守灌醉，推开窗户把人放走。因为村边还有岗哨，任绥勤把这位联络人领到自家碾坊里藏了起来，这边朱肇庆推醒两名看守，惊动区里其他人组织追查，一番折腾后以为人已逃出村外，两名看守也因怕牵连而不敢声张实情。

一九四七年一月十二日，凛冽的寒风吹着山西文水县云周西村，也吹着汾阳白石村。

刘胡兰昂首挺胸，被激怒的国民党士兵大声呵斥。他们抽出一把碗口大的铡刀。刘胡兰咬紧牙关宁死不屈。最终，她惨死在敌人手中。

同日，阎锡山麾下的军阀带兵扫荡了白石村。

阎锡山为延缓自己苟延残喘的政权，疯狂镇压革命人民。指定梁化之总负责，率先在晋中开展“三自（自清、自卫、自治）传训”“坦白转生”暴政，目标直指跟共产党走的基层革命组织和人士。据《定襄县志》梁化之传披露，梁任“三自传训”委员会总负责人，晋中各县死于乱棍之下的革命人士以及无辜群众三万余人，连同杀死、逼死和被毒打致残者共九万余人。

根据形势，党组织认为任绶勤平时工作积极认真，不怕苦不怕死，但暴露过多，为防意外要求他离村去交城山里暂避。但他放不下村里的工作，仍然隔三岔五地在深夜回来打探情况，开展工作。最后一次他在深夜回家，不到两小时，就有村里三人小组成员的特派员王某一带着村里的闾长、里班长四五个人，敲开门进来搜查，情急之下妻子把他藏在柜子后边。前边进去的几个里班长看见装作没看见，轮流出来说，“没人，可能没回来”。但闾长王不二，却几步进去把任绶勤一把从柜子后面拖了出来。就这样任绶勤被捕了，连夜被送往义安村县三自传训集中地关押审讯。阎匪驻汾阳军头目刘效曾以为抓到任绶勤是大功一件，第二天竟亲自带领一部人马来白石村抓捕任绶勤的妻子和儿子，幸亏内线有人提前通告消息，任绶勤的妻子抱着儿子离家躲了起来，才幸免于难。敌人来了搜查一通没有发现人在，只得罢了。

这一天，天空飘着雪花。大纛旗上的“青天白日”图尚依稀可见。村东打麦场里黑蒙蒙一片人，愤怒地看着戏台前的勾子军，随时准备冲杀过去；勾子军也重新聚集成一阵，惊恐地望着全村人，戒备森严地防着众人。

那是日本人走后，二战区阎锡山回来了，和八路军打内战，到处捉拿八路军和家属。人们在义安村天天开会集训，集训后，就把怀疑与八路军有关系的人抓来反省，自白转生。当时的顺口溜是：三自传训义安村，背着锅儿和笼双（笼双指蒸笼），人人带个小双双（小双双指小凳子）……在这里，他们发现了共产党的身影。敌人将任绶勤带到这里，并开始威逼利诱。他们一遍遍引诱着，试图让任绶勤说出隐匿的地下同志。

勾子军长官说："阎长官那么好，对山西有功劳，爱民如子。"

任绶勤说："好什么好？老百姓的粮食都被他们抢光了！我们收割回庄稼还在打场的时候，二战区的兵们就把口袋放在跟前了，你打下多少粮食，他就装走多少。百姓跟他们讲理，说该交的公粮我们都交够了，他们却说交够了还不行，剩下的粮食都是要拉走的，纯粹不讲理啊！抢了新粮，他们又打旧粮的主意。"

"住口。谁是同党，快说。"

"你就是给我一万筒金子，我也不会说。"任绶勤眼神坚定，鄙夷地看着敌人，骄傲地说道。

此时此刻，任绶勤新仇旧恨涌上心来，他是打死也不会投降的。儿子胡秉全是我白石火车站的地下人员，惨遭杀害；自己曾经通过外甥女田婵花要到交城山里找田婵花的丈夫甘一飞，没有走得及，被鬼子打了一枪，趴倒在地，流了一摊血，幸亏没死。妻子为八路军做过军服，不幸被日本宪兵队抓走，被日本人用尽酷刑。岳父当过抗日村长，严刑拷打了一个月后，被日本人杀害……

“你再说一次！”勾子军猛地拽住了任绶勤的衣领，眼中闪着毒辣的火焰，仿佛要把他吞噬。

“你再叫喊，我也不会说的。”

“我看你不说。”说着，勾子军扬起拳头，狠狠地砸在任绶勤的脸上，他痛苦地叫了一声，倒在地上又爬起来。

“哦？还能爬起来？倒看你还能撑多久！”勾子军的嘴角扬起一抹弧度，目光似犀利的剑。又是一阵殴打的声音。勾子军打过以后，摘下沾上鲜血的手套，带着惊悚的笑转身离开。

随之而来的是一场“三自传训，乱棍打人”。

任绶勤壮烈牺牲。

天上飘下鹅毛大雪。村子里人都说，那是老天爷在哭泣。

元末明初的白石三官庙在朦胧雾气的笼罩下，一幅飘在浮云上面的剪影一般，显得分外沉寂肃穆。曾在此地举行的泪眼相看、无语凝噎的“七壮士”悼念情景仍在人们眼前幻影般回放。

三十六

斜阳草树，寻常巷陌。

太阳从白虎岭落下，放出最后一道惨淡的余晖。

那是二十世纪六十年代初的一天，人们很郁闷，正喝着酒想办法，吴远征突然发现，对面坐了一个人，大脑仿佛被什么东西给电击了一下，他心里喃喃自语道："这个人好熟悉，我好像在哪里见到过！"吴远征正心烦着，有些面熟，不好确认是谁，觉得是冒出个不开眼的家伙，顿时怒不可遏，心里想说：

"滚！""额……嗬……嗬……"

霍丕先猛然从饭桌边缘高高跃起，右腿唰地抬到头顶，然后在空中划出一道半弧，犹如一把威力刚猛的大砍刀狠狠砍向吴远征的脖子。霍丕先冷不防又将双腿换成双手掐住了吴远征的脖子，卡着下巴将他平举起来，尽管他有一些毁容，霍丕先对他是扒了皮也能认出来的。呼吸不畅的吴远征顿时就脸红筋胀，双手不由自主地去掰脖子上的手。可惜的是，掐住脖子的手像钢铸的一样，在吴远征两只手的拉扯下，依然纹丝不动，掰了两下之后，吴远征支持不住了，眼珠子都要爆出来了。霍丕先稍微松了松，吴远征从来没感觉到空气是如此的鲜美，贪婪地长吸了一口气：

“呜呜呜……”

吴远征哭啊哭啊，将肚子里的苦闷、烦恼、怨气统统宣泄出来。他不再是杀人机器，而是活生生的人、有血有肉有灵魂的人；然而他的脑子显然还不太清楚，深邃的瞳孔里不时地变幻出一股戒意，令人悚然。那人浑浊的瞳孔里闪出一丝怪异、恐惧与疲惫交织的神情，他在脑海里竭力地搜索着记忆，他陷入痛苦的逻辑中。他暗自揶揄着，怅然若失，脑海里“轰”的一声，弦断了。

“放开他！”饭馆小伙子听到动静，进来就看到他们大哥被人制住，立马大叫起来。这家伙比较聪明，他知道吴远征的厉害，来人能够制住吴远征，自己上去也是白搭。这一嗓子，既表了对时间不长的老顾客的忠心，又告知了外边的客人。就凭人家能够把一百五十多斤的大活人平举着，一动不动，自己上去，估计顶不上人家一根手指头。

“你先出去，叫他们都别进来！”吴远征喉咙上的大手松了，大致认出是霍丕先来，第一句话就让人别进来，免得引起误会，到时候最先倒霉的，还是你自己。小伙子听话地出去了，还顺手关上了房门，霍丕先轻笑：“这家伙还真能揣摩人心。”

“看来你还是想起我了？”

“只是面熟。”

“何止是面熟？”

“老弟兄，有话好说！”吴远征现在是人在屋檐下，不得不低头。

“别跟我套近乎，我就不相信，到现在你还没认出我是谁。”

“认识，认识，霍……”吴远征见风使舵的本事不错。

“既然知道我是谁，那我来干什么，你应该明白？”霍丕先放下吴远征，松开手坐了下来。

“是我有眼不识泰山，谢谢你手下留情！”吴远征心里后悔极了，早知道这次遇上他，再好的饭也不敢来吃啊！

“抽烟吗？看你没太多机会抽吧？”霍丕先问道。

“有雪茄吗？烟抽着没味。”吴远征说。

“呵呵，你当你是什么人呢，雪茄没有，烟，爱抽不抽。”霍丕先冷冷地笑道。

“那就来一根吧。”吴远征无奈地说。

霍丕先和吴远征缄口不谈关于他汉奸的事，只是闲聊中，霍丕先缓缓地套取吴远征这些年的一些情况。

吴远征也比较谨慎，他也想套套霍丕先的口风。

就这样，两只狐狸各自虚与蛇委、互相试探。

吴远征明知自己被抓住只会被判死刑，自然不愿意透露什么线索给霍丕先。

“要不是你跑得早，你以为你还有机会跟我说话！”霍丕先除了制住吴远征，却是没有别的举动。吴远征的神经就没有松过，实在是冤家路窄。

“这次你就跑不了啦。”

“是，是，是，以后我绝对老老实实地做人！”吴远征忙不迭地答应。

“日本人在的时候和你暗地里勾结过的人，最好说出来，他们有人命在身，现在他们对你会比我对你还要狠的，留着是祸，我就这么一说，听不听在你。”霍丕先觉得有几分道理，但一时不好出口。

“是哪些人？我怎么不知道？”吴远征茫然问道。

“呵呵，这些人只有你清楚，说实在的，我真不知道，但肯定是有的。”霍丕先失笑道：“他们以后知道你回来，心里不安，也该对你动手灭口了。你说出来，我就顺便帮你先收拾了。”看到霍丕先放开自己，转身就走，吴远征愣住了，什么意思，难道真有人来灭口吗？他有些难以相信，赶紧绕过茶几，准备出去看看，还没走到门口，就听到外面传来一连串的惨叫。出门一看，十几个人跪在地上哭爹喊娘，身边散落着三股叉和长长短短十多把铁锹。

霍丕先头也没回：“你直接报警吧，他们就是来要你的命的。”

“我不……报警！”吴远征不太相信霍丕先的话，直接拒绝。

原来，霍丕先对吴远征在这一带的行踪早有耳闻，可是，他说成啥也不会相信，一个二十多年杳无音信的人会突然出现，他不是找死吗？真是见了鬼了。但还是勾起他的一点疑心来，这次正好有事情路过这里，就顺便进来走了走，果不然真给他遇上了。

这里是汾阳宋家庄人民公社的后沟大队，说大队也不是一级核算单位，是向阳大队的一个自然村。村西是逶迤的白虎岭山脉，荒无人烟，新中国成立前吴远征就潜逃在这山林里。

饭馆里的客人，都是跟着霍丕先来寻寻觅觅找吴远征的，大多是他们的父辈因吴远征的告密惨死在日本人和勾子军的屠刀下的，与吴远征有着深仇大恨。

“刚刚他们几个拿着家伙想闯进来！我跟他们说，不让进去，他们不听，我都拦不住，最后没办法，我只好说你被挟持了，现在进来会让你更危险，他们还是坚持要冲进来，肯定是想杀人。”最开始的那个小伙子偷偷凑近吴远征，低声地说。

“算了，我不怨他们，好聚好散吧。”吴远征咬咬牙，叹了口气说。

其实，刚才霍丕先出来的时候正是在报警。县公安局不少人与霍丕先都是熟人，加上这些年霍丕先一直在公安局打听吴远征的线索，他与民警们就混得更熟了，接到他的报警，对方一个民警在电话里调侃道：

“老霍，你端了逃犯的窝点了？”

“顺便而已！”

民警不由地笑了：“你老兄领奖金上瘾了啊，还跑去抓逃犯！”

“嘿，我还真没想到呢，那些个逃犯悬赏还真不少，你不说我都忘了，谢谢了啊，改天请你吃饭！”霍丕先大笑着说。

“去你的，之前你答应请客都还没请！还有，我帮你们多争取了几百元奖金，怎么说也得请个十次八次的。现在请我帮忙，是不是也要请客啊？我都不多算了，十次，少一次我都不干！”民警开始为自己谋福利了。霍丕先傻了，请十次，那得花多少时间啊，平时要上班，只能周末请客，就算周末请，也要浪费十个周末。

“这样吧，抓逃犯的奖金，我都拿来请客，你自个儿领了，想怎么吃怎么吃，我就不去了，节约下来，你可以吃双份。”

“哪有你这样的，请人吃饭自己不到，那还叫请客？不行不行！”民警可不会上当，奖金是必须发到本人手里的，代领是要犯错误的。

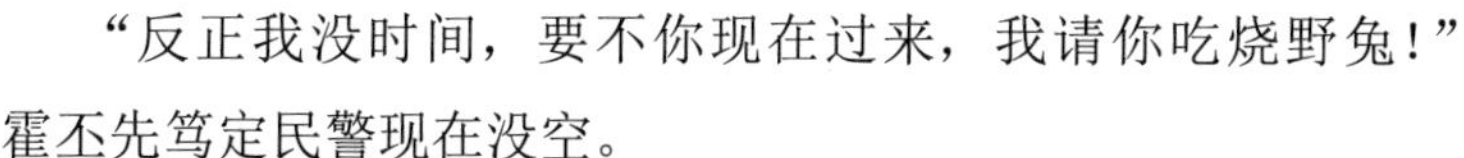

“反正我没时间，要不你现在过来，我请你吃烧野兔！”霍丕先笃定民警现在没空。

“懒得跟你贫了，你说的逃犯是怎么回事？”民警言归正传，问起了正事。

“逃犯是吴远征，撞到我们枪口上了。”霍丕先郑重其事地说道。

“我这就派人过去！”

“不用了，我们转他回去吧，你直接去派出所就行了。”

千算万算，吴远征万万没有料到霍丕先既不深究勘测他的底细，也不百般刁难，就这么轻易地放下他出去了。他看到警徽时，想起日本人也给他颁发过一枚勋章，可现在看来那枚勋章的意义等同于一块墓碑，没有墓铭志，孤零零地堆在荒山野冢，很快就变成黑土地上的尘埃，被岁月无情吞没。每每回溯那段惶恐不安的岁月，他的心就会很痛，罪恶的阴影始终挥之不去。

吴远征把心一横，就向着门口冲了过去，他想不顾自己脖子上受伤也要从包围圈中撕开一个口子，刚向前冲了一步，手中的匕首就把霍丕先的右臂刺了一下，一把铁锹把吴远征从头上拍了下来，他根本就不管，只要不把自己拍倒，就一往无前地向前冲，手中的匕首一直伸向着前方，看着逃犯没命地向前冲，另一只铁锹直接从中路插了过来，顶在了逃犯的前胸上，而另一个人手里的三股叉从下面叉了过去。

“停！”霍丕先大喊一声，所有人都停下了他们的动作。

“把他绑起来！”霍丕先又大声喊道。没有绳子没有关系，好几个村民把鞋带解了下来，将他的双手困了个结实，这时霍丕先才将自己身上的手铐拿出来，将逃犯反手铐了起来。霍丕先刚才怎么不直接用手铐呢，霍丕先的右臂有伤，使不上劲，村民们不一定会使用手铐，万一在用手铐铐他的时候，出现点意外，那就美中不足了。而村民们用绳子就不同了，他们常年使用绳子，非常熟练，不会出现什么问题。

“老霍，怎么样了？”这时民警呼哧带喘地跑了过来，问道：“抓住了？”霍丕先用手一指，突然嘴咧了一下，这时民警看见了霍丕先右臂的包扎，马上就跑了过来，因他对老公安的警技比较放心，根本就没有看逃犯，马上问道：“老霍，手臂怎么了？”

“没什么，被刀划了一道口子，还算可以。”霍丕先回答道。虽然这么说，但是霍丕先感觉自己的右臂有些抬不起来了。

“快，马上去卫生院，不要让伤口感染了！这里就交给我了！”民警打了个军礼的手势后果断地命令道。

“是！”霍丕先刚要举手敬礼，突然感觉右臂疼痛，咧了一下嘴，不好意思地摇了摇头。“行了，快去，都什么时候了，还要那些礼节。”民警说道。

“对啦，把他也先带到公社卫生院包扎一下，不能让他死掉。”

“也是。”

霍丕先转身在民警和村民们的陪同下向山下走去。霍丕先的伤势其实很严重，只不过他一直都在硬挺着，逃犯的一刀刺在了霍丕先的肱二头肌上，本来没有多大的伤害，但是最后匕首横向划动那一下，将霍丕先右臂上的一根筋划断了。

听到有逃犯在白虎岭一带有窜动的风声，公社突然给大队下了紧急通知。各大队召集所有民兵开会传达通知内容。于是各生产队的民兵拿上武器，日夜坚守。全公社民兵分成十多个行动小组，有的三四个人，也有的五六个人，根据蹲守的位置确定人员的多少。靠近后沟的小组四个人，在一个靠近山的瓜房子里。

这一天夜里，天气比较冷，他们围坐在瓜房内，要求不准点灯照明，更不让生火取暖。大伙为了防止打瞌睡，说一些话，时不时地向四周瞭望一下。

说实在的，这样的任务他们还是头一次遇到，内心多少有些紧张。听说那个罪犯身上可能有匕首等凶器，上面要求抓活的，在抓捕的时候可能会出现死伤。

他们蹲守了三天了，白天还好说，最难的是深更半夜。第三天晚上约十点多，发现远处有人影晃动，大家一下子警惕起来，走到近处才发现是前来解除任务的公社武装部部长，人们悬着的心才落了地。部长告诉了大家一个好消息，说逃犯已经在后沟饭馆抓到了，大家可以安心回家睡觉了。

他们很高兴，部长高度表扬了大队的民兵，说责任心强，纪律性也强。

回到家中，已经快午夜了。大家看到安静的村庄，熟睡的亲人，也特别有成就感。

那个时候，村里的民兵经常执行一些政治性的任务，虽然他们比不上正规的军人，但参加民兵训练和活动，也让年轻人得到了实实在在的锻炼和学习。

霍丕先之所以会在公安局局长的面前嬉笑地提出抓捕逃犯领取赏金，实际上是有原因的，因为这个逃犯的故事实在是太传奇了，共逃亡了二十多年的时间，长时间隐姓埋名，但他真实的名字整个汾阳几乎无人不知无人不晓！

吴远征是罪大恶极的大汉奸，事实俱在，人所共知，事实上是不需要审讯了，但政府还是成立了以任绶勤二儿子任国祥为组长的专案组履行了有关法律程序。这方面就不多说了，霍丕先更多地在乎的是他走上与人民为敌的一些过程。

通常的情况下，结案以后，现在就是犯人诉苦的环节了，毕竟罪大恶极的家伙，不管是谁犯罪都有自己的理由。世界上没有无缘无故的爱，也没有无缘无故的恨。果不其然，在霍丕先说出了愿意倾听的话语之后，吴远征马上就激动地开口了：“我从小就是孤儿，我没有家人，我也没有背景，就算是想上学，因为没钱也不可能实现，所以，一个孤儿想要拥有美好的人生本来就是困难的事情！你们有的东西，我都没有，就算是我足够努力，我也只能勉强维持自己的生活罢了，我承认我很差劲，但是呢？这就是该被嘲讽被羞辱的对象吗？”

霍丕先没有回答，只是耐心地听着，他似乎明白了对方犯罪的原因了，是因为贫穷吧，刚好那时日本人比较有钱有势，心里阴暗的他就忍不住了！但是，吴远征紧接着就继续说道：

“我的邻居是一个汉奸，是他先羞辱我的，他一直都在嘲讽我，不就是狗仗人势吗？凭什么他就能趾高气扬的羞辱我？要是你面对这种情况，你会怎么做？”

霍丕先幽幽说道：“如果是被羞辱了，我会打他一顿，但是你因为这件事就也投靠日本人了，是不是走错路了？”

“当时，我并没有觉得自己有什么不对，因为，日本人那么厉害，已经占了大半个中国，那接下来还不就是日本人的天下？”

霍丕先皱眉看着对方，忽然冷笑起来：“哼哼……你就是这样认为的啊？”“不只是我一个，那为日本人效力的多如牛毛。”

霍丕先激动地说道：“你只是捡了芝麻丢了西瓜，就拿白石村为例，像你这样的人在全村才占多少比例？”霍丕先想顺藤摸瓜：“那你说说，当时你们暗地里勾结为非作歹的人还有哪些？说出来可以减免你的罪过。”

“我到这般地步了，何必连累别人呢？自己坠入地狱就好了！”吴远征表面上守口如瓶，但事实上在后来的专案组审理中他还是如实交代了。

霍丕先笑了笑：“既然有了坠入地狱的准备，那你为什么要毁容然后逃走呢？”

吴远征无言以对，杀人的时候的确很痛快，但是之后带来的恐惧却不能消除，眼看着活生生的村里人在自己的面前逐渐变成死尸，脸上还停留着恐惧的神色，他就感觉胆战心惊，随后便准备逃走！他开始恐惧了，他忽然开始害怕死亡了，本以为自己没有一个完美的人生，那么死亡也就不需要在意了，反正自己这种渣滓死了也就罢了。但是，为什么对于死亡的恐惧缭绕在脑海中？在等待警察的过程中，他忽然迸发出强烈的求生欲望，不能就这样死去，不能就这么简单地死去，人生很悲惨地死去算什么？继续活下去才是正道理，所以，他要如实交代，不管怎么样，他都要活下去。他有着自己的理由，但是，这种话怎么能说出来呢？就说自己怕死吗？呵呵，说出来就没什么意思了！如果不说的话，那自己还是一副狠毒辣的样子吧？

之后，霍丕先指着周围的人群说道：“你如果继续与他们为敌，只有死路一条！”

吴远征说：“事已至此，什么都别说了，一切都是我干的，抓住了就抓住吧！”他继续沉声说道，“说到了这里我也知道自己错了，错得很彻底，只是说这话没用了，杀人偿命从来都是如此！”

有一段时间，吴远征为了自己能在日本人身边活下去，表面上也帮助我方做一点事情，他的真面目还没有彻底暴露，好长时间没有列入追捕名单，但是后来就算警察知道他是什么人，却迟迟抓不到犯人，最终只能成为悬案，悬赏了很多年的时间，都没有查到这家伙的踪迹。所以，很多人都倾向于认为这个杀人犯已经远走他乡了，实际上这个家伙一直躲在不远的地方，一直以捡垃圾、卖死树朽木为生，几十年的隐姓埋名，让他全身上下都是疾病，就算是身上的胃病也是吃上顿没下顿的生活逼出来的，可以说，他为了逃离警察的追捕，放弃了曾经的一切，包括姓名！当警察询问吴远征还有什么后悔的时候，吴远征开口：

“我也说不清了，反正我多了二十年了，杀了我吧。今天，我终于不再担惊受怕了，只想好好睡一觉！”

原来，在这些时间里，吴远征一直都没有睡过好觉。据他所说，在睡觉的时候，脑海中总是会出现一个个的画面，这些画面全都是被他告密杀死的人，就好像这些人的冤魂就在他的身边似的。

皓月当空之时，县公安局小二楼顶端的办公室里还亮着灯，吊灯发出的迷离光晕落在吴远征的脸上，毫无规律地变幻着。他远远地看着黑压压的人群，恍惚中，来到海边，爬上石崖，晴天苍穹下鸥群久久盘旋，声声波涛纷至沓来，湿热的海风在衣裳与皮肤之间自作多情而又肆无忌惮地上下乱窜，盘坐在凉意丛生的石头上，放眼望去，海面上空灵灵地飞荡着些许灰蒙蒙的碎星，不见一片舟，置身于偌大喧嚣世界中竟如同行走于沙漠深处般寂寞，声场忽然变得嘈杂刺耳，天南地北的口音铺天盖地而来：

“把所有为小鬼子卖命的汉奸通通拖出来踩了！”

“小鬼子可恶，汉奸最可恶！”

“冲过去！冲啊！”

即刻间，传来几声尖叫，十来个人突然撞倒外围警戒的民警，扑向大门，双层长龙里，内线的民警齐刷刷地半躬下身子，前后叉开双脚，双手搭在外线战士的肩膀上。几个所长模样的人急步上前，一边高声制止，一边和民警们一道奔上前把行为过激者拖回来。拿小喇叭的民警迅速跳上稍高的地方，喊道：

“大家要理智！有些人，你的素质在哪里！”

“恶有恶报，善有善报，不是不报，时间不到。”

三十七

烈日，风淡，云清。

大地正在被炽热的火焰炙烤，在机动车的碾压下不住颤抖。

呼啸声起，几辆警车飞驰而过，押送吴远征走向刑场。还有任绶勤惨案的告密者原白石村农会会长韦廷祯、领头抓捕者白石村三人小组特派员王某一，亲手抓捕者白石村王某二，此刻他们也被绑缚在开往刑场的车上，在十几个枪口下挣扎着呼吸。汗水涔涔而下，虽是陪杀场的，却也无法抹去对死亡的恐惧。当中却有一人，一副乱蓬蓬的头发，带着一副厚厚的眼镜坐在角落一言不发。他却没有低头，只是看着街边的一切，目光中满是留恋。

人们夹道围观。

“嘿，今天枪毙吴远征，二十多年前的事了，只知道是个大汉奸，不知道他杀了多少人？”

一个沉抑的声音答道：“大汉奸就足够杀了，不在于他杀了多少。”却不再说话。

发问那人等了一阵，沉不住气问道：“没听说他亲手杀过人，好好的怎么……”

那沉抑的声音叹了口气道：“谁说不是。可汉奸是口上杀人，仅吴远征告密死了多少人。”

“嗯，那人的口里有毒，血口喷人，到后来更是开口就死人。”

一时间再无人发话，只有众人的喘息声和呼啸的风声。身边看守的士兵目光都转向了说话那人，见他虽轻描淡写却抑制不住悲愤的情感，不由得叹息一声，对众人的说话也就不加制止。

刑场上。

主犯吴远征，包括陪杀场的人都是站着双手反剪，背对着黑洞洞的枪口。

吴远征忽然挣扎了起来，士兵们还以为他要做垂死挣扎，都纷纷围了过来，哪知他却是跪下，大哭道：“求求你们，再给我一次机会吧！我不想死啊……”

士兵们松开了他，摇了摇头，却也无言相劝。眼见那人的哭嚎之声声震山谷，众人都为之恻恻。

“上膛！”

全场寂静无声。

似乎吴远征认准了自己的命运。我要死了，他这样想，脑海中的一切都不见了。

忽然砰的一枪，一声长啸，从吴远征口中传了出来，声音中透着悲愤与遗憾，他那一张方脸上，遍布着愤怒和悔恨，金丝眼镜下，但见泪光颤动，嘴角边的肌肉在剧烈地抽搐，眼见得不动了，眼角却还挂着泪珠。

又一声枪响了！领头抓捕者白石村三人小组特派员王某一倒下了，便在此时，他忽然感到地下一阵热气，从脚心处直传上来，透过身体散了出去。猛的“砰”的一响，地下尘土飞扬，瞬间仿佛钻进了沙丘一般。

一股风从沼泽地上一扫而光，夹杂着一股冷腥味，旋即向密林深处扑去。

士兵们在处理完尸体后重又举起了枪管，对准了一排正在彷徨的追随者，刚才的一幕已经让更多人跪了下来，哭喊道发出最后一丝哀求。他们的脸色忽悲忽喜，仰望着前面的高山，那山顶上一片光秃秃的，仿佛被人用刀切过一般。旅行的点滴，醉酒的欢愉，醒来的痛悔，一幕幕正像刀割。

眼见着身边的吴远征倒在血泊之中，目眦尽裂，鲜血从他们身下不停地涌出，他们却安然无事，正自恍惚，忽见身边尘土如土墙一般飞向士兵所在的位置。

这个几个陪杀场的人眼见得捡回一条性命，却真得仿佛死了一般，跑入庄稼地，竟似乎浑然不觉。出来时还因为慌不择路走入荆棘丛，被划了不少口子。

最后宣判，亲手抓捕者白石村王某二判刑五年；任绥勤惨案的告密者原白石村农会会长韦廷祯判处无期徒刑。

一个塑料袋在公路中央飘荡，被飞驰而过的警车辆带起又飘落，似惊涛骇浪之中那一叶孤舟……

三十八

祖国大地丹桂飘香，葱茏与绚烂吸引着人们的眼球；首都北京更是一片充满神奇、令人魂牵梦萦的乐土。

胡润田自山西太谷农校毕业回村后，由于当时林业的发展摆不上位置，他的所学专业自然派不上用场。于是，白石村里的本家叔伯、弟兄们帮他安置在大队副业队，专业上的空白春秋就是在这里度过的。对自己的命运，他无怨无悔，干一行爱一行，没几年竟成了村里加工稀油和粉条的行家和高手。在农村令人羡慕的行当，物质相对充实的生活，使得他习惯了简陋、闭塞的小作坊的工作。

一封来信扰乱了他平静的心。

一天，他当时所在的演武人民公社邮递员送来一个信封，上面写着他的名字，拆开一看，“胡润田同志，经研究，同意分配你到汾阳县白虎岭林场工作。”这是汾阳市人事局发来的通知，也是全国“文化大革命”后各项事业拨乱反正的标志。

寥寥数语，胡润田都读了好几遍。从社来社去到被国家安排工作，这跨越的恐怕不仅仅是空间的距离，而是历史的变迁。

“铃……铃……”五年之后，又是一个比一封信稍重的声音，打破了白虎岭林场的寂静。场长办公室的电话响了，“经研究批复，调胡润田同志任汾阳县核桃良种繁殖示范园主任，通知本人明天回局报到。”电话线那一端是市林业局副局长李仲林的声音。“润田同志正在进行华北落叶松的研究与栽培，他走了还没人能接上。”没等厂长把话说完，对方的回话又顶了过来：“林场工作要紧，目前核桃良种繁殖示范园的工作更重要。”显然，局里的决定是不能改变的。短短几秒钟内，厂长的神情完成了由失落、无奈到服从的过渡。

急电装满了汾阳县林业局领导的迫切之情，那是复苏的核桃事业发出的召唤。

胡润田多少次徘徊在林场大门和附近的核桃树下，他此时耳边盘旋着的是心的声音：“核桃，这对我来说是一项熟悉而又陌生的事业。但既然专业对口，曾经为它付出过时间和精力，现在就到了为它浇灌心血的时候了。”

他来到待开发的园地，走着走着，惊喜地发现了两株核桃树。他奔跑在它们之间，量量树高，看看树型，树干长得不粗，除顶上的针叶有点绿外，边叶都快发黄了，显然是缺乏水分；从树皮上立马断定出这两棵树百分之百是老核桃树，它像原始森林树木那样充满了古老而腐败的气息。但这是生存于山区的生命，是这野山的精灵。不要说这两棵树，就是这几百亩可植核桃树的不毛之地，已使他的热血澎湃不息了。

两株核桃树，已标明此地适合核桃生长，足以增加他开发的信心。一年时间，他带领职工架线通电、打井引水，先后建起了玻璃温室、小型气象站，园内分为早实示范区、晚实示范区、实生核桃对比区、优质苗木培育区。

他漫步汾州大地，一株株核桃林木蜿蜒山川，一座座核桃林带悄然崛起，往往令人倍加感叹并产生为之震撼的心灵冲击。

汾阳市核桃良种繁殖示范园是汾州核桃的摇篮，园内枝繁叶茂，姹紫嫣红，压满树枝的优种核桃就像一棵棵绿色宝石，一派田园牧歌式的景象。

然而，园区的前身位于绵延横亘的子夏山下，在二涧沟境内，苍苍野山，茫茫草海。开始他觉得这山沟有点神秘。当他第一次带人进去时，确实走大半天找不到边缘，心里有点慌，又一想，比起那茫茫沙漠中的老草，那莽莽林海中的棒参，神农架的野人，这算得了什么呢？但这除了热血突涌得近似疯狂的他来探索开发这野山的秘密外，又有谁无事找事地到这个荒山秃岭呢？

作为我国核桃主要产区之一的汾阳，在发展核桃科研上率先进行了艰苦地探索。在核桃种子处理上，实现了由青皮核桃、随采随播到核桃去皮、落子下种，由干核桃种下到石灰水浸种下种；在核桃播种方式上，实现了由犁开沟、手溜籽到犁开沟、手摆籽，然而，这些进步只是在推进核桃实生繁殖进程上的一点改进，还没有扣响由晚实进入早实这一坚硬的门板，而当时最大的问题是没有人敢去扣。特别是在偏远山区，新科技比较贫乏，有人见了不结核桃的树，就说是“公树”。显然，连核桃树雌雄同株的常识也没有；有人说：“自古道桃三、杏四、梨五年，要吃核桃十几年，做啥也不能错了规矩。”有的在核桃早实上也想过一些办法，试图“摘芯”“捻梢”控长、促进分枝，结果只是挂果年份稍有提前，没有根本性的进展。所以，核桃能不能嫁接，一直是令人捉摸不定的一件事情，是林业学者无人问津的领域，因而核桃嫁接技术始终是个空白。直到 20 世纪 80 年代初期，核桃的枝接即高接换优，在汾阳市以及山西省很大范围内仍然是刚刚开垦的处女地。

他的激情又重新燃烧起来。他没有忘记，学校毕业后和他的同学们赴北京、到韶山、上井冈山，踌躇满志追求革命真理。南国的绿色极大地触动了他的内心，也在他年轻的心灵里产生了深刻的印痕。那时他心里就已经有了一个图腾，他要在自己所学的果树专业上结出“果”来。然而，学校毕业后，他并未能如愿以偿地大干一番。但经过一段跌宕起伏的人生后，他更加成熟，逐步从事了所学专业，学有所用。

任何科学攻关，在未攻克以前好像是一座山，每当攻克以后又觉得像是一张纸。高接换优，这个今天看似十分简单的技术问题，当年却就是一座座高山，事情就这么简单而又神秘地存在着。

偏向高山行，是在胡润田的骨子里就铸就的。

早实何以突破？借鉴其他果树嫁接的方法是试验的唯一途径。然而，核桃与其他果树的方法又有很大不同，高接换优的实验开始了。

他和所里的人们没有现成的书本知识能奏效。“当年最大的困难，主要是没有高接换优系统的资料，样样都是自己去摸索、观察、记录、分类、对比与综合；一项技术都要在不同立地条件、不同季节、不同品种之间进行周期性的试验，试验结果不理想的，要经过调整而反复好几年。”胡润田说到这里，神情是忆苦的，也是充实的。

伤流，这个核桃枝接的关键因素，它曾令胡润田大伤脑筋。由于找不到最佳的枝接时间，过早伤流影响成活，过迟接穗不易保存，一次又一次地失败了。

这时，他惆怅地离开了基地，他的心存希望已经所剩无几了，陷入了如同核桃园开发前荒漠而死寂的境地。而绝望的人会生出颓丧的失去意志的心绪，也会将余力做最后的挣扎。几天后，他不死心，返回岗位后分析了所有的资料，排除了以往不成功的时间段，这一次枝接时间在树液开始流动前和山楸树展叶至开花之间进行，结果成活率显著提高。

高接换优试验成功了！同时，室内核桃嫁接移入大田试验也成功了；从“枝接”延伸在“芽接”上。芽接，是核桃科研道路上的又一座高山。不懈的追求者，不会放弃任何一次追求。他们开始向核桃科技峰之巅攀缘。在他的主持下，从实践中艰辛探索，经过多次的试验，终于创造出了芽接新技术。芽接上的成功，在核桃高接换优的科技突破上又掀开了新的一页。芽接后的核桃花朵，如冰一样明净无瑕，似玉一般润泽生辉。

蝉噪林愈静，鸟鸣山更幽。

胡润田每次漫步园区枝繁叶茂的树下，如置身于海洋，压满枝头的优种核桃就像一棵棵绿色的宝石，园内姹紫嫣红，一派田园牧歌式的景象。

三十九

事业如火如荼，他的人生也春华秋实。

胡润田与朱亚芹结婚后生一子，取名胡新华。胡润田与朱亚芹忙事业，把孩子托付母亲照料。

天阴蒙蒙的，有一次祖母感觉要变天，她正在忙着给孙子胡新华打点行装。胡新华无意中一瞥，看到祖母坐在已被烟熏得发黑的墙角里，正在昏暗的灯光下两手不停地为他缝补上学要穿的雨衣。那时候的雨衣是很厚实的油布做的，针很难穿过，祖母穿的每一针都需要用尽全身力气，但已经密密麻麻整整齐齐快缝好了。上学的娃娃们，有的撑个油纸伞就将就去学校了，为了她的孙儿体体面面去学校，她想，咬咬牙也要缝好。

可是她不知道，上了初中的娃儿们现在很不喜欢那种厚实的雨衣，有的殷实人家已经能从城里买到更时髦且轻便的雨衣了。

是日，徐徐的风儿撩起窗纱，院子里草木萧条，天气阴得更厉害了。

“哎，孩子，今天冷飕飕的，上学你可要带雨衣！”祖母姜淑芬边翻他的书包边说。

“哎，奶奶，我又不是去环游世界，带那干吗！”早已知晓的胡新华故意逗趣。

“不听我的话，你想怎么样，不行，你……”好不容易等奶奶唠叨完了，他便摔门而出，推上自行车就跑，可奶奶又在窗口喊道：“路上小心点！早点回来，有事……”

不一会儿，雨夹雪开始下了，寒风扑面而来。祖母立即骑车追上来，他却担心上学迟到，说：

“什么？我不要雨衣，快拿回去吧。”他不耐烦地挥了挥手。走在雨雪地上，风呼啸着吹过，不停地掀翻他的衣角，把他嫩嫩的脸吹得红彤彤的，还一个劲地往他脖子里钻。他想，风一定是想告诉自己，生活里有很多艰难的考验，一定要学会勇敢地战胜它们。他拉高领子捂住脸，继续往前走，雪地上印上了他一深一浅的车脚痕。祖母知道他的心思，就猛蹬几下，进了学校，他让奶奶停下，奶奶从自己身上脱下雨衣，催促他快穿上，他执意不肯，推来推去。这时，从校门口围上来五六个同学，他怔住了，呆若木鸡地站在那儿，双眼直盯着奶奶。

奶奶尴尬地笑了一下，结结巴巴说道：“我怕你在下学的时候淋湿衣服，所以……”

他觉得自己一个破破烂烂的奶奶进来，于他多不体面，更伤害了他的自尊心，一气之下，他把雨衣夺过来，奶奶闪倒在地。他裹了裹身上的雨衣似乎没有感到一点点带过来的奶奶的体温，走到教室门口时，回头看了一眼，只见奶奶从冰冷的湿地上爬起来，站在凛冽的风雨中还在望着他。她那单薄的身子虽已移在墙角屋檐下，可双腿还在瑟瑟地颤抖，脸色显得苍白，眼中交织着复杂情绪，有关爱，有尴尬，有担心，还有一丝委屈；他清晰地看见了奶奶的白发，不是月亮清辉的点染，不需要用华丽辞藻修饰来表达，就是白发，是一根根、一绺绺的白发。奶奶的白发，一次次被狂风压倒，又一次次不屈地挺立，似乎在告诉着他什么，也许从那以后他才知道什么叫顽强、什么叫拼搏，对他在学习的崎岖小路上艰难地攀登是一种启迪。

奶奶把一肚子的怨气使劲儿往下咽，挣扎着举起小臂朝他挥挥手，意思是叫他赶快进教室；他透过奶奶头顶上举起的一把雨伞，看见奶奶的头发已经湿得贴在脸上，仿佛也看到奶奶掉转车子，那个小蓝点消失在茫茫天际中。

还下着雨。一串串的雨珠，沿着雨衣从额头上滑落，再被奶奶的手拂去。

帘外雨潺潺，挑灯夜读。雨衣耐过五更寒，只恐袭来，幽梦不复还。初二学子难亦难。往事只堪哀，对书难排。沉沉夜却已告别浓浓梦……少年独自堪叹。

那天，祖母追到学校送雨衣时，胡新华把雨衣夺过来，奶奶闪倒在地后，他在当天下晚自习回家后的日记中，借以阅读到的上述文字记下了自己的感慨。

就是在那天回家后，他走到奶奶的身边，奶奶抱住他，头搁在他的肩膀上，轻轻地抽泣起来，他能感受到她身体的颤动。

“奶奶，你怎么样？”他着急地问。

许久，奶奶抬起头，两眼通红地看着他，他从来没有看到奶奶那么深情的目光，心里一阵感动。她粗糙的手紧紧地握住他的手，似乎想要对他说什么，但动了动嘴唇，却什么也没说，目光转向了衣帽架上的雨衣，又从雨衣转向了他的书包。

祖母的泪一直在流，她的声音有些发颤，她把他搂得很紧：“你爷爷死得早，你知道我是你爸爸的继母。有人说，最毒不过继母心。可我就不信这个理，人心都是肉长的。反过来说，继母也是人，而人就有各种各样的心。我是立身要做一个好心人，对你爸如此，对你更如此。至于你爸妈他是怎样理解的那是他们的事情，你应该懂得奶奶对你的亲情。你要好好学习，为奶奶争气，上完初中上高中，上完高中考大学。你要相信，奶奶能够撑得住，一定撑得住！奶奶不会让你受到委屈！”奶奶把他搂得更紧，好像怕他从她身边飞走了似的。

一眨眼的工夫，他又闪现出那天奶奶骑自行车追他到学校，只见奶奶从冰冷的湿地上爬起来，站在凛冽的风雨中，还在望着他……那个场景一直在胡新华眼前浮现，鼓舞着他在学习的道路上，沿着崎岖小路砥砺前行。初二叛逆期之后，他的学习成绩螺旋式上升。

升入高中，胡新华一度学习兴趣淡化，玩足球的兴趣越来越浓。一天晚上，已经很晚了，胡新华才从学校抱着足球回来。

“新华，做完作业了吗？”奶奶不温不火地问道。

“没有。”他耷拉着头说。

“你要再贪玩，我就把那个足球扔到大街上去。”奶奶嚷嚷着，抱起足球就要往外走。

“奶奶，你这是干什么呀？”胡新华上前拦住，要从奶奶手里夺过足球来，奶奶坚决不松手。毕竟奶奶夺不过他，在足球失手的同时，奶奶抬起手来，重重地给了他一巴掌：“做作业去，今天做不完作业不能睡觉。”

胡新华什么都没有说，拿起书包回到了他的房间，关上了门。

时钟“滴答滴答”，已过 12 点。

徐徐的风儿撩起窗纱，风像奶奶亲切的双手，饱含着温情除去了尘世间的一切焦躁。

胡新华忽然耳膜一振，一串细细的脚步声，那么脆，那么轻，生怕打扰了他。这声音再也熟悉不过了，它承载了数不尽的爱意，奔走在两扇门之间。门轻轻地开了，祖母走到他身边，轻轻地说："学习要会学巧学，笨手笨脚地总熬夜也不好。不早了，睡吧，别累坏了身体。明天早点起来再做。"

"要睡你去睡，没看我正忙着么！"他没好气地说，似乎能把所有闷在心里的气全部发泄。

祖母无语。随后又是一阵脚步声，还是那么轻，那么脆，不同的是那声音越来越远了。

又是一个人独处。

唉，胡新华想，我怎么能那么跟奶奶说话呢？这样奶奶会更伤心的。

过了两个钟头，胡新华便觉得气氛怎么那么安静，以为奶奶去睡了。忽然，他上卫生间的时候，看见了奶奶正轻蹑地迈开腿吃力地将茶壶往上送时，因用力而发红的手青筋突显："你这是干什么呢？"而奶奶也只是呵呵地笑了声："我听人家说啊，核桃能补脑呢！"

她见他已无兴趣再听，知趣地正要走开，他抬起头来，没去注意到那茶壶，那一瞬间他只看到奶奶脸上的凝重，疲惫的身体与轻蹑的脚步形成鲜明的对比。一缕干枯而又焦白的头发随窗缝进来的微风飘浮。突然，奶奶轻轻咳嗽起来，佝偻着身子，好一会儿，她才直起腰，捶捶胸，敲敲背。一切他都明白了，他和奶奶的目光相遇，她尴尬地笑了。他鼻子一酸，泪水被亲情所煽动……他清醒过来，才明白原来奶奶怕影响他，又担心他因为熬夜身体吃不消，悄悄地把他的白开水换成了温暖的核桃露。

过了一会儿，又响起一阵脚步声，只是比刚才更轻，也更脆。这一回，奶奶端来一杯热气腾腾的茶放在他的书桌上。

“吱呀——”古铜色的门幽幽透出缝隙，奶奶的身躯隐隐，关切的目光在他身上游离着，说：“孩子，喝茶吧，提提神，别累坏了身体。”

一杯绿茶在桌上冒着热气，通融全身的暖气送到嘴边，啜饮一小口绿茶，继而精神百倍地伏案。胡新华瞥了一眼憔悴的奶奶，已泪眼婆娑，她的身躯，蒙眬、淡化……

学习之余，奶奶还要联系日本鬼子践踏生命、爷爷被害等历史给他讲珍爱生命的故事。奶奶的相册里有一张自己年轻时右手托着一只小猴的照片。这猴子红屁股，毛茸茸的脑袋，毛茸茸的爪子，脸色绯红，它那玲珑的小面孔上，镶嵌着一对闪闪发光的圆眼睛，一身灰褐色的毛，好像穿着一件皮衣，嘴向外凸起，就像和尚敲的木鱼儿；它的尾巴总是卷着，显得格外顽皮。胡新华看着这小猴，也看看奶奶的慈眉善眼，他的眼睛里闪着慈祥的光芒。奶奶看得出，这光芒是一种胸怀，当别人陷入窘境时，它是缓解干渴的雨露，是滋润心田的泉流；这光芒也是一种境界，当别人遭遇坎坷时，它是躲避风暴的港湾，是带来慰藉的星光。

一次傍晚，在下学的路上走的时候，天阴沉沉的，还不时飘着毛毛细雨。几只家燕在马路上“叽叽喳喳”的嬉戏着。突然，一辆大货车呼啸而过，胡新华的心一紧，禁不住闭上了眼睛，他知道不幸的事发生了。大货车呼啸声逐渐消失，他慢慢睁开眼睛，发现路上有一只奄奄一息的燕子，它的头部前是一摊红通通的血，身上的羽毛凌乱不堪。看着这燕，其他的家燕都飞到了树上、电线上、屋顶上……因为它们已经被刚刚那个吓人的场景吓得魂飞魄散，谁也不敢下去。这时，一只毫不犹豫的小燕，飞到那只老燕的身边，大概他们是母子吧。小燕用嘴啄啄它那死去的妈妈的尸体，用翅膀扑棱棱地搭着它母亲尸体的脖子。小家燕见母亲无动于衷，心急如焚地在它母亲尸体的旁边飞来飞去。就在这时，小燕竭尽全力地对着它母亲头前大叫一声，它母亲还是无动于衷。小燕见办法不行，就奋不顾身地推着它母亲的尸体。一步、两步……小燕把它母亲的尸体推到了路边。终于，小燕停了，它再也没有力气再推了，只好对它母亲“叽喳、叽喳……”似乎在边哭边说：“母亲，你已经死了，孩子舍不得你。而且你死了，我怎么生活呀？呜……”它看着她母亲的尸体，依依不舍地离开了。胡新华目睹这一幕，木然地站在那里，回想着那一幅动人的画面，不禁发出一声叹息。他想：虽然司机开车撞死燕子没有违法，虽然人类现在“保护动物，人人有责”的口号叫得很响，但你是不是注意到，仍有一些人在残忍地夺走一个个弱小的生命，也许，这并不可怕，但假如世界上，每一个人都这样做的话，那结果会怎样？如果世界上没有了鸟语花香、飞禽走兽，结果又会是怎样的？那天如果司机撞死了十只燕的话，那场面会更惨烈。

为了拯救生命，关键时刻，他随时准备把自己的生命搭进去。他酷爱诗歌，自己经常吟诗作词，特别喜欢三毛《说给自己听》的诗，他把这首诗剪贴在自己的读书笔记上，而且能吟诵，声情并茂：

如果有来生，
要做一棵树，
站成永恒，
没有悲欢的姿势。
一半在尘土里安详，
一半在风里飞扬，
一半洒落阴凉，
一半沐浴阳光。
非常沉默非常骄傲
从不依靠从不寻找
……

常在河边站难免不湿鞋。河边人家的孩子没有不会水的。胡新华小时候就爱玩水，长大以后他的水性特别好，还救过人的命。

在白石上学时，胡新华正在体育场收衣服，突然传来两个小孩的哭喊声，他急忙冲过去，从小孩们着急的表情和语无伦次的言语中，得知有小孩掉入蓄水池了。这时他心中只有一个念头：赶快救人。水深找工具已来不及，当时水性还一般的胡新华立即脱去外衣、不顾个人安危跳入水中，由于水深，小孩已沉下去，只有脚能碰到落水小孩，他深吸一口气潜入水底，在闻声赶来的三位民工的帮助下，仅用不到一分钟的时间，即把落水的孩子救上岸来。孩子被救出水后，胡新华顾不上穿衣服，抱起孩子急速向校门口跑去，路上正遇校里的小车，他衣服湿透，抱着孩子，快速上车，把孩子送医院进行抢救。他在楼道等着，坐立不安。后来，当他得知孩子已经没有希望，心中一阵悲楚，深深为自己没有更快救出小孩、没有回天之术而难过，惋惜之情无以言表，他身着湿衣，悄悄地离开医院抢救室，步行返校。当时，他就下定决心，一定要学好游泳，教育孩子学会游泳。

奶奶没有忘记孙子的托付，她请会水的教练在村边的磁窑河教新华和孩子们游泳。夏天，小朋友们脱去了春装，穿上了短衣短裤，爱美的小女孩则穿上了漂亮的连衣裙，像翩翩起舞的蝴蝶。男生们换上短裤在清澈见底的河中游泳。河畔树木长得郁郁葱葱，阳光从枝叶间照射出来。河里的荷花还含苞待放，多情的蜻蜓就早已经落在上面了。花丛中，美人蕉和紫罗兰争奇斗艳地开放。教练扶着他下了水，溪水足有一个成人那么高，溪底的石头大小不一，高低不平，有的滑溜溜的，有的角尖尖的，还有的高高地突起，像座高峰。在水中行走，可不怎么好过，一会儿被滑跤，一会儿被尖石戳，一会儿又撞上了几块大石头。不过跟石头比起来，溪水可算舒服了，有时水又很急。第一次学闭气和潜水，他跳进河里，水就进了鼻孔，鼻子酸酸的，有点害怕，教练说："怕水还能学游泳？"他鼓起勇气，闭气把头潜入水里。这样多次潜水，他就会了。第二次学打水和夹水，他练了又练，终于在教练的帮助下，学会了打水和夹水。孩子们一个个像小泥鳅似的，在水里追来逐去，又喊又叫，玩耍嬉戏，真有说不出的惬意。新华觉得在乡下游泳好玩，不仅能游泳，还能捉小鱼，抓螃蟹，摸虾，乐趣无穷，还可以跟其他小伙伴玩水，还可以跟其他伙伴玩水，还可以拿水枪射人。这样，结冰时天天早晨和中午两次冬泳，冰化后早中晚一天三次去游泳。

一粥一饭当思来之不易，一丝一缕恒念物力维艰。几年以后，胡新华不负苦心的奶奶，真按奶奶的心愿，初中升高中，上完高中，跟着父亲的足迹，从事林业，考入了西北中国农业大学。

四十

风靡云蒸，一时仿佛抱玉者聊肩，握珠者踵武。

胡新华大学毕业后，自主择业，在省城开办了山西汾州核桃股份有限责任公司。

傍晚，寒风凛冽，胡新华陪同客商参观厂房。在厂区墙壁上有十个大字映入人们眼帘："管理无小事，制度塑造人。"胡新华说，这是我们的厂训。胡新华将公司的管理精髓概括出六个字"认真、实干、求精"。他还说："'简单'的事做到不简单；'容易'的事做到不容易。"客商一边参观，旁边的公司人员一边为客人介绍经理是如何从源头上抓细化管理的。他们深深知道，魔鬼就在细节之中，天堂也在细节之中。

他们投资购置了美国生产的阶式分选机和台湾生产的金属探测仪，使产品质量更加可靠。日本客商诺井美惠子是位精明又挑剔的顾客，他提出把核桃仁再过两遍风选设备的要求，结果还是没有挑出一点杂质。还有一位外商故意把自己的一根头发放了进去，果然一会儿工夫这根头发又物归原主。业内专家考察时曾感叹道："这样的管理，无论从安全、卫生、质量、效益等方面都是顶好的。"

胡新华办公桌玻璃板下一块块手写的纸条深深吸引了人们。"董事长要做三件事：第一，看别人看不到的地方；第二，算别人算不清的账；第三，管别人不管的事情。”“不求最好，但求一流；不求最大，但求特色。”“公平：从来都是靠实力来维护的。”“勿骄、勿暴、勿躁。”“得意不忘形，失意莫失态。”“感恩戴德、饮水思源。”“一个真正的企业家，他心灵深处日夜都在痛苦之中。”“存在就是真理；发展才是硬道理。”“成功永远属于意志坚强和踏实肯干的人。”尽管许多人都有自己的座右铭，人们还是从这些认真的笔迹之间看出胡新华的谦逊和实在。而接下来看到的，就足以让人目瞪口呆了。在办公室的里间地上，有一摞一人多高码得整整齐齐的合订材料，白素的纸张上每一本都写着题目“学思摘录”。“啊，这么多呀。”客人惊讶地想，刚才看到的仅是皮毛而已。看得出来，这不是邮订的期刊。有的是规规矩矩抄录下来的，有的是不同字体打印的，有的是剪报引用，加起来少说也有百万言。从办公室进来为客人沏茶的小伙子告诉他们，这竟是他们经理自己的学习随笔！难以想象，十几年来，胡新华早出晚归，何以能静下心来伏案学习，摘抄记录？《学思摘录》每月一本，月月不落。这里面有名企名言、经营之道、管理之谈，更多的是自己思考后及时记录下来的想法、自我批判、总结与展望。在“成功学”已像大街小巷的快餐一样泛滥的今天，胡新华的《学思摘录》足以给渴望成功的商业人讲上厚重的一课。公司参加了山西省农副产品与包装展销展示会，参展展品有核桃仁、杏仁、葵花籽仁，还有纯天然植物型益智、健脑、强身系列核桃油胶囊。这次参展的产品受到了省地领导的高度重视和国内外客商的一致好评。

省会城市的大街上豪华的小轿车，漂亮的面包车，长长的公交汽车，载重的大卡车……五颜六色，川流不息，各显风采，如万花筒似的在眼前闪动，真比动画片还精彩。汽车是五花八门的，车牌几乎全部是蓝底白字的。所以，当一辆黑底白字车牌的车出现在人们眼前时，还是觉得非常稀奇。了解车牌的人都知道，“黑牌车”是中外合资企业专属的；知情的人晓得，这辆少见的“黑牌车”是山西汾州核桃股份有限责任公司董事长兼总经理胡新华坐的专车。

丽日娇柔、蓝天明媚，朵朵白云含情脉脉地凝视着汾州大地。山西汾州核桃白石股份有限责任公司像往常一样紧张而有序地进行着生产经营活动，各个工作岗位似乎没有感觉到今天将有特别的贵宾来访。不一会儿，一辆深蓝色奥迪车在办公楼前戛然而止。一个身材高大的“老外”下车舒展了一下腰身，深深吸了一口这里的新鲜空气。山西汾州核桃白石股份有限责任公司总经理胡新华箭步上前迎接这位远涉重洋的西方客人——德国（中国）食品进出口公司总经理敖拓先生。

宽敞明亮的总经理办公室里，敖拓先生将目光停留在了产品陈列柜里。他指着汾州核桃仁以及核桃油精丸系列产品不断地询问质量标准、工艺流程等，陪同的山西汾州核桃白石股份有限责任公司国际业务部经理高洪自然充当了翻译的角色，才思敏捷的胡新华总经理简洁明快地回答着客人提出的各种问题。宾主之间虽然语言不同，但却心有灵犀一点通，诚挚友好的气氛洋溢在欢声笑语之间。宾主乘兴驱车来到加工二厂实地考察。

德国食品进出口公司是全球最大的琥珀核桃仁进口经销商，敖拓先生走遍了全球核桃产地，他非常希望能找到一个稳定的产品加工基地，更渴望有一个真诚的贸易合作伙伴。中午，宾主在汾阳宾馆就餐。胡新华像往常接待外商一样，既热情洋溢、应对自如，又游刃有余。酒席间没有司空见惯的阿谀奉承，没有死劝硬上的杯盏交换。宾主从容交流，谈论的话题仍然是贸易、质量。

第二天，德国客人到公司子夏山基地参观。

朝阳快要升起来的时候，岩谷一片灿烂。

山上那一片接一片的青松，宛如挂在大山上的碧绿壁毯；那刚刚吐出绿叶的刺槐，仿佛驼绒覆盖着沟沟岔岔、山山岭岭；那闪亮的白杨树，活像给山路镶上银边。随着车轮向前的快速移动，从车窗往外望，这里恬静的森林风光不断地转换着画面，充满着诗情画意。

车走的这条山路，对乡干部来说是再熟悉不过，而对于德国客人却感到特别稀奇。他们从演武镇政府机关出发，行至杏花境内后，两边的树木越来越高大，越来越宽厚，经过人工森林到原始森林的过渡带，简直就是进了天然氧吧里。车上的几个人顿时活跃起来，有的说鼻孔通了，有的说气顺畅了，有的说神清眼明了。行至快到上林舍时，车的方向盘向左狠打一把，沿着山坡向下走，从车窗探头去看，人像挂在半山腰里，看来这条路极少有车走过，树林由宽厚变成了大片大片，极似翻滚着碧浪的海湾。

水泥路没有了，接下来是坑洼不平的土路基。经过一段颠簸之后，车不能走了，他们下车步行在长满了杂草和野藤的小道上，四周空旷的野山，没有人烟。走到峡谷口，穿山风从这里涌出来。哎哟，好凉爽的风啊。突突突……前面传来汽车沉重的马达声，由远及近，是一辆军绿色的越野车，看见他们后来了个急刹车，一路紧随的滚滚尘土终于有机会超越了车，从弥漫飞扬的尘雾里走出来一个身材魁梧、戴墨绿眼镜的人，一身迷彩服把他装扮得俨然就是一名刚从战场上下来的军官。其实，用不着介绍也能猜出这人是谁了。

胡新华在工地一直是迷彩服着装的，他把白石作为第一故乡，基地作为第二故乡。谈到“第二故乡”，他直言不讳：“我是在实现我父亲在子夏山望佛岩山的承诺，为当地父老乡亲办点事，没有什么大惊小怪的。”简单打过招呼后，一阵爽朗的笑声在山峡里久久地回荡。

客随主便，他带他们先看望佛岩。走在陡峭的羊肠小道和灌木丛中，脚下满是山桃核。为了避开山道上的荆条，每个人的头左右摆来摆去，如一支飘摇的舞队。

不到二十分钟的车程，望佛岩到了。

望佛岩，又名空王佛岩，位于子夏山南侧石室山上。石室山的山岩是奥陶系石灰岩，山体状貌奇特，山中多溶洞，此地流传着丰富的神话故事和民间传说。据乾隆《汾州府志》记载：唐贞观年间，汾州任氏之女遁石壁化为麻衣仙姑。田姓僧苦行修炼竟成空王古佛。

在石室山的一个转弯之处，一株高大的松树巍然矗立，仿佛在迎接远道的宾客，不远处的高崖就是空王佛岩。山岩下三个岩溶石洞并列在岩畔，洞口外不远处是数通残碑，龟石碑座和碑体已经明显分离。经世世代代风雨的剥蚀，碑体上的字迹已经看不清，旁边还有红色沙石雕凿的佛像躯体，只是佛头已经不知去向。从残存的佛身可以看出石工雕刻的精湛技艺。进到洞中仔细观看，发现洞内有一座莲台，石羊、石象造像各一尊。莲台石质为白色砂岩，石羊造像和石象造像的大小与真羊真象的大小十分相似。

从望佛教岩出来，胡新华指着不远处山坡上一座枣红色的用轻钢材料制作的房子，“看，上面就是我们住的地方。”看上去峰峦起伏的群山围抱着半个山庄，他们的房子虽嵯峨威严，但不像宫殿，外观现代，里面古朴典雅，正中摆放的大型茶桌、沙发都是根雕制作。墙上挂着一幅“空望佛”的书法，看出主人对文化的尊崇。据说房子是老胡自己设计的，加上匠师们巧妙建筑，好一个清幽秀丽的核桃山庄。山庄的院子里有一个小湖，湖水清澈，水中的游鱼水藻都可以看见。一阵微风吹过，碧绿清澈的湖面荡漾开来，波光粼粼；山庄周边有草坪，虽不像坝上草原那样一望无际，但胜在小巧玲珑，放眼望去，绿草如茵。

这时，从菜园子里走出一位妇人来，抱一团新采摘的豆角，向他们走来。胡新华大大咧咧地说：“这是我祖母，夏天就陪我来住。”老人回到这深山老林多日子很少见人来了，一下子看见有人从城里来，喜出望外，肚子里有说不完的话：“欢迎你们大老远地来这里。我的老汉胡秉全在这里战斗过。现在，我的孙儿胡新华接了这个班。”当人们问起胡秉全的经历时，她的神情开始有些凝重，好像她眼前一场惊心动魄的战斗打响了，耀眼的炮火阻挡了她的视线，大地在许多马蹄的践踏下沉闷地哼哼着，天地间充满了凄凉肃杀之意。她停顿了一下后说：“我老汉抗日战争时期在白石火车站做党的地下工作。我的儿子胡润田从小受到父亲影响，为八路军、游击队做力所能及的事情。记得我老汉他身上带米粮袋，里边装黄豆、黑豆，上边有命令才能动用，晚上睡觉不能脱鞋。我为部队做军鞋，在老爷楼放哨，发现敌情就把树（消息树）推倒。”

那时，胡秉全有时候也来这里，与当地老百姓是鱼水关系。一次，日本鬼子从老百姓家抢走了很多核桃，胡秉全了解情况后，又暗中安排有关人组织群众从火车上把核桃追回来。他最后一次来到这里，群众都不想让他走，他含着眼泪挥挥手："乡亲们，我们还会回来的，将来在这里要栽好多核桃树！"这是胡秉全站在望佛岩山上告别欢送的人群时说的。多少年后，胡润田还对儿子说："这里荒山秃岭，你一定要竭尽所能，帮助乡亲们早日致富，因为那里有用小米饭接济你们成人的好乡亲。"

"我带你们看看吧。"胡新华说着向着山下沙滩走去，在坑洼不平的山间土梯上缓缓地走着，边走边欣赏着周围的山景。山腰和山下有些零星的轻钢房，只是颜色稍稍有些变化，金黄变淡黄，深绿变浅绿，鲜红变枣红。顺路而下，随处可见一块块菜地、梯田，树下间种低秆作物。鸡鸣犬吠，人们忙着在山间为核桃树浇水施肥，叫不上名的小鸟在弯曲的小河上嬉戏。

公司的核桃基地带动了当地老百姓的就业。白石村李繁霞是李云川的女儿、李全耀的孙女，成了核桃种植个体户中的一位女嫁接能手，从她红扑扑的脸蛋和不高而结实的身材，难以看出因她有那嫁接核桃苗的一双快捷而娴熟的手远近闻名，一天就能熟练而高质量地接苗一千多株。

冬日，园内活儿并不多，她正在家里缝鞋底以打发时间。这时演武镇林业站站长来到家里，这让她意外而又高兴。

他们的相识是缘于公司的核桃栽培基地，现在也同时成了山西晋龙核桃研究所所在地、中国林业"948 项目"合作研究基地、中国与罗马尼亚核桃良种良法国际合作项目研究基地。

"在胡新华的搭桥牵线下，又有同行请我们去技术援助啦，不过这次要去的地方有点儿远。"站长顿了顿，李繁霞听到这句，并不觉得十分新鲜，站长所说的“我们”所指的当然是他们这一批自然形成的核桃栽培技术输出服务团队，这支团队曾多次到全省各地及全国各地，包括甘肃、河南、河北、陕西等省的邀请外出进行技术援助。“这回邀请咱们的，”站长接着说，“是，澳大利亚。”“啥？去外国？外国也需要我们的技术？”李繁霞的第一反应并不是为自己将要出国惊喜，而是激动于能如此真实的肯定，就算是跟西方发达国家相比，汾州核桃栽培技术也是先进的，世界顶尖的技术就在他们的手中！

几天后，第一批赴澳技术人员出发了。他们经太原到上海乘坐飞机飞往悉尼。李繁霞年纪稍长，但也从未坐过飞机，更不用说出国了，技术团所有成员也都没有乘飞机的经历。所以，直到到了上海虹桥国际机场，大家才开始骚动起来。气温一路的上升，从夜间飞到黎明，在飞机上看到了曙光。

经过近九个小时的飞行和稍显烦琐的通关手续，他们于悉尼落地，终于踏上了这片“南方大陆（Australia译意）”“大洋洲花园”。悉尼的美丽让大家看呆了。扑鼻而来优良的空气质量使得天空的透明度很高，就像一块无瑕的蓝色水晶，各式各样的建筑有着不同于国内的靓丽色彩，干净清爽的马路两旁，所有的植物枝叶就像水洗过一般绿得鲜亮。难怪美国著名作家马克·吐温用“悉尼的情怀，世界的仙境”来盛赞悉尼。下飞机后，他们纷纷给家里打电话，李繁霞的母亲说：“孩子，外边冷吧，咱们这里下雪了。”繁霞眼里放出惊异的光芒：“天气不一样，这儿和夏天一样。”同行的王建军和爱人通话时，激动得哭了。

前往新南威尔士途中，在种植园主管阿代详细而耐心的讲解下，他们了解到这个赤道以南国度的概况。

早在4万多年前，土著居民便生息繁衍于澳大利亚这块土地上，1770年英国航海家库克船长发现澳大利亚东海岸，并宣布归于英国所属地。1931年作为英联邦国宣布独立。

更吸引他们的是澳大利亚特别的地形。澳大利亚约有70%的国土，属于干旱、半干旱地带，中部大部分地区几乎无人居住。这里雨水稀少，是沙漠的王国，大陆三分之一以上的面积被浩瀚的沙漠覆盖，大的沙漠数量就有11个，所以澳大利亚就成为世界上最平坦、最干燥的大陆。

悉尼，一个非常漂亮的海边城市。远眺悉尼，白云、蓝天、大海，这里有海德公园、玫瑰湾、班蒂海滩、植物园、麦考利夫人角。

到了目的地，他们下车后的第一感觉是，这里的街道真干净啊，路上行人脚步轻轻。他们换上田间车，阿代领他们参观了大片大片的核桃园。他们坐在车上，欣赏着美丽的核桃风光，听着她的介绍，真是名不虚传啊。李繁霞面朝着阿代，一手指着姐妹们："我们从小也没有想到自己能够站在澳洲的核桃园，心里有说不出的喜悦。"

"现在看到的大部分是引进美国的核桃品种强特勒。"同时，阿代对中国核桃技术仰慕已久，"引进中国核桃技术，是我们的重点。"她说："政府大力改善现有核桃园的管理和经营技术，筹集研究基金，使核桃栽培管理方面的研究快速、高效地进行，并将研究成果迅速普及；核桃园管理研究的主要方面包括：枯萎病的防治、节水灌溉、树体管理和科学施肥；制定统一的管理标准，从而保证高质量核桃的生产；核桃园种植者多和政府、研究机构和核桃经营者进行沟通和交流，使核桃生产能够得到政府的大力支持并适应市场要求，向高质量、高标准方向发展，从而提高核桃单位面积的效益，提高市场竞争力。”

她仍然沉醉在澳洲绿色无垠的世界里，“澳大利亚没有高楼大厦，他们都住在别墅里，周边的草地真绿啊，好像是被绿色颜料染的，大片大片的，还有许多玫瑰树，可漂亮了，到处都是鲜花，好像这里是春天，真美啊”！

一个阳光明媚的下午，他们盼望已久的回家终于启程了，踏上了回归的飞机。临行前，他们在飞机前照了张合影，每个人都欣喜若狂。

褪尽风华，白石火车站遗址依然在村东北隅守护着。

这里的红色文化几近消失于历史的长河。传说浩渺，“七壮士”的英勇机智、大汉奸的两面性、女间谍的阴阳怪气、十恶不赦等，随波沉淀为遮蔽的事实和掩埋的真相。

在侯荃（左四）引动、牵拽下，汾州三晋文化研究会会长武登云（右一）坐镇，作者（左三）与汾平介文化热心学者梁继国（左五）、冯恩启（左一）等以其悲悯的人文良知，现场考察、翻阅档案馆资料，收集一部分来自村里高龄老者的回忆录，钩沉、撷取那些最真实的历史片段。

四十一

每当余梦从枕边溜走，人们就醒来忙碌地干着活，不知不觉，便茫茫然度过了一天。

从胡秉全那时候起，大人都是“工作狂”，一忙就顾不了照料孩子，把孩子就交给了孩子的奶奶和爷爷，这几乎成了胡家的一个祖传。

一天，儿媳妇吴妍下午回来得早，一进门发现书房被翻了个底朝天，所有的绘本都翻出来摊开在地上，玩具也东倒西歪跟全部喝醉了一样，到了晚上胡新华两口子就关起门来，一开始还是窃窃私语，后来索性吵起来了。

吴妍把气全出在胡新华身上：“老公，你想想为什么坚果现在毛病这么多，就是爷爷奶奶惯的。”

胡新华说：“你也不要夸大，孩子的毛病不算多。”

吴妍说：“还不多？我给你数一数。为啥坚果不好好吃正顿饭，这还不是奶奶总是让他吃零食？不吃就不吃，非要追着喂。坚果一不高兴就往人脸上唾，还不都是让爷爷忍的？现在孩子不玩假刀要玩真刀，每天还要追着爷爷‘杀老雕’。孩子口里总是不干不净的，那天竟然说了一句什么‘烧灰鬼’，你说这话除了爷爷谁能教？”

“‘烧灰鬼’可不是我爸教的。”胡新华木讷半天突然说，然后，又把孩子给他说的一次爷爷接送孩子上学的经过复述了一遍：

傍晚，孩子的爷爷从幼儿园接孩子回家途中自行车链条坏了，一步也不能骑，只好推着车子摸黑回到家，八九点了，又没修车的，明天的学怎么上？爷爷拖着一身疲惫回到家，手没洗一把，水没喝一口，就找上改锥、锤子等工具修起来。好久没干这修车活儿，怎么也修不好。等到快23点了，在奶奶的催促下孩子才去睡觉，睡梦中偶尔还听到叮叮当当的声音。当他醒来去看车子时，见到车子修好了，还把车子擦得很亮。第二天，爷爷骑车送孩子上学。因昨晚车铃也坏了，没顾上修，干脆把铃暂时卸了，为此爷爷骑的速度有些慢。

“冷吗？”爷爷问。

孩子说：“我不冷。”

“不冷的话，我就再骑快点儿，万一迟到了不好。”

走到转弯处，爷爷大声叫喊：“小心，对面有人请让一下。”喊着，喊着，突然迎面猛来了一辆自行车与爷爷相撞，一下子爷爷孙孙俩从自行车上摔倒在地。对面撞上来的那人不但不说客气话，马上过来搀扶，还大喊大叫：

“转弯咋个不打铃？”

爷爷说：“你看，我自行车上有铃吗？我喊让一下你没听见吗？”

那人说：“瞎了眼了？不看我正戴着耳机听音乐吗？”

爷爷不想与那人一般见识，自己扶孩子和自行车起来，待那人走了以后，拍拍身上的灰土，朝那人离去的方向，连着甩出同样的一句话：“烧灰鬼、烧灰鬼……”

暮色四合，那天都没有开灯。

黑暗中显得吴妍的声音很高：“‘烧灰鬼’就算不是你爸故意教的，也是从他口里说的吧？”

“嗯，说就说了，你要怎么样？”胡新华有些不在乎。

“我当然不能把他怎么样，但你要说他，你不说我就跟你过不去。”吴妍冷冷地说。

“呵，跟我过不去要怎么样？”胡新华淡淡一笑，并无怒相。

“与你离婚。”这是吴妍与丈夫生气时的口头禅。

“离吧。”也成胡新华回应她的口头禅了，这次不一样的地方是胡新华问了一句“你走还是我走”?

“我走，但是我用过的都要带上，不能留下。”吴妍不假思索地说。

“这话当真？”胡新华思索了一下说。

“当真。”吴妍的语气非常肯定，话音刚落就含着眼泪收拾手头自己用过的东西。

“你不要捡住芝麻丢了西瓜。”胡新华拍着自己的胸铺，细嚼这句话，斟酌再三，道：“最珍贵的是我，不要忽略我也是你用过的”。

吴妍突然止住哭，破涕为笑，换了一个声音：“讨厌”。

一笑之后她还在哭，不过声音明显小了，说：“那你和你爸究竟说不说？”

“唉！在我的心里，永远不会有人能够取代你。你何必为这点小事生气？”

“我不信你的话。我早就觉得你总是站在你爸你妈一边。有多少日子了，你根本对我说的话没有一点兴趣！我真是太傻了！”她的声音微沉，哭的声音又开始大起来。

胡新华叹口气，关键时刻到了，必须挺身而出。他突然流下了眼泪，她抬起头，就被一个有力的臂膀抱住。不一会儿，老婆流着泪软化了。

屋里的声音戛然而止。

小夫妻吵架的时候，老夫妻没有睡着，靠在枕头上听得真真切切。

胡润田听得生气了，双手紧紧握住，微微颤抖着。胸脯剧烈地起伏着，仿佛就要爆炸的一个大气球。突然一道光线划破了幽暗，是斜对面儿子、儿媳妇卧室里的手电亮了一下，老两口有点尴尬。老伴眯了眯眼睛看到老汉脖子上的经脉抖抖地立起来，脸涨得通红，从脖子一直红到耳朵后，那样子就像一个愤怒的关公。同时老汉也看到朱亚芹脸色惨白，紧紧地抿住嘴，腮帮鼓鼓的，像青蛙鼓起来的气囊，在使劲忍住心中的怒火。手电光线撤入，又慢慢归于寂静。

气不打一处来。

“这是怎么了？为什么孩子吃的东西都要你先吃一口！”胡新华的妻子吴妍第二天下班一进门，也不看婆婆朱亚芹，语气不强，自顾自地换衣服去了。

朱亚芹先是愣了一下，然后竟没有像往常一样反驳和责怪她，只是轻轻地放下勺子，微微地笑了一下，但她看得出，婆婆笑得很勉强，也很无奈。然后她只说了一句：“那妈以后不尝了，吃饭吧”。

吴妍圆圆的脸上，有一双火辣辣的眼睛，鼻子酷似辣椒，伶牙俐齿，是这里出名的辣妹子。这个活泼开朗、快活、迷人的媳妇，笑靥如花，本来朱亚芹感到满心喜悦，但她那旁若无人、放浪形骸的神气，使人看上去活像一位没有心肺的人，常常令人哭笑不得。

这一天，朱亚芹带着那沉重的疲劳感入睡，整夜的辗转不眠。后来，徐徐的风儿撩起窗纱，院墙外的大树被风刮得左摇右摆，不时发出呜呜的声音，大街上尘土飞扬，撒落在地上的碎纸，被风卷上了天，在灰暗的天空的高处飘舞着。无论如何，风还是起到了一点降温的效果。屋里凉爽的半昏半黑的光线和她那巨大的痛苦合在一起，同时发挥作用，才使她慢慢地进入梦乡。

昼夜辗转之后是星期六，胡新华知道母亲有心肌缺血的病史，没敢睡懒觉，轻轻推开门，看到爸爸的头正靠着床沿，紧紧拽着母亲的手，放在怀里“窝”着，睡得正香。或许是他的脚步声惊醒了他，父亲头一颤，轻轻地把母亲的手放下，下床后悄悄地把儿子拉了出去。

“爸，你怎么不找张床睡啊？”胡新华好奇地问。

“傻孩子，我怕你妈晚上不舒服，不肯叫醒我，我就把她手拽在怀里，只要她手一动，我就醒了。”胡润田做了个抽手的动作。

胡新华默默走开，胡润田就轻手轻脚地在屋里乱转。这狭窄的房里塞满了东西，孩子的东西侵占了几乎所有的房间，此外快递盒子拆了的没拆的也到处堆放着。空气中是几种不同的香水混在一起的气味，屋里每样东西都沾上了这种气味。昨天婆媳争吵后，这里的一切，第一次让胡润田感到憋闷。于是他开始收拾东西准备出门。周末儿媳妇在家，孩子不用他们看。但平时即便是周末他们也不放心孙儿的饭食，怕吴妍不知道孙儿的喜好。

这时，朱亚芹也起来了，看到他准备出门的行装，刚刚睡醒的糊涂的脸一下子就展开了。

来到白石一个老街道上的早市，路边的早餐店已人满为患，呼喊声此起彼伏，所幸老板娘早练就过耳不忘的神奇本领。乍一看，好像是周围村的人都涌来这里的，其实城里人也并不都是来到早市的。只有他们老年人对早市念念不忘，好像是他们的归宿一样，否则即使给自己放假了，也不知道该去哪里。整个村子犹如一个繁忙的空壳。人们都在奔忙，奔忙着各自艰难的生活。

朱亚芹走着走着拿胳膊肘碰她老汉："你看那不是李云川的孙孙？"胡润田顺着她的视线往前一看，连李云川、老伴丁保芬也一下子进入了他的视线，果然是祖孙三人。小孩也是男娃儿，刚刚一周岁，长得胖乎乎粉雕玉琢的，跟坚果小时候很像。这时候别的邻居也看到他们了，就凑在一起闲话一番。

李云川是李全耀的儿子、胡润田的同学，与他同是白石村人。李云川老夫老妻退休后在磁窑河桥街早市上做市场协管员，吃住在一间几块大厚水泥板围起来的市管所的小房子里。

胡润田先跟李云川打上招呼："天凉，不常见了，反倒在这里碰上咯！"

"怎么面色苍白？"丁保芬见了朱亚芹关切地问。

朱亚芹无精打采地哼了一声："昨夜没睡好。"

"唉，你带孩子太辛苦。如果身体不行，就只洗洗碗，刷刷锅，把孩子让给爷爷带。"丁保芬出主意。

"谁说不带，从小就是爷爷带。"朱亚芹道。

胡润田谦让说："哎，老伴最辛苦，在我面前好做主，在儿媳面前甘心情愿当保姆。"

"还是老汉对孙儿比我亲。孩子拉在他身上，他高兴地说，是孩子给他身上涂上了黄金金；孩子对着他的脸蛋撒一泡尿，他对着孩子的脸蛋一亲就是好几下。”朱亚芹数落起来有说不完的话。

“说啥有啥，你们的孙子真是拉金尿银呢……”丁保芬咯咯笑。

“真是人们说的，当上爷爷就等于当成孙子了，唉，就这也落不下个好。一天到晚，又采买，又做饭，孩子的哭声就是命令，榻榻米就是战场，可总是打败仗，哈哈。”胡润田说。

“说起打败仗，我们最近睡觉发愁的哟！……”朱亚芹说。

胡润田这下打开了话匣子，说起孩子的哄睡，讲了不少经验之谈。朱亚芹在旁边抿着嘴听，眼底透着“让你好好吹吹吧”的睥睨。

分手后，朱亚芹就使劲看着得意的胡润田，胡润田不好意思了：“哎呀呀感谢你不在他们面前揭我的短哈！”

原来，坚果小时候，为了减轻老伴带孩子的负担，胡润田把最难的两件事一肩挑。吃饭相对好说，热了凉，冷了热，自己和孩子哄着吃，总算能吃饱。可这打发孩子睡觉不是一件轻而易举的事，孩子一会儿哭，一会儿闹，不摆不摇睡不着。他给孩子说了好些滑稽的笑话，把孩子逗得捧腹大笑，他又故意做出一些傻事，把孩子乐得尖声大叫。他平素喜欢自我克制保持自尊平静的神气，现在变得从未有过的纵情奔放。有时候，摇摆也不是万能的，摆得轻了不顶事，摆得重了又惊醒。惊醒了的孩子是撕破嗓子地哭，喊天喊地喊爹妈，就是不要爷爷奶奶，实在没办法了，老汉请教老伴：

“为什么呀，你看孩子，孩子总是安安静静的，轮到我看孩子时，孩子就哭天叫地的，难道你有什么好办法不成？”

老伴很随意地说：“那就，你让孩子含布袋嘛。”

“这算什么高招，都试过，用得不灵了。”老汉无奈地说。

看着老汉难色吓人，老伴左右为难，话到口边又收回去。

老汉看出了老伴的心思，说：“莫非是真有什么灵丹妙药？”

“土办法。”老伴说到此处欲言又止。

“你这是怎么啦？本来心直口快的人，怎么说这事还喉咙里卡枣似的，你和我有啥不好意思？”老汉开导道。

“真不好意思，这一招我们女人能做到，你们男人做不到。”

“唉，都什么时候了，还男人女人的，现在男女平等，你们女人能做到的事情，我们男人更能做到。”老汉这句话还真激起老伴来了，脸上泛起了红晕，笑着问：

“真能这样？”

“肯定能。”到这般地步了，老汉打起脸充胖子也得充。

老伴说出了真情：“山穷水尽的时候，我是用我的奶给孩子含着呢。”

“你还不用说，这肉袋就是比布袋灵。”老汉醍醐灌顶。

“就这，你也能做到？”老伴在这里等着他。

老汉直摇头，自愧不如。

老伴正襟危坐：“我也是逼出来的，你有你的优势，办法你自己去想。”

老汉琢磨来琢磨去，也没琢磨出个道道来。知道老伴有这么一招，没办法的时候，就叫老伴来解围。

有一次，吴妍提前下班回来，屋子里鸦雀无声。

“怎么，孩子睡着了？还是？”她自言自语。

她双手挡住周围的光，悄悄地把脑袋探到老汉屋子的窗户玻璃上往里看，看到孩子没有睡，可也知道了孩子为什么没动静了。吴妍的表情已经说不上是笑还是哭。若是笑，比哭还难看；若是哭，却又努力以笑掩盖着。

“可……可……我……睡着了，什么也不知道。”朱亚芹看着孩子在自己身上乱摸，又看了看吴妍，反应过来，舒了口气，声音颤抖，说话有些结巴。

朱亚芹怔愣愣坐了半天，心一半似放在火里，一半在冰里。话说明白没有？她觉得自己已经表达清楚了，然而，儿媳妇能明白吗？

吴妍气呼呼地冲过来，一把抱起孩子，孩子吓哭了，吴妍转向朱亚芹口齿不清地骂道："老不正经。"

“你说什么？”朱亚芹顿时怒不可遏，点着烟问道。

“老不正经。”吴妍看到老汉睡眼惺忪，以为前面说的他真没有听清楚，这一声骂得声音高了，老汉怒目以对。

老汉正好回来，目光迷离，一进客厅就听到儿媳妇咆哮，走近时是老汉低声的解释，她听到老汉讲了事情的来龙去脉，掺和着说了几句，整了整衣裳压着火对儿媳妇说："孩子好好的，别让哭了，还是给我吧！"同时，她递给儿媳妇一块擦脸的毛巾。

接过孩子来，三个人面面相觑，最少静了有半分钟，吴妍挖苦地问："你这是乱来吧？"

“你怎么能这样说话，你想怎么样，要打架吗？”朱亚芹火冒三丈。然后，从她那狭窄的戴着戒指的手缝里流下泪来。

“哟，我们是真亲才这样，又不是阴天出太阳——假情。”

老汉说。

“再不要你们亲，恶心。”吴妍道。

“我们来是为了你们，不是讨口来的。”婆婆说。

“我是不想说，好多次啦，我觉得不对劲，孩子一到你的手就乖乖顺顺的，原来你是给孩子啃你的老奶头！”吴妍本来长得非常漂亮，除了那两道精心描过的眉毛给人有一点不真实的感觉外，她脸上的轮廓线条是那样的清秀，那样的匀称，如在平时这双眼睛灵活地流盼，是她身上最吸引人的。这时候的泼辣让她原有的风韵一扫而光。

“我天天洗澡，这有啥不卫生的?”婆婆说。

“就是不卫生，你不讲究我还讲究呢。”吴妍不依不饶，又是开口一个、闭口一个“老不正经”。

老汉在一边着急，掐灭了手里的烟头，直挠头皮，然后稳了稳情绪，调匀呼吸轻轻地说:“不就是孩子哭的时候，你妈用自己的奶头喂了喂，好像是犯下了多大的罪。你丈夫小时候吃我老伴的奶，吃到几岁才断奶?后来不正经吃就咬奶，越咬越黑青，到现在都没散开，我说过啥，若要公道，打个颠倒。”

“你们真的要是惹火了，我就……”吴妍毛椒火辣，一时语塞，从婆婆手里夺过孩子往外就走。

婆婆朱亚芹一下子晕倒在地，老汉急忙叫人来送医院抢救……

四十二

天空澄碧如洗，阳光毫无遮拦地照射在铁轨上，金属反射冷光。

呜呜呜，汽笛也像明亮的光照进一片声音的混沌，庞大的车头裹挟着风从旅客身旁驶过，准备朝这个方向来的一列特快列车缓缓地进入太原始发站。车门刚一打开，旅客们就鱼贯而上。

“小伙子，您不走就让一让呀。”

从车门口往车厢深处走了两步的小伙子不情愿地从手机屏幕上拽出他的视线，对这个被他挡在后面的中年妇女打断他很不满地白了一眼。她也是好不容易挤上来的，高跟鞋在火车地板上闷闷地咔嗒着，急切一阵停一阵；大号行李箱上面摞着大包小包，胳膊上挂的塑料袋里面有吃的和奶瓶。

终于在这个闷声又闷气的甬道中挪动到自己的座位，她坐下来，对自己上车的速度还比较满意，突然很失落地看空了一会儿，用双手捂住眼睛。一秒钟以后，火车慢慢移动了，她缓缓地把手移开。顿时，她觉得刚才那一秒钟如同度过了整个春夏秋冬。

这才发现她丈夫还没就座。原来人家正不急不忙地站在过道上放行李的人后面，等他们放好行李。丈夫背有点弓，脑门发亮，她一眼便看出，试图招手让他侧个身过来，却发现举起来的手一寸寸麻下来，颈椎和肩膀也很紧地不能让她完全举起手来。当看着丈夫放好行李的时候，那一瞬她觉得好不真实——怎么真的要回去了？随手捏着肩膀，放好行李的丈夫就顺势跪在座椅上帮她捏，肩颈的松快却又让她感到一阵眩晕。

他手上按摩着，眼睛扫视着埋在一块块碎片屏幕里面的一车厢头顶。她想说什么，却看到他这样若无其事的，就又闭上眼睛把话咽下了。可喉咙里有一块东西却怎么也咽不下去，甩开丈夫的手左试右试还是咽不下去，眼泪这时候扑簌簌掉了下来。

徐徐的风儿撩起车厢的窗纱，外面的风“呼呼”地刮着。

唉，离开，他们几十年经历了多少分别，这次怎么就这样恍如隔世地不真实呢？

“平遥站”——朱亚芹看到这个路标时，他们从太原乘着的这一趟火车已稳稳地来到这里进站停下。

徐徐的风儿撩起窗纱，风声在车厢外为可爱的树叶奏乐，为文静的小草伴舞，为田里辛勤劳作的农民带来清凉和爽快，抹去烦恼和急躁。它闯进了一切事物的心扉，为这个热闹非凡的世界增添许多乐趣。

胡润田放眼四周，只见人们都沉迷于手中的“小小世界”，或浏览新闻，或看影视剧，或刷微博微信。有人正发手机语音，有人不时扑哧一乐，有人在屏幕上舞动着手指……车厢中的“低头族”们还沉浸在手机带来的欢娱中。朱亚芹一路在哭，唯丈夫仍然没有一点儿的哭声，悲伤几乎给他一种快感，他无意中发现，在悲哀中自我折磨有它独特魅力。在这种感情支配下，只任凭眼泪不停地往下流。

铃铃铃，手机响了，旅客们蜂拥而下，朱亚芹从嘈杂声中听出手机那头是儿媳妇吴妍软绵绵、甜丝丝的声音：

“妈，你们到站了吧？”吴妍在朱亚芹一阵哽咽声后听到“到了”两字时，说：“好了，那我们就放心了”。吴妍接下来巧妙地在每一件小事情里安插进一些奉承话：“妈，你们在我们家住了好多年，从早到晚不识闲，坚果现在长大了，真不能让你们太劳累，再加上妈身体不好，也该回家养养老，趁你们两人现在还能走动，喜欢弄啥就弄一弄，想跳就跳，想蹦就蹦。”“各位旅客，下车了。”直到列车员喊，火车门即将关闭的一刹，他俩才抓起行李赶紧下车，乘公交车回到白石村。

三晋大地多仙山，斯地邈难匹。

子夏山平畴突起，巍峨秀丽，山下十几里之外的白石村，绿树掩映。子夏山就是吕梁山脉的延伸，山高树茂。山下镶嵌着一片又一片灰色的田圃，有一大块是菜园。远眺这山坳里虽看不见人家，但沿途树上红彤彤的果子和袅袅上升的炊烟平添几分生气。

那个从太原坐火车到平遥火车站下车，又乘公交车回来的中年男人就是胡润田，相随着老伴是朱亚芹，他们的老家在白石村磁窑河桥街的一个高层楼上。因为胡润田的儿子胡新华大学毕业后在省城自己创业办了公司，他们已经很久没有回来过了。

磁窑河桥街早市旁边是一个小广场。

东侧有一条清澈见底的磁窑河，河水常年哗啦哗啦地流着，树上的鸟儿也不甘寂寞，在欢快地唱歌，似乎在与河水声相应和。这天是周六，小广场和旁边的林荫道上人很多，几乎都是中老年人，扎堆进行着各自的活动：有的人在跳广场舞，有的人在唱歌，有的人在抖空竹，还有的人在练太极。

徐徐的风儿撩起窗纱，家乡的风像一个好脾气的小姑娘，它轻轻地擦着人的脸飞过，像是给了一个温柔的抚摸。胡润田两口子回到太原的第二天早早地来到这里。他俩不属于任何一个团体。他们总是板着脸不说话，等旁边的人走了，他们才唉声叹气。

一个穿着一身医护服装的女人正在推销药品，看到不太兴奋的朱亚芹就凑上前问道：

“阿姨你好，身体不舒服吧，你感觉怎么样？”

“没有什么感觉，经常在无意识中叹气。总觉得累，特别疲惫。对身边的所有事物都不感兴趣。”

医生说：“晓得了，有点抑郁的症状，中医认为是肝郁气滞的表现。建议中西医结合治疗，服用中成药清脑复神液调理，具有安神滋阴益气的作用。”“喂！”听到有人喊了一声，医生没有被打断继续说，“再加上平时多一些喝百合粥，可以滋阴安神。”

“怎么你们也在这里凑热闹啊，快快跟我来。”刚才喂了一声的中年女人直接甩开那个医生连说带拖把胡润田夫妇都拉到广场对面的早市。

还没有进市场大门，只见里面人头攒动，人声喧哗。市场分蔬菜区、鱼肉禽蛋区和商品区。他们随着人群走进了蔬菜市场。只见里边的蔬菜、水果，鲜嫩丰富，琳琅满目。蔬菜摊上绿油油的青菜，白里透青的萝卜，水灵灵的芹菜，红润润的番茄，绿衣带刺的黄瓜，各类农副产品应有尽有。人们在摊位上可以任意挑选自己喜欢的鲜嫩蔬菜。

“润田，你们怎么回来了？”李云川迎上去和他握手。

“哎呀，是好久没回来了。咱村的菜市场也这么正轨了！”胡润田答非所问。

“还是省城好哟，咱们这小地方怎比得上人家大城市啊！”李云川说。

“省城是大，可哪有时间出去呀，整天窝在29层的高楼看孩子，憋屈得很。”胡润田长长地出了一口气。

“你们都退休了，该享清福了，还在儿子家忙啥呀？”丁葆芬说。

“照料孙儿。”朱亚芹道。

“孙儿，听你说过，叫什么来着，多大啦？”

“哦，我孙儿坚果，四岁了。”

“哦，大孩儿了，真是不在跟前就觉得长得快。”

“原来儿媳妇只是说给他们帮帮忙，结果是伺候得离不开了。”

“反正你们退休了，就好好帮助他们吧。你家儿子小的时候，你们在外面工作，顾不上管孩子，托儿子的祖母管，你们把儿子小时候欠他的补上了。”

“伺候小的也就算啦。媳妇儿是衣来伸手饭来张口，月子里连内裤、袜子都得给洗，孩子擦屁股洗屁股样样不落，结果是心操得越多儿媳妇对我们的不满意也越多。”

“怎么还能不落好？”

“他们就会人前拣好听的说，儿子时常说我们在他家立功了；媳妇儿说我们为了他们把老年活动都耽搁了。可是有一次他们半夜吵架说的话，我们听了一耳朵，唉……”说到这里，朱亚芹想到家丑不可外扬，就没再往下说。

“要是说孩子上学后，你们应该比以前省心了。”丁葆芬无话找话，解除了朱亚芹的尴尬。

“哎呀，上了幼儿园不只是要接送幼儿园，还有各种兴趣班，有时候跑大半个太原去接娃儿，你是不知道，周末比平时还要赶呢！”

“这样折腾怎么能行？必要时候商量和亲家轮换轮换。”

“商量过，前几年女亲家刚退，男亲家比女亲家大 5 岁，还上班，女亲家一个人来了留下个老帅哥不放心。”

“哈哈……”

“哈哈……”

“你笑什么？”

“我笑你的笑好可爱呵！”朱亚芹将计就计，转移了话题。

“那你们有盼了，等男亲家退了，你们就能轮换了。”丁葆芬接着说。

“不用等了，男亲家刚也退了，我们这次回来就不走了。”朱亚芹回话。

“也不用你们轮换了？”丁葆芬问。

“不用了。船到码头车到站，最后，这不是刚下火车吗？让孩子们把我俩全辞退。”胡润田走近接过话来嚷道，声音里正颤抖着一阵强压下去的抽泣。

李云川不解地问：“说不用就不用了？这儿子、儿媳怎么还能这样呢？”

“哎，人家儿媳妇说得好，爸妈你们辛苦了，趴在地上擦地板好多年，两眼一睁忙到熄灯，孩子大了，您们老了，再加我妈身体不好，也该回家养养老，趁你们两人现在还能走动，喜欢闹啥就弄一弄，什么‘筷子兄弟’‘小苹果’的音乐舞蹈，想唱就唱，想跳就跳，想蹦就蹦。我说不会，儿媳说，不会也跟在后面起起哄，省得待在这儿太憋闷。”胡润田说。

“嗯，回来就回来吧，还是咱们老家好。”丁葆芬说。

胡润田说：“我们好了，小孙子可要受制了。谁给孩子做水蒸蛋，谁给他洗澡兑温水，尤其是接送的路上谁要是碰了车，我跟他没完。”

“人家爸妈知道孩子该干啥时就干啥。”丁葆芬说。

“也是。可家里养个猫猫狗狗都能养得有感情了，何况是人。人非草木孰能无情？孩子从这么长拉了这么大，谁也不要说这漂亮话，这事搁在谁身上也放不下。”朱亚芹用手比画着说。

“哦，我说嘛，你手里常带个小奶瓶，原来是睹物思人呀？”丁葆芬会意道。

“是呀，有了它，我就心里踏实点。”朱亚芹掂了掂手里的奶瓶说。这是小孙子大了以后用过的一个稍大一些的奶瓶，以往曾经数次地像打发乞丐似的给别人的东西，如今像一件价值连城、精美无双的珍奇礼物形影不离。

“哎，话是这么说的。说归说，儿子、儿媳有话了，该走还得走，不走就成了癞皮狗啦。”胡润田说。

“嗨……”朱亚芹长叹一口气说：“你说这气憋不憋？”

李云川说：“我说嘛，每天早晨小广场上，老汉、老伴站着一排又一排，高声叫着，此起彼伏，不知情的还以为是演员练嗓子呢，原来天下的父母受得都是一样的气。”

丁葆芬说：“唉，我说这气你们就不应该憋。”

“这话从何说起？”朱亚芹迷茫地发问。

“哈哈，就从你家儿子的祖母说起。你们那些年在外工作顾不上，你儿子全靠老人家一把屎一把尿拉扯大。老人家对孙子慈爱如母，严加管教，考上大学，自办公司，赚了大钱，而孙子把管教当成虐待，反目为仇，多少年不回来看看老人家。不说了，这你们比我们清楚，你说，这隔辈亲能得上什么回报？”丁葆芬苦笑着说。

“这是你们知道的，还有你们不知道的一件事，我家老伴没有说出口，不愿给你们翻闲话。”李云川刚说这里，老伴就笑着上来一把手把他的口堵住，说：“不要给人家瞎说。”

“这不是瞎说，而是事实，给胡润田他们知道了也没什么不好。”丁葆芬还是紧紧地捂住老汉的嘴巴。

“咱们两家都是老邻旧居，不怕，让他说吧。”朱亚芹笑着掰开丁葆芬的手。

“你儿子上大学时，不是有个匿名为老猫的资助人给胡新华汇款 3 万元吗？”朱亚芹回应李云川说：“这件事我们都知道。”

李云川又问：“这资助人你们知道是谁吗？”胡润田听了都摇摇头。

“这个人就是你们的母亲、你们儿子的祖母姜淑芬。”丁葆芬抢先告诉。

“不可能，她一个孤寡老人哪来那么多的钱？”朱亚芹一团疑雾绕头。

胡润田也半信半疑地望了望李云川，说：“不可能。”

“事实俱在，铁证如山。不相信我们，你们还相信谁呀？”李云川一本正经，斩钉截铁。

四十三

老屋的门是关着的。

好静，每一丝安静的气息都勾起一抹忧郁，躺在柜底的最深角落，用无奈的情愫呢喃一把钥匙的心语。

远处传来一阵轰隆隆的响声，声音由远而近。只见一辆时髦的宝马车缓缓驶来。

小轿车停在一座旧式院门前，崭新、锃亮，淡黄色的车身熠熠闪光，像镜子一样都能照出人影。胡新华刚从车上下来，他刚下来时表情有几分贵气，看到院门后眼神已哀伤，几乎毫无光彩。他先遛到院门前，掸掸衣服，没有勇气上去敲门，从门缝里往里瞧，只见迎面一架葡萄翠嶂挡在前面。房上仍是桶瓦泥鳅脊，那门栏窗框并无色粉涂饰。转过葡萄翠嶂，隐隐露出一带黄泥筑就矮墙，墙头皆用谷草掩护。院内分畦列亩，佳蔬菜花，各色树枝新条，漫然蔓溢。

丁葆芬觉得外面有动静，冷冷地喊：“谁呀？”

“哎，是奶奶吧？”胡新华只得蹭着问话反问道。而话音是在空气中互相撞击，有的碎了，碎成了一丝一丝的，再也聚不拢来，就让新的起来，追着未碎的那一个，又马上把它也撞碎了。

“哎，你找谁呀？”丁葆芬应声道。

“找我奶奶。”胡新华说。

“我不是你奶奶。”丁葆芬开门打量着胡新华，说：“你到底找谁呀？”

“这是我奶奶家呀。”胡新华自言自语。

“啊呀，你是新华吧，都这么大了，快不认识了。”

“你是谁？”

“我是西院你丁奶奶。”

“啊，丁奶奶，丁奶奶你好啊，你在我家？怎不见我奶奶呢？”

“这不是你家了。”

“啊？是我家呀。”

“不是。”

“肯定是我家。小时候，我经常被我奶奶用棍子打着我追出这个门，丁奶奶你听到我的哭喊声，立马过来挡住我奶奶，感谢丁奶奶。”胡新华泪眼汪汪地连连弯腰鞠躬。

“你光记得是你奶奶打你，那你知道她为啥打你呀？”

“想不起来了。”

“你这孩子小时候不爱上学，经常逃学，与同学们打架，还到小卖部偷人家东西。从小你奶奶就管得严，她要不管，你这孩子就被毁了。”丁葆芬给他讲了好多好多事情，讲他的少年时代，讲他的种种经历，然后，讲他上学时对他无微不至的关心。

“多亏了我奶奶既当我的慈母又当我的严父。”

“你这孩子聪明，怕挨打，一打就灵。后来就不用打了，但她对你不打不等于不管，这中学啦、大学啦，也是你奶奶硬生生地管才考上的。”

“唉，原来我把奶奶对我的不溺爱当成了虐待，恩将仇报。”

“谁说不是？这条大街的人都知道。”丁葆芬讲这些的时候，胡新华感到她温暖的呼吸吹到他的发际，说：“真是悔不当初啊！丁奶奶，我奶奶呢？”

“你奶奶搬走了，已搬走好几年了。”

“搬走了？那这房子？”

“这房子卖给我家了。”

“她，为什么要卖房子呀？”胡新华从牙缝里挤出一点声音，像是问丁葆芬也像是在问自己。

“房子真成你家的了？”

“是啊！”

“为什么要卖房子？”

“没钱呀，你奶奶没钱供你上大学就把房子卖了。”

“为了供我上学就把房子真卖了？”

“是啊，你奶奶一个人要生活，也替你爷爷还去世前看病留下的债，还要供你上大学，真不容易呀，所以不得已才把房子卖掉了。”

胡新华有句话想问又觉得难以出口。

“一个女人家，真不容易啊！她为孙子卖房子，我为儿子买房子，家家有本难念的经。”丁葆芬的声音也很低，低得胡新华只看到她的口在动。

“丁奶奶，你是花了多少钱从我奶奶手里买来这房子的？”胡新华若有所思地看着丁葆芬，她用右手竖起三个指头。

“三万元？”胡新华问后，丁葆芬点了点头。

“三万元。”胡新华重复得很沉重，也很轻松：“明白了，一切都明白了！”

“明白了就好，浪子回头金不换。”

“她现在在哪里住，你知道吗？”

“在村东头那两间土窑洞里住呢！”

丁葆芬领着胡新华去村东头，院门紧锁，从门缝里看见房子快倒了。胡新华心里一惊，啊！胡新华啊，胡新华，你怎么能出现这么大的误解啊！那些年总认为奶奶从小打我、骂我是在虐待我，我恨死她了，所以我不回家探望，今日听丁奶奶这么一讲，才知我奶奶她……我错了。

穿过磁窑河桥，迎面是一道坡，虽然不高，但也很陡。丁葆芬领着胡新华来到村东头，由狭窄的小道引向深处才能找到奶奶的土窑洞。

这是一条幽静得近乎死寂的小巷。

胡新华抬头望了望天，晨曦中洒落着几滴雨点，没想到在这里找到了戴望舒笔下那“撑着油纸伞独自前行”的寂寥雨巷的感觉。这是在什么时间什么地点？还有心思开怀吟诗，触景生情，他又暗笑自己有些无聊，跟着丁奶奶缓步向前走去。

“呀，黑黢黢的。”胡新华走近一看，就是他想象中的烂塌崖土破窑洞。

这是一个狭小昏暗的房间，需要费尽目力才能辨明屋里的简单陈设，一条破烂的白色编织袋充当窗帘遮住了狭小的天窗，稀疏的日光就洒在这窗帘上。

往里走的时候，他衣兜里一个线路接触不好的小电器兀然发声，听着MP3声的悲伤，让他有种想哭的冲动。里面波动的吉他琴弦浮现的是奶奶与他相依为命的那些既凄凉又难忘的日子，再也回不去了。

伫立巷口，看着目所能及的晨景。自己面前的这座村庄，美丽中透着清冷的气息，点缀着形形色色的旧事。

“我奶奶去哪儿了？”

“为了生活，你奶奶去磁窑河桥街卖菜去了。”

“丁奶奶，你带我赶紧看我奶奶去。”

“好啊。”

“上车吧，咱们走。”

徐徐的风儿撩起车上的窗纱，路上的行人几乎全都闭上了嘴，像是被封住了。眯着眼，还有不少女人和孩子用纱巾把头包起来。顶风骑车的人，就像运动员一样，弓着身吃力地蹬着；而顺风的人，则双脚轻轻地放在车上蹬着，仿佛扬起风帆的船，飞快地向前滑去。

一路上丁葆芬没有讲一句话，胡新华心里万分不安。进入演武镇，喧扰而光怪陆离，满眼都是鲜亮刺目，花里胡哨。这时雾少了，他虽是在金黄的霞光下行走，而小城市的窒息同样给他带来了一点绝望和心灵的震撼：人们都是在这样的环境下生活的，他们都只顾自己的生活，没有时间去顾及这个被工程师雕琢得笼罩着乌烟瘴气的城市，也没有时间去装扮这个蛛网成群的城市文明。

胡新华原以为自己开着宝马会惹人乍眼的，可从他身边匆匆走过的稀稀落落的行人，绝大多数都没有时间去打量他。慢慢地他放松了，觉得这些年富了的也不光是自己一个人，一路遐想，沿着石板铺的大街走下去，每一步都引来很响的回声。

这一天风清日丽，胡新华早就听父母说过早市，他投身早市的渴望越来越强烈，越来越迫切，不觉心急如焚。突然，他闪过一个念头——独自一人到早市去吗？既然父母天天逛早市，至少也得把他们叫上，他们也好久没有看奶奶了。

磁窑河桥街是一个可以使这个村呼吸的窗口。怪不得，小时候奶奶总是带着他在这里转来转去。

下车之后，丁葆芬默默地充当起向导的角色，他们走过磁窑河桥，接着穿过二环大道，她是在向自己的住处走，拉着胡新华往市场里跑，一手拨开前面的人流。

对胡新华来说，这白石早市简直是一块新发现的，或者更确切地说，是重新找回的童年的乐土。小时候，这里还是一片庄稼地，他和同学们经常来这里割草，有的同学累了便头枕在田间的土棱上躺下来，他也跟着躺了下来，把鞋脱下来枕在脑后，跷起二郎腿，周围是一片绿油油的禾苗，远处有逶迤的山峦，近处有潺潺的小溪，空气中飘着淡淡的草腥味，秋风轻轻将城市里机器的轰鸣声传送过来，似乎还伴有几声秋蝉的嘶鸣。后来，他只知道那条土楞成为主要的林荫道，上面有蔚为壮观的散步的人流，现在，他发现这里的一切都是那么迷人，活像一个孩子被带进玩具商店，贪婪地抓问每一样东西。他变得快快活活疯劲十足，那梦幻的、近乎抒情的情绪烟消云散。

一大清早，这条街上便热闹非凡，车马塞途。以桥为中轴线，两边是茶楼、酒馆、当铺、脚店、肉铺、作坊。街道两旁的旷地上还有不少张着大伞的小商贩。街道向下一直延伸，始终延长到城外的郊区，可是郊区街上仍是商贾云集：有挑担赶路的，有驾牛车送货的，有赶着毛驴拉货车的，有驻足欣赏磁窑河桥风景的。

走着走着，一刹那胡新华忆起丁奶奶曾经告诉过他的一个情景。这时，那些记忆和画面又纷纷浮现出来，只是被那欢乐的早市镶上了一道光亮的金边，他又想起了他的童年；但并不是像人们回忆那些不愿触及的事情时那样带着悲伤别扭的心情，而像是回忆着一种命运，一种使人想再重新经历一次的命运：也是在一个早晨，冰雪纷飞，胡新华的奶奶与丁奶奶一起出来在早市上买菜，奶奶额头上的汗直冒，但她依然双手紧紧抱着孩子，焦急地在路上行走着。她边走边不住地张望着周围。她脚上的鞋全湿了，甚至都已结冰，但她全然不顾，只是时不时地低头看着怀里的孩子。雪越下越大。她怕孩子冻着，用身上唯一能抵挡寒冷的布棉袄紧裹着孩子。而她自己只穿了一件毛衣，她的手冻得通红，脸和嘴唇冻得发紫。她仿佛并不觉得冷，只是焦急地赶着路，好像有什么重要的事情。

他跟着丁葆芬继续向前走，沉浸在往事的迷梦之中，人群中嘈杂的欢声笑语对他来说，变成了汹涌澎湃的滚滚涛声，他分辨不出单个的声音。他独自一人畅想着，往常他在自己的房间里躺在席梦思卧榻上无所事事，向着宁静、滞重的空气喷吐一个个烟圈的时候都从没有想过这么多……

胡新华目不转睛地凝视着五彩缤纷、热闹非凡、熙熙攘攘的人流，只顾傻瞧傻看，差点儿撞上一辆马车。丁葆芬一把将他拉过来，挤进人群，又挤出人群，在连着几个卖白菜的摊子前看到了他的父亲母亲。

他们在一起，也就是像往常遇见一样惯例地家长里短寒暄，很少谈到政治时事。

胡新华听到了父亲和李云川的谈笑声。他默默地走在胡润田的旁边，母亲在一旁挽着父亲的手臂。

“哦，你怎么来了？”朱亚芹问道。

“我是来找我奶奶的。”一抹天真而愉快的微笑一下子浮现在他的脸上。

“找你奶奶应该去家里找，怎么找到这儿了？”

“他奶奶不在家，天天在这早市上卖菜呢。”丁葆芬紧走几步上来应声道。

“咋个我们没听你们说过，也一次也没有见到过？”朱亚芹继续问道。

“没听说过，是因为我们不想说，没见过是因为你们见了也不一定能认出来。”丁葆芬说这话的同时，胡润田看着李云川，李云川不停地点头。

“我奶奶在哪儿？”胡新华又一次追问。

“你奶奶呀，远在天边近在眼前。”丁葆芬说这话的时候，姜淑芬兴高采烈地走了过去，距离近得她都可以扯到他的耳朵，她也真恨不得去扯他的耳朵一下呢。胡新华的眼睛只是胡乱地四周看着，竟然没有注意到她。于是她放声大笑，笑得他回过头来。要不是她飞快地用泥手遮住脸，真说不定会被他一眼认出。

丁葆芬唇边挂着微笑，指着身边菜摊上的一个老女人说：“你们看，她是谁？”他们的目光齐刷刷地一下集中在那个老女人身上。

在集市上，姜淑芬穿着一身破旧不堪的蓝衣服，正弯腰拾菜，污泥的手麻利地干着。看着她手中的白菜绿油油的，她吆喝着：“不上化肥、不打药剂，准保一吃一个放心。”当然有不少人青睐，纷纷围上来砍价。姜淑芬不为那5毛钱犯嘀咕，她让价：“好吧，自个儿家种的，拿去吧。”

垂柳下，其他菜农的吆喝，加上扩音话筒送出来的声音，刺耳且嘈杂一片。

胡新华在每一个小摊儿上都要看一眼，乐不可支地欣赏着摊主们以极其滑稽的样子，用单调而夸张的叫声招徕顾客，快看：“刚出土的土豆”“最水灵灵的菠菜”，或者看宠物摊，茶叶、烟丝摊，木雕、怪石奇观等。人们带孩子跳蹦蹦床，请人算命，什么事情都干，他们是那样的欢天喜地，兴高采烈，胡新华吃惊地看着他们的背影。

头顶上浓密的树杈相交，天空像染了一层乌绿色的云纱。被风摇曳的树影在胡新华脸上闪烁不定，霞光下姜淑芬的脸和人的影子都不太清晰。

也许是没听清看明，胡新华一手掩口，轻咳一声，扫丁葆芬一眼，似是征求意见，又似忸怩不好意思，一时语塞。旁边的李云川着了急：“啊呀，真的不认识？哎，就是你奶奶呀。”

阒然、寂然、一片茫然。

这时喧嚣的人声也渐渐变成持续不断的嗡嗡声，越来越轻，越来越静。

胡新华如听到呓语，又觉得是意料中的意外，隐秘的心声讥讽自己：是吗？还不予确定？其实，胡新华早就看到菜摊上的卖菜人中有一双眼睛他觉得熟悉，起初不明白是怎么回事。他只有一种模糊的感觉，这种感觉给他的思想突然蒙上一层难以看透的轻纱。现在，他抬头一看，发现那一双眼睛总是注视着自己。尽管他没有勇气朝那儿对视，但是祖孙的直觉，正确解释了奶奶把他从梦中惊醒的这一道道目光。

李云川哧哧地笑着。

聪慧的姜淑芬似乎看出点丁葆芬和朱亚芹两个婆姨指指画画的什么，脸上顿时浮出红晕，眼睛里重又闪出不安分的笑意。她绛色长方脸盘下还是那样的平实，只是在乡下待得稍长的缘故吧，岁月的艰辛在她脸上多了一点爬痕，但与同龄的乡下人相比也并没显老，而属一种粗糙的质朴的美。一顶圆顶宽边毡帽斜遮住她脸上柔和而规则的线条，赋予那颗普普通通的、几乎可说极为平常的头颅一些典型中国农妇的丰采和理想的成分。

胡新华想一下扑到奶奶怀里，可他还是没有勇气，奶奶能原谅自己吗？

这时，姜淑芬对着他笑了。

胡新华把她的微笑理解成一种鼓励，小心翼翼地走近她，目不转睛地盯住她。他试图使自己的脸上表现出一种信心和儿时的稚气，但是徒然。那犹豫不决、优柔寡断的样子，一次又一次地把亲近的表情扫得一干二净。而这正好是他讨她欢心的地方，因为孙子表现出含蓄和收敛对她来说是那样的陌生，在她的记忆深处纯粹是判若两人。在他身上还没有消失的稚气和淘气又给她带来了一些如梦初醒的感觉。胡新华几次地张开嘴，想跟她搭讪，可是到关键时刻，又总是由于畏惧和羞怯而作罢。仔细观察孙子胡新华一而再再而三欲言又止的样子，对她来说简直像看一出无限幽默的喜剧。她不得不使劲咬住嘴唇，免得冲他笑出声来。

胡新华眼睛不瞎。他清楚地看到她老掉牙的嘴角抽搐了一下，流露出了真情，这使他勇气倍增。

“奶奶！”胡新华大声喊出。

姜淑芬说：“是咧，新华，我就是你奶奶，”唇边略显腼腆而骄傲的笑纹：“幸福的人都一样，你们都还是那样；我变老了，你们不敢认我了，是吧？”

此话一出，大家愣愣地，一片愕然。

胡新华一步上前抱住奶奶放声大哭。

“孩子，别哭了！”姜淑芬大手稳稳落在他的肩头，在这微凉的秋季，给他温暖的慰藉。

顿时，胡润田、朱亚芹不知不觉中，早已是泪眼婆娑，滔滔不绝地交谈起来。

“真傻闷墩了，儿我不该忘掉父亲托言，听了闲言碎语，处处记恨您老娘。”此情此景，使胡润田的心中萌发了一种深挚的爱，使他忘记了他与她母亲全部的过去，自己就是她的亲生儿子，她就是自己的亲生母亲，就像演员演到出神入化、炉火纯青的时候，感到自己真是国王或者英雄，不再想到自己的职业一样了。

“孙儿我不该上了大学把您忘，数年不曾回家园，老家变化可大啦。”胡新华一下子变成了一个大话匣子，对什么事情都关心起来，并且突然间又操起他从前说的一口晋语。这种方言他也许有好多年没说没想了，他似乎觉得这些年在外风流放荡的生活已将家乡话遗忘得无影无踪了，可没想到一见奶奶的面就兀自一切如旧复活了。

“儿由母养理应当，咱们回家吧，这个家永远是你们的避风港。”姜淑芬一席话荡气回肠，倾诉出一家人多年的苦辣酸甜。姜淑芬爱抚地摸着他们的头，仿佛哀伤也被她一层层抹去。

枝繁叶茂的百年老槐树，浓荫匝地，翠绿一片，宛如巨人高高耸立。那缀满花朵的枝丫沙沙作响，就像亲人在悄声细语互诉衷肠，白色的花絮宛如冬日的雪片飘洒在翠绿的草丛里，落叶成阵组成奇特的图案。一股温暖而浓郁的芳香从泥土里喷涌而出，紧紧地依偎在每个人的身上，贴得又紧又近，以至于人们无法明确地意识到获得了什么样的享受，而只有一种温馨可亲的朦朦胧胧的感觉催人昏昏欲睡。天空像蓝宝石的拱顶笼罩在千树万木之上，湛蓝明亮而又清纯。太阳为它精妙绝伦、亘古长存、无可比拟的给广场的秋天洒上万道金光。

“高尔基说过，世界上的一切光荣和骄傲，都来自母亲。”胡润田像是在背诵。

“高尔基也说过，父母之爱是真正无私的，管教严厉是为了我们更好地成长。”胡新华如同接口对诗，这名言警句生动具体地飘在空中。

“世上只有妈妈好，没妈的孩子像根草……”那快乐的声音随着轻风远漾，消失在广场周边的密林之中。

“孩儿们啊，咱们回家吧。”姜淑芬吆喝一声。醉人的诗句和狂野的歌曲，在她耳中汇成一片令人痴迷的喧腾。前面他们父子讲的那些高尔基说的什么的，她昏昏沉沉地听他们诉说，就像入睡时恍恍惚惚地听着远处飘来的一首乐曲，听不清一个个音符，只听见音响的节奏和旋律好听。

“奶奶，咱不在这儿住了。”

“去哪儿？”姜淑芬悚然一惊。

“这次我回来要办两件事。”

“啥唉？”

“一件事，接您和我们一起生活，回城住高楼，享清福，让我们好好孝敬您老人家。再一件事，响应中央扶贫政策，捐资村委，把您现在的住房改建成养老院。”

“我不跟你们走。”

“世上母爱是最伟大的，母亲恩深义广如同海洋，而今日当众表心愿，儿、孙儿孝顺你一辈子心不变，母亲若是不相信，儿为你二叩首望妈恩宽。”胡润田叩头跪拜。

“儿啊，快起来，为娘我跟你们走！”姜淑芬冰释前嫌。过去，她漠然地容忍了生活的现状，不去深想，听天由命，但是眼前的经历像一缕清新愉悦的幽梦落入她的命运，使她突然产生对新生活的渴望。

“可，我的房子？”

“不要了。”

“我的小猫小狗？”

“我为你养吧。”丁葆芬说。

“家里还有一罐老咸菜。”

“这样吧，咱们先走。过一段，带你回来再收拾收拾。”

“那菜地呢？”

“菜地留着，我们节假日回来一起种。”胡新华扶着老人家上了宝马车。

车徐徐开动，胡润田帮母亲摇下玻璃，姜淑芬向市场上的乡亲们招手致意。

一片哗然。

姜淑芬笑得更谦逊。人们沁透在谈笑声中，咀嚼出不同滋味……

四十四

旧历清明节，这是祭祖还愿的一天。

当日，无声的夜还在蔓延，思念的风夹杂着落寞。

黎明过后，外面已渐渐地一片喧闹了。胡新华拂帘望去，道路上是成团簇拥骑单车急行的人群，他们挎着盛有供品的竹篮，陆续地穿过一条长的林荫小路，它有着比白石小镇更久远的历史。时空骤缩，就这样人们豁然的到达了一片人性安乐的田野。那是一片布满小土丘的地方，一座座耸立的碑文镌刻着一个个家族人丁的兴旺。年轻人无事地站在石碑前方，老年人肃穆地侍弄着篮中的食物，逐个取出，然后摆放在石上。于荒野树上折下几枝树杈，在地上画一个已简化了的圈地图，取过一叠黄色纸于图中点燃，而后是点燃蜡烛，郁闷混合了沉痛，寄托着人们无望的思念而去。

胡润田和儿子胡新华也是要去祭祖，不过，他们要去的不是白石村的公坟，而是七壮士纪念广场。

磁窑河湍流急旋，两岸一片碧绿。磁窑河的美，却绝不仅是水的美，而是源于浓厚的红色文化底蕴！站在磁窑河的树木绿水间，放眼望去，那些或残缺，或经后人已经修复的火车道遗址，婉婉约约地环绕在河畔，在此处不仅能感受到褒河在历史长河中沉淀下来的浓重色彩，就连那万马嘶鸣，兵戈相见之

声仿佛也会久久的不绝于耳。

远远望去，一组雕刻着红军战士的浮雕映入眼帘，这些雕像个个形神兼备、英勇神武，令人敬佩。

一走进纪念广场大门，只见甬道两旁古树参天，郁郁苍苍，给人以古朴宁静的幽深之感。沿着甬道向前拾级而上，就来到一片地势开阔的广场，迎面正中的旗杆上，一面鲜艳的五星红旗迎风飘扬。大门内侧两边镌刻着一副对联，是公祭时竖杆挽幛写着的：“七壮士舍生取义洒热血；全村人泣声痛哭祭亡灵”，横联“永世不忘”。鲜红的字迹仿佛七壮士烈士沸腾的热血，分外醒目，激荡心魄。人们小心翼翼地走进大门，在正中间是一个影壁，上面题写着“功耀千秋”四个金色大字。后面是一条通道，在郁郁葱葱的松柏烘托下，高高的七壮士烈士纪念碑巍峨地耸立正中，显得格外庄严肃穆。

与此遥相呼应的是白石三官庙。

三官庙始建于元末明初，位于白石村之西北隅，坐北朝南，背靠子夏山远瞻川野，环顾四周追昔古今。左闻汾河水滔滔引发心驰，右观白虎岭逶迤能鉴人世。

殿前，柏树掩映，旗柱耸天，紫气蒸腾，云烟缭绕。曾几何时，善男信女，晨钟暮鼓，香火鼎盛声播百里。

重修三官庙碑记写道：

群仰巍峨，夙称灵应。

然岁月沧桑，经年日久，三官庙丹青零落。同治八年重修之后，时随世迁，又年久失修，殿宇倾圮，神像剥落，旧址残迹，道士还俗，非其所用。

春风浩荡，物阜年丰。乡贤任宏宝率村民群议，乡众悯其倾圮，发愿修葺。重修领导组成立，宏宝任组长，当即重修工程启动，众人闻之无不欣慰，竞相踊跃呼应，智者献谋，仁者播德，勇者尽力，当地力挺，八方助援，投资二百余万元，鸠工庀材，动土兴工。功始于春，蒇事于壬寅秋，凡维修殿、院、台修葺一新。正殿九间，中三间重塑三官大帝，东配殿三间重塑关圣帝君，西配殿三间重塑三霞圣母；东耳殿重塑文昌帝君，西耳殿重塑龙王河神；东窑三间中重塑玄天上帝，西窑三间中重塑如来古佛。凡殿宇乃至神像榜题之属，皆油漆彩绘，像设惟肖，涂饰辉煌。

与此同时，庙门对面的戏台也重新修葺。

虔心复神居，功德当无量。赞助者姓名已俱勒诸神座前壁，故碑阴不再详载，为纪此盛事，以彰四方善士义举，故立碑以记之，以流芳千古。

抗日“七壮战士”英勇就义的追悼会在庙场举行，为三官庙的红色文化增添了一道靓景。

碑文由村党支部书记兼永恒总公司董事长任宏宝请重修三官庙碑记人、本乡贤士侯荃等撰写，碑记：

子夏山巍巍，磁窑河滔滔。

抗战数年，无数先烈英雄们为民族而流血牺牲，汾阳人民同日寇浴血奋战，愈战愈强。一磐白石不失之重，忠烈事迹，彪炳日月。

白石火车站为汾平铁路要冲，沦为日寇所占。

一九四一年至一九四三年冬平介县敌工科已策反站内警务段、工务段人员 17 人。一九四三年腊月二十八日，因叛徒出卖，日伪平遥警务段调集日军包围火车站和白石村，企图对我地下党和人员逮捕。地下游击组副组长、警务段警长、白石籍人胡秉全急中生智，遂率警务段7人抢占站东南碉堡，与日伪军展开激战，先头扑上来的日伪军死伤后，其余大批不敢轻举妄动，敌我双方形成对峙。

敌人恼羞成怒之下，将白石全村男女老幼四百六十八人，驱赶在碉堡南打麦场作为人质，用两挺机枪准备扫射，以此胁迫碉堡内人员缴械就擒。在敌人已下令扫射的关键时刻，大敌当前，七壮士舍生取义，宁愿己死，不甘民亡，赤手空拳走出碉堡，避免了一场亡村灭种屠村血案的发生。

随即，七壮士被押送平遥。一九四四年农历二月十四，被敌人惨无人道地枪杀。他们是：警务段段长胡秉全，警务手李全耀、张富友、杜印兴、杨步青、阎以功、任光普等。

斗转星移，春秋更迭。时光流逝，冲不淡追思与怀念，倍增恸悼之忱；世事变迁，英烈得在天之安，乡众获康宁之庆。尽人事而遂民愿，故立此碑，以示对七壮士和其他死难亡灵之垂念。

七壮士舍生取义功德无量，永垂不朽！

胡润田说："走，我们到碑的背面去看一看。"胡新华跟着父亲到了纪念碑的背面，仔细阅读了上面的碑荫后记：

公祭七壮士追记

天空灰暗，悲愤笼罩。

短短的几天内，残忍的日寇将七壮士杀戮。1944年2月20日，白石村三官庙内，每户一个代表，悄悄聚集了一百余人，为七壮士秘密举行了公祭。

参加者是从庙西南角的狭巷单个绕井口进入的。走进庙院，院墙上我方岗哨戒备森严，一片庄严肃穆。庙场中，从东西两竖幛杆的细铁丝上悬挂中央的横幅满缀着哀思：“永世不忘”，竖杆挽幛上分别尽情书写着：“七壮士舍生取义洒热血；全村人泣声痛哭祭亡灵”。

公祭由任梓文主持，宣读祭文，在场的人心如刀绞。挽联由孟昭莘编撰，侯季伦书写；祭文宣读后当即焚烧，以告慰七壮士在天之灵。

布谷嗷嗷，萦绕幛杆庙墙；信鸽咕咕，沐浴熙风细雨。

祭毕，人们又不声不响从庙西南角的狭巷逐个散走。

由此续延至新中国成立之前，白石村在抗日战争、解放战争和抗美援朝战争中还有13位烈士为人民甘洒热血，英勇牺牲，他们是：朱元吉、朱元富、段连甲、王学武、孟国谨、任俊林、朱元恒、王丕节、呼永全、吕廷明、王丕信、郭一平。

布谷和信鸽疾呼世人，把屠刀化铸警钟，把逝名刻作史鉴，让战争远离人类，让和平洒满人间。

胡润田心里感叹道：“白石火车站争夺战，烈士们为了胜利，为了我们今天的美好生活而牺牲了，令人感动敬仰！”胡新华想：“要不是爷爷们为了全村人的性命从碉堡上走下来，也不会被日本鬼子抓走身亡啊！”

走过二十几个台阶，高大的碑身就好像他们的心胸一样，好像他们的精神一样不朽。乳白色的碑身就好像他们的心灵一样纯洁，好像他们的品质一样高尚。当他们一点一点靠近高大的墓前，他们的心就越来越沉重，胡润田暗暗地想：如果没有他们这样的人、这样的鲜血、这样的勇气、这样的精神、这样的品质，会有我们的今天吗？我们踩着的土地是他们的鲜血换来的，我们今天的幸福生活是他们用生命换来的。可有多少人还记得他们呢？碑的后面种着一排松柏，上面有许许多多的人献上的白花。这排松柏好像在保卫着这些烈士，这些松柏一年都是绿色的好像这些烈士一样永垂不朽，一样四季常青！

胡润田牵着儿子胡新华的手，面对纪念碑深深地“三鞠躬”，向革命烈士表示哀悼。胡新华凝视着纪念碑，仿佛看到了七壮士宣传抗日、鏖战车站、舍生取义救全村人的场景，似乎走进了那个战火纷飞的年代。他们迈着沉重的步子，沿着纪念碑往东走不远是烈士公墓。

胡润田知道，这是父亲胡秉全的战友们从日寇的枪口下收尸，把尸体运回家乡立的坟头。他早已忘记了时间，但老兵的形象在他的脑海中依旧如此清晰。历史的沧桑为他们的脸庞增添了几许真实的质感，弯折的手指残留了战争的气息，手背上抹不掉的刺青，诉说着一段誓言——活着的人要为死了的兄弟收尸。就为了这样一句誓言，老兵足足花了半生的时间，倾其所有，独自寻找着死去的兄弟们，为他们建坟立碑，为了节省开支，老兵亲手为兄弟们撰写碑文，甚至只在陵园里住着简陋的房屋。在陵园里有一块空地，那是老兵为自己留的，他说：“不求同年同月生，但求同穴而眠”。简短的语言，早已超脱了生死，凝聚了多少血泪！每一次老兵的诉说，就像把触目惊心的伤疤再度揭起，让人不敢直视。“嗒……嗒……嗒……”听见了吗？这是泪珠落地的声音，如此“厚重”，仿佛要把地底滴穿。这就是感动！它轻拭着心的伤口，婉言劝说着你，遗忘伤痛，向前看，捅破蝉翼似的迷雾，你会看到另一番景象。

雕花围栏呈圆拱形，郁郁葱葱的松树间依稀露出几个石碑，那就是安葬着七具烈士遗骨的地方了。来到墓碑面前，已经有些许好心人送来了鲜花和花圈，来自社会各界的花圈堆得似小山，都在默默祈福着他们。胡秉全的墓碑前有一张笑吟吟的照片，宛若他在天堂告诉：你们别哭，我只是和你们暂时的离别，下辈子我还会来的。胡润田的眼泪很长很长，情不自禁地滑过脸庞。

石碑底座，写着大大的“流芳百世”四个大字。胡新华心想：是的，英雄烈士们献出自己宝贵的生命，保卫祖国，不正体现出了那不屈的民族魂吗！新中国成立以来，岁月的风尘，早已在他们身上刻下斑驳的印记，但我们怎能忘记那段沧桑沉重的往事。在旧中国动荡岁月的战争年代里，爷爷胡秉全等前辈为了打倒日本帝国主义的侵略，为了打倒蒋家王朝，为了解放全中国，选择了庄严而伟大的革命事业，走上战场，放弃与牺牲了自己的身躯与短暂的生命，在枪林弹雨中，用鲜血，用生命，无怨无悔地谱写成一曲曲的战歌。忠诚了自己的信仰，壮烈地完成了自己的伟大历史使命。在中国这方热土上，有无数仁人志士，为了民族的解放、国家的独立和人民的幸福，抛头颅、洒热血，谱写了一篇篇悲壮激越的历史篇章。是的，他们的生命换来了中国繁荣的今天，我们怎能忘记这一段段可歌可泣的悲壮史诗？我们怎能忘记那一张张曾经鲜活的面容？

胡新华拿起身边的一小筐土撒在爷爷的墓堆上、也撒在烈士们的墓堆上，也是掩埋自己的悲愤，藏下自己的泪水，用沙土一粒一粒地埋葬，不露缝隙地封闭自己的心痛，让烈士的坟墓不被别人挖掘。

然而，这里毕竟是磁窑河畔，远处微风吹动碧波，涌动着

这个仲春独有的粼浪，仿佛说好似的，映衬着肃杀的凄冷，送走一个个过客，迎来一个个新人。

这一天晚上胡新华失眠了。失眠是回忆乘虚而入的最好时间。梦里风儿吹动风铃，牵引着他，坠入回忆。回忆里，每个笑脸都是最清澈的，就像一月份的第一片雪花那样纯洁。那时的他不懂伤、不知痛，平淡的小幸福如同星光点点闪耀在身旁。没有感情，没有忧愁，没有思想，没有伤痛。在一个个支离破碎的记忆残段里，只有照得人睁不开眼的阳光和快乐的童真，在一大片长满风铃草的原野上像风一样飞驰在蓝天的怀抱，蒙蒙眬眬的金黄色撒满整个原野。这抹不掉挥不去的画面总是在眼前。越是怀念就越是忧伤，它就像一把锐利的尖刀，每天夜里在他的心上刻下一个个相同的记号。那把刀永远不会钝掉，就那么一直刻着，刻着，直到有一天血液浸没了刀刃，它便再也无力刻下去了。他知道，那回忆会永远伴着忧伤，如同屹立的七壮士英雄纪念碑上的碑文一样永垂不朽。

四十五

老房子经过岁月的洗礼，已经刻出一条条深深的皱纹。

老屋，简朴而宁静，悠久而亲切，古老而柔美。岁月斑斓的白墙上是年迈的裂痕，被雨湿润后更是滑腻至极。有道是，金窝银窝不如自己家的“狗窝”。

在村里生活了快一辈子的奶奶住不惯城市里的高楼大厦，隔段时间总要回村里老家。胡新华办企业没有礼拜天，没有别人节假日的舒坦与惬意。但是，只要奶奶想回老家，他都要把公司的事情安顿好，抽时间陪奶奶回一趟。

平安夜后的第二天。

午间的汾阳城是恬静的。

朔风凛冽，大地冰封，大街上人们穿上厚棉衣，还瑟瑟发抖。小城里蒙着一层薄薄的雾霾，宽阔的磁窑河河面上，河水清澈见底，就像是一面澄碧如镜的大镜子，能映出远处静谧的山，映出小城周围水墨般朦胧的一切。

西北风刀子似的刮过行人的脸，枯枝无力地吱吱作响，树上稀有的几片叶子，有的变黄了，有的发红了，一片一片从树枝上飘落下来，它们像一只只美丽的蝴蝶在天空中飞舞。

这一天，白石学校的两名学生在磁窑河边玩耍，看见许多落叶，他们随手捡起两片落叶仔细观察。银杏树叶是黄色的，形状是扇形的，上面有参差不齐的叶齿，下面有一根细长的叶柄。它像一把打开的小扇子，还像一把撑开的小伞。枫树叶是红色的，上面有五个角，每个角上都有不规则的叶齿，下面有一根棕色的叶柄。它像一颗红色的五角星，还像一团燃烧的火焰。来到小河边，几片柳树叶落在他们的头上。柳树叶是黄色的，上面还有一些淡淡的绿色，叶子又细又长，两边尖尖的，中间有一条清楚的叶脉，小小的叶柄短短的，不仔细看都看不见。它像那挂在夜空中的月牙儿，还像在水中漂浮着的一叶小舟。他们觉得落叶可以做书签，还可以做叶贴画，想多收集一些落叶做成叶贴画，春节放假送给他们的好朋友，让他们一起分享大自然的快乐。

他们走着，嬉戏着，一个孩子电动自行车的钥匙甩进了河里，他急忙到河边水中寻找钥匙，弯腰探身时，不慎脚底一滑，落下河水，另一个孩子急忙去拉，结果把他也掉进了河里。

这一天，正好胡新华送奶奶回来，午饭后他步行到了磁窑河岸边，每次都会跑步热身，经过一个大水段。广阔的河水波光粼粼，湿润的空气让他神清气爽。漫步在河边的小道，觉得很是惬意。河里很热闹，从冰窟里看到，不时地会有小鱼在水中自在的游来游去，很是快乐的样子。

13 时 10 分许，他正遇来这里锻炼的一个朋友，于是，二人边走边聊。忽然，听到有个小孩声嘶力竭呼喊救命的声音，他们立刻意识到，可能有人落水了，于是，循声望去，只见两个男孩落入冰水中，漂在水面上，脸色苍白，两手不停地在水中扑腾，口中不停地叫喊。

前不久下了一场雪，背阴处的冰雪还未化尽，寒风呼呼地吹来，凛冽的寒风夹杂着像飞沙一样的积雪扑面而来。

这儿冰天雪地，滴水成冰，冰水有 3 米多深，当日最高气温零度，水是冰水混合物，也接近零度，情况十分危急。看着在水流中挣扎的孩子，胡新华飞速冲过去，一跃跳入水中，急忙向小孩游去。小孩扑腾挣扎着，他一把拖住溺水者的腋下，一边采用侧泳拼尽全力，快速朝岸边游去，到了岸边，越过锋利如刀的冰渍，终于把小孩托住，在岸上陈耀军的帮助下，将孩子托举上岸。

一个孩子被营救出水，另一个孩子由于在冰水中浸泡冰冻太久，已经一动不动，奄奄一息，处境万分危险。站在岸上的陈耀军如蚂蚱，在岸上蹦来蹦去。就在他焦急万分的时刻，忽然看见不远处有一根树枝，他急中生智，飞奔过去，一把抓起树枝，返回岸边，做好用树枝配合营救落水少年的准备。陈耀军扭头一看，只见胡新华面色青紫，步履踉跄，浑身哆嗦，身体难以支撑。

“这可怎么办?”忽然，朋友脑子里又闪出一个主意，他用力趴倒在岸边，以增加树枝的长度。做好准备工作后，他俯卧在河岸边上，把树枝往河里伸去，但树枝加上人的长度也远远够不着水中的孩子。

“危险，你小心滑下去，孩子有我，我去救。”胡新华大喊一声。

河水里，眼看情况越来越危急了，因为仍在水中的第二个小孩的体力已经渐渐不支了，已昏迷浮在水面上。

时间一分一秒地过去。

小孩一上一下的瞬间沉浮，在不远处激起阵阵水花。“小同学坚持，坚持……”“小同学挺住，挺住就有希望。”胡新华这些呼喊声几乎变成了这里的一道看不见的“绿色通道”。胡新华加快了速度，这使此时本来并不怎么湍急的水流变得湍急，陈耀军听不清楚胡新华在说什么，只见他的口在动。面前有一条三十多米长的水路，本来可以沿着水浅的一个滑坡由浅入深，顺着“道路”顺流而下，这样相对省力又安全，可是孩子的危险性更大。于是，他毫不犹豫选择就近一个高处，离孩子的直线距离十米左右的地方，毅然纵身一跃，再次跳入冰水中，虽然体力不支，但他一看孩子在水中身体僵直，随时有沉入水底的危险，他像注入鸡血一般，浑身充满力量，快速向小孩游去。

此时，他已伸直胳膊，用脚沿着岸壁使劲一蹬冲了出去，再把头猛地扎进水中憋气，使绷直的双腿快速地拍打水面，溅起一朵朵晶莹、雪白的水花，身体便立马轻盈地浮在了水面上，并且迅速地前进着，灌了几口水，这就快到孩子的身边。忽然，只听“噗”的一声，孩子突然下沉，霎时间，他脑子一片空白，如果扑上去抱住，有可能两个人一起滑下去；如果不去抱住，有一个新的问题出现在他的面前——孩子就会溺水更多。随着水越呛越多，胡新华的神志开始有些模糊。就在这时，他发现前面有什么在晃动，他挣扎着靠近，果断地“扑通”一声跃进了水里，在冰冷的河水中不停地“扎猛子”。

岸上的朋友猛然发现，二次下水救人的胡新华不见踪影了，顿时吓懵，大声呼叫：“新华，快上来！”周围不见人影，他束手无策。1 秒钟、2 秒钟、3 秒钟……10 秒钟过去了，胡新华再也没有露面。又过几秒钟后，落水的孩子被“顶”了出来。

上岸后，胡新华的衣物和肉体很快冻成了一根冰棍，手套硬从手上扒落下来，甩出粘在墙根上……

他像一只极具个性，而又腾空独自飞翔的鸟儿，他很少也不擅长大声地招呼自己的同伴，而是用自己的实际行动，默默地引领着他人，跟着自己飞翔。

几番生与死的折腾后，北风依然呼呼地吹着。磁窑河似乎涌动起春波，也似乎有了几分暖意。

清凌凌的河水带着碎冰碴儿静静地流淌着，水光潋滟，显出一泓清碧。烟波荡漾着山形塔影，也倒映着岸上惊心动魄的场景：两名落水少年刚被成功救起。前一个浑身湿透，惊魂未定；后一个脸色铁青，已经几乎没有了呼吸。

施救者一边让前一个垂头而泣的孩子给家长打电话，一边对后一个昏迷不醒的孩子进行现场急救：撬开溺水者的口，清除口腔和鼻腔中的泥土、杂草、痰液，实施胸外按压、人工呼吸。

“唔哩……唔哩……”不一会儿，家长开的车和汾阳医院120救护车闪着蓝光相继呼啸而至……

事后才知，被胡新华救出的两名少年中，有一名是吴远征外孙儿的孩子。几个小时以后，吴远征外孙儿人赶来，看望因救人而伤痕累累的胡新华。那日相聚吃饭时，胡新华身体仍处于极度虚弱中，头疼鼻塞，颈椎僵硬，浑身上下发冷，关节疼痛。其间，便自然扯到新华舍己救人的话题上了。桌上，一朋友问，新华，你往下跳的那一刻，你就不怕？你就甚也没想？他说：情况那么危急，只顾救人，还能想什？听到求救的呼声，奔过去纵身就往水里跳。之前，学泳时师傅曾一再强调，学游泳和学救人是两个课题，能游泳，不等于能救人，千万不要贸然去救人，成功率极低，大多情况，人溺水后，出于求生本能，不管遇到谁，都会像抓住救命稻草，将救人者死死抱住，若被溺水者抱住，会连自己小命儿搭进去，那是绝死无异的！听曾参加过全国救生员培训的师傅讲，水上救人有三原则：分别是，在岸上救，不下水救；用器械救，不徒手救；要众人救，不独自救。平心而论，二次入水救人时，体温骤降，体力已不支，假如当时被抱住，那就玩完了，不管怎样，有惊无险，救活两个花季少年，挽救了两个家庭，是天大的好事。事后想，还真是有些后怕哩。这时，他的妻子说道：万一……她面部表情抽搐，接着是阵阵的哽咽，两眼溢满了泪花，坐在一旁的新华眼睛也湿润了，原来铁骨是以柔情来支撑的。

胡新华有此高尚的品行、超人的胆略和本领，得益于他的父亲的熏陶和经常的游泳活动。

在太原上马街那条不算幽深的小胡同里，有一个小区的高楼上一百五十多平方米的房间，这就是胡新华的家。上午打开窗，金沙般的阳光争先恐后地扑进小屋。一切都那么温暖柔和，让人感到惬意舒展。

小屋的西墙上悬挂着一幅爷爷胡秉全的肖像画，无论从哪个地方看，爷爷注视着他，这是一副彩色的肖像，肖像下边好像还写着文字，字迹已经发黄看不清了。

“爷爷是前辈，也是我们的榜样，我家挂这个像已经几十年了。”看到人们站在爷爷像前打量，胡新华说，“站在爷爷像前，我觉得自己很渺小，爷爷的形象一直激励着我前行。”“榜样，我们的祖父……”身旁一直笑着不说话的胡新华的妻子吴妍突然开口。她虽然激动之中没有把话说完，却显得很兴奋，夫妻二人，夫唱妇随，都是在胡秉全英雄的熏陶下成长起来的一代人。

胡秉全是好战士，胡新华以爷爷为榜样。

黄昏，天边的晚霞簇拥着落日，也给他的小屋描绘出一幅美丽的图画。北墙上是一副著名画家张万水国画中堂，两边是竖幅，左联上书：溪声晴亦雨；右联内容：松影夏如秋。联和画内容意境如此协调，相得益彰。那浅黑中泛着深红色的长条几，笼罩在一片朦胧的光晕里，隐隐中，旁边像有一位少女，默默静立在那里，披纱抚琴，指尖起落间琴音流淌，或虚或实，变化无常，似幽涧滴泉清冽空灵玲珑剔透，而后水聚成淙淙潺潺的强流，以顽强的生命力，穿过层峦叠嶂暗礁险滩，汇入波涛翻滚的江海，最终趋于平静，只余悠悠泛音，似鱼跃水面，偶然溅起的浪花。

夜晚，窗外漆黑一片，寂静无声，但这并不可怕，因为他的书屋正陪伴着他，与他说着悄悄话。在他家的小书房里，有一个整齐并可爱的小书柜。里面整齐地摆满了各种各样的书籍，也有古典名著《三国演义》《水浒传》《西游记》和《红楼梦》等，也有当代和现代文学作品如《围城》《故乡》《雷雨》《家》等，还有外国作家的，如《老人与海》《狂野的呼声》《傲慢与偏见》等。一进书房，一排排的书像一列列排着整齐队伍的士兵，客人被淹没在书的世界、知识的海洋里。这里是他的知识宝库，把他带进了一个神奇的世界，让他领略了中华五千年的历史文化，见识了世界各国的人情风俗。无论是世人瞩目的名著，清新似水的散文，还是富有哲理的中外诗篇，他都涉猎，在满室的书香中享受心灵的安逸。12 月 25 日那一晚，他恰巧是在翻阅《毛主席畅游长江》一节。忽然，那一墙的乳白色也变得皎洁无比，那笨重的身体似乎也生出了轻盈的羽翼，在这祥和美好的夜晚，和他的思绪一起飘飞……

山城重庆依山傍水，山清水秀，风景如画，山使山城更名副其实；焕然一新的解放碑前人来人往，车水马龙；一座座高楼大厦耸立在街的周围，明亮的橱窗，绚丽多彩的广告，构成了解放碑热闹繁华的景象；火辣辣的火锅造就了重庆人热情豪爽、耿直、好客的性格。每逢夜幕降临，站在枇杷山公园观赏重庆夜景，放眼望去，将会看到银河一般的南滨路、沙滨路、北滨路蜿蜒曲折，像两条巨龙身着彩装盘旋在城市中，穿城而过，几座临江大桥五彩缤纷，高架在巨龙身上，真像置身于“七七鹊桥会”，仿佛自己已成为神仙。一座座、一排排的高楼大厦打扮得绚丽多姿、富丽堂皇，万家灯火和五光十色的霓虹灯，以及绚丽多彩的广告灯，倒映在两江之中，银光闪闪，组成了一副璀璨的艺术画廊。

在这山城的美景之中，胡新华成功横渡嘉陵江，一位重庆美女在用话筒解说。重庆地势复杂，高山深谷纵横，从中冲决而出的滔滔江水终归万里长江。得此山川、文化精神的哺育和滋养，这位美女的声音不像是苏州的吴侬软语，她声调都不太高，很顺服地说：“这位是我们山西的泳友到重庆来横渡嘉陵江……”快冲到终点时，胡新华“哦”了一声，像是在与解说员打招呼，解说员回应也“哦”了一声说：“胡先生，胡帅哥，抬起头来和我招招手！”“祝贺你成功横渡嘉陵江！”

四十六

泪流得汹涌，只要触碰到有你的记忆，思念就成了一杯烈酒，越想越醉心越苦，点点珍藏的记忆已把心伤透。

在胡润田家客厅的南墙上，有一个放大的相框特别引人注目：胡秉全等七壮士从碉堡走出时的照片。

这是在中日友好之后日本交还中国的资料，照片中，有关人士复制出来传给胡润田的，时至今日，看上去这个相框的颜色有些浅淡，边缘也稍磨去了棱角。相框里面是一张彩色照片，可能是由于搁置的时间长了，颜色已不再是那样分明的了，隐隐约约泛着灰黄。但是里面的人物影像仍然清晰可辨，厅内灯火辉煌，把人照得火红火红的，相片上映着一道金色的光芒。

凡来家做客的人，在这个相框前，都会驻足品味一番，深度体味七壮士合影的精彩刹那。

清晨，太阳在鸡鸣的催促声下，慵懒地伸伸胳膊，微笑着射出第一缕光辉。那道金灿灿的线，暖暖地斜射进来，把整个房间映成金色。此时的阳光总是温柔的，透过交错的树叶再透过窗户在地板上映出点点光斑。胡润田就在这样的光影中醒了过来，眼睛微微眨开的那一刻，脑子里懵懵的。整理了整理自己的他，伸手握住放在枕边的照片，认真端详起她的模样。其实，他一直觉得刚睡着的时候看她最好看，因为会有一种她在身边的错觉。当然他从来没有告诉过她这件事，她也从来不知道他有多依赖她，就连起床都要看到她。这一天，她的确不在他身边，她应邀去意大利罗马考察核桃销售市场，同时旅游观光，享受着一个中老年女人的休闲。她就是胡润田的妻子朱亚芹。

过了不多时，他小声哼了一下，就好像是睡醒了的声音，看着照片上的她揉了揉自己的眉毛，然后睁开那双有些蒙眬的眼睛。轻轻的她走了，正如她轻轻的来；她轻轻地招手，作别西天的云彩。那河畔的黄带，是地中海夕阳中的金柳；波光里的艳影，在她的心头荡漾。他懵懵懂懂地大众招呼："嗯，早上好！"像是对他最爱的人，又像是对这个有他最爱的人不在的日子里的城市的一天。

他拉开窗帘，眼前忽然一亮，好像是想起什么，似有自己的前辈来了。他轻轻松开握住的照片，连忙穿好衣服大步走到客厅，在胡秉全等七壮士的相前伫立许久。沉默的，一般情况下是不会容易被感觉到的，它就如发丝的生长、血液的循环，很难让人察觉。而这照片有时会是他的导师，时时提醒他该做什么，或者不该做什么。

胡润田把父亲胡秉全的照片，专门建了一个相册。在办公室每当翻开，就有一段幸福的回忆，每一个回忆都是那么的珍贵，他感谢上苍给了他美好的一生以及许多人生中美好的一瞬间。

胡润田每年带儿子胡新华为胡秉全扫墓，总是在清明节。

田间的野草一衰一荣，又是一季新声音，迎来清明节；纵横阡陌、崎岖蜿蜒山路上，留下一串串清新脚印，犹如猩红印泥一般夺目，记录着祭扫的日子，刻录着流年的又一个清明，记述着一场清明雨的温情话题。清明时节雨纷纷，路上行人欲断魂。两千年前，祭祖的清明节，自己的祖先是何等模样？二百年前，清明节祭扫的人们与自己又是怎样的关系？好奇的后人，只能发挥无穷的想象力去揣测；从留下的诗歌词赋中去旁征博引，从口口相传的方言俚语里去追溯，去领悟那曾经的清新雨丝简约之美。

总是那细雨纷飞，总是那行人匆匆，总是那绿树满山，总是那惦念的惦念，总是那回忆的蔓延。

如果说在中国所有的传统节日中，胡润田最喜欢的是清明节。他想大多数人一定无法理解。但是他喜欢。他喜欢这个能表露大多数人最本性的日子。人们的脸上挂着淡淡的愁云，心里装着沉沉的哀思。

他喜欢清明节，是因为清明才是真正的春天。暮春是一年中最舒服、最美好的时光。辛弃疾有诗：春事到清明，十分花柳，唤得笙歌劝君酒。还有古诗印证：芳草绿野恣行事，春入遥山碧四周；兴逐乱红穿柳巷，固因流水坐苔矶；莫辞盏酒十分劝，只恐风花一片红；况是清明好天气，不妨游衍莫忘归。

春天来了，溶化的冰水把小溪弄醒了。柳树舒展开了黄绿嫩叶的枝条，在微微的春风中轻柔地拂动，就像一群群身着绿装的仙女在翩翩起舞；田野上麦苗返青，一望无边，仿佛绿色的波浪，那金黄色的野菜花在绿波中闪光；村庄、树木，在幽静的睡眠里，披着银色的薄纱；山隐隐约约，像云，又像海上的岛屿，仿佛为了召唤夜航的船只，不时地闪亮起一点两点嫣红的火光。清明雨，洗净了山上的新芽。

他喜欢清明节，是因为他爱欧阳修《踏莎行》的诗句

“平芜尽处是春山，行人更在春山外。”芜者，多草不治也，虽非荒漠之荒，但平野荒芜了不就贫困了。贫困是有尽头的，人去治芜，到头便是春山，春山者树木茂密、生机勃勃、郁郁葱葱的秀美山川也。但人们并不满足这温饱、小康，人还要前行，超过春山，到春山之外的更美好境界。

他喜欢清明节，是因为核桃树的春剪、浇水、施肥的繁忙就要开始了。四月春暖，禾木竞绿；汾州大地，生机勃发。他把深情的目光投向山区，深切的关怀送到群众心中。刚刚下过一场春雨，空气清爽，春意更浓，田间地头已有不少人在为春耕生产忙碌。胡润田走进田间地头、温室大棚、水库枣林、林业科研基地、林业合作社、深情询问百姓的日常生活，与基层干部群众亲切交谈，一起干农活、拉家常……

虽是仲春，乍暖还寒。月初的一场雨雪，给久旱的汾阳带来了甘霖。伴着春风，一场悄然飘落的小雨给当地人民带来了无限希望。这些天，胡润田深入田间地头察看墒情，走进农户家中问农事、访民情，召开座谈会听取意见和建议。穿行在农家肥遍地的田里，最引人注目的，是一队队紧张忙碌的村民。阳光之下，他们垄上垄下，挥汗如雨，高高飘扬的标语、各色的劳动服，在蓝天春阳的背景下勾画出动人心魄的壮丽图景。

几天以后，胡润田在自家客厅里凝视着照片，他突然发现，相机拍下的不是照片，而是回忆，这张照片见证了他的成长点滴。仿佛从前都是一场梦，他总怕梦会突然醒来，真想让美好、幸福的一瞬间被定格下来，他每一次看照片，觉得背后都有父亲的一个动人的故事。他想，父亲的梦是早日打败日本鬼子，自己的梦就是发展核桃事业。只见他走进书房来，不声不响地摊开一卷白纸，提起饱蘸浓墨的毛笔，略微沉思一下，龙飞凤舞地画起来。随着毛笔的不断渲染，画纸上出现了一棵栩栩如生的核桃树。它生机勃勃，显示出一股不可阻挡的巨大力量。胡润田没有学过美术，但他对核桃树的写意或素描的那种娴熟是一般画家不能低估的。这源于他在各地讲课、传授核桃技术时图文并茂的磨炼。

平芜尽处是春山，一直是胡润田的一个梦想。

胡润田个子中等，但身体矫健，由于多少年的讲课和田间指导操劳，手背粗糙，手心磨出了老茧，流水般的岁月在他额上刻下了一道道皱纹，眼睛依旧是那么有神，唇色绯红，轻笑时若鸿羽飘落。平时不紧不慢的，可走上讲台就是另一个人了。他讲课时惟妙惟肖、津津有味、绘声绘色、娓娓动听、妙语连珠、滔滔不绝。他总是在预订之前就来到了会议室的门口，他的每一步都显得那么的稳重，似乎让人觉得他在用步伐来计算从办公室到会议室的距离，手里只捏了两支粉笔。他不慌不忙地走上讲台，将粉笔轻轻地放在讲台上，生怕触折了粉笔。然后面带着微笑，用他那会说话的眼睛扫视一下会场的人，然后将那只捏了粉笔的而显得枯瘦的手背在背后，观察着台下的动静。一次讲课时，职业让他一下子发现了下面的那几位爱核桃树的骨干，随后说："主持人，跟我把前面的几位记下来，我待会请他们喝茶，学习交流核桃技术。"下边响起一阵笑声。讲课时，他在黑板上写写画画，涂抹勾勒；思考时左手扶头、右手疾书略有所思。激动时一会儿用双手在空中比画着，手臂微屈，手指摆出个奇特的核桃造型，似乎所有的核桃技术就在他的掌握之中；一会儿又转身离座，眉头紧锁，还不时地停下来沉思许久，像是在解决一个世界性的难题。参加培训的人的目光紧紧地盯在他身上，随着他绘声绘色的讲解，大家时而惊讶，时而紧张，时而眉头紧锁，时而喜笑颜开。他那神采飞扬的眸子、生动有趣的话语，像磁铁一样把他们牢牢地吸住了。

培训之后，他刚回到家，叮铃铃电话响了，是地区林业局技术站打来的。站长说，在西安开会期间，得知陕西省子洲县要发展核桃，想请一位比较权威的专家去传授技术，站长未事先征求胡润田的意见，就把这个事情揽下来了。胡润田义无反顾，不仅因为站长是他的老熟人，还因为他对子洲县有所了解——子洲县是以革命烈士李子洲的名字命名的县。李子洲是陕北红军和苏区创建人之一。子洲位于陕西省北部，黄土高原丘陵沟壑区腹地，榆林市南缘，大理河中游，属地跨中温带与暖温带之间的半湿润区，具有发展核桃的很大空间和潜力。

他刚到子洲的时候，这里几乎是不毛之地，重重叠叠的高山，看不见一个村庄，看不见一块田野，这些山就像一些喝醉了酒的老翁，一个靠着一个，沉睡着不知几千万年了，从来没有人惊醒它们的梦，从来没有人敢深入它们的心脏，就是那最爱冒险的猎人，也只到它们的脚下，追逐那些从山上跑下来的山羊、野猪和飞鸟，从不攀登它的峰顶。现在，核桃树漫山遍野，万物复苏，核桃树抽出了她那柔嫩而纤弱的枝条。天又下起了毛毛细雨，飘飘洒洒的，一排排核桃树隐没在茫茫的细雨之中，渐渐地消失在雾里。远远地就看到一排树，条条丝刚刚返青，绿影婆娑在微风的吹拂下像一层绿纱笼罩在树后的梅花，美极了。

几年以后，这些核桃树已经长大，张开那巨大的雨伞，为人们遮挡烈日，小孩子们在树荫下欢快地游戏、玩耍。胡润田也愿意带村民们到树下上课，这里已经成为他们的第二课堂。

到夏天，核桃树更加枝繁叶茂了。一颗颗肥实的青色果子扒开绿叶笑眯眯地往外瞧。它们有的两个一排，有的三个一束，还有的四五个抱成团，沉甸甸的，把枝条越压越弯。炎热的夏天，他们常常在树下一边摇着扇子乘凉，一边喃喃低语，追忆过去的时光。秋天，满树的核桃成熟了，村长带着他们摘收核桃。人们用杆子把核桃打下来，把核桃捡进篮子里。刚打下来的核桃，有一层绿色的皮，剥去这层皮，就露出了硬壳。他们一起把核桃砸开，里面便露出了核桃仁。据说核桃仁的形状跟人的大脑很相似，所以核桃仁可以健脑。胡润田把核桃分给技术员们吃，希望他们聪明健康地生长。核桃树像一位老园丁，哺教着一代又一代子洲的花朵，装点着祖国美丽的大花园。

胡润田在子洲县住了几个晚上，每个晚上都不顾白天的劳累，安排了座谈会。

这又是一个晚上。不一会儿，胡润田面带亲切的微笑兴致勃勃地来到县政府会议室。这里熟悉他的人们一抬头，只见一个熟悉的身影走进来。这不是老胡吗？胡润田揉揉眼睛愣住了，静静的会场里，人们十几双黑黑的眼睛一眨不眨地注视着他。

“你们好！”胡润田快步上前，轻声问候。

“胡总好！”人们习惯不称胡润田主任，而称总工程师，简称胡总。

在场的人们将他团团围住；大家紧紧握住胡润田的手，眼中流露出深深的关切之情，摄影师留下来这美好的一瞬。

胡润田言简意赅地讲道：“核桃产业是富民产业，目前一颗核桃等于一颗鸡蛋的价格。”尽管前面也说了一些，诸如，群众对发展核桃生产的重要性认识了，但买不起苗子，管理和技术滞后。而谈到核桃等同于鸡蛋时，引起了人们的关注。他仔细听取大家的发言，就一些问题与大家进行讨论，还不时地做笔记，并不断插话。转眼两个多小时就过去了，参会人员和胡润田依依道别，久久不愿离去。

又一次，胡润田凝视着父亲的照片，看了看窗外，高楼林立，宽阔笔直的马路，川流不息的车流。几十年如惊梦，如中国五千年历史的年轮，不过是窄窄的一圈。但是，这照片见证了祖国从党领导人民抗战走向改革开放繁荣富强的沧桑巨变。

之后，他也照过一些照片。照片，一年又一年过去了，从开始的新照片变成了老照片，一张一张的照片，像是一把锋利的刀，将时间断成一段一段。每一张照片都留着一个故事，每一张照片都记录一段历史。当初，这老照片也是新的，只是时间湮没了它。再过些天，新照片也会变成老照片，老照片会越来越多。有时候他在想，它们是什么？它们应该是一个人成长的印记，是所从事事业的缩影。就如大树有年轮记录它经历过的一样，老照片记录了我们的成长。

这是一张他在新疆考察核桃时的照片，天山脚下的天池，天湛蓝湛蓝的，池水和天连在一起，分不清哪里是池，哪里是天，再加上那金色的沙滩与灿烂的笑容，好不漂亮！一旁的自己有感而发的旁白更是让人有身临其境，如诗如画般美妙，可真称得上是一幅杰作。

晨曦徐徐拉开了帷幕，又是一个绚丽多彩的早晨，带着清新降临人间。窗外，核桃园里刚浇过的一片水地倒映着鹅黄嫩绿，新条浅碧，翠光交映。他不禁想起自己在海南潜水的快乐场面；想起闻着核桃树叶寻找春天；想起自己骑着牦牛在草原奔走……啊，觉得年长了，美妙的时光已经逝去，可美妙的生活又迎面而来。

此时此刻，胡润田的境遇与欧阳修虽没有可比之处，可其情其感与《踏莎行》“平芜尽处是春山，行人更在春山外”心照不宣：宿舍庭院里的梅花已经凋残，小溪柳树枝条迎风飞舞。微风吹着青草，摇动行人的马上辔头。离家也渐渐遥远，他的愁绪越来越浓，就像一路奔腾的春水一样连绵不断。思念的人儿柔肠寸寸，千回百转；任那透明的泪珠流过自己的脸。楼房太高，不要凭倚高栏，因所见到的情景更令人憧憬。

胡润田翻转着相册，不禁想起前一天在办公室找照片并编辑制作的情景，许多人都在看着他的许许多多的照片议论起来，听到那声声赞叹。可是，对他来说，魂牵梦萦的还是父亲胡秉全等七壮士的那张照片。近在咫尺，念想遥远。真是，众里寻他千百度，蓦然回首，那人却在灯火阑珊处。

每当他看着这张照片，心中总会有一股暖流。但他却又不能在这“过去”停留太久。时间是不允许他停留的。原本觉得很长的一生，现在他觉得短了，他要做出许许多多的安排。又到春天了，省内外邀请他传授核桃技术的聘单应接不暇，他要送去子洲的核桃工队启程，他要做的事很多。

晨阳刚露脸的时候，他已沿着磁窑河岸往山村里走，那么淡淡的清清的雾气，那么润润的湿湿的泥土气味，不住地扑在他的脸上，钻进他的鼻孔。核桃花飘，北风又吹，他这回忆该与谁相随？未来的梦萦绕在这片土地，随核桃花飞扬，他的向往伴随着蔚蓝的天空驰骋在涯际。

四十七

被云层遮住的阳光，透过窗户倾斜在键盘上。

打开电脑，胡新华迫不及待地去电脑点桌面上的图标，期待着程序能够快速开始。那种对旅游的渴望程度就像是饥肠辘辘的人对食物的渴望。

从重庆横渡嘉陵江回来，胡新华就与父母商量，要带他们出去旅游。去哪儿呢？按当下五月的气候，胡新华把搜索的鼠标箭头指向了江南。然而，海南游、长江游、漓江游、江南水乡、古镇以及华东五市游，有的去过，有的没去过，众口难调，有的几乎游腻了。其间，家人们都在寻觅着出行的最佳线路。

山重水尽疑无路的时候，一条黑马打打冲冲冲杀了出来，成为江南笑得最后的一个被开发的旅游处女地。

母亲兴冲冲地说："我们走秀队刚从贵州旅游回来，那里的风光真好！"

父亲接踵而来："我们的同事们正在贵州旅游，说快来吧，看了不会后悔的。"

在他们的印象中"贵州不贵"，那里一直是个连片贫困的不毛之地。古代，就是一个押解犯人的地方；中学课本上的一则寓言演绎了"黔驴技穷"的故事。欧阳修《和武平学士岁晚禁直书怀五言二十韵》中也谈“贪荣同卫鹤，取笑类黔驴。”可从母亲走秀队回来的人口里得知，上天是公平的，贵州的开发相对滞后，原生态得到了很好的保护，不仅给了贵州丰富的地上地下物产，还给了贵州那如诗如画的美景，那翩翩飞舞的蝴蝶，在青山绿水之间嬉戏，成双成对，吟唱着那首《梁祝》的颂歌。

他们稍做考证就了然，贵州素有“八山一水一分田”之说，是全国唯一没有平原支撑的省份，多民族灿烂悠久的历史文化，浓郁神秘的民族风情，成为理想的旅游观光胜地。

家庭决策不同于行政决策效率，没有那么多繁文缛节。这样，贵州——成了一家人我陪你、你陪我，说走就走的旅行。

几天以后，一架昆明航空公司的飞机从太原武宿机场起飞。靠里面的妻子吴妍把窗帘拉开，只见窗外霞光万道；飞行一阵后，飞机层云叠雾，真是天外有天。两个小时后，飞机开始降落，走出机舱，已是在贵阳龙洞堡机场的地面上。

傍晚，太阳收敛起刺眼的光芒，变成一个金灿灿的光盘。那万里无云的天空，蓝蓝的，像一个明净的天湖；慢慢地，颜色越来越浓，像是湖水在不断加深。远处巍峨的山峦，在夕阳映照下，涂上了一层金黄色，显得格外瑰丽。晚餐后，静谧的夜，仰头看着天空心情豁然开朗。当天晚上，他们入住了贵阳西湖花园酒店。

翌日，不经意间便进入了黄果树瀑布风景区。

黄果树瀑布位于贵州省安顺市镇宁布依族苗族自治县，是珠江水系打邦河的支流白水河九级瀑布群中规模最大的一级瀑布。安顺是云贵高原上的一颗明珠，以山清水秀而著称。令胡润田兴奋不已的是一首词中写过安顺的山——“山，快马加鞭未下鞍；惊回首，离天三尺三……”美丽壮观的黄果树大瀑布就坐落在安顺市，距城区只有七十余里路程；它也是贵州省的著名景点，是中国也是亚洲第一大瀑布。

胡新华记得很小的时候就听过黄果树大瀑布有这么一个美丽的传说：在远古的时候，天突然裂开了一道缝，九天银河的一大截洒落下来，掉在大地上碎成了几十段，其中最大的一段挂在悬崖上成了黄果树瀑布，而溅落四周的变成了大大小小的瀑布群。

进入景区，映入他们眼帘的是一大片苍劲雄浑、潇洒飘逸的盆景装点的园林。进入瀑布群要先经过黄果树生态园林，这里面有奇形怪状的假山石，还有各种美丽的大盆景，特别是“金弹子”“救军粮”，盆景又多又美。沿路都是玫瑰红的三角梅，他们在花中照了很多张相。园中矗立着一尊明代地理学家徐霞客的雕相。

他们买了门票后，就乘坐景区的大巴车，先前往陡坡塘瀑布，这是一个风景秀丽的小瀑布。前面像是序曲一样，接下来就是核心景点黄果树大瀑布。所谓大瀑布，是因为周围有不少相对小的瀑布；所谓黄果树大瀑布，是因为这里有很多黄果树。这次，他们亲眼看到了黄果树。吴妍因为是平生第一次见，她还特意用手去摸了摸。遗憾由于季节的原因，这次只能看到庞大的树冠和浓绿的树叶，未能看到果实，但能预见它的果实肯定是黄色的。

穿过园林，乘坐一段长长的电梯之后，他们就来到了盼望已久的黄果树大瀑布前，雄浑奇伟的瀑布深深地吸引了他们。曾经只在《西游记》中短短浏览了这举世闻名的风景名胜，这一次终于看到了它的庐山真面目。还没到景区，他们就听到了淙淙的流水声，渐渐地，那声音越来越响，如千军万马呼啸着奔腾着。

那天，正逢下着小雨，他们穿着雨衣，打着雨伞，随着由远及近的水的轰鸣声，急忙挤过拥挤的人群，看见了令人心驰神往的黄果树瀑布。只见一条长长的瀑布似银河决口，从九天崩泻而下。清澈的水流拍打着山石，发出轰隆的巨响，激起的浪花，好似万马失蹄，千军扑地，气势磅礴。这秀美壮丽的山河图展现眼前，让他们情不自禁感叹大自然的神奇和美妙。如同一条白色的绸缎从六十多米高的峭壁上倾泻而下，溅起大团的迷迷蒙蒙的水雾，犹如仙境一般。胡新华迫不及待地拿出相机将这美好的瞬间记录下来。

最为神奇的是大瀑布里面还有一个弯弯曲曲的水帘洞。沿着崎岖的山路向上攀登，只见蒙蒙的白色水雾在身边缭绕。激起的水雾扑面而来，让人感到一丝丝凉意。他们漫步走到瀑布的后面，只见一条长长的天然岩洞，横贯整个瀑布，让人们满足了与大瀑布亲密接触的愿望。

母亲朱亚芹高兴地说："孙悟空是飞进来的，而我们是走进来的。"

时而有水滴落进他们的脖子里，令他们不禁打着寒站。透过洞窗，飞瀑如一道珍珠帘子挂在窗外。

黄果树瀑布令胡新华震撼，他上学时就擅言诗，在激情涌动之下，不禁叹为观止，深情地吟道：

贵山之阳眺馍山，
阔野浓绿果树黄；
青山到处皆诗境，

瀑布随时有韵言；
黔地五月多芳草，
春夏阴蒙细雨绵；
蓊郁婆娑桂影显，
动人水帘引人恋。

黄果树瀑布之后，他们去了有“苗都”之称的西江千户苗寨。

这里与湘西一衣带水，建筑风格一脉相承。当时他还是感到很不解，还要这么破的房子？谁会想到能歌善舞的苗族人，就居住在这些吊脚楼中。向绿树成荫的青山上眺望，上千余座吊脚楼聚在一起，高高低低，错落有致！在苗寨，吊脚楼大都用木头搭成，它悬在半空中，支撑他的仅仅是弱不禁风的木柱子。质朴又有层次的褐色屋顶，更是让吊脚楼增添了几分古典的韵味。蒙蒙白雾中，吊脚楼周围仿佛仙气缭绕，像给古老的苗寨蒙上了一层神秘的色彩。大多数吊脚楼都建在半山腰。可山顶，山脚下，却也竖立着深褐色的吊脚楼，仿佛落队的孩子，让我心生起几分怜悯：他们不在人多的地方，不会孤单吗？不会寂寞吗？但这种感觉也就一笑带过吧。

一座座吊脚楼依山而建，整齐地排列着，一条白水河将苗寨一分为二。他们在那里领略了苗族的风土人情，还品尝了比较有特色的长桌宴。顾名思义“长桌宴”就是就餐的人围坐在一张由好几张长方形的桌子拼成一个特别长的长桌边吃饭。宴席上，好客的苗族姑娘们唱着山歌欢迎远方的客人，她们还把象征着吉祥如意的红鸡蛋挂在客人们的脖子上。在他们桌边，还饶有兴趣地坐着另一桌人，他们中有老有少，还有很多外国人，这也体现了“长桌宴”人人平等的寓意。苗族小孩子吹奏着高亢洪亮的芦笙，苗族姑娘唱着歌为他们敬酒，且用特有的“高山流水”酒文化方式斟酒。晚餐之后，他们登上观景台。这时，苗寨的灯火都已经亮起来了。远远望去，繁星点点，真像是天上的银河掉落在人间了呢！

从木制吊脚楼的窗子往外望去，一幢幢的吊脚楼楼顶，被一盏盏橙黄色的灯勾勒了出来。这些只能看见轮廓的房顶，远远近近，连成一片，像一条条龙舟在夜幕下一比高低；又好似一颗颗星星被天上的仙女们洒落人间！

不论在哪儿，不论在什么时候，只要你看到了苗族姑娘，不是戴着银光闪闪的银饰，就是头上扎着一朵还含着露珠的娇嫩鲜花。而苗族壮年男子，身着黄黑相间的背心，头扎一根黄布条，下穿马裤，足穿黑布鞋，很有一副好汉的气概！

他们虽没有机会观看被誉为《西江经典》的大型苗族舞蹈盛况，但或在酒店门口，或在小广场，也能随地欣赏到苗族舞蹈风情。只见被银光闪闪的银饰和五彩斑斓的苗族服饰打扮得花枝招展的苗族姑娘们，一个个排成一列，踩着轻盈的小碎步出场了。她们的舞步和着男子们演奏的节拍，头上戴着的银铃“叮当叮当”地响，声音是那么清脆。

朱亚芹和吴妍穿上苗族姑娘们的服装，被银光闪闪的银饰和五彩斑斓的苗族服饰打扮得花枝招展，时而照相，时而载歌载舞，好像是在回想她们曾有的青春和拼力掩饰她们不老的颜容。

夜晚，雾更浓了，观景台上眺望，只能看见那充满喜庆的大红灯笼发出的点点红色的光源，点亮了整个雾气缭绕的夜空。山腰间，五光十色的舞台上，苗人们正在载歌载舞。将这黑夜与白昼结合在一起，真可谓“山外青山楼外楼，苗人歌舞几时休”啊！

住在苗寨，清晨他们被窗外潺潺的溪水声唤醒，随之一股凉气扑面而来。这股凉气新鲜、湿润，甚至连青草和木头的香气，也被它带了进来，随即那一夜的疲倦便消失了，取而代之的是一种心旷神怡、沁人心脾的感觉。离开了西江千户苗寨，但是，这个散发着浓浓民族气息的村落，被他们用大脑拍了下来，永远存入心田。

如若去镇远，荔波小七孔桥也是必须要经过的。那里的水上森林，玩水的人特别多。他们淌着水，在溪流中穿行，溪水不断冲击着他们的脚，溅起的水花打湿了裤子。旁边不时有人摔倒，但他们毫不在意，还发出阵阵欢快的笑声呢。小七孔桥也很有特色，这座在风雨中矗立了近两百年的古桥，在碧绿的湖水的倒影下，真看得让人们心醉。

在这里抬头仿佛是张家界，低头如若九寨沟。他们觉得来过荔波小七孔桥，真有荔波归来不看山、不看水之感。

他们乘坐开往镇远的中巴车，时而穿梭于黑漆漆的山洞，时而穿行于碧绿的田园，金黄的阳光，把一切描摹得温暖。许多时候，他更喜欢坐在不太拥挤的车窗旁，看窗外的风景。看葱郁树木裹盖下的大山，山脚下一方方整齐的农田，有时，也看见几棵会开花的树，大朵大朵粉白的花瓣，点缀在这深深浅浅的绿丛中。也许是他们这一家子从农村出来的人，虽然经过行业的打磨，好像有模有样，有的成了企业家模样，但骨血都是农民给的，天生就与大自然有缘，闭上眼，似乎就能闻到花的香与草的甜。

镇远，这座伫立了两千余年的小县城，也越来越近。镇远，隶属黔东南州，距离州府凯里市近百公里，是贵州高原向湘西丘陵过渡的斜坡地带，四周皆山，著名的舞阳河穿城而过。粉墙黛瓦的临河人家，一一排开，藏着些许江南的灵秀。趴在临河的露台上，舞阳河碧如翡翠，清可见底。墙壁上映射着河水金色的波光，晃一晃便是流转的年华。胡新华也觉得在这光影里，掩盖了些许过去的故事，关于这座小镇，关于小镇里过往的人。

胡新华曾在一本地理杂志上看见一张照片，一叶扁舟浮于青山绿水，山幽水长，渔人头戴箬笠，神态怡然。从此，他记住了舞阳河的名字。

“你们在这里稍待一会儿，我走访一下就来。镇远是一个有故事的地方，我相信它一直在等待，等待一些遇见，等待一些倾诉。”在舞阳河畔晚餐的茶余饭后，胡新华与家人打了一下招呼，经与当地老人交谈，方知镇远的历史，始于春秋。南宋宝祐年间，理宗赵昀赐其“镇远州”之名，“镇远”便始于此。镇远，自古为兵家必争重镇，是京城与西南边陲以及安南、缅甸、暹罗、印度等国往还的必经之地。舞阳河水以“S”形蜿蜒而过，把小镇分隔成府城和卫城，府城即政府所在地，卫城为百姓居住区。远观恰如太极八卦图。府城和卫城皆建于明代，尚存部分城墙，默默隐匿于兴起的古镇民居之后。华灯绽放、河水通明的夜，胡新华有幸在府城找到一段城墙，青条石砌筑的墙身，百年后依然坚不可摧。只是它已然失去了光泽与活力，悲壮地守卫在角落。于今，它早已不再负载任何防御功能，而是连接起人们与一个逝去王朝的信物。

走访之后，胡新华叹息道：“哎，时间就这样悄无声息地流远了。”

时代更迭，事事变迁。如今的两岸人家，已是灯红酒绿，歌舞飞扬。这座城墙一如那段已黯淡的历史，沉寂在流溢的光彩间。它是历史赠予我们珍贵的纪念，是华夏文明一路走来的足迹。胡新华想，历史不仅仅告诉人们过去，并且通过这些痕迹，让自己懂得尊重与敬畏。

小镇的夜，色彩斑斓，这里显得格外安静。每一方大青石都沉睡在古老的梦中。胡新华像是看见许多许多年前，这里有过的安静平和的生活。

与古城墙不同，历经沧桑的祝圣桥，依然风姿绰约。祝圣桥原名“溪桥”，横跨舞阳河，是一座七孔桥，由青石建造。始建于明洪武二年，因舞阳河爆发山洪，数次被冲毁。直到雍正时期才得以修完。于是，这座桥的桥墩属于明代，而桥身却属于清代。后因康熙祝寿，更名“祝圣桥”。古时缅甸和云南方向的贡品都由祝圣桥进入中原，它也是湘黔公路的必经之道。抗战时期，它作为滇缅公路的延续，输送着战备物资。

他们站在桥头可以看见远处轰轰而过的列车，它们从哪里来又将到哪里去？桥上有穿着当地服装留影的游人，牵着马匹静静走过的马夫。桥下几只轻舟，架着长枪短炮的摄影者。每个人都以自己的方式生活或旅行。只是，他们都与这座小镇有过交集。

大船驶出河岸，便是“两山排闼送青来”的景象。这里的山形奇特，几乎每一座都临摹出一种生灵、一件器物、一场景象。河面无风，如镜。

一座山顶上，至今仍生活着一个村落。村民世代以打鱼为生，村里有一口温泉，大家都于此取水做饭。山坡上有人工开凿的阶梯，供村民出入。这个村落不对外人开放，他们只能仰着头，想象着这片世外桃源。

胡新华想象着，男人们背着沉沉的鱼篓走在夕阳下的阶梯上，女人们在灶台旁切着刚采摘的果蔬，婆婆们眯缝着眼穿着针线，孩子们正用温泉洗澡。热腾腾的鱼汤和香喷喷的米饭，大家围桌而谈，不用关窗闭门，没有电视电话，只有漫天闪闪的星星。

舞阳河的山水让胡新华联想起南京的秦淮河。秦淮河面更宽阔一些。秦淮河让他觉得悠闲，舞阳河让他觉得清净。秦淮河是活泼生动的，舞阳河是沉静淡雅的。她们像是两位同胞姊妹，不知为何被分隔在了两地？自己家乡的汾河则是又一种况味，汾河两岸“阳春三月开杏花，待到五月杏儿熟，大麦小麦又扬花……”

小镇升起薄薄的晨雾，雾气缠绕于房舍，弥漫在河面，像一片朦胧往事的记忆。这次黔东南之行，使胡新华懂得，一场风景，一段路程，并不太可能改变一个人的人生，它只是存在脑海里的一段记忆。这些点滴积累的记忆，或许在某一天，会让你发现，最持久的快乐，不过是与自然心意相通。

登山于胡润田老两口是一件辛苦的事。他们有一次经过华山脚下，只住了一宿，没有上山。山很高，他们觉得自己很渺小。他们登黄山的时候，累到走不动的时候，索性找一块干净的大石板坐下。他们的每一次旅行都很紧凑，每天都会去不同的地方，以为自己看到了更多的风景，但却发现并未深深了解。胡润田越来越体会到所谓的景点其实并不重要，重要的是每到一个地方，去寻找它的过去，体会它的当下。

胡新华走过不少的大江大河，有些地方，有些故事，仅存于记忆，却无法言语。这次也同样，从西江到镇远感慨满满的，一言以蔽之，有感而发：

西江山麓，
层峦叠翠，
云卷云舒；
赏苗寨风光，
依山傍水，
寨挂峭壁；
吊脚楼下，
黛瓦黄楼，
鳞次栉比，
……

在贵州东部有座神圣、美丽的山，它是五大佛教名山之一，国家AAAAA级旅游景区，旅游避暑的圣地。它就是位于铜仁市江口县的梵净山。梵净山一年四季风景如画，犹如人间仙境！胡新华自去梵净山游玩后，那里的景色一直让胡新华记忆犹新，仿佛就在昨天！

那天天气尚好，太阳火辣辣地照着他们，却浑然不觉，因为我们迫不及待地想要登上山去，一睹梵净山的真容。

坐上观光车，在蜿蜒盘旋的公路上，沿途郁郁葱葱的森林、清澈见底的小溪、动听的鸟语声冲击着他们的视觉和听觉。不一会儿，他们就到达了索道的下站，排队坐上缆车，向着山腰进发。一路上俯视着下面的“绿色海洋”和茫茫大雾，只见“绿色海洋”在大雾中若隐若现，仿佛置身于人间仙境。缆车越升越高，雾也越来越浓，树木在浓雾中时而探出头、时而身着一袭白衣和你捉迷藏。渐渐地，缆车周围云遮雾绕，一片云海，好像不知什么时候会突然从云海中蹦出一个小精灵似的让你措手不及。雾仿佛是天然的视觉屏障。等缆车冲破云霄、迎接光明时，他们来到了一个全新的世界。

朱亚芹有恐高症，随着缆车的徐徐升高惊叫不已，走下缆车时，脸色苍白，像是小病一场。经过休息，她身体恢复后，站在梵净山半山腰上，望向远方，山脉延绵不绝，宛如一条巨龙，奔向远方；看向近处，山峰叠峦雄伟；往上仰视，危峰兀立；向下俯视，一片片绿油油的树木如绿色的瀑布奔泻而下，十分壮观。

朱亚芹原地等候，胡润田和儿子、儿媳妇便向着山顶进发。走在路上，两旁的树为他们遮阴，小鸟在为他们歌唱，让他们心情舒畅。不知不觉中，他们来到了一个奇特的景点蘑菇石。蘑菇石，因其独特的外观像一朵巨型蘑菇而得名。蘑菇石可谓是石头界的“奇葩”。别的石头下粗上细，蘑菇石则上粗下细，上面有三分之二的部分悬空，给人一种飘飘欲坠，一触即倒的感觉。但它却经历了十亿年屹立不倒，像一个卫士一样挺拔地耸立在那儿，任凭风吹雨打，都坚守着他的领地，实属让人叹为观止。蘑菇石附近还有“老鹰岩”“万卷书”“翻天印”等怪石，让他们目不暇接。

他们没有在此过多地停留，因为还要向下一个目标进发，那就是红云金顶。

沿着石板小路，来到红云金顶脚下，仰望红云金顶，胡新华心中不禁发出感叹：红云金顶如竹笋般拔地而起，直冲云霄，欲与天公试比高、与云端媲美。他们开始攀登。看着几乎成九十度的石梯，吴妍有点打退堂鼓，思量后终于鼓起勇气加入登山的队伍中。沿着发黑而牢靠的铁索一步一步小心翼翼地向上爬，丝毫不敢疏忽，有时候还要手脚并用。爬的时候，她看了一眼下面，被这万丈深渊吓得心惊胆战。费了九牛二虎之力终于到达了“一线天”。“一线天”又名“金刀峡”，它像被一刀从山顶劈开又在中间停下而形成的一个巨大裂缝。“一线天”如它的名字，在里面看天空，天空十分的狭小，光线如一条直线从金顶顶端直射下来。这时他们不得不佩服大自然的鬼斧神工。穿过一线天，他们终于登上了金顶。吴妍的腿都发颤了。过了天桥，胡新华看到了两峰顶上的两座庙，他激动地大叫：“哇！太美了！无限风光在险峰，真是天上人间，更像《西游记》上的天庭呀。”

站在金顶上眺望远方，看着连绵起伏的群山，他终于体会到什么叫“一览众山小”。金顶上凉风习习，刚才的满头大汗早已随着阵阵凉风跑得无影无踪，顿时感觉神清气爽，心旷神怡，振振有词：

梵净名山，
寰宇留，
全球遗产。
气氤氲，
脉连武陵，
永通湘湫。
群峰高耸峡谷深，
石径万阶接云端。

与他们同车旅行的还有杭州、珠海的客人。客人们正取道北上，要到茅台和遵义。他们无奈不能与客人们一起成行。胡新华知道，遵义是一个非常具有革命历史意义的“转运之城”、红色之城，也是一个环境优美的城市。那天他早早起来，漫步河畔，天还被浓雾所迷绕着，一层层的，似乎把大地紧紧地包裹着。眺望河岸对面的远山，那山峰在云雾中若隐若现，薄纱后那羞涩的姑娘时不时地眨着眼睛；微微的和风沿岸袭来，渐渐地使雾散开了，描画着浓妆的姑娘展现在眼前，一切又变得那样清晰。他知道，脚下这一条河就与赤水河息息相通。“滇蜀黔边转战忙，赤河四渡写华章”。遵义就在河的那边。胡新华人声高呼：“来日，遵义我们一定会去拜会的。”

这次与家人黔东南旅行回来，胡新华坐在桌前，一支笔，一张从贵阳西湖花园宾馆里带回的素笺助他梦寻多彩的贵州……

四十八

一座牌坊，就是一段历史；一座牌坊，就是一段历程！牌坊不仅是一种装饰和模式语言，也承载着一个个动人的故事。

白石村南有一座牌坊。

大型机器在进村路上重新铺油，任绶勤的孙儿、村党支部书记兼村委主任、永恒实业总公司董事长任国祥与白石村人、原市交通局局长侯荃一起，他们踩着热气腾腾的油石，走进村庄。古典牌坊式大门门联为：七壮士圣地钟灵毓秀赋广运；数英雄故里腾蛟起凤奏华章。

牌坊朝南，外联：东方紫气凝此地；白石祯祥惠斯民。额为：舍生取义。牌坊内联：东来紫气润泽田野千顷绿；抗战祥云汇涌农家万斛金。额联：物华天宝。

雄伟高大的牌坊，斗拱层叠排列，额枋绘龙画凤，青石凸雕立柱。琉璃瓦顶仙兽舞，四角翘檐凌空飞。牌坊是古建的精品建筑，彰显着中华博大精深的文化内涵，浓缩着每个时代的价值追求、精神理念。它独立天地间，不依不靠，把内外、古今、天地沟通，是丰碑，也是路标，指示人生选择，明确行程方向。

任国祥与这座牌坊是有不解之缘的。

抗战胜利后，阎锡山为掌控山西，迅速占领了山西的主要城市和枢纽，积极参加了蒋介石集团的反共内战。一九四五年最早发生的上党战役，我党之所以取得胜利，就是有广大劳动人民的支持。在平介县五区的领导下，白石村任绶勤组织了运输队，用人挑、毛驴驮等形式为前线送粮；还组织担架队支前为八路军护送伤员。

为了壮大人民解放军的队伍，白石村任学伟、李笃、王万瑞、李春生、王学武等人就是在任绶勤动员下加入解放军的。这些人中有的后来在战斗中为国牺牲，有的致残。解放后回村的人都成为农村政权建设的骨干人物。

牌坊附近立有《南下支队同蒲铁路——白石之战遗址》纪念碑。碑阴写道："抗日战争时期，白石村是红色交通线重要通道，八路军三五九旅，南下支队两次护送南下干部团，跨越白石火车站，突破同蒲铁路封锁线，与日军发生激战。司令员王震、政委王首道亲自指挥作战。为掩护部队安全通过，军分区司令员桂干生、团政委邹开胜、团长廖纲绍等二百名勇士牺牲在这片土地上。为表彰先烈、铭记历史、激励后人，特立石谨志。"

昔日火车在同蒲铁路上飞奔的情景人们仿佛依稀可见：

火车摇晃着
驶进黑暗的隧道
人们摇晃着
驶过黑暗的隧道
到达梦中的目的地
火车从此地
驶向异地

人们自己把自己
从一座城市
搬运到另一座城市
车轮与铁轨摩擦
咣咣的声音一直在响着
一个人醒着
他的内心深处
一直咣咣着另一个声音
那村庄、那树木、那河流
在后退
熟悉的事物沿途消逝
故乡，已很远了
而异乡，更遥远……

任国祥激动而感慨地说：“当每个人呱呱坠地的时候，就如踏上一列飞奔的列车，行走漫长的人生路。人们只看到火车南驰北骋，有谁还会记得几百条烈士的英名？抗战英雄真正成为了‘路基’；成了共和国建立的‘基石’；成了‘无名’的英雄路碑，丰功永存，史载千秋。”

昔日的战场，已尘封路锁，了无痕迹，浓云飘过头顶，一阵风雨过，天地被感动，远山近川，雾雨绵绵，滚落在人们脸上的全是泪雨。任国祥抚碑深吸一口气，凝重的心情，随气呼出，随着微风细雨，或洒落这遗址处，或飘向远方的蒙蒙烟雾间。

多少年以后，又建了一座胡秉全等七壮士纪念碑。纪念园翠峦叠嶂，松柏如拱，南眺黄河，北依子夏，巍然高耸，气象不凡。纪念碑坐落其中，如椅而倚，民族英魂，得其所安。

纪念碑寓意抗战是共产党领导的游击队、军民与晋绥军团结作战，三位一体，形成合力。纪念碑倚山指天，象征着天地正气，与日月同辉；民族精神，与山河同在。

工程告竣，乃众人之功：人们多方寻访，将口口相传的零散资料，爬梳剔抉，汇编成册，刊印发行；书法家为纪念碑挥毫题词；有的义务设计、无偿画像；仲夏奠基，月余功成。其凝志愿团队之心血，聚社会各界之合力，集贤达人士之大爱，汇能工巧匠之神工，终成无量功德。

据《平介抗战史》等记载，还有很多白石村的先烈。朱元吉，在本县被晋军枪杀牺牲。朱元富，在本县被晋军枪杀牺牲。段连甲，一九四六年参加革命，在本县上金庄因擦枪走火牺牲。王学武，一九四六年参加革命，在运城作战牺牲。孟国瑾，一九四五年参加革命，在陕北清涧县城外牺牲。任俊林，一九四六年参加革命，在太原作战牺牲。朱元恒，一九四八年参加革命，在太原作战牺牲。以及王丕节、呼永全、吕廷明、王丕信、郭一平等，不胜枚举。

农村与都市一样，最好的建筑都是留在大道、广场上。越老的广场越有味道，特别是这里的牌坊建筑博览系列，其风格的和谐与典雅令岁月黏稠。然而，到了今天这些苍老的面孔对于周围的疾速变化却呈现出一副凄哀的无奈状。高楼大厦争先恐后，顶天立地，倏忽间，竟形成了一个巨人家族，控制着广场的领空，从中透出一种现代城市的霸气。乡村振兴的现代锋芒是无法收敛的。牌坊的表情在过去，如果说是因含蓄而充满魅力的话，那么说乡村的现在，则全然抛开了这份传统的服饰，变得简单而直露，不是吗？玻璃幕墙体通体透亮还有什么

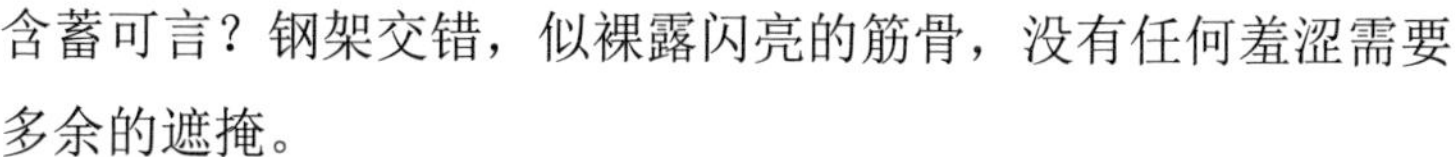

含蓄可言？钢架交错，似裸露闪亮的筋骨，没有任何羞涩需要多余的遮掩。

凡到过汾阳二五区的人，在人文的好奇心满足后，依然可从自然风物的秀美上得到补偿。由文峪河东岸看西岸村庄，房屋接瓦连椽，沿河围绕，从树点缀其间，庙宇、高塔、民居，仿佛各个位置都在最适当处。由西岸向东望，则河边田间，桃园、树木，山后较远处群峰罗列，如屏如障，烟云变幻，颜色积翠堆蓝。与子夏山相对，令人想象其中必有孔圣天神，驾螭乘虬，驰骤其间。绕村长河，每年七八月秋水发后，洪水滔滔，沿河村民们在摇橹歌呼中联翩下驶。长方形大木筏，数十精壮汉子各据筏上一角，举桡激水，乘流而下，游目四瞩。俨然，四围是绿，绿外重绿，一切如画。水深流速，弄筏男子，腰腿劲健，胆大心平，危立船头，视若无事。在轻烟细雨里，一个外来人眼见到这种情形，必不免在赞美中轻轻叹息。天时常把子夏山、磁窑河水和人都笼罩在一种似雨似雾使人微感凄凉的情调里，然而却无处不可以见出“生命”在这个地方有光辉的那一面。

每年的八九月，总有一段阴雨绵绵的日子，雨下久了，竟越下越大，于是子夏山洪便由神堂沟、辛庄沟顺流而下，波浪汹涌、气势迅猛，一直漫过下游的爱子村，浩浩荡荡经磁窑河汇入汾河，而且年年如此，大雨大淹，小雨小淹，居于下游的白石村人总是不得平静。

传说那一年，村里又遭水患，百废待兴，在三官庙老王爷倡议资助下，人们在子夏山口筑了一道坚固的大堤，以阻拦不羁的子夏山洪，因为修得气势宏伟十分壮观，乡亲们美其名曰“玉石堤”。

谁曾想，第二年的山洪更是势不可挡，坚固的玉石堤竟然不堪一击，很快便决口了，山洪水大浪滔天，眨眼的工夫就把玉石堤冲得无影无踪……听到消息，老王爷心急如焚，眼望着川流不息的山洪水，禁不住热泪盈眶，乡亲们一个个流离失所，不少人都投亲靠友各奔他乡去了。

这一天，白石村前来了一位老道，仪态安详，好一派道骨仙风的，请求老王爷见他一见，说有事相告。老王爷听了，赶紧出门相迎。

那老道说："当年大禹治水打开灵石口，一下子空出了晋阳湖，那子夏山洪是治水后留下的一条小山洪，浪荡不羁，一般的堤坝根本拦它不住，只有请蛟龙出来镇压降伏，才可以永保安宁！"

老王爷忙问："怎么个镇压降伏法？"

"在子夏山口设立一块蛟龙碑，那子夏山洪自然便服服帖帖不再捣乱，只是……"

"只是什么？但说无妨！"老王爷见道士吞吞吐吐欲言又止的样子，赶忙亮明自己的态度。

"这样做山洪是镇压住了，但在子夏山口设立蛟龙碑，也等于是卡住了你们白石村老王爷家的咽喉，以后你们要想出人头地，就得远离村哩！"

"有办法补救吗？"

那老道无可奈何地摇了摇头，走了。

老王爷左思右想，觉得十分为难，立碑吧，等于把家族的咽喉给卡住了，不立碑吧，眼看着山洪泛滥成灾，乡亲们无家可归，看看眼前的村庄，想想从前的繁华，老王爷夜不能寐，几天的工夫竟须眉全白，但他还是让人在子夏山口设立了蛟龙碑，牺牲了老王爷家人的利益，保护了全村人的安全。从此，子夏山再也没有发过山洪。

老王爷舍己救全村人的这个传说，很早就在胡润田心里扎了根。

河岸两旁，在我们看来白石村很平凡的一块块的田野，实际上都有过极不平凡的经历。在多少年之间，人们在这上面追逐着野兽，放牧着牛羊，捡拾着野果，播种着五谷，那时候人们匍匐在大自然的威力之下，风雨雷霆，电光野火，都曾经使他们畏惧战栗。几十万年过去了，白石同样进入了阶级社会，一片片的土地像被戴上了镣铐似的，多少世代的农民、在大地上流尽了血汗，却挣不上温饱，有多少人在这一片片土地上面仰天叹息，锥心痛恨！又有多少人揭竿起义，画着眉毛，扎着头巾参加战斗，把压迫他们的贵族豪强杀死在这些土地上面。到了近代，又有多少人民的军队为了从封建地主阶级手里把土地夺回来，和日本帝国主义的军队，国民党的军队在这上面鏖战过。

党领导白石人民进行了土地改革，土地的镣铐才被彻底打碎，劳动人民才真正成了土地的主人。人们热爱土地，我们正在豪迈地改造着土地，使它变成一片锦绣。当人们这么思索的时候，大地上的红土黑土、黄土白土，仿佛都变成感情丰富的东西了，它们仿佛就像古代神话中的“息壤”似的，正在不断变化、不断成长，就像具有生命一样。

几千年来披枷带锁的土地，一旦回到白石人民手里，变化是多么神速呵！人们试着展开一幅地图，思索一下翻天覆地的变化，有多么惊人。盐碱地开始出现了绿洲，不毛之地长出了庄稼，濯濯童山披上了锦裳，水库和河道像闪亮的镜子和一条条衣带一样缀满山谷和原野。如从凌空直上的飞机的舷窗里俯瞰，白石大地竟像是一幅碧绿的天鹅绒，公路好似刀切一样的笔直，一丘丘的田野又赛似棋盘般整齐。

月光穿过树荫，漏下了一地闪闪烁烁的碎玉。

寒波澹澹，雀鸟悠悠，镇、村两级当政者正在谋划帷幄。

村党支部书记兼村委主任、汾阳市永恒实业有限公司董事长任宏宝（正中左一）年轻气盛，他的血脉里流淌着红色的血液，决心传承红色基因，从前辈中汲取智慧的力量和道德的营养，锻造“两委”班子成为担当建设美丽乡村大任的时代新人。

演武镇党委巾帼书记路二利（正中左二），她正念坚固，携着春的祝福，裹着情的温馨而至，她微闭颤幽之眸正顺着任宏宝的手势眺向远方，无疑在为弘扬白石红色文化增添新的强大的定力，为推动区域协调发展给以有力的支撑。

那天，北风呼啸着吹过，阳光照在白石火车站铁道桥残壁下冰层波纹细碎的河面上，像是一面闪着圣辉的云幕，与天上的云一起凝视着这个红色遗址。冬浇刚刚封冻，周围白茫茫的一片。他们站在冰封大地的这一边，遥望着火车站遗址的那一边，遐想绵绵，憧憬着对红色文化遗址的保护与开发的未来。

狂啸怒号正急，风声噼里啪啦地砸在他们手中的规划图上哗然有声，图纸在猛烈晃动；茫茫天地间，已经没有了行人，只剩下这些谋划帷幄的当政者，还有周围那在风中摇曳、纤弱纯白的芦苇。

远景规划图上，呈现出火车站微缩景观、“七壮士”雕塑和抗战纪念馆等红色旅游的态势。图纸即将变为现实，让这里血沃的草地再次鲜绿，给大地增添一份生机；让鲜花再次绽开灿烂的笑脸，给大地一份红色；让人们心中更有信仰，脚下更有力量！

尾声

一丝光亮，几丝温暖。

革命家庭出生的任宏宝，心中的月更有一份壮怀激烈。

一次走访之后，已皓月当空，华灯初上，细密雨点舔着六月里湿热的房屋，霓虹充斥着白石老街迷宫般的各个角落，视野模糊的玻璃上悄然流动着莫名其妙的色彩，雨水却不知要流向何处。

抽完最后一支烟，笔者耐着性子捻碎烟灰盒里的碎屑，正准备返回时，任宏宝父亲任国祥从家炕柜里寻出一张发黄的边沿不规则的全家照来，照片上有他的父亲任绶勤、母亲和他自己，他端详照片上的自己，恍如隔世，不清楚那是何时何地照的，只知道这一张照片是从家族合影上剪下来的，听母亲说他当时仅两岁。

长歌当哭是灌顶醍醐；壮年易逝惟戏不落幕。

下了点雨，乡村的夜晚不像白天那么闷热，任国祥搬了把椅子坐在院子里。一阵子凉风吹过，夹杂着少许花草芬芳的香气扑面而来。任国祥不愧是走进新时代的红二代，他任村干部几十年，在生产线上忙碌之余酷爱晋剧，嗜好饮酒。他是十里八乡晋剧乐队的晋胡首席，每每排练演出之后，他醉梦人生：人生的来去不过是幸运和遗憾的往复，也是美好和烦恼的转换。他看着照片，想起了母亲说的父亲的背影；月光下，任宏宝仿佛看见爷爷那个背影越拉越长，也越来越远，宛如天使坠落，蜕化成一只在人间游刃有余却比人类更加寂寞的精灵。

此时，电话铃响了，任国祥早已泪流满面，哽咽着提起电话机，线路那头很快传回的是侯荃的声音，他们相约，第二天实地去看白石火车站的遗址，电话铃扼断了任国祥的思绪。

任宏宝，他的身份如在名片上是可列一大串的，任国祥的儿子、任绶勤的孙子等。他从小由奶奶抚养，最爱听奶奶讲叔父、父亲和爷爷革命的故事，听奶奶说她和爷爷接待过的红军、八路军和解放军晋六团的指战员们很多，还记得很多人的名字，后来在中街战斗中包括连长崔耀文都牺牲了，尸体就埋在平遥县西王智乡南官地村；任宏宝相约同学一起驱车去南官地烈士陵园祭祀了晋六团以连长崔耀文在内的七十九位牺牲的烈士。

走在古白石火车站的石板路上，凉丝丝的风落在任宏宝眉间，浮动着落叶的情怀。村北的一片野草滩里，只留下一大块白灰与黄土混合凝结的火车站遗址，几块废旧的水泥皮散落周边，古火车站的站墙根下，泛着古老的苍颜与青灰色的烟水，弥漫在初秋的清凉里，无论经历风雨沧桑，还是几度辉煌，一直是一副受宠不惊的模样。它留住了多少岁月的斑驳，堆砌着很多故事，阴影里装满了深情；任宏宝用手轻轻地触摸，指尖下的指痕，就好似滴落成了带着唐诗宋词的清幽……

他注视那因人民英雄、先烈们的默默存在而平静祥和的天空；然后，一路向东奔去。因为，他小时候父亲告他说爷爷说过：

太阳升起的方向，就是八路军支队从延安、白石、南同蒲铁路南下太岳路经的地方。

微风在耳边嗖嗖地穿过；缠绵的细雨织成一张张轻薄的幕，挂在灰蓝底色的天上。透过这张雨幕，人们看到了任宏宝踏着先辈足迹飞动的身影。

人生自是有情痴，此恨不关风与月。

后记

血染白石，鲜血映出的红霞渐渐消退。

就在刘胡兰英勇就义的那一天，我的爷爷任绶勤是被国民党威逼煽起的乱棍打死的。

每当读到《白石风月》里我的爷爷受尽折磨而死的文字时，使我惨不忍睹，悲痛欲绝。那些文字深嵌在我生活的年轮里，随流年一点点长成参天的回忆。

自然死亡则被称为“寿终正寝”，“无疾而终”便是人临终想拥有的结局。而我的爷爷是饱受国民党勾子军高压下乱棍打死的。他不仅承受着来自身体难忍的剧痛，也还受着精神的折磨。

那一双凝望着天空的眼睛一直没有闭上，也许就是那些曾经被他想象过多次的共和国解放的美好画面正在纷纷涌入他的脑中。

爷爷投身革命较早，是村农会秘书，是他的外甥女婿、时任汾孝中心县委书记甘一飞介绍加入党组织的。

爷爷英年早逝，他为了深藏党的机密宁死不屈的事迹已在家乡传为佳话。我知道，在白石舍身为民的岂止是任绶勤呢？从小我从父亲任国祥的讲述中，胡秉全等“七壮士”舍己挽救了全村父老性命的故事就早有耳闻。然而，这个故事在地方藏文典籍中无记载，在年轻人中至今鲜为人知。

近些年来我一直在想，那些散落在历史长河中的记忆、那些惨烈却无人知晓的故事、那些生离死别和家国之情，随着物是人非、人的远去，难道只能渐渐消散吗？

中华民族是崇尚英雄、英雄辈出的民族，一切民族英雄，都是中华民族的脊梁。我们村是一个战斗村和具有优良革命传统的老区。爷爷亲眼见过，村北一队头顶红星、脚穿草鞋的红军从这里走过，留下了一个个动人心弦的脚印。

白石，是延安到太岳革命根据地的必经之路，火车站是兵家必争的枢纽，是一条红色交通线。

三年前，正值仲春，北方踏青花卉季节的一天，叔叔侯荃回乡故地重游，加快了“七壮士”血染白石历史钩沉的步伐。

那天，我正回老家看父母，一旁的父亲坐在摇椅上消磨时间，慢慢摇摆。父亲任村干部几十年，虽鞠躬尽瘁，但如今精神矍铄。此时，侯荃推门而进。因为，侯荃先生和我父亲是从小一块瓜地里玩大的，也就没有不速之客一说了，老朋友一阵寒暄，相见恨晚。

茶味溶书味，笑谈世故人情。

父亲把发黄的纸张和文字，渐渐铺展在我们眼前。平时不愿提及祖父之死的父亲，唯独那天兴致高昂，他从摇椅坐起，移坐在家里一张简易木头扶手的沙发上，说：“来，坐下，我来讲讲”。父亲心绪复杂，谈过祖父的那一刻，阳光斜射到小书桌上，也似乎照进了流逝的岁月。那发黄的纸张和文字，是父亲七十年代在县公安局参加审核我地下党“七壮士”遇难告

密人专案时案卷的备份。

从家里出来，我和他们看了三官庙遗址、茶楼遗址、火车站遗址、戏台后，来到了村东文峪河。

河水碧波荡漾，清澈的水绿了两岸，映羞了朵朵白云。凝望这条英雄的母亲河，感受她沉默中的伟大，感受她平静下的汹涌，她跳动着的红色音符用记忆感染着我们。

听着他们的叙谈，我更加沉浸在革命战争的历史钩沉中不能自拔，特别是祖父和“七壮士”的风云际会，让我对那个遥远的年代充满了激情。

岁月匆匆而过，那一场风花雪月的往事在风中飘转，花开花落，云起云散，那得掩盖、湮没、佚失多少往事，我觉得唯有笔墨可以尽可能地把它记录下来，还原曾经的记忆。旷日持久，村务、政务和企业异常忙碌中的一个间隙，一段尘封的情缘来了，我陡然萌生一个想法，写一本关于白石的大书。

然而，我们即使作为革命前辈的子女，写回忆录也不是一件容易的事，何况是重头文学小说呢。我遂与侯荃先生谈起，并请他执笔。

侯荃是从白石故土走出来的一位骄子！

不仅他与我父亲有莫逆之交，我也看重他非同流俗的人品和万夫莫敌之勇。还有他博学多才、文武兼通，在军界、政坛、文坛诸多领域都卓有建树，曾从军，转业地方历任人民公社武装部长、乡镇长、党委书记和市交通局局长。同时，他是一介文人雅士。近年来，他出版《也说西游》《也说女皇》《也说汾阳王》系列文化丛书。

侯荃先生自谦道：“深知这部书的纪实性很强，且有些地方还要说山似山又不是山。我给你推荐一位擅长报告文学、长篇小说的作家吧。名副其实，他是市委、市政府命名的人民作家马鸿宾。”

就这样，创作一部白石风月大书的使命就落在了马鸿宾的身上。

他们多次来村访谈，几乎每到一处，都会寻找历史足迹，探究文脉遗存。

与此同时，为恢复“七壮士”追悼会遗址，我率村民群议，乡众悯其三官庙和戏台倾圮，发愿修葺。当即，重修工程启动，众人闻之无不欣慰，竞相踊跃呼应，智者献谋，仁者播德，勇者尽力，当地力挺，八方助援，投资两百余万元，鸠工庀材，动土兴工。功始于庚子春，蒇事于壬寅秋，凡维修殿、院、台修葺一新，立碑记事。

随着三官庙重修蒇事，一部长篇纪实小说《白石风月》也杀青。《白石风月》书稿，我终于在夏日的一个晚间读完。此时，夏风携雾漫过整个白石，飘过的雾又凝结成雨珠散落！永恒总公司窗前茂密的杨树上，矗立的几棵枯枝刺，在路灯金黄的光晕下刺向天穹。瞬间仿若自己也走进了《白石风月》的画面，那个雨夜，那个光辉灿烂辉煌之夜……

古往今来，在人类发展的历史上，总是有着很多我们难以理解或者是无从探索的奇闻逸事。譬如，我的祖父、“七壮士”舍生取义的壮举就是一个谜。当下的年轻人对那代人的理想、信念可能难以想象，人们现在只能从那些超自然的力量去理解。

白石风月，是中国近代社会的一个缩影。

本书多采用非虚构写作，以小见大，已经突破了地域文字。弹丸之地，因为有白石火车站这个特定的战争载体，从浩如烟海的近代史料中精心撷取那些最重要的片段，串联成一条中国历史演变的清晰脉络，且行且歌，与国家民族命运交织，耕耘出一片新天地。书中有区公所、村公所，有我方八路军、游击队、民兵，“草上飞”民团，也有日寇、皇协军、勾子军、大汉奸、间谍，各种凡人传奇、行业内幕故事纷纷登场，并让那些叱咤风云的我的祖父任绶勤与胡秉全等“七壮士”历史人物一一亮相，于经天纬地时挥洒文韬武略，在沧海横流中尽显英雄本色。

不难看出，作家是有民族道德和家国情怀的，以其悲悯的人文良知，通过其独特的极致美学的文学创作，悄悄扣合附体在“一块白石”上的大山、河流、村庄、田原、火车站、桥梁、公路、庙宇、戏台、茶楼等具象物体之上，将一个民族的剖面永久地固定在此。同时，作品从时代大潮中一路走来，讲述着时空坐标下我们“红二代”继往开来的珍贵瞬间，鲜活如初，与城市发展脉搏相连，阅往知今思悟新成长。

这里，我特向在著书出版中援笔立成的作家、引动、牵拽的侯荃先生和兄弟村、企业界朋友、演武镇党委，镇政府领导以及汾阳和上级有关部门的热情关心、大力支持表示真诚的谢意！

历史因铭记而永恒，精神因传承而发扬。

时值中国共产党第二十次全国代表大会召开，如何让这些鲜活的历史记忆传承下去，让更多人了解？这大概是故事之外留给我们的思考。

我们坚信，读者在好奇、震惊之余，一定能够获得阅历和知识的拓展、精神的愉悦。特别是让我们本土民众时刻反思、感恩和警醒，未来将会何去何从，历史也终将会对此空谷跫音记以浓重一笔，并以昭示：我们要赓续红色基因和改革基因，沿着先辈精神指引的方向，逐梦奔跑，在新时代行列中书写鲜明印记，在践行振兴乡村品格中彰显大特质。

任宏宝

二〇二二年十二月五日

任宏宝，系山西省汾阳市演武镇白石村党支部书记兼村委主任、汾阳市永恒实业有限公司董事长。